白光

Byakko

朝井まかて

文藝春秋

目次

主要登場人物

山下りん　本作の主人公。聖名《せいな》イリナ。聖像画師。
山下多免《ため》　りんの母。
山下重房　旧笠間藩士族。りんの兄。
山下重幸　重房の息子。
小田峯次郎　りんの弟。多免の生家、小田家の養子となる。
中丸精十郎　南画師。りんの師匠。
ホンタネジー　工部美術学校で西洋画を教えるイタリア人教師。
山室（岡村）政子　工部美術学校の級友。のち石版画家。聖名ワルワラ。
神中糸子　工部美術学校の級友。のち西洋画家。
岡村竹四郎　政子の夫。石版印刷所「信陽堂」をはじめる。
ニコライ　日本にロシア正教を伝道した聖職者。文久元年（一八六一）、函館に到着。
アナトーリイ　正教会の聖職者。ニコライの片腕。
ヤーコフ・チハイ　正教会の詠隊の指揮者。アナトーリイの弟。
量　ヤーコフ・チハイの妻。聖名エレナ。

アポローニヤ　ノヴォデーヴィチ女子修道院副院長。りんにロシア語の指導をする。

フェオファニヤ　ノヴォデーヴィチ女子修道院の聖像画工房責任者。アポローニヤの妹。

ウベラ　聖像画工房の朋輩。若くて剽軽《ひょうきん》。

ソヒヤ　聖像画工房の朋輩。四十半ばで人が好い。

ヨルダン　ノヴォデーヴィチ女子修道院に訪れる画教師。

オリガ　幕末の日本を訪れた提督プウチャーチンの娘。

マダム・リヨボフ　浮世絵が好きなロシアの貴婦人。

高橋五子《いね》　東京女子神学校の教師。「女任俠」と呼ばれる。聖名ナデジダ。

菅野《かんの》秀子　東京女子神学校の校長。聖名アンナ。

児玉菊子　東京女子神学校二代目校長。聖名エリザヴェタ。

山田いく　東京女子神学校の生徒。のち助教員。聖名エレナ。

瀬沼恪三郎《せぬまかくさぶろう》　正教神学校校長。聖名イオアン。

牧島省三　聖像画を学ぶ神学校の学生。聖名パウェル。

高橋門三九《もんさく》　五子の弟。聖名グレゴリイ。

セルギイ　ニコライの後継として来日した聖職者。

『白光』に登場する主な正教会の用語（日本正教会の訳語）

聖像画　イコン。イイスス・ハリストス、生神女マリヤ、聖人の姿や聖書の物語などを描いた絵。

聖神　"Holy Spirit" 正教以外のキリスト教では「聖霊」と訳される。

生神女《しょうしんじょ》　イイスス・ハリストスを生んだ女性マリヤのこと。

イイスス・ハリストス　イエス・キリストのこと。

奉神礼　正教会で行なわれる祈禱、礼儀（儀式）、礼拝の総称。

機密　神の恵みを信徒に与えるとされる儀式の中でも特に重要な七つ（洗礼《せんれい》、傅膏《ふこう》、聖体《せいたい》、痛悔《つうかい》、婚《こん》配《ぱい》、神品《しんぴん》、聖傅《せいふ》）。

聖体礼儀　パンとぶどう酒をハリストスの体と血として（御聖体）拝領する儀式。

参禱　祈禱・礼儀に参加すること。

至聖所　聖堂の奥。聖職者（神品）および奉仕者のみが入ることを許される。

聖所　聖堂の中央部分。信徒が祈り、機密を受ける場所。

啓蒙所　聖堂の入口付近の場所。洗礼を志願して教会から学びを受けている者（啓蒙者）、信徒でない人が立つ。

聖障　イコノスタス。聖堂内の至聖所と聖所を隔てる壁。中央に「天門」と呼ばれる出入口を備え、様々な聖像画（イコン）が掲げられる。

復活大祭《パスハ》　イイスス・ハリストスの復活を祝う祭。正教会において一年で最も大きな祭。

十二大祭　ハリストスおよびマリヤに関する祭を中心に、教会暦にある祭日の中でも、ことに重要な十二の大祭。

主教　教会を監督し、教えを伝え、奉神礼を行なう指導者。カトリックでは「司教」と訳される。

司祭　主教から権限の一部を委譲されて、任された教会を管轄する。信徒は司祭に対して「神父」という尊称を用いる。

掌院《アルヒマンドル》　修道司祭の中で、修道院の長、もしくは主教候補とされている者の称号。

教役者《きょうえきしゃ》　教会に務め神に奉事する人々の総称。「司祭」「伝教者」「指揮者」などがある。

東方正教会　ローマ・カトリック教会やプロテスタント諸教会が西ヨーロッパを中心に広がったのに対し、正教はイイスス・ハリストスが生まれた中近東を中心にギリシャ、東欧、ロシアなどに広がったため「東方正教会」と呼ばれる。

＊『正教会の手引』（日本ハリストス正教会教団　全国宣教企画委員会）、『正教会用語集』（日本ハリストス正教会教団　東日本主教々区宗務局）を参考に作成しました。

装画　西川真以子
装丁　大久保明子

白光

序章　紅茶と酒とタマートゥ

どこかで山鳩が啼《な》いている。

暇を持て余しているような暢気《のんき》な声だ。わたしは鋤《す》き返した畑の畝《うね》の間に屈み込み、コテで一寸半ほどの穴を順に作った。植穴に水を入れ、水が引いたのを確かめてから別の畝で育てた苗を置いて土をかぶせる。

素手で触る土は心地がよい。地表が温もる春でも、少し掘れば冷たさが残っている。

あの、厳寒なる冬の王を思い出す。

暖炉《ピューチカ》がなければ爪先まで凍ってしまう冬。四月になってもまだ氷の割れる音がして、森には雪がたっぷりと残っている。けれど陽あたりのよい野には土が顔を覗かせ、斜面では小さな黄金色の蒲公英《たんぽぽ》が咲き始める。やがて森でも、それは名の知らぬ花であるけれども薄紫の花が芳香を漂わせる。春一番の雷が鳴り、燕《つばめ》が訪れるようになれば丘も緑だ。桜が咲き、梨や林檎や李《すもも》も一斉に咲く。

竹ひごで細い支柱を立て、何度も井戸と往復してたっぷりと水をやった。

息が切れるが、わたしはこの赤茄子《あかなす》が大好物だ。

ロシヤ語では茎から葉、実まですべてをタマートゥと呼び、実は格別にパミドールと言う。こうしてささやかな世話をするだけで、夏にはたくさん実る。時には畑で白い毛の生えた枝からもぎ、そのまま齧《かじ》ったりする。ほの甘くて酸っぱくて瑞々《みずみず》しい。ところが周囲の者らには不評で、青臭い、口の周りが痒《かゆ》くなるなどと不平を鳴らして歓迎しない。田舎者め、この美味《うま》さがわからぬか。結句はほとんどを一人で食べてしまう。

たしか福音書の言葉に、こういうのがあった。

なにを喰らい、なにを飲まんと慮《おもんぱか》るなかれ。天空《そら》の鳥を観よ。野の百合《ゆり》を観よ。

けれどわたしは老いた今でもタマートゥが好きだ。紅茶《チャーイ》も好んでやまない。弟がまだ元気であった頃は、東京に出ると聞けばリプトンと麵麭《パン》を買ってきてもらっていた。贅沢はそのくらい、あとは甘く煮た豆、蔬菜《そさい》の浸しものがあれば充分だ。

いや、まだもう一つあるだろう。

山鳩がポポーと、節介をやく。そうそう、酒だ。駿河台《するがだい》の教会にいた頃からの慣《なら》いで、毎日二合だけ近所の酒屋で買ってくる。

「毎日酒屋に行くなんて大儀でしょう。一度にたくさん買っておけばいいのに」

弟の孫は教師だけあって、合理的なことを言う。

「駄目だよ。それじゃ呑み過ぎちゃうから」

それでも滅多とない客があって酒を携えていたりすると、

「二合三合のはした酒は、やだね」

わけもなく陽気になって、本音が飛び出す。若い時分からいくらでも呑めたのだ。酒の失敗は数知れず、南画《なんが》の師の家で酔い潰れ、ロシヤからの帰りの列車で降りる駅を間違え、船でも麦酒《ビール》を呑んで騒いで政府の偉い人に叱られた。

よっこらと尻を持ち上げて手の土を払い、井戸端で洗う。

かつては指や爪の間にまで絵具の色がこびりついていたのに今は土色だと、わたしは少し笑った。近所の者らは誰も知らないけれど、わたしはかつてロシヤのペテルブルクに留学していたことがある。女子修道院の聖像画工房にいた。そこには、前掛けをつけて絵筆を揮《ふる》う修道女たちがいた。

死なば死ね、生きなば生きよ。

そう心に決めてロシヤに渡ったのだ。あやまちばかりの、吹雪のような青春だった。けれど胸の中には高々と燈火を掲げていた。芸術の道を求めてやまなかったのだ。我を忘れるほどに描き、一日、一週、一年、そして一生を過ぎ越した。

乳香《にゅうこう》の匂いがして、夥《おびただ》しいほどの蠟燭《ろうそく》の灯が揺れる。聖堂の鐘が鳴り、祈りの声が高く低く響き、やがて空から光が降ってくる。

わたしはかつて、日本でただ一人の聖像画師であった。

はて、今は?

山鳩がまたポッと啼く。

今は、そうだね、絵筆を持たぬばかりか信仰も芸術のことも口にしない。紅茶と酒とタマートゥが好きな婆さん。ただそれだけ。

アリルイヤ。

一章　開化いたしたく候

一

玻璃《はり》の空で、鶯《うぐいす》の声が響く。

手許は晩春の光で明るく、時折、庭の遅桜が風に揺れ、花蘂《はなしべ》が膝のまわりに降ってくる。

りんは庭に向かって巡らせた広縁で縫物《ぬいもの》をしている。まもなく迎える衣替えのために自身の袷《あわせ》を繕っているのだが、何度も水を潜った黒地の縞木綿《しまもめん》だ。おや、袖口もずいぶんと擦り切れている。針に黒糸を通し直し、またちくちくとかがってゆく。

「これもご時世よ」

背後の座敷で書見をしている兄が飽いたのか、独りごちた。

「殿にすれば結構なことであるだろう。藩の借財は政府が肩代わりしてくれるというのだからの。殿は華族なるご身分、われら家中《かちゅう》は重臣から下士《かし》までひとくくりに士族ときた。結構な御政道だ。しゃあんめえ」

兄は丈夫な顎と咽喉《のど》を持っているので、いつだって声の通りはよいのだけれども、独り言にしては大きな声だ。しかも、結構だと言いながら仕方あるまいと言う。いったいどっちなのだと思いながら、りんは黙って針を運ぶ。

だいいち、兄が口にした「藩」はもうこの世に存在していない。御一新《ごいっしん》が成った当初は誰も、この山下家の当主である兄、重房《しげふさ》もむろん予想だにしていなかった成り行きだ。

隣に坐している母が小鋏《こばさみ》をパチンと鳴らした。

「わたくしどもは如何相《いかがあい》なることでありましょう」

母の膝の上には、亡き父の古袴《ふるばかま》がある。これを解《ほど》いて火熨斗《ひのし》をかけ、兄用に仕立て直す。

「身どもらは新政府のもと、士族となりました」

兄が諭《さと》すように返すと、母は俯《うつむ》いてまた手を動かし始める。

「それは何度も聞きましたゆえ、承知しております」

「家禄《かろく》も政府が肩代わりをしてくれるのですぞ。これまでと何も変わりはござらぬ」

まことにそうだろうかと、りんも針を運ぶ。

あれは明治二年のことだから、三年前になる。薩摩と長州、土佐、肥前の四藩が版すなわち領地と、人民である籍を帝にお還《かえ》し奉《たてまつ》った。すると諸藩もこれに倣《なら》って版籍を奉還し、すべての領土と民は帝のもの、王土王民《おうどおうみん》となった。

その際、旧藩主は華族なる身分を保証され、向後は知藩事として藩政改革を行なうよう政府から命じられた。笠間《かさま》藩家中が牧野《まきの》の殿様を主君として仰ぐについては、従前通りだ。ところが去年になって廃藩置県の詔《みことのり》が発せられ、知藩事は一斉にその座から退くことになった。笠間藩は秋に笠間県となり、冬には水戸や宍戸《ししど》、下妻《しもつま》や下館《しもだて》、松岡と共に茨城県なるものに組み入れられたのである。

笠間県のままで良かったに、なにゆえ茨城県。

兄は嘆いていた。平素はあまり物事を突き詰めぬ性分で、よく言えば鷹揚《おうよう》、細事にこだわらない。だが幕末の動乱を経てなお移り変わりの激しい世のありようをどう受け止めるべきなのか、未《いま》だ捉えあぐねているのだろう。それで時折、己に言い聞かせねばならない。

しゃあんめえとは、これすなわち諦めの境地なり。

りんは目だけを上げ、母の横顔を見やった。やはり先々の暮らし向きが案じられるのか、眉間《みけん》が曇っている。ただ、おなごとはいえ母も下士の家に生まれ育った者だ。禄《ろく》について、ありていに云々《うんぬん》するのは憚《はばか》られる。

「諸国の士の禄を肩代わりなさるとは、政府はずいぶんと金子《きんす》をお持ちなのですね。ですがこのまま未来永劫《えいごう》、続けてくれましょうか」

「今、何と申した」

背後に顔をめぐらせば、書見台の前に坐した兄が口を半開きにしている。

「こいつぁ驚いた。りんが己の意見を述べおった」

りんは目瞬《まばた》きをして、唇を揉むように動かした。

「いかに政府といえども、手許《てもと》不如意《ふにょい》になれば投げ出されるのではありませんか」

あれ、また言葉を継いでしまっている。兄は「ほう」と、大仰に言葉の尻を持ち上げる。

「士族への家禄支給を政府が止めるとでも申すか。さすれば我らは生きていけぬことになる。野垂れ死にするしかなくなるのだぞ」

「なれど兄上」と膝を回せば、母が「りん」と咎《とが》めてよこした。

「お控えなされ。年頃の娘がかように穿《うが》ったことを口にするものではありませぬ」

しかし兄の言う時世とやらが変わりに変わって、江戸の御公儀までが潰《つい》えたのだ。藩も消え失せた。

回天したのだ。この先、また回るかもしれない。

「そなたももう十六、そろそろ嫁ぐ身です。お慎みなさい」

「わたしは嫁ぎませぬ」

もう何度も申し上げたのにと、つい切り口上になる。母はつかのま目を瞠《みは》ったが、小首を傾《かし》げて笑顔を繕った。

「安心なさい。そなたにもいいご縁は必ずありますよ。さようですね、重房どの」

「仰せの通り。りん、諦めるでないぞ。お前は不縹緻《ぶきりよう》のうえ、世辞の一つも繰り出せぬ不愛想《ぶあいそう》者だ。ところが、いざ思うことを口に出したら梃子《てこ》でも動かねえ。馬にも引かれぬ剛情者ときた」

本人を面前にして、よくも並べ立ててくれる。

「だが安堵《あんど》いたせ。組頭《くみがしら》どのには、よくよく頼んである。お前が黙々と骨惜しみをせず働くことは組頭どののご妻女もようご承知、早晩、必ずや良縁を世話しようと請け合ってくだすっておる」

そうか。兄上と母上はわたしを嫁がせる先に困って難渋しているのだ。不憫《ふびん》がってもいる。

大きなお世話だ。

鼻からブンと息を吐き、再び針を動かす。

弟の峯次郎《みねじろう》は母に似た瓜実顔《うりざねがお》で鼻梁《びりょう》が高く、肌も白い。しかしいかなる按配か、兄とりんは浅黒い。兄は男だから良かろうが、りんの頰は偉そうに左右に張り、鼻がまた何とも低く小鼻ばかりが目立つ造作だ。手脚も太く短く、ずんぐりとして、己でも土臭いと思う。今さら嘆かれずとも、そんなことは当の本人が思い知っているのだ。幼い頃から目にしてきた錦絵《にしきえ》の美人とは、似ても似つかない。

ゆえに嫁がないと申しているのに、まともに取り合ってくれぬ。拗《す》ねているのではなく本気も本気、大の本気なのだと針を刺し直し、糸を玉結びにする。

兄はいつのまにか座敷を出て、外出《そとで》をしたようだ。母は解いた袴を畳んだかと思えば厨《くりや》に移り、婆《ばあ》やに何やら指図している。

「蕗《ふき》は炒り煮、芹《せり》は胡麻あえに。いいえ、卵は重房どののお膳だけでよろしい」

針を結び目から引き抜いた途端、気がついた。このまま生家に居続けるわけにはいかぬ身だ。わたしひとりの口が減らなければ、兄上は妻女《めと》も娶れない。

嫁がぬこの身を、どこに片づける。

りんは寝床の中で考え続ける。

山下《やました》家は家禄五十石の下士だ。兄はその家禄で母の多免《ため》とりん、そして年老いた爺《じい》や夫婦を養っている。節季ともなれば薪炭《しんたん》に油、醬油や塩の払いを工面し、縁戚や上役、町の商人にも借財が嵩《かさ》んでいるようだ。

父、重常《しげつね》は九年前、りんが数え七歳の時に病を得て亡くなった。三十八歳だ。その療養中の薬代《やくだい》も長く尾を引いたと、伯母《おば》が口にしていたことがある。

さりながら下士の家ではいずこも同様の勝手向きで、幼馴染みの可枝《かえ》などは近在の大百姓に嫁いだ。この辺りでは珍しい縁組ではなく、同じ下士の家に嫁いでも暮らしの厳しさは変わらない。大百姓に嫁げば、少なくとも喰う物には困らないのだろう。

暗い天井を見つめるうち、峯次郎の小さな手を思い出す。

父が亡くなってまもなく養子にやられた弟である。養子先は母の実家である小田《おだ》家で、りんの家と同じく下士だが百石取りだ。後継ぎができず、峯次郎が欲しいとなったようだった。

次男である以上、いずれはどこぞの家に養子に入るか、家つき娘に入婿《いりむこ》せねばならない。武家では当然のことで、大身《たいしん》の家でも次男、三男の部屋住みは無駄飯喰らいと疎《うと》まれ、たいそう肩身の狭いものだ。まして山下家では、まだ若い兄が当主になったばかりであった。家禄以外の御役料は見込めず、養子話は願ったりかなったりであっただろう。

今ならそうと承知できるが、りんは弟が家を出るとき「いやだ」と泣いて手を放さず、母と兄と小田家の人々を難儀させたらしい。それは何となく憶えている。弟が途方もない遠国へ連れ去られてしまうような気がしたのだ。今も近くで暮らして、しばしば息災な顔を見せるので、幼心のとんだ思い違いであったのだが、りんは慣れ親しんで可愛がってくれていた実の伯母夫妻を、まるで人買いを見るような目で睨《にら》みつけたそうだ。

弟が去ることを悲しんで駄々をこねていると周囲は受け止めたようで、後々まで「りんは弟思いだ」と言われたけれど、本当は怒っていたのだと思う。

父がもう二度と抱き上げてくれぬことにも、弟が連れ去られることにも何一つ抗《あらが》えない。己の目の前に立ちはだかる運命《さだめ》のようなものの存在をあの時、初めて知ったのだ。己がなす術《すべ》を持たぬことが怖かった。だから子供なりに憤慨し、幼い弟の手を握りしめ続けた。

さらさらと夜が更け、かたわらの母は寝息を立てている。障子は初夏の月光で明るくともっている。

衾《ふすま》を横に押しやり、起き上がった。寝間の隅に置いた古い文机《ふづくえ》の前に坐し、帳面の表紙を手で撫《な》でる。反故紙《ほごがみ》を集めて自身で糸で綴《と》じたものだ。思いつくまま今度は筆入れから一本を取り出し、穂先を撫でる。安い狸《たぬき》の毛であるけれども指先に馴染んでしなやかだ。

絵さえ描ければ。

切なく息を吐いた。働くことは当たり前で、苦にしたことはない。爺や夫婦はそろそろ隠居も近い齢《よわい》だ。ゆえに、りんは水汲みも薪《まき》割りもする。竈《かまど》の前に屈んで飯を炊き、庭の胡桃《くるみ》を拾っては硬い殻を割って実を味噌に和えたり、梅の実を漬けたり、むろん洗濯もりんが引き受けている。朝起きて床につくまで、己のできることを尽くさねばならない。

でなければ兄に申し訳が立たない。その心に偽りはない。

日中、少しばかり筆を持てれば満足なのだ。絵を描く寸暇《すんか》さえ得られれば、機嫌よく生きてゆける。

だが、嫁にそんなことを許してくれる家があろうか。

しきりとこのことを考えている。するといつも可枝の顔が泛《うか》ぶ。

去年の小正月頃だったか、里帰りをしていると聞いて屋敷を訪ねたことがあって、だが再会するや驚いた。この界隈《かいわい》でも評判の縹緻良しであったのが、ひどく面窶《おもやつ》れしている。日々のゆくたてを訊《たず》ねれば、ためらいがちに低声《こごえ》で打ち明けた。

「使用人にまじって働くことは苦にならぬのです。こたえるのは風儀《ふうぎ》が違うこと。これは気をかねるもので、なかなか辛抱が要ります」

可枝はいっそう俯き、膝の上に重ねた己の手を見つめる。

「季節の行事やしきたり、言葉遣いに至るまで、何もかも違う。でもそれは覚悟をしておりました。つらいのは、わたしが家の事の合間に歌書でも繙《ひもと》こうものなら途端に機嫌を損ねられることです。旦那様や舅上《ちちうえ》、姑上《ははうえ》はむろん、お祖父《じい》様やお祖母《ばあ》様もあからさまに口を歪《ゆが》め、舌打ちをされます。読み書きが不得手な方々ゆえ、敷島《しきしま》の道をわかってくださらない。遊ぶ暇があるのなら働け、あれもこれも、ほれ、まだできてねえべと追い立てられる。時々、ここが詰まったようになって苦しくてたまりませぬ」

胸に手を置き、上下に虚《むな》しく動かした。そして「りんどの」と、細い息を吐く。

「道を知るというは、重荷を背負うことにございます」

「重荷、ですか」

可枝のまなざしを掬《すく》うかのように、見つめ返した。

「いっそ敷島の道など知らぬ方がはるかに倖《しあわ》せだったのかもしれぬと、思うことがあるのです。何の風雅も解さず、ただ夫に従い、舅上や姑上にお仕え申すを己の務めと料簡《りょうけん》できればいかほど安穏なことか。でも禁じられればなおのこと恋しくなる。畑で草を引きながら鳥や蟬《せみ》の声を聞いても言葉を探しています。空を仰げば雲の白を、青田を渡る風を詠《よ》みたい、冬の夜の火の匂いも短冊に書きつけたい」

手に負えない希求を抱え、可枝は苦しんでいる。りんはしばし黙し、その腕に手を置いた。

「ならばわたしに文をおよこしなさい。さすればわたしが絵をつけてお返しする」

「まことですか」と、声の拍子が変わった。

「二言はございませぬ。互いに分かち合いましょうぞ」

「なんと」と、可枝は目を潤《うる》ませてしまった。

「なんと嬉しいお申し出でしょう。お返しで申すわけではないけれど、わたしはりんどのの絵がずっと好きでした」

「おや、さようなこと初めて聞きました」

「昔、あなたが描いてくれたものを今も持っております。山百合《やまゆり》、それから木通《あけび》の絵。二枚」

まるで憶えていない。

「これが摺物《すりもの》で売られていたら購《あがな》いたいと思うほどです、あなたは絵師におなりになれると申し上げたではありませんか」

「あれあれ、さっきまでしょげていたひとが豪気にお構えだ」

可枝は鼻の頭を少し赤くしていたけれど、昔ながらの佇《たたず》まいを取り戻していた。その美しさが、りんには嬉しかった。

あれから二度三度と文を交わし合い、可枝の詠んだ歌に春野の雲雀《ひばり》や稲田の赤蜻蛉《あかとんぼ》、雪の竹林などを描いて文を返した。だが、この頃は音信が途絶えている。文を出しても返ってこない。可枝が身籠ったらしいことは母から聞いた。いよいよ歌詠みどころではなくなったのか。それとも心を決めて、婚家のひとになったのだろうか。それはそれで安心なような不安なようなと思いながら、わたしは、と掌中の筆を見る。

わたしは観念できそうにない。

月明かりが動いて、顔を上げた。胸の裡《うち》が何やら妙な具合だ。早鐘《はやがね》のごとく鳴っている。

そうだ。わたしはその道を歩いてみたい。

可枝の言う重荷とやらが、いかほど重いものであろうとも。


「今、何と申した」

兄はぐいと顎を突き出した。

「絵師になります」

もういちど低く、より明瞭に告げた。

「えしぃ」

兄が大音声《だいおんじょう》で繰り返す。母はかたわらで啞然《あぜん》として、目を見開いたままだ。

「向後は念を入れて腕を磨き、己の身は己で養いますゆえ、嫁入り、縁談の儀はご放念くださって結構にござります」

膝前で手をつき、さっと頭を下げた。

「では、そろそろ豆腐売りが参ります刻限ゆえ」と腰を上げれば、「待てぃ」と兄が叫んだ。

「言い逃げは許さぬ。そこへ直れ、直れぃ」

襟髪《えりがみ》を摑《つか》むような勢いで叱咤《しった》され、りんは渋々と古畳の上に正坐し直した。

「腕を磨いてとは、師匠につくということか」

そうか、まずは師匠につかねばならないか。でも流派など何も知らない。いや、師匠につくとなれば束脩《そくしゅう》が要る。まずその算段からだ。

少し気後《きおく》れしたが平気をよそおい、「もちろんです」とうなずいた。兄は「しかし」と、遮《さえぎ》るように言葉を継ぐ。

「笠間にさような絵師などおらぬではないか。水戸には一人二人はおろうが、水戸に赴くのは剣呑《けんのん》であるぞ。まだ何が起きるかわからぬ」

兄が水戸藩の内乱を指して言っていることは、すぐに察しがついた。

旧幕時代、水戸藩は御三家であり、尊王でつとに知られてきた藩だ。最後の将軍となった慶《よし》喜《のぶ》公の生家でもあり、慶喜公は帝への大政奉還を成し遂げた。だが水戸藩内で党派が分かれて内乱に至り、新政府にほとんど参画できぬほど人材を喪《うしな》ったのだ。

茨城県が誕生した際、爺やが近所で妙な噂を聞いてきたことがある。県庁が置かれたのは水戸なのだ。本来であれば「水戸県」となって然るべきであったが、あの激烈な内乱の記憶が政府内にも残っていたため、あえてその土地名を使わなかったのだろうという。

水戸の天狗党が筑波山《つくばさん》で蜂起したのは父が亡くなった翌年、りんが八歳の時だ。いつものように母から手習いの手ほどきを受け、その後、手にした筆と反故紙を広縁に持ち出して絵を描いていた。

庭といっても名木や池で山水を造ってあるわけではなく、花といえば梅に桃、桜くらいのものなので、土地の半分以上は畑に耕されている。日々の菜のために茄子《なす》や冬瓜《とうがん》、青菜を作り、砂地では鶏がコツコツと往来している。りんはそのさまを写したり、母が時折、見せてくれる錦絵を模したりして遊んでいたのだ。

母はもともと絵を見るのが好きで、父が江戸土産で求めてくるものも錦絵や絵草紙の類《たぐい》だった。母は鈴木《すずき》晴信《はるのぶ》のたおやかな画風が好みであったが、りんは長じては人物なら豊国《とよくに》、風景なら広重《ひろしげ》の絵をよく真似て描く。

美人の眉の線を小筆で引き終えた時、山の彼方で重い音が轟《とどろ》いた。岩山を割るかのような音だ。後に母や兄が口にしているのを聞いて、そうか、あれが大砲《おおづつ》の音だったのかと思った。

今となっては、実のところはわからない。ただの銃声だったかもしれず、であれば、その音が筑波山からりんの家まで届くはずはないとも思う。けれど、ふと顔を上げて南西の山へと目を走らせた。それは記憶違いではない。

得体のしれない、不穏なことが始まる。

幼心にそんな気がして、彼方を見ていた。

戊辰《ぼしん》戦争の際、笠間藩牧野家は官軍に属し、陸奥《むつ》会津藩への攻撃に加わった。それによって賞典禄を受けたのである。水戸藩とは異なる仕方で幕末を乗り越えた。しかし向後、会津を始めとする東北雄藩が再び戦を起こさぬとも限らないらしい。もしも新政府が倒れれば、また天下の形勢が変わる。今度は笠間が報復を受ける可能性もある。

会津では武家の妻女、娘らが薙刀《なぎなた》を手にして官軍と闘ったのだと聞いた。兄はその官軍として、戦場《いくさば》を駈けた。自身は黙して何も語らぬが、いかほど凄惨な戦であったか、母の縁戚や近所から聞き及んで少しは承知している。それは決して他人事ではなく、そこに思いをいたせば胸の奥が重く疼《うず》く。

顔をめぐらせ、庭の生垣の向こうに連なる南西の山影へと目をやった。

水戸での修業が許されぬとあれば、いっそ。そう、かの地がある。逸《はや》る心のまま、膝を兄の前に進めた。

「兄上、わたしは江戸に参ります」

「東京」と、兄は言い替えた。

四年前の慶応四年、江戸を「東京」とする詔が発せられた。しかしりんにとっては、まだ江戸だ。母や爺や夫婦も、いまだに昔ながらの呼び方を変えていない。

「はい。江戸の絵師に弟子入りいたします。さすれば束脩は要らぬでしょうし、かの地であれば絵師も数多《あまた》住んでおりましょう」

「東京で弟子入りだとう。ならぬならぬ、以《もっ》ての外《ほか》ぞ。嫁入り前の娘がかように尋常でない真似をいたさば、必ず敬遠される。縁遠くなる」

「ですから、その儀は心配ご無用に願います」

「なんだ、何を申しておる」

「そのまま江戸で生きてゆきます」

「血迷うたか。男でも生き抜くのが困難な時世ぞ。お前のような苦労知らずが、いかにして暮らしを立てる」

「どこぞに片づくのと東京で絵師になるのと、何の違いがありましょうや。わたしの食い扶持《ぶち》は減りましょうから、兄上も安堵なさって妻女をお迎えください」

言い放ち、りんは総身を硬くした。口に出してしまった以上、兄がうんとうなずいてくれるまでは一歩も引かぬと、唇をひき結ぶ。

「のう、りん。絵なら嫁いでも描けよう。そのくらいの手慰みは許してくれる家に嫁げばよいだけのことではないか」

兄は面持ちを変え、懐柔策《かいじゅう》に転じたようだ。

「東京に無闇な夢を持っておるようだが、市中は荒れておるのだぞ。諸国の浮浪人が跋扈《ばっこ》して野盗に火付け、かどわかしが横行しておる。お前などひとたまりもない」

今度は脅しだ。負けるものかと、りんは膝の上の手を拳《こぶし》にする。

「おうおう、言いたいだけを言いおって、あとはお得意のだんまりか。でたらめなやつ」

「根競べなら負けませぬ」

「いい加減になさい。この、ごじゃらっぺが」

大声で「馬鹿者が」と叫んだのは兄ではなく、母だった。

「黙って聴いておれば図に乗って、お為《ため》ごかしの言いようも甚《はなは》だしい。兄上が口減らしのために妹の縁談を考えておいでだと言いますか。そなたはいつのまに、かような浅き考えを披瀝《ひれき》する娘になったのです」

怒りのあまりか、目の縁を赤くしている。どうやら口が過ぎたらしかった。

「兄上に詫《わ》びなされ」

結句、頭を下げた。だが料簡を変えるつもりはない。

「お願い申します。わたしを江戸にやってください」

兄は着物の裾を蹴るようにして立ち上がり、母も無言で腰を上げた。座敷にひとり置き去りにされたまま、りんは動けない。

この志《こころざし》をわかってもらおうと思っても、土台が無理だったのだ。母は昔からりんの絵を褒めてくれたが、それは娘が嫁ぐ前の、ささやかな一葉だ。嫁いでしまえば、可枝が歌を詠むひとときを許されぬように、わたしも葉ごと毟《むし》られ、植え替えられてしまう。婚家の風儀に添うよう肥料を与えられ、ここで根を張れ、それでこそよい木だと言い含められて仕立てられてゆく。そんな一生など、わたしはまっぴらだ。

男でも、生き抜くのが困難な時世ぞ。

兄の言う通りなのだろう。御公儀や藩さえ、この世から消え失せたのだから。この先、何が起きても驚かない。もはや何も確かなことはない。不変のものなどない。ならばおなごのわたしが打って出ても、おかしくはないのだ。

数日のちの夜、母が近所の家に湯をもらいに行っている隙を盗み、納屋に入った。自室にとって返し、巻紙を広げて筆を持つ。


絵師になりたき一念どうにも抑え難《がた》く、かような決意に至りし候《そうろう》こと、何とぞ御寛恕《ごかんじょ》くだされたく候。江戸にて必ず本望を果たします故《ゆえ》、私のことはどうかご案じくださいませぬよう、お願い申し上げ候。ご承知の通り、至って丈夫に生まれつきし身にござりますれば、何をいかようにしてでも絵師修業を貫く決意にて候。これまで養うていただき、兄上と母上の御慈愛には謝する言葉も持ち合わせておりませぬ。ただただ、心より御礼を申し上げ、ご息災をお祈りするのみにて候。

そこまでを書き、嫁ぐ前の花嫁御寮が口にする言葉みたいだと、少し笑った。ふと思いつき、末尾に一文を加えた。

明治の世にて、私も開化いたしたく候。

二

息を弾《はず》ませながら、歩き続ける。

昨日の払暁《ふつぎよう》に笠間を出て田上《たがみ》村に入った頃までは、時々、後ろをふり返っていた。背後からいきなり腕を摑まれはせぬか、追手が恐ろしかったのだ。

旧笠間藩領は森の多い平らかな台地で、やがて坂道を延々と下ることになる。いやでも前のめりになって足が速まり、胸の鼓動が聞こえるほどだ。それでもひたすら歩く。手甲《てつこう》、脚絆《きやはん》に草鞋《わらじ》をつけてはいるが、ろくな旅装束ではない。背に負った風呂敷に包んだものといえば油紙でくるんだ紙束と矢立《やたて》、着替えの一枚、そして菜入りの握り飯だけだ。包みは前の晩、納屋の奥隅に隠しておいた。

兄や母はむろん、朝の早い爺や夫婦もまだ起き出してこない時分を見計らい、足音を忍ばせて家の暗がりを通り抜け、納屋に入って手探りで支度をした。風呂敷包みを背負い、少しばかりの銭が入った巾着袋は懐《ふところ》に、懐剣《かいけん》は帯の間に差した。懐剣はりんが十二の年に母から受け継いだもので、もとは祖母の嫁入り道具だったという。

笠と杖代わりの心張棒《しんばりぼう》を手にして、外に出た。組屋敷の簡素な冠木門《かぶきもん》の下を抜け、真榊《まさかき》と柘植《つげ》を混ぜた生垣のそばを西へと走る。

鯉川沿いの村落に入った頃には、もう背後を気に留めてはいなかった。日が暮れつつあったのだ。ともかく塒《ねぐら》を見つけねばと犬のごとく鼻をひくつかせて辺りをうろつき、ようやく廃《すた》れた寺を見つけた。庫裏《くり》の裏木戸から中に潜り込み、埃《ほこり》と抹香臭《まっこうくさ》さが混じって淀んだ板間に身を横たえた時、ふくらはぎは板のように硬くなっていた。

まだ一日歩いただけなのだ、あと三日、もしかしたら四日は歩き抜かねばならぬ。頭の中で覚悟をつけつつ、そしてそのために菜飯も三口ほどしか食《は》まなかったのだけれども、紙束を抱えて笑んでいた。

紙束は、りんが筆を揮《ふる》った絵である。江戸の絵師にこれを見てもらい、修業を願い出るのだ。ようやく師匠につける。

「わたしの開化が始まる」

板間の一隅で迸《ほとばし》るように唱えるや、すぐさま眠りに落ちた。

そして今日もまだ明けやらぬうちに目を覚ました。つかのま、笠間の家の寝間と勘違いをして目瞬きを繰り返し、だが寝起きのよい性質《たち》だ。起きてすぐ寺を発った。

薄暗く冷たい空気の中を、てくてくと歩く。往《ゆ》く手の方角ははっきりしている。南西を目指せばよいだけのことだ。

やがて星の瞬《またた》く紺青《こんじょう》が去り、左手の、東の空が明け始めた。つと足を止め、朝焼けにしばし見惚《みと》れた。黒い稜線《りょうせん》の向こうが赤々と息を吐き、幾筋もの、白とも金ともつかぬ光の束が雲間を貫いて光る。

矢立と紙を取り出して描きたいと思ったけれども、しばし逡巡《しゅんじゅん》して手を握りしめ、また歩く。時折、鍬《くわ》や鋤《すき》を担いだ百姓がりんを追い越してゆく。向こうから今度は赤子を背負った、百姓の女房らしき身形《みなり》の女が花桶を抱えて歩いてきて、すれ違った。石楠花《しゃくなげ》や山躑躅《やまつつじ》が目についたので水戸に売りに行くのだろうか。赤子が機嫌のよい声を立て、母親のあやすような声が後ろで聞こえた。吹く風に花と乳の匂いが混じる。

やがて道の左右に、水を張ったばかりの田が広がり始めた。蛙が鳴き、雲雀《ひばり》が舞い上がる。畦道《あぜみち》では草や花がうなずくようにそよぎ、鎮守の森は閑《しん》として動かない。ところどころ黄色が見えるのは、あれは麦畑なのだろう。その向こうに散在しているのは胡桃林の濃緑に包まれた茅葺《かやぶ》きの屋根だ。細い煙がたなびいている。

飯や汁の味を思い出して、思わず唾《つば》を呑み下した。腹が減っている。今朝も起き抜けに硬くなった菜飯を三口だけで、あとは道すがら、せせらぎの水で腹を埋めた。米を研ぐ感触を思い出しそうになって、指を折り曲げて掌《てのひら》の中におさめる。ジョッ、ジョッと、草鞋の足裏で土が鳴る。

道は曲がりくねりながらも山並みに近づいている。緑の腕《かいな》をゆるりと広げ、田畑や家々を包んでいるかのようだ。さまざまな緑を幾重にも重ね、初夏の空色と照り合っている。

幼い頃から見晴るかしてきた、常陸《ひたち》の国の山々だ。今はそれを、こんなにも近くで眺めながら歩いている。

笠間八万石牧野家の笠間城も山城で、佐白山《さしろさん》に築かれたものだ。その山の西麓から盆地の中ほどに、牧野家の家臣が住まっている。とはいえ、城の膝下《しっか》に屋敷を賜《たまわ》っているのは重臣らで、下士であった山下家は城下でも端の五騎町《ごきまち》、御旗前《おはたまえ》とも呼ばれる町だ。

兄と母の顔が過《よぎ》る。今頃、さぞ大騒ぎになっていることだろう。けれど迂闊《うかつ》に隣近所に問い回ることはできない。それは当主である兄の面目にかかわる。

これ以上は考えるまいと、振り払うかのように足を速めた。

歩け、江戸を目指せ。

加波山《かばさん》の山裾を回るように歩き、やがてまた異なる山が目の前に現れた。おそらく休恵山だろう。日が暮れるまでにはこの山の峠を越え、山麓に下りていなければならない。

りんは裾を端折《はしょ》り、杖がわりの棒を握りしめた。山道口では晴れ渡っていたというのに、頭上がいつしか薄暗くなっている。樅《もみ》や赤樫《あかがし》、椎《しい》などの木々が鬱蒼《うっそう》と繁り、梢《こずえ》の枝々が互いに手をつなぐかのように混み入っている。木漏れ陽《こもれび》がほとんど地上に降りてきていないのだ。

それでも初めは歩を緩めずに登り続けた。下生えの灌木《かんぼく》や羊歯《しだ》、熊笹が繁って、木立の向こうでは鳥が鳴いている。が、そのうち足取りが重くなった。さほど険しい山ではないはずであるのに、古い木の根や黒い岩肌がそこかしこで剝き出しになっており、歩幅が乱れてしまうがない。岩と根の間には泥濘《ぬかるみ》だ。水が細い音を立てて走っているので、どこかに湧き水があるのだろう。降り積もった落葉や岩も湿って黒緑色を帯びている。足を滑らせたら事《こと》だと、垂れ下がった木通《あけび》の蔓《つる》を見つけて右手で摑んだ。左手に持ち替えた棒を岩間の土に突き立て、右足を大きく上へ持ち上げる。そのまま踏みしめて躰《からだ》を運び、ようやく左の足が揃う。

気づけば息が途切れ、総身が重くなっている。

このまま進んで大丈夫なんだろうか。

山に入ってから、いっこう人とすれ違わない。筑波の本山である男体山《なんたいさん》や女体山《にょたいさん》ほど参詣が頻繁な山ではないものの、杣夫《そまふ》や近在の百姓らと行き会ってもおかしくはない。おなごが供も連れもなく一人で峠を越えているのを不審がられはしまいかと、身構えていたほどだ。万一、追《お》い剝《は》ぎにでも出くわせば懐剣を抜く、その動作も頭の中で思い描いてあった。薙刀はさほど好きではなく、母も熱心には教えなかった。けれど小《ちい》サ刀《がたな》を使う心得くらいは持っている。

しかし誰にも会わない。

眉を顰《ひそ》めた途端、前のめりにつんのめった。顎をしたたかに打ち、呻《うめ》き声が洩《も》れる。手で顎をさすると、土で汚れた手甲に血の色がついている。見れば顎の下には巨《おお》きな倒木があって、飛び出た枯れ枝の先で切ったらしい。手をついて両の膝を立て、辺りを見回した。鳥の声も葉《は》擦《ず》れの音も聞こえない。

道を間違えたか。それとも迷ったか。

ひとたび疑念が泛ぶと、耳の後ろがトクトクと妙な音を立てた。このまま峠を越えられなかったら、引き返すしかないのだろうか。だが耳の底で、「りん」と呼びかける声がある。

身を起こせよ。歩けよ。この山を越えねば歩けぬ道がある。

絵筆でもって生きる道。

もはや、己にも手に負えぬほどの強い希求だ。

空を見上げ、葉の繁りの合間から微《かす》かに覗く空の色を頼りに再び棒を突き、立ち上がった。

すんと息を吸い、吐き、また歩き始める。やがて薄暗さが変わってきた。橅《ぶな》の木立が続き、幹越し葉越しに光が差している。人がここに入って下枝を刈っているのだ。そうと気づくと足裏も感じが違う。やはり、人が踏みしめてきたと思《おぼ》しき硬さだ。

まもなく、一気に目の前が明るくなった。空が広がっている。久しぶりに澄んだ青を見たような気がした。

歩を進めれば、梢の高い杉の木がある。三抱えほどもある幹だ。齢《よわい》は百年、二百年ではきかぬだろう。けれど枝の張り出しは老いていない。強く雄々しく、枝先には緑の若葉がフンフンと噴いている。

りんはその幹に掌をあててから、根方《ねがた》に腰を下ろした。背負っていた笠と包みも下ろし、風呂敷を解く。せせらぎを見つけて水を飲んだ。甘露《かんろ》のごとき美味《うま》さだ。口から溢れて喉《のど》へと伝って胸許を濡らすが、なに、かまうもんかと思った。どうせ草鞋に脚絆、着物まで泥にまみれている。腹の虫が鳴ったので菜飯を取り出し、一気に頬ばった。また、かまうもんかと思った。

明日の難は、明日迎えればよい。

麓《ふもと》の村に下りた時はすでに日は暮れて、夕焼けの雲だけが赤い。空には三日月だ。

家々が宵闇《よいやみ》に沈むまで歩き続け、わずかな月光だけを頼りに塒を探した。昨晩のように寺や神社を目当てにしたが見つけることができず、茅葺《かやぶき》屋根の大きな百姓屋敷の納屋裏に身を潜めた。馬の飼葉《かいば》と尿《しし》の臭いがして、けれど膝を抱えた途端、瞼《まぶた》がふさがった。

目を覚ました時、肩や尻が冷え切っていた。朝露が下りている。東の空にはたと目をやれば、もう明けかかっている。納屋の向こうで物音がして、井戸の釣瓶《つるべ》の音だ。飛び起き、そのまま小走りになって道へ出た。

顎を指でさすると、傷の痛みは薄らいでいる。むしろ草鞋の鼻緒が指の股に喰い込み、その痛みが増してきた。けれど歩みは止められない。

筑波山の北麓を目指してなおもてくてくと歩き、やがて黒塀に生垣、蔵の白壁が連なる界隈に入った。真壁《まかべ》だ。その昔は笠間藩の飛び地領であっただけに、寺社の石垣や石段も笠間を思わせる構えだ。

ふと、御一新前であれば、と思った。

御一新前であれば、妹が出奔《しゅっぽん》したとあれば騒動になって、兄は藩から何らかのお叱りを受けたかもしれない。けれど今は小娘ひとりが家を出たからとて、兄が咎められることはないはずだ。そう思うことにした。母も気性の慥《たし》かなひとだ。動転はしようが、度を失うほどのことはあるまい。

真壁の町を抜け、また田畑の続く道を歩く。やがて山影が遠ざかり、低い丘陵と平らかな土地が増えてきた。そろそろ下総《しもうさ》の国、今はたしか印旛《いんば》県という名に変わったはずだ。元は関宿《せきやど》藩であった地を目指して、りんは歩く。いつしか筑波山を背にしていた。

関宿の船宿で草鞋を脱いだのは夕暮れ前だった。わずかばかりの銭を使うのは惜しく今夜も野宿をしようと心組んでいたが、身を潜める場が見つからぬほど賑やかな町だ。半裸の人足や船頭、商人らしき風体《ふうてい》の男らが行き交い、旅籠《はたご》の法被《はっぴ》をつけた男や留女《とめおんな》らが盛んに袖を引いている。

町がこうも繁華であるのは、目の前に利根川が流れているからだろう。江戸川との分岐地でもある。江戸川は利根川から流れを分かち、江戸湾に注ぐ川だ。川船が日に幾艘《いくそう》も江戸と往来し、人や米、魚、肥料の干鰯《ほしか》や蔬菜《そさい》を運んでいると聞く。かつての関宿には関所が設けられており、関宿関《せきやどのせき》と呼ばれていた。藩士が通行人や川船を改めていたが、それも御一新によって数年前に廃止されているはずだった。

船宿の女衆《おなごし》はりんを何と思ったか、ずいぶんと親切で、指の股に塗る膏薬《こうやく》をさし出してくれた。泥と埃にまみれた身形であったので、抜き差しならぬ事情があると推したのかもしれない。素泊まりであったのに何をどう差配してくれたのか、麦飯と熱い汁、新香までつけてくれた。

「船が出るようぅ」

慌てて飯をかき込み、川船に乗り込んだ。

船の中は大変な混みようで、商人の大きな風呂敷包みや肩肘に何度も突かれる。それでも胸が躍って、夜の川風に向かって顔を上げる。

行徳《ぎょうとく》という地で船を乗り換え、新川を西へと下り、小名木《おなぎ》川を経れば本所《ほんじょ》に着くはずだ。本所の緑町《みどりちょう》には笠間藩主であった牧野《まきの》の殿様の下屋敷があり、山下家の縁戚である生沼《おいぬま》家がそこで用人《ようにん》をしている。母は昔からの交誼《こうぎ》を重んじて季節の音物《いんもつ》を絶やさず、筑波の福来蜜柑《ふくれみかん》や干柿を送ってきた。先方からは粋な色柄の手拭いや干菓子、幕末頃からは兄宛てに新聞が送られてきたこともある。りんはひとまずその生沼家を頼り、修業先の絵師を見つけようと思案していた。弟子として住み込ませてもらえれば、そこからは己の腕次第、運次第だ。

江戸に向かって川はゆるゆるとうねり、流れ続けている。空がだんだんと明るむ中、川岸には松林が枝を伸ばし、船が潜る木橋は桁《けた》の線まであか抜けて見える。川に面した家や蔵が増えてきたと思うと、真正面に優美な形の橋が架かっていた。虹に似た弧を描いている。その向こうの彼方に、雪をいただいた山が見えた。船の中で誰かが声を上げる。

「あれが、富士だっぺ」

古来、必ず筑波山と並び称されてきた山だ。朝陽で輝いている。りんは目を瞠り、そして船から乗り出さんばかりに四方を眺める。御一新前には江戸も相当荒れたと耳にしていたが、何と広やかで、勇壮な都であることだろう。

とうとう江戸に、いや、東京に着いた。

背筋が震えるほど、倖せだ。

三

井戸端で屈んでいると、爺やが「お手伝いすっぺ」と水桶を落とし始めた。

黙って笑みだけを返し、手拭いや腰巻をせっせと揉む。爺やは水を汲み上げ、それをりんの膝前の洗濯桶にザッと音を立てて空ける。

「今日は久方ぶりに晴れて、いい塩梅《あんばい》だね。はて、嬢様、今は何月になるだが」

「昔の暦《こよみ》では六月だけど今は七月だよ。もうすぐ七夕」

「え、もう七月だか」

「新暦では梅雨前頃が五月、梅雨の頃は六月、でもって今は七月」

「ああ、もうこんぐらがっちまって、わがんね。容易でねえよ」

昨年、明治五年の師走《しわす》にそれまでの暦が廃され、西洋式の太陽暦が採用された。十二月三日が明治六年の元旦となったため、山下家も近所も迎春の用意が間に合わず、てんてこまいとなった。それからずっと季節がずれ、梅雨の空に上げていた鯉幟《こいのぼり》が雨のない中で泳ぎ、水無月《みなづき》のはずが毎日しとしとと降り籠められる。ややこしいことこのうえない。

「このままだったら、七夕も新暦で行なうことになりそうだよ」

「それは、さすがにやんめ。まだ梅雨の雨が残っておるし、だいいち夜空が秋になってねえべ。天の川も判然としておらぬのに、牽牛《けんぎゅう》と織女《しょくじょ》はどうやって会うだが」

不満げに大声で喋《しゃべ》り散らしながら、どんどんと水を注いでくる。

「ああ、もう水はいいよ。灰汁《あく》も抜けた」

「今、なんつったんで」

「水はもういいって言ったんだよ。干すから」

「さいですか」と水桶を井筒の縁に戻し、鼻をしゅんと鳴らした。婆やが裏から呼ぶ声がして、りんが「呼んでるよ」と言ってやるとようやく顔を動かした。

「そうもえがい声を出さねども、聞こえとる」

爺やは近頃、耳が遠くなっているのだが、それを婆やが案じても断固として認めようとしない。また呼ばれて、「ああ、今、行ぐ」と叫び返した。

「では、嬢様」

小腰を屈め、名残り惜しげに立ち去った。

りんはそっと息を吐き、洗濯物を絞り上げる。爺やが何かと気遣ってそばに来るのは、りんの気を紛らわせようとしているがゆえなのだ。婆やも同様で、前にも増して口数が増えた。有難いけれど、なお気ぶっせいになる。

去年の初夏、りんは家出を決行したものの、本所の生沼家まで追ってきた兄に難なく連れ戻されたのである。兄は書置きを見るなり水戸街道を走りに走ったようで、りんが生沼家の御長《おなが》屋《や》で茶をふるまわれて一刻《いっとき》も経たぬうちに着到した。口からゼエゼエと荒い息を吐き、髷《まげ》が斜めに歪んで袴の裾は土色に変わっていた。

「まことに、申し開きのしようもござらぬ」

兄は草鞋を脱がぬまま、縁戚である生沼とその妻女に深々と頭を下げたらしい。

「心中お察しいたす。ま、ともかく、お上がりなされ」

「さようですよ。ともかく、りんどのは無事にござりますゆえ」

妻女も親身な声で兄をねぎらっているのが、座敷に坐るりんにも聞こえた。座敷に入ってきた兄は旅装を解こうともせず、こなたには一瞥《いちべつ》もくれない。生沼夫妻は茶を勧め、「母上はご息災か」と訊いた。

「息災です。先だってまでは」

思わず膝が動いた。

「母上の御身《おんみ》に、何かございましたのか」

兄は憤然《ふんぜん》として、前を向いたままだ。

「ござったに決まっておろう。そなた、己が何をしでかしたか、わかっておらぬのか」

「それで、多免どののご様子は」と妻女が訊けば、兄は「は」と顎を動かす。

「まだ枕から頭が上がりませぬが、りんの顔さえ見れば持ち直しましょう」

「そこまでお悪いのですか」

小声でやりとりが続き、りんは何度も唾を呑み下さねばならない。兄は膝の上に拳を置き直し、「生沼どの」と頭を下げた。

「愚妹がお世話になりながら身勝手な願いにござるが、此度《こたび》の失態はどうかご内聞に願えませぬか」

「それはむろん。ご安堵めされ」

生沼は首肯《しゅこう》し、「それにしても」と言葉を継いだ。

「りんどのは血気者《けつきもの》よのう。笠間から四日をかけて歩き通すとは」

「まことに。おなごの足で峠まで越えなさるとは、生半可なことではございませぬ」

半ば呆《あき》れ半ばとりなすかのような言いようを夫妻はしたが、兄は微塵《みじん》も頬を緩めない。

結句、その日のうちに兄と本所を発った。りんが我《が》を折ったというよりも、ともかく母の容態が心配で、矢も楯もたまらなくなったのだ。帰りは水戸街道を歩いたが、母の様子を何度訊ねても兄は一言も口をきかなかった。よけいに不安がつのった。

笠間に戻って組屋敷の門を潜った時、母の姿は家の中のどこにもなかった。寝間にしている小座敷もいつもながら綺麗に整っている。

「母上」

ひょっとしてと思い、座敷から広縁へと出た。畑の畝《うね》の中で、爺やと婆やを従えて草引きをしている。陽射しの中で、その背中はせっせと動く。と、顔をめぐらせ、ゆらりと立ち上がった。姉様被りにした手拭いを髷から外し、りんをじっと見る。

「無鉄砲なことを」

言いざま、ふいに目を伏せて唇を震わせる。

「無事でなによりでした」

りんは鼻の奥が湿って言葉が出てこない。呆《ほう》けたように突っ立っていた。

あの日の草の匂いを想い出しながら、洗濯物を竹竿に通し、干していく。

つまるところ、母が臥《ふ》せったというのは兄の方便だったのだ。仏壇の前でりんの書置きを見つけた時、母は落ち着き払っていたそうだ。後で婆やが言うには、兄の方がよほど動転して外へ飛び出し、笠間じゅうを捜し回ったらしい。

母は兄の帰宅を待たずして、爺やに命じた。

「もはや水戸に入っておるかもしれぬ。追って、連れ戻してきなされ」

爺やは東の水戸へとひた走り、一日じゅう駈けずり回って、とっぷりと暮れてから肩を落として戻ってきた。ちょうどその頃、りんは水戸とは逆の方角の西へ向かい、南へ下って鯉川沿いを歩いていたのだ。廃寺に潜り込み、すでに眠りこけていた時分かもしれない。

母は夜も明けやらぬうちに切り出した。

「重房どの。ご雑作をかけますが、江戸の本所にお向かいくださいませぬか」

「本所、ですか」

「りんが江戸で頼るのは生沼家しかありませぬ。旅支度はできております」

兄は水戸街道を、りんの姿を捜しながら走った。茶店や旅籠を覗いては「かような娘を目にしなかったか」と訊ね、這《ほ》う這《ほ》うの体《てい》で生沼家の門を敲《たた》いた。

あやつの顔を目にした時、心底、安堵するやら、無性に腹が立つやら。不覚にも、玄関先でへたり込みそうになったものよ。

それは爺やから聞かされた。兄が使った方便にりんも腹を立てて「口惜しい」とぼやいたので、爺やが「じつは」と明かしたのだ。

干した手拭いを手で叩いて皺《しわ》を伸ばしながら、りんは口ずさむ。

「ジャンギリ頭をたたいてみれば、文明開化の音がする」

拍子をつけて唄えば萎《しお》れた心も奮い立ってきて、さあて、これからいかなる手立てを講じようかと考えを巡らせる。家の者をかくまで心配させて迷惑もかけた。それは悪いとは思いながら、諦めをつける気にはどうでもならない。

心はもはや東京にある。修業先を見つけるどころか、何一つ見物せずに連れ戻されたけれど、帰りの船に乗った時、河岸で小太鼓の音が聞こえた。振り向けば飴売りのようで、飛ぶように踊りながら歩いている。その脇を行くのは苗売りに虫売り、口々に面白げな売り声を上げながら行き交う。そこに鈴の音を鳴らしながら、若者が歩いてきた。飛脚の荷物箱のような物を担いでいるが、箱の上に旗を立てている。白地に赤丸の旗だ。りんが驚いたのは、若者の頭だった。髷を結っておらず、断髪なのだ。

「半髪頭《はんぱつあたま》をたたいてみれば、因循姑息《いんじゆんこそく》の音がする。総髪頭をたたいてみれば、王政復古の音がする。ジャンギリ頭をたたいてみれば文明開化の音がする」

半髪頭とは、これまで当たり前に目にしてきた、月代《さかやき》を剃って髷を結った頭のことだ。総髪頭は月代を剃らずに髷だけを結ったもの、そしてジャンギリ頭は断髪した頭を指す。昔なら罪人のしるしだが当節はこれが新しいらしく、政府も去年、散髪するように勧めたという。が、実際にりんが目にしたのはあの日が初めてだった。

若者は誇らしげに胸を張り、なかなかいい声で唄いながら歩いていた。船の乗り合い客が話すには、新聞売りらしかった。

「半髪頭をたたいてみれば、因循姑息の音がする」

さて、兄のあの半髪頭といかに渡り合えばよいのだろう。家出の一件以来、ほとんど口をきかず目も合わさず、たまさか二人きりになってりんが口を開こうとすればすぐさまその場を去ってしまう。母は母で、新たな屈託を抱えることになった。

「重房どのはどうやら、そなたの名を大声で呼ばわりながら捜し回ったようです。もはや五町でそなたの起こした一件を知らぬ者はなく、山下家の娘に縁談を世話しようという家はありませぬ」

それは、もっけの幸い。「ならば、どうか東京に」と口にするや母も別人のごとく冷たい顔つきになり、その場から姿を消してしまう。兄と示し合わせ、りんに蒸し返させる隙を与えまいと決めているに違いない。そんな日々をかれこれ一年も続けてきた。

母は焦《じ》れてか、幾日か前は「かくなるうえは」と呟いた。

「田畑を耕す家に嫁ぎますか」

「母上、それだけはご勘弁ください」

百姓の身分やゆくたてを厭《いと》うのではない。この家でも畑を耕している。しかし可枝のように、筆を持つことも許されぬ家かもしれない。面窶れした、あの顔が泛んだ。

それだけはいやだ。いかほど仕置《しおき》を受けようが、わたしはどうあってもいやだ。

「おなごは嫁いで子を産んで育てて、それしか生きる術がないのでしょうか。絵の道を志す心は、それほど道理を外しておりましょうか」

「あるまじき」

その一言で斬って捨てられた。

ふと名を呼ばれたような気がして振り向くと、当の母が立っていた。目顔で呼んでいる。

心なしか、蒼褪《あおざ》めているように見えた。


慮外のことを聞かされて言葉を失った。

つい今しがた、可枝のことを思い出していたばかりだった。

「痛ましい。赤子を抱いて入水《じゆすい》するとは、いかばかりの苦労があったのでしょう」

可枝はこの春、嫁ぎ先で子を生《な》したばかりだった。母と共に生家に祝いを持って参じたのだが、可枝の母御は眉間をしわめ通しで、母に何やら訴えていた。「これで可枝どのも落ち着きましょう」と、母が宥《なだ》めているのが聞こえた。

その数日のうちにりんは文をしたため、返事はこないままだった。家出して江戸に赴いたことを面白可笑《おか》しく、得意げに書いたのだ。絵も添えた。ろくに滞在しなかった本所の景色を、まるで見てきたかのように描いた絵だ。家々の甍《いらか》に漆喰《しつくい》の壁、弧を描く橋に川の水は光り、柳の葉が揺れ、燕《つばめ》がすいと空を横切っている。

可枝どの。銀に白、赤や青、緑、江戸の色はどれも鮮やかです。黒だって、ただごとじゃない光を含んでいる。あれが粋、いなせというものでしょうか。

「そなた、可枝どのと文のやりとりをしていましたね」

母は静かな難詰《なんきつ》口調を遣った。りんはまだうろたえていて、背筋から力が抜けてしまっている。何をどう申せばよいのか逡巡し、ようやく声を絞り出した。

「嫁ぎ先での暮らしがつらいようなことは、伺ったことがあります」

「やはり、そなたにも話していたのですか」

母はふいに声を詰まらせた。

「離縁をお願い申したい、家に帰りたいと、何度も懇願の文をよこしていたそうです。けれどそのうち子ができたとわかって、親御もやれやれと安心なさっておられたのですよ。ですが先だって、赤子をつれて里帰りをした際にまた離縁を愁訴《しゅうそ》されたようで。お父上がそれを大変お叱りになって、かような気儘《きまま》を親が易々《やすやす》と許すと思うてかと追い返されたようです」

可枝はもはや身の置きどころがなく、婚家への帰り道を辿《たど》ることもできず、田畑の間を彷徨《さまよ》ったのだろうか。そう思うと歯の根が小刻みに震え、血の気が引いてゆく。

「我が身に赤子をしっかりと括《くく》りつけて、入水したようです。先方はたいそうお怒りで、葬儀も営まぬと仰せだと聞きました。それでご実家が骸《むくろ》をお引き取りになって、今朝、お身内だけで埋葬を済まされたようです」

「ご実家でも葬儀を営まれぬのですか」

「他家に嫁がせた以上、嫁ぎ先のお墓に入るひとです。遺骸の引き取りについても相当な悶着《もんちゃく》があったようで、ご実家としては正式な葬儀を営むのを憚られたのでしょう」

「それは、あまりなお仕打ち」

冷たかった総身が今度はかっと、内側から炒《い》られたように熱くなる。

可枝どのはどんな思いで我が子を胸に抱き、括りつけたのか。なにゆえ、わたしはあんな酷い絵を送ってしまったのか。江戸まで歩き抜いたこの足で、なにゆえ婚家を訪ねてみなかったのか。

いやだ、いやだ。こんな薄情な、役立たずの己がいやだ。

息ができぬほどしゃくり上げていた。

「まもなく、光照寺《こうしょうじ》様に集まることになっています。おなごだけで、せめて供養をさせていただこうと」

指先に感触があって、目を開けば母が数珠《じゅず》をさし出していた。涙を拭いもせずに受け取った。

最も年嵩《としかさ》の老女が背を丸め、鈴《りん》を鳴らした。

低く呟くように詠じ始める。御詠歌《ごえいか》だ。山下家も浄土真宗であるので、母が時折、仏間で詠ずるのを聞いて育ってきた。りんはこの響きがあまり好きではない。何と詠じているのか、歌詞がまずわからない。節回しも陰鬱だ。父の葬儀の記憶がよみがえって、目が痛くなるほど泣いた悲しみを、死がもたらす別離を思い出すからかもしれない。

けれど今日は自ずと声を合わせ、詠じていた。左の手首に数珠をかけ、右手の棒で鈴を打つ。南無、阿弥陀仏。可枝どのと赤子が彼岸《ひがん》に辿り着けますように。向後はすべての苦しみから解き放たれて、やすらかに。やすらかに。

どうか、御仏《みほとけ》よ。


秋にならぬうちに、盆を迎えた。

旧暦の七月十五日であれば初秋に入っているはずだが、月日だけを新暦に移したのでまだ夏の盛りだ。母と兄も腑に落ちぬ様子でありながらも、墓に参ることにした。陽射しのきついこの時季は花が少ないので、畑の裏手に咲く撫子《なでしこ》と白の水引草《みずひきそう》を幾本か切って手桶に入れた。酒がたいそう好きであったという父のために、兄はいつも徳利《とっくり》を持参している。

りんが花を入れ、兄は猪口《ちょこ》に酒を注ぎ、母は線香を手向《たむ》ける。兄、母、そしてりんの順に手を合わせた。

帰り道、蟬のしぐれる木立の下を歩く。

「りん」

かたわらを歩く母が、おもむろに呼んだ。兄は徳利をぶらぶらさせながら前を歩いている。

「そなた、まだ絵師になりたいのですか」

唐突な問いだ。唇を揉んで口ごもり、ようやく「はい」と答えた。

「修業しとうございます」

「なれど近頃は、とんと口に出しませぬな」

俯いた。胸の底が軋《きし》む。可枝のことが応《こた》えて尾を引いている。絵への一念を忘れたことはないが、同じように可枝の死を想うのだ。そしてまた、絵に戻る。

「ただ好きだというだけで絵師になれるものか、果たしてわたしにそれほどの腕があるのか、心許《こころもと》ありませぬ」

自信がなくなっていた。生きることの困難さを、可枝に思い知らされた。

兄の背中がふいに止まった。首だけで見返って、りんを見下ろす。

「そなたらしゅうないことを言う。無闇な自信だけは持っておったに」

久しぶりに目を合わせていた。

「だいいち、まだ何も修業しておらぬではないか。腕のほどを語るなど、片腹痛い」

「重房どの。もうそのくらいにしておやりなされ。りんなりに苦しんできました」

こみ上げてきて、目の中がウジャリとする。

「母上」

「往来で泣くのはおよしなさい。ここで泣いていたら、この先とてもではないが修業をまっとうすることなどかないませぬよ」

見れば、りんの心底を覗くかのような目の色だ。

「覚悟はできているのですね。並大抵ではないのですよ」

「それは、あの、もしや」

「そなたは」と兄が答えた。

「幼い頃から、絵筆を持たせさえすれば総身で弾むように笑う娘であったと、母上は仰せになる。子供ってものは何か一つそんなものがあって、おれは馬の首筋の匂いだったらしい。それを嗅がせさえしたら泣き止んだんだと。そんなことおれは憶えちゃいねえが、そなたの好きは長じて消えるどころか押しても引かぬ一念になっちまった。絵師になりたいなんぞ、とんでもねえ高望みだ。傍迷惑《はためいわく》もいいところだ。だが、その高望みを母上は叶えてやりたいと仰せだ。無鉄砲者の母は、大無鉄砲者ときた。おれには真似のできぬ芸当だ」

そして突如、眉間を開き、ぶ厚い歯を見せた。

「兄上もお許しくださるのですか」

茫然《ぼうぜん》として、声が掠《かす》れた。

「しゃあんめえ。そなたのごとき不出来な妹が家におると、おれはいつまで経っても妻を娶れぬゆえな。生沼どのに頼んで身許請人《うけにん》になっていただくゆえ、よいか、二度と帰ってくるでないぞ」

胸のすくような笑みだ。木漏れ陽が揺れる。

「しかと、開化の道を行け」

翌八月の五日、兄に伴われて、りんは笠間を再び出立した。東京まで三十五里半の道程である。

四

中丸《なかまる》は身上書にさっと目を走らせ、日に灼《や》けた頬をフウンと動かした。

「ってことは、僕で三人目かい」

厳しい声音ではないものの、最も答えにくい問いを最初に繰り出された。やはりそこを訊かれるかと、りんは肚《はら》を括った。

「四人目にございます。最初の師匠は四日と半日で止《よ》してしまいましたので、勘定に入れませんでした」

「四日と半日とは早いね。何があった」

「下手でした」

「下手か。その師匠も浮世絵師だったんだろう」

「はい。大下手だったものですから、お暇をいただきました」

中丸は小さな目を押し開き、膝を叩いて呵々《かか》と笑った。歳の頃は三十五を過ぎているだろうか。小柄だが所作は若々しい。

「そりゃ、とっとと見切りをつけて正解だったよ、山下君」

りんが念願の上京を果たしたのは、明治六年の新暦八月八日である。

縁戚の生沼家が住まっている本所緑町の御長屋にまずは身を寄せ、生沼が伝手《つて》を頼って浮世絵師を世話してくれた。だが仕事を見るなり呆れ返ったのだ。最初から名のある絵師につけるとは思っていなかったけれども、あまりに腕がなかった。

「下手な師匠についたって、下手を習うだけだものな」

今日、訪《おとな》っているのは中丸精十郎《せいじゆうろう》といい、南画《なんが》師である。甲府の出身で、京、大坂で南画を学び、上京してのちは陸軍省に出仕する軍人でもあると世話人から聞いていた。こなたも武家に生まれ育った身であるゆえ、武人にはむろん慣れている。けれど御一新後の軍人なるものが武士とどう違うのかは、よくわからない。ただ、洋銃を肩に担いで市中を行進する軍隊の足音はさすがに勇ましく、近頃は浮世絵にも描かれるほどだ。

「で、二人目が歌川派の国周《くにちか》さんだろ。彼は絵師番付にも名が出るほどの腕だ。にもかかわらず、半年ほどだったか。さっき、そう言ったね」

「はい。五ヵ月です」

豊原国周《とよはら》は役者絵、ことに大首絵《おおくびえ》の名手として知られ、「明治の写楽《しゃらく》」との評判を得ている。

初めのひと月は本所から浅草田原町《たわらまち》までの通いで、しかし笠間の兄が文で諭してきた。「いつまでも生沼家に寄寓《きぐう》させてもろうては申し訳が立たぬ。一日も早う師匠の宅に住み込ませてもらうように」という意で、それもそうだと内弟子として入らせてもらった。

「内弟子の苦労は僕も承知しているが、それにしても解《げ》せないね。君はおなごでありながら、郷里を出奔してまで絵を志したんだろう」

中丸は捌《さば》けた物言いで、何でも真正面から訊いてくる。

家出の件はむろん身上書に記すわけもなく、つまりは間に入った世話人が中丸の耳に入れたのだろう。その出所は生沼夫妻だ。二人ともいたって陽気な性質《たち》で、りんを誰ぞに紹介する際も家出騒ぎを必ず言い添えて笑う。決まりが悪いが、かような率直も江戸流かと黙っている。

「炊事に掃除、洗濯、つまり女中仕事で明け暮れて、師匠に手ほどきを受けるどころか、滅多と筆を持たせてもらえぬのは覚悟の前であっただろうに。いずこも、とくに浮世絵師の家など初めの数年はそんなものだ」

「はい。それはもとより」

口ごもると、中丸はニヤリと反《そ》っ歯《ぱ》を見せた。

「酒か。彼は大酒呑みの酒乱だとの噂だが、やはり酔って暴れるのかい。そういえば、家と女房を替えるのが趣味だと豪語する男らしいな」

それ、その女癖のせいだと、思わず眉根を寄せた。

国周の家には兄弟子らが何人も住み込んでいたが、りんが与えられた四畳半には先住人がいた。女の内弟子だ。さして美人ではないが妙に色っぽい声を持つ女で、師匠にものを言うにも気怠《けだる》そうに科《しな》を作り、腕や肩のどこかしらに指先を置く。

そしてりんには居丈高《いたけだか》で注文が多く、己の腰巻の洗濯まで押しつけた。それはまだ堪《こら》えられた。家の事どもに追い回される毎日ではあったけれども、やがて兄弟子や師匠から手伝いを命じられた。さして急《せ》かぬ安仕事の、それも定規を用いての線引きのみだ。むろんすべての家事、用向きを済ませた上でという条件つきで、皆が寝静まった後の夜になる。

けれどりんは夢中になった。己の手で襖の桟《さん》や欄間《らんま》、鳥居の柱の線を墨で引き、走らせるいちいちが嬉しかった。浮世絵師の工房は分業で、弟子に手本を与えて教えてくれることもない。すでに市中に出回っている摺物を借り、目を凝らしては腕を動かす。十枚描いて九枚が「紙と墨を無駄にしやがって」と突っ返されるのだが、こうして端仕事《はしたしごと》をこなしながら己で修練するのだということは早々に察しをつけた。

やがて、ごく小さいながら文様入れも命じてもらえるようになった。文様帖を首っ引きで見て、絵の中の花器や湯呑、植木鉢に亀甲や青海波《せいがいは》、唐草を描き込んでゆく。

わたしはようやく道に入ったのだ。そう思うだけで奮い立つ。

自室に引き取っても眠気に抗いながら文様の引き写しに励み、筆を手にしたまま古畳に突っ伏していて、気がつけば窓障子の外が明るんでいるということがしじゅうになった。

それが姉弟子の気に染まなかったようだ。

「いい加減にしな。灯りが目に刺さって、こちとら寝られやしない」

薄暗い灯明皿《とうみょうざら》一つであるのに、しかもたちまち寝入って歯軋《はぎし》りの音を立てるのに嫌味な言いようをした。それは詫びた。どうにも堪忍がならなくなったのは、姉弟子が酔った師匠を部屋に引き入れるようになったからだ。今から思えばであるが、もしかしたら以前からそんな慣《なら》いを持っていたのかもしれない。りんが同室に住み込んだために逢引《あいびき》がしにくくなった、それで最初から苛々《いらいら》と当たりがきつかったのか。だがひとたび同衾《どうきん》すると、師匠も姉弟子もりんなぞそこに居ないかのごとき仕儀に及ぶようになった。姉弟子は聞こえよがしのよがり声さえ上げ、それでもりんは部屋から出なかった。

なんの、これしき。

奥の歯を噛みしめて、雲形や九曜つなぎを描き続けた。

事が終われば、師匠はそそくさと部屋を出ていく。嵐が過ぎ去った心地でほっと息を吐くが、姉弟子はそのつど憎々しげに吐き捨てた。

「剛情な子だね。総身を耳にして何もかも聞いてるくせに、身じろぎもしないとは恐れ入るよ」

姉弟子に腕があれば話は別だ。陰で何をしようが、いかほど意地が悪かろうが、腕は敬うことができる。しかし大して巧くもないのに、天女や御殿女中を描かせてもらったりしている。

それを目にするたび胸が悪くなった。

そのうち師匠の女房が出てゆき、姉弟子が女房に納まるかと思いきや、芸者上がりの女が後に納まった。夜更けの訪問が途絶えて心底有難かったが、姉弟子は酒を呑んで荒れた。りんが熱心に筆を運ぶ姿が小生意気《こなまいき》だと舌打ちをし、そしてあの夜、忘れもしない、去年の二月のかかりだ。

「お前、いい気味だと思ってんだろ」

相手になるのも馬鹿馬鹿しく、振り向きもしなかった。

「まったく、肚の知れない子だね。いつも瓦人形みたいに硬い形相《ぎょうそう》でさ、ニコリともしやがらねえ。お前は何でそうも可愛げがないんだえ」

執拗《しつよう》に絡んできて、背中まで小突《こづ》き始めた。りんは筆を擱《お》き、膝を回して姉弟子を見据えた。

わたしは見ざる聞かざるを通すから、習練の邪魔だけはしないでもらいたい。

そう言うつもりであったのに、相手の誘いについ乗っていた。

「ざまあみろ」

薄暗闇の中の眦《まなじり》が斜めに吊り上がった。いきなり平手を見舞われ、りんは「何をする」と片膝を立てた。それからは取っ組み合いだ。しかしこなたには受け身の心得がある。姉弟子が闇雲に振り回す腕を腕で払い、わななく顎を片手で摑んで閉じさせた。

「よがったりわめいたり、うるさいんだ。静かに寝ていてもらえませんか」

声を低めて脅しつけると、姉弟子は何やらさらに叫んで地団駄を踏んだ。

翌朝、師匠の国周に呼ばれた。騒動は兄弟子らの部屋にも筒抜けであったらしい。姉弟子は部屋で不貞寝《ふてね》をしたままで、りんだけが面前にひき据えられた。

「よりによって姉弟子に手を上げるたあ、どういう料簡だ」

こちらも無傷ではなかった。あまりの暴れっぷりに手を焼いて、しまいには爪で眉の上や頬をひっ掻かれた。しかし理由はどうあれ、師匠の怒りはもっともだと思い、「お世話になりました」と手をついた。

わずかな荷をまとめている時、清々していた。

だがさすがに、中丸に対してこの顚末を披露するわけにはいかない。

中丸は腕組みをして、顔をクイと横に傾けた。当節流行のジャンギリ頭であるというのに月代を剃っているかのごとく額が広く、正面から見れば頭を描き忘れた顔だけがそこにあるような恰好《かっこう》だ。

「まあ、口にしたくない難儀が種々あったというわけか。で、次は月岡《つきおか》さんちに入った、と」

「はい。月岡先生のところでは、九ヵ月お世話になりました」

円山《まるやま》派の月岡藍雪《らんせつ》は神田の紺屋町《こんやちょう》に住まっており、これまでのように日中は身の回りの世話から遣い走りに明け暮れた。弟子はむろんのこと下男もいないので水汲みやおさんどん、借金取りを追っ払う応対までせねばならない。

夜は夜で、師匠の手内職である団扇絵《うちわえ》の下絵を手伝う。

国許《くにもと》の母も何本か佳《よ》い物を持っていたが、役者絵や名所風景を錦絵のように紙に摺《す》り、それを団扇の形に切り取って竹骨に貼れば団扇になる。そもそもは浮世絵師の仕事で、豊国や国芳《くによし》、広重も手がけている。

しかし仮にも円山派の絵師が団扇絵で糊口《ここう》をしのいでいるとは、慮外のことだった。時世が変わって円山派のごとき絵の人気が廃れ、肉筆画の注文が絶えてなくなっていたのだ。旧幕時代、公儀や寺院、諸大名の庇護を受け、広大な座敷の襖絵を飾ったのが円山派や狩野《かのう》派である。間を取り持ってくれる人が見つかりそうだと生沼から聞いた時、一も二もなく飛びついた。円山派であれば、正統なる技を学ぶことができる。腕を磨き、そのうえでやはり浮世絵師か、それとも円山派の絵師を目指すかを決めよう。

だが師匠と二人で夜なべをしても、喰うや喰わずの日が続く。そして先月、明治八年の二月まで踏ん張ったが、洗濯をしている最中、軒下の氷柱《つらら》をふと見て、駄目だと思った。ここでは学べない。

師匠は酒も煙草もやらず、女癖もなかった。そして生気にも乏しかったのだ。いつも疲れ果て、四角い紙をともかく埋めて板元《はんもと》に納めることしか頭にないように見える。日銭を稼ぐことだけに汲々《きゅうきゅう》としていた。見上げた氷柱は朝陽を受け、一滴を慎ましく垂らして落とした。

りんはそこまでを、ところどころ飛ばしつつ話した。

「月岡先生は悪いお方ではありませんでした。わたしの辛抱が足りなかっただけです」

「わかっているじゃないか」

中丸は半ば呆れた声を出した。

「君はじつに短慮で、短気だ。思い込んだらともかく走り出して、しかし駄目だと思ったらすぐに見切りをつけてしまう」

その通りだ。絵を描きたい。絵師として、この世に立ちたい。その一念は微塵も揺らいでいない。ゆえに弟子としてくれる相手があれば藁《わら》をも摑む心地になる。この一年半余というもの、今度こそと意気込み、けれど行き止まってはまた振り出しに戻るの繰り返しだ。

「わたしは良師について学びたいのです。本当の技を学びたい」

「良き師か」

中丸はまたフウンと鼻を鳴らした。

「じゃあ、僕は失格だな。とてもではないが良師にはなれん」

「そうおっしゃらずに、どうか。後生です」

膝で後ろに退《すさ》り、手をついて頭を下げた。

問われるまま正直に話し過ぎたことは、己でもわかっている。先生の言う通り、わたしはやはり短慮極まりない。けれど、初めての面談でこうも親身に時間を割《さ》いてくれた人はこれまでに一人とていなかった。皆、間に立った人間の顔を立てるため、ひとまず引き受けてくれたただけであったのだろう。りん自身については一顧だにしなかった。

「お願い申します」

「君は南画を学びたいのかい。それとも西洋画かい」

南画は漢詩文に素養のある文人が好んで描く画で、浦上玉堂《うらかみぎょくどう》や谷文晁《たにぶんちょう》、頼山陽《らいさんよう》らが有名だ。かつては武士の教養の一つとして大変に好まれ、流行は今も続いている。りんも心機一転、南画に志を立てたのだが、中丸は奇妙なことを訊く。

「西洋画、ですか」

「何だ、それを知って弟子入りを志願したのかと」

「先生は西洋画に転向されたのですか」

落胆が声に出てしまう。

「いや、南画もやってるがね。今は西洋画も研究している」

西洋画など、目にしたことがない。

「いかなるものか、わたしは存じません」

「それはそうだろう。ほとんどの者がまともに見たことがない。むろん画法もわからない。三年前だったか。そう、明治五年の春だ。湯島聖堂で博覧会が開かれただろう。そこに旧幕時代の留学生が阿蘭陀《オランダ》から持って帰った油彩画が展示されたんだ。君、あれも観なかったのかい」

頭を横に振った。明治五年の春といえば、家人に無断で上京した年である。市中のどこにも足を延ばさぬまま、笠間に連れ戻された。

「僕はまだ甲府にいたのだが、博覧会を観に上京してね。それで衝撃を受けて、東京に居を移すことにした。君も承知しているだろうが、南画はそもそも円山四条派の一派だ。同じ流派を学んだ川上冬崖《かわかみとうがい》先生が聴香読画館《ちょうこうどくがかん》という画塾を開いておられる。僕はそこに出入りしている」

「ということは、そこで南画を」

「いや、だから西洋画だよ。冬崖先生は蘭学者で、安政年間に幕府が設けた蕃書調所《ばんしょしらべしょ》の絵図調《しらべ》方《かた》であられたゆえ画才もお持ちだ。その才を見込まれて、画学局が新設された際に西洋画法の研究を幕府から任されたのさ。しかし本物の油絵を描いたことがないどころか目にしたことさえない。まさに暗中模索でね。むろん今もそうだが、まずろくな画材が手に入らない。銅版画《どうばんが》や石版画《せきばんが》の複製を入手して、それを手本に模写を繰り返してきた」

「御一新前から、御公儀が西洋画を研究させておられたのですか」

「そうだよ」

中丸は愉快そうに口の両端を上げる。

「画学局は御一新で解散となったが、冬崖先生はこの下谷《したや》の、和泉橋《いずみばし》で画塾を開かれた。東京には他にも、西洋画を学ぶ私塾がいくつかある。まあ、冬崖先生と同様、教授する側とされる側に分かれてもおらず、門人が鳩首《きゅうしゅ》して、ああでもないこうでもないと試行、研究しているのさ。塾生は歳もさまざまでね、僕は三十六だが僕より年上の四十近い者があれば十二、三の者もいる。皆、互いに習い合う仲間だ。それで僕も、昨年にはついに石版画をものしてね」

中丸の話のほとんどを解することができない。りんを体《てい》よく追い返すために、煙《けむ》に巻こうとしているような気がする。ここも駄目かと、肩が落ちる。

「どうだい、逃げの山下君。それでも僕につきたいと言うなら、僕はかまわないよ」

「逃げの山下」

からかわれていることはわかるが、どう返してよいのかがわからない。いや、今、とても大切なことを告げられた。「中丸先生」と、上座に向き直った。

「今、おっしゃったことはまことにございますか」

「逃げの山下か」

「いえ、そのあとの方にて」

中丸はりんに目を据え、うなずいた。

「君の一念は僕らも同じなのだ。わかるんだよ、その志が」

志とは、なんと雄々しい言葉だろう。

「念を押しておくが、僕が良師かどうかは請け合えぬよ。住み込むなら、学婢《がくひ》として使い走りに子守りもしてもらう」

有難うございますと、頭を下げる。

「学ぶ時間は考慮するよ。西洋画と違って、南画は手本となるものがこの家にも世間にもわんさとあるからね。まずは模写から始めたまえ」

学び方を最初に示してくれた師も、中丸が初めてだ。胸の裡から熱くこみ上げてきて、顔が熟柿《じゅくし》のごとく赤くなっていることがわかる。

どこかで声がして、その明るさに惹かれるように顔を動かした。新暦三月上旬のことで、今日はうらうらと陽射しも春めいている。半分引かれた障子の向こうは五坪ほどの庭だ。枝垂《しだ》れ梅の合間から小さな人影が出てきた。藍絣《あいがすり》の着物を裾短かにつけた男の子で、チラチラと目玉を動かしている。

「お父ちゃん。お客様、まだ帰らないの」

「これ、邪魔をしちゃいけません」

竹で組んだ枝折戸《しおりど》が動いて、下駄の音がした。庭に入ってきたのは、さきほど茶を出してくれた妻女だ。りんに向かって申し訳なさそうに小腰を屈めた。色の白い丸顔で、二十二、三歳に見える。中丸とは一回りほども歳の離れた夫婦であるらしい。

「蓮一《れんいち》、構わないよ。上がっておいで」

中丸が手招きをした。男の子はしばらく迷う素振りをして、そして思い切ったように枝の間から抜け出て、濡縁に手をかけた。膝をのせ、ウンショと尻も持ち上げる。そのまま裸足で座敷に入ってきて、まっしぐらにりんの膝の上に尻を下ろした。

「おや、まあ、なんということを。蓮一、降りなさい」

妻女が慌てて上がってきた。男の子はりんに背中を向けて坐しており、つまり父親である中丸と対面している。蓮一の頭から甘酸っぱいような匂いが立って、りんは目尻を下げた。

ああ、峯次郎の匂いだ。

弟の幼い頃を思い出して、蓮一の躰に手を回した。あやすように膝を縦に揺らしてやる。

「か祢《ね》、山下君を弟子として迎えることにした。僕の、初めての内弟子だ」

蓮一が「やばした君」と父親の口真似をする。聞けば、数えの四つだという。

「それは、おめでとうござります」

妻女は白い頬を、朗らかそうに緩めた。りんは蓮一を抱えたまま「よろしゅうお願い申します」と頭を下げ、上座の中丸にも再び頭を下げた。不行儀極まりないが、蓮一が膝の上にいる。

「さっそくだが、明日にでも荷物をまとめて当家に入りなさい。いつまでも親戚の家に厄介になっていては、国許も心配なさるだろう」

師匠の元を去るたび生沼家に舞い戻り、夫妻はそれをまったく意に介さぬ様子で苦笑するばかりだが、いつまでも甘えてはいられない。ただでさえ禄の少ない暮らしで幼い子らを抱え、しかも諸色《しょしき》は上がる一方だ。

「何があろうと腐らずにやるんだぞ。初志を貫きたまえ」

胸の動悸が聞こえそうなほど沸き立っているのに、こんな時に限って妙なことに気づく。中丸の顔だ。御伽草子《おとぎぞうし》の挿画にあった雀に似ている。クスリと噴き出しそうになって俯くと、蓮一が身をよじってこちらを見上げていた。こちらは子雀だ。

五

中丸家は下谷練塀町《ねりべいちょう》にある。内弟子としては申し分のない家だ。子供の蓮一は悪戯者《いたずら》だがよく懐き、妻女のか祢も人柄が穏和で、厨で葱《ねぎ》を刻みながら戯言《ざれごと》を交わし合える。むしろ、りん自身がつまらぬしくじりを重ねている。

晩春のある日のこと、蓮一をつれて日本橋にお使いに出かけ、その帰り、神田川沿いの草原《くさはら》に腰を下ろして一休みをしたことがある。そのうち、ついウトウトとうたた寝をしてしまった。毎日、明け方まで山水画の模写を続けていたので、寝は常に足りていない。はたと目を開けば蓮一の姿が消えていて、血の気が引いた。蒼白になって辺りを捜し回り、人に訊き、すると魚屋らしき男が手を引いて川縁《かわべり》の道を歩いてきた。

「あ、ヤバシタ君だ」

蓮一がとことこと駈け寄ってきた時は、腰から下の力が抜けた。

「なんだ、あんたがヤバシタ君ですかい。てっきり男かと思ってやしたよ」

胸を撫で下ろして練塀町に戻るや、か弥が首を傾げた。買い求めた線香や蠟燭《ろうそく》、茶菓子の類《たぐい》を草原に置き忘れてきたことに気づき、また血相を変えて走った。

夏の暑い夜にもやらかした。湯上がりの夫に酌をしていたか祢がりんにも酒を勧めてくれたので、遠慮せずにご相伴《しょうばん》に与《あずか》ったのだ。呑んでも呑んでも酔わず、滅法強いことが判明して、己でも「へえ」と思った。たいそう愉快だった。上京して初めて、すべての屈託を忘れたと言ってもいい。

ところが翌朝、蓮一が、りんをじっと見上げた。

「ヤバシタ君はウワバミだなあ。はい、灘屋《なだや》さんに注文して持ってこさせませんと。なんだと、あいつ全部呑んじまったのか」

たどたどしい口真似で夫妻の会話が露見したのだ。身の縮む思いだった。

それでも中丸は親身に指南を続けてくれる。陸軍に出仕しながら画塾にも出向くので日中はほとんど在宅していないが、毎日、夕餉《ゆうげ》の後にはほとんど欠かさずりんの模写を見て指南し、画の心についても触れる。

「南画の根本は、優れた絵画は優れた心によって生み出されるという考えにある。気韻生動《きいんしょうどう》、生き生きとした情緒や風格が漲《みなぎ》っている画《え》は、描く者の精神が充実してこそというわけだ。山下君、わかるかい」

「おっしゃることはわかります。ですが精神の充実のしかたということがわたしには見当がつきません。先生、どうすれば充実が図れるのでしょう」

「精神の充実法なんぞ教えられぬよ」と、額から頭をつるりと撫で上げた。

「画業にいそしみながら、己の心に問い続けるものだ」

中丸精十郎は四人目にしてようやく巡り会えた、正真の良師であった。

秋に入っては、「西洋画もやってみるかい」と一枚の紙をさし出された。

「英吉利《イギリス》のヴィア・フォスタアの画手本でね。これが日本に入ってくるや、いずこの画塾もこぞって購入したのだ。皆で一冊を囲んで一心に模写をした」

四角い紙の中に樹木や林檎、梨などが描かれている。彩色されていないので線の多さだけが目立ち、なんとなく暗い。

「これが西洋画なのですか」

「つまらぬか」

ためらいつつも首肯した。

「良さがわかりませぬ」

南画は修業中とはいえ、手本の題材や風趣はすぐに汲み取れる。長閑《のどか》な、柔らかな線で表出された景色はたとえ日本のそれでなくとも、幼い頃から生家の床之間の掛軸で目にしてきたからだ。しかし初めて目にした西洋画は、中丸が熱心に研究しているとは思えぬ代物《しろもの》だ。近代らしい、もっと明るい派手やかなものを想像していた。

「相も変わらず率直だ」と、中丸は苦笑いを泛べている。

「なにしろ、未だ画法がわからん。わかっているのは、真《まこと》を写すことに重きを置いているということだけだ」

「真を写す」

「そうだ。それが、西洋の美術の要理だ」

びじゅつ。

その言葉も初めてだ。どういう意味だろう。「美の術」と書くのだろうか。

そう思って再び紙を見返すと、樹木の葉の一枚一枚に動きがあることに気がついた。風を受けて葉先がめくれ、根方《ねがた》の影も実際に近い。林檎や梨も皮の厚みや香り、手触りまで伝えてくる。遠近もまるで違う。りんが見慣れてきた浮世絵や南画の類は奥行が浅く、もっと平板だ。

「これが真を写す絵」

「な、そうと知ればやってみたくなるだろう」

りんはうなずいた。

「画手本を写してみるか」

またうなずくと、中丸は「よし、きた」と声を弾ませる。自分の宗旨に賛同者を得たかのごとくで、嬉しそうだ。

「本当は筆ではなくペンスルという道具が模写には適しているそうだが、あいにく入手できないんでね。毛先の腰の強い小筆を使いたまえ」

「そのペンスルとやらは西洋の筆なのですか」

「いや、西洋にも筆はあるらしい。だが模写はペンスルだ。木の軸に鉛の芯を埋め込んだもので、墨が要らぬと聞いた」

もうその時には指が動いていた。手が葉っぱの線を象《かたど》っている。

やがて木枯《こが》らしが吹くようになると、時間がいよいよ足りなくなった。

南画は馴染みがあるとはいえ、精神の充実という迂遠《うえん》なる目標を掲げられている。一方、西洋画の描き方は中丸にも不明なことが多い。己なりの工夫に没頭したいのに、住み込ませてもらっている以上は喰い扶持と畳代くらいは働かねばならない。冬支度や煤《すす》払い、迎春の支度で繁忙が続き、夜は眠気との闘いだ。南画、西洋画、いずれの模写も捗《はかど》らずに焦り、焦るとなお停滞する。

そんな折、兄の重房が「上京する」と文をよこした。東京警視庁の、巡査という職を得たという。母は爺や夫婦と笠間に残り、ひとまずは兄だけの転居であるらしい。

明治九年が明けてまもなく兄は中丸家を訪ねてきて、夫妻への挨拶を済ましてのち、りんがあてがわれている三畳に入った。

「従来の家禄に加えて巡査としての俸禄もあるゆえ、今年からはそなたにも幾ばくかを渡せると思う」

正月早々、何という吉事だろう。はしたないほど破顔していた。

「兄上、それはいかほど」

「入用でもあるのか」

不審げに片眉を上げている。

「もし中丸先生のお許しを得られたら、どこぞに移りたいと考えておりました」

と、兄は露骨に剣呑《けんのん》な顔つきになった。

「内弟子になって一年ほどであろう。また師匠を替えるのか。そなたの開化は、ずいぶんと易《やす》きに流れるのう」

「違います。これまで通り、中丸先生に教えを受けることは変わりません。ただ、わたしは精神の充実を図らねばなりませぬ」

「尼さんにでもなるのか」

「兄上」と声を強めると、髭の剃り跡を指で掻き始める。

「ようわからぬが、つまりは通い弟子になりたいということか」

「通いであれば、日中も存分に絵の修業に費やすことができますゆえ」

兄は袴の脇に両手を入れてしばし考えこみ、そして「しゃあんめえ」と口癖を吐いた。

「月々二円五十銭だ。それ以上は鐚《びた》一文、負からぬぞ」

商人のような口をきいた。

そして兄は本所緑町の生沼家の近く、薬種屋《やくしゅや》の離屋《はなれ》を借りることになった。りんはちょうど笠間の親戚である中川家《なかがわ》が同じく本所の割下水《わりげすい》に出てきたことから、その二階を間借りする手筈《てはず》が整った。中丸夫妻は快く申し出を受け容《い》れてくれ、「暮らしがきつくなれば、また住み込めばいい」と言ってくれた。三畳を出る時、蓮一は泣きべそをかいていたが、翌日、りんの姿を見るなり「なんだ」という顔をした。

とにもかくにも、二月から通い弟子の身となった。兄がくれる金子は間借り代と食費でやっとではあるが、郷里の母が米や干柿、干大根などを送ってきてくれる。そこには必ず数行の文が添えられていた。

達者で過ごしなされ。母が祈るのは、そなたの無事のみにて候。

いつものようにりんは風呂敷包みを抱えて大川を渡り、神田川沿いを西に進んで下谷に入った。

晩秋には仕立て菊の白や黄、紅の濃淡が家々の門口を飾っていたものだが、今は鉢も家内に取り込まれ、道では落葉がカサコソと遠慮がちな音を立てている。夜はさすがに肌寒く、しかし火鉢や綿入れを出すにはまだ早い時季のこと、着物を一枚重ね、首には手拭いを巻いて模写を続けている。

あれこれと手を出しては拍子が狂うので、偶数月は南画、奇数月は西洋画と決め、昨夜も英吉利の画手本を写した。人の手首から先だけを描いた奇妙な画で、やけに精密だ。我が手と見比べてみて、本物そっくりだと舌を巻く。そして己の模写を見返して、駄目だ、駄目だと焦りがつのる。何をどうやればこうも生々しく描けるのか、筆先で工夫を凝らせど、まるで近づけない。筆運びに心を砕いても線に肥瘦《ひそう》が出るのはいかんともしがたく、試しに竹ひごの先を削り、その先に墨をつけて描いてみた。紙が破れただけだった。

朝の冬陽がさしている場は肩先に暖かいので、日向を求めて右へ左へと歩く。昨日の夕餉は串団子を口にしただけで、よけいに寒いのだ。腹が減っていると人間は肌寒いものらしい。

先月、兄から受け取ったのは一円五十銭だった。その前の九月も同様で、というのも政府が秩禄処分《ちつろくしょぶん》という措置を行なったからだ。そもそもは廃藩置県を行なった際、諸国の士族に対する家禄、賞典禄などは政府が支給することになっていた。しかし昨年、俸禄を米から金子に切り替え、今年の明治九年にはすべての華族と士族に秩禄奉還を求めたのである。金禄公債証書の交付を代償として、すべての秩禄支給を廃した。

りんはまだ生家にいた頃、兄にこう言ったことがあるそうだ。

いかに政府といえど、手許不如意になれば投げ出すのではありませんか。

とんと憶えがないけれども、割下水の二階を訪ねてきた兄が憶えていた。

「そなたの申す通りになったの。身どもは巡査の仕事を得ていたからまだ助かったが、向後の武家はますます暮らしが立ちゆかぬようになろうて」

「となれば、母上や爺やらを東京に呼び寄せるのはまだ先になりましょうか」

「いや、それなのだ。金禄公債なるものがいかなる値打ちがあるのか、まだよく解せぬ。ついては、月々のものをしばらく負けてくれぬか」

ただでさえ暮らしは厳しかったが断りようがなかった。兄の立場から見れば、りんが笠間で嫁いでさえいれば、こういつまでも面倒をみる謂《いわ》れはないのだ。しかし兄は説教も愚痴も口にせず、文机に目を留めた。中丸から下げ渡してもらった古机で、この頃はその机上で修練している。兄がなにげなく手に取ったのは画手本で、はじめは興味なさげであったのが「ほう」と唸《うな》り始めた。

「こいつぁ驚きだ。この馬なんぞ、今にも動き出しそうではないか」

「西洋画ですから」

我知らず、自慢げに胸を張っていた。

そろそろ手内職の口でも探さねばなるまいと、りんは歩きながら考えを巡らせる。ふと団扇絵が頭を過《よぎ》って、いいや、あれは験《げん》が悪いと頭《かぶり》を振った。

中丸家の生垣が近づくと、朝から賑やかな気配が道にまで溢れ出ている。まだ五ツ過ぎだというのに画塾仲間が来訪しているのだろうかと、首を傾げながら裏の勝手口へと回った。

今は週に二日、家で模写したものを手にして通っており、朝の間は家事の手伝いをしてから中丸の教えを受けるのが慣いになっている。

通いなのですから、お手伝いはよいのですよ。か祢はそう言ってくれるが、束脩代わりの中元もろくなものを用意できず、安酒と手拭い一本をさし出しただけなのだ。蓮一には手作りの竹蜻蛉を渡したがたいして飛ばず、そのうち槙《まき》の繁みにひっかかって落ちてもこない。

「おはようございます」

土間に足を踏み入れれば、か祢は茶の用意をしていた。さっそく袂《たもと》を帯の間に挟み、水屋《みずや》簞《だん》笥《す》から盆を出す。

「画塾の皆さんがお越しになって」と、か祢が湯を注ぐ。

「幾たりですか」

「七人。でもまだ、いらっしゃるかもしれない」

こんな朝からなにごとだろうと思いつつ、茶菓子のための銘々皿と黒文字《くろもじ》を出した。蒸し饅頭らしき竹包みを開き、皿に並べていく。座敷から盛大な笑い声が聞こえた。

「りんさん、その包みも開けてくださいな。どれもお持たせだけれども」

包みを開くと、こちらは串団子だ。昨夜口に入れたものより遥かに立派で、目を瞠った途端、腹の虫が鳴った。か祢が振り向き、「おや」という目をした。

か祢に従って座敷に茶菓を運び、客人らの膝前に置いていく。

「開校は今月六日、試験は十三日だと聞きました」

ちらりと声の主に目を這わせれば、何度かここで顔を合わせ、挨拶を交わしたことのある男だ。りんと同い年の二十歳で小山正太郎《こやましょうたろう》といい、元は長岡の藩医の子息だ。中丸と同じ聴香読画館に出入りし、やはり陸軍兵学寮《へいがくりょう》に出仕しているという。

中丸が陸軍に出仕していると聞いた時は軍人としてだと思い込んでいたが、勤めているのは士官を養成する学校で、それが兵学寮だ。地図、図画の制作ができねば近代の軍隊とはいえぬという主旨で開かれた学校だが、聴香読画館を主宰する川上冬崖の手引きで塾生らが続々と入寮したらしい。つまり俸禄を得ながら堂々と西洋画の研究が行なえる。中丸もその兵学寮で石版画なるものの試行錯誤を重ねているらしい。むろん、画学の向上によって日本の開化を促すとの大義を持ってのことだ。

もうひとり、顔を見知った者が中丸の左隣に坐っていて、りんの姿を認めるなり頭を下げた。小山と同じく聴香読画館の塾生で、松岡寿《まつおかひさし》という若者だ。まだ十五歳と聞いたが、すっきりと通った鼻筋が大人びている。その他は顔だけ見知っている者もあれば初対面の者もいて、正坐や胡坐《あぐら》を組んで車座になっている。障子を閉《た》て切っているので、座敷が妙に臭う。汗や煙草や酒だけでなく、油の臭いも入り混じっている。

西洋画の画材は一年ごとに入手しやすくなっている、とは聞いている。だが欧州からの輸入品であるので大変に高価であるそうだ。そこで皆は工夫をして、手近な顔料《がんりょう》を七日もかけて乳《にゅう》鉢《ばち》で擂って練り上げ、それを榎油《えのきあぶら》で煮詰めて絵具にしていると中丸が口にしていた。あるいは泥絵具で描き、その上を仮漆《ワニス》という塗料で仕上げて油画らしく仕立てる手法も編み出しているらしい。

それらの代用がどこまで成功しているか、りんには判じようがない。兄に向かって胸を張ったものの、未だに本物の西洋画を目にしたことがないからだ。今も英吉利で刷られた画手本の模写をさらに模写しているに過ぎず、中丸が「実際には油画の絵具は盛り上がっているのだ」と教えてくれても想像が及ばない。

茶菓を供し終えて障子に手をかけると、中丸が「山下君」と呼んだ。

「君も加わりたまえ」

「よろしいのですか」

「ひとと交わるのも修練のうち」

皆が一斉にこちらを注視する。か祢が背中に手を当て、「お茶を持ってきましょうね。お団子も」と言った。

「皆さん」と大きな声を上げたのは、中丸の右手に坐る小山正太郎だ。

「中丸さんの弟子、山下りんさんですぞ。かの有名な、逃げの山下、見切り屋おりん」

座敷の中がオオとどよめいた。どうやら、中丸が方々でりんのことを喋っているらしい。それにしても「見切り屋おりん」とは、二ツ名が増えているではないか。

中丸は素知らぬ顔をして歯を見せている。下座の後ろの隅にりんは腰を下ろし、か祢が運んできてくれた串団子に手を出した。こんな男ばかりの席に連なるなど笠間の母が目にすれば顔色を失うに違いないと思いながら、団子を咀嚼《そしやく》する。か祢は蒸し饅頭も二つ添えてくれていて、大変に有難い。蓮一は母親に止められているのか、座敷に顔を見せない。あとで舌切り雀の絵を描いてやろう。

「むろん中丸さんも入校試験を受けられるのでありましょう」

誰かが問い、中丸は「そりゃあ受けるさ」と茶を啜《すす》った。車座の中の頭が動く。

「しかし年齢制限がありますぞ。受験資格を有するは十五歳以上、三十歳以下の者に限ると手前は聞きました」

「そんなもの、生年をごまかせば済む」

「七歳も若うごまかせるかなあ」

松岡寿が首を捻ったので、皆、中丸の禿頭《とくとう》を見やった。笑声が立ったが、誰よりも笑っているのは当人だ。

「教師は仏蘭西人《フランス》だろうか。それとも英吉利人」

誰かが言い、小山が「いや」と茶碗を持ち上げた。

「兵学寮が掴んでいるところでは、画学科と彫刻学科も伊太利人《イタリー》らしい。すでに来日しているようだ」

「伊太利人か。さて、われらは講義を解せるのか」

「通弁がつくでしょう。お雇い外国人の教師には通弁がつかぬことには、身どもらにはどうにもなりませぬよ」

「それにしても、なにゆえ伊太利からの招来になったのだ」

すると中丸が団子の串を口に咥《くわ》えながら、「外交だよ」と言った。

「外交、ですか」

「政府は陸軍と法制を仏蘭西から、海軍と工学は英吉利から専門家を招聘《しょうへい》しただろう。遅れを取った伊太利が美術はぜひともわが国からと、強く申し入れてきたらしい」

「つまり、伊太利の公使館がですか」

「いかにも。伊藤工部卿《いとうこうぶきょう》に、伊太利公使のなんとか伯爵が直にかけ合ったんだな」

中丸家で時々読ませてもらう新聞で、りんはその名を目にしたことがある。伊藤博文《ひろぶみ》という、たしか長州出の政府高官だ。

「ともかく、近代日本初の画学校、工部美術学校が政府の肝煎《きもいり》で開かれる。油画に水画の画法、遠近画術や画薬の調合まで伝習されるらしい」

なんと、さようなことまで教授してくれるのかと、りんは口から串を引き抜き、前のめりになった。「有難いのう」と、皆も熱いような息を吐く。

「学校はいずこに開かれる」と、誰かがまた訊ねる。小山が口を開いた。

「とりあえずは工学寮の建物の一棟を使用するらしい」

「工学寮内にある、あの建物か。となれば虎ノ門か」

「そうだ」と、中丸がうなずいた。

「ゆくゆくは自前の校舎が建設されるらしいが、今はその伊太利人教師の意向で仮教室に手を入れている様子だ」

「工部美術学校かあ。僕らもようやく欧州の正真の美術を学べるのですね」

そう呟いたのは松岡寿だ。

「松岡は間違いなく試験に通ろうが、わしはどうかのう」と、急に弱気を見せる者がいる。

「聴香読画館の塾生ならまず間違いのう受かるだろうて。それより頭の痛いのは授業料よ。毎月二円らしいぞ」

誰かがそう言うと、途端に面《おもて》を曇らせる横顔がいくつもある。

「工面がつくだろうか」

「借りるしかあるまい」

「維新成れども金が大手を振って歩く世は変わらずじまい、われは振る袖もなし」

溜息を吐き、しばし茶を啜る音や菓子を咀嚼する音だけになった。

「山下君も男であれば、美術学校で学べるものを」

中丸が座を盛り立てようとしてか、お鉢を回してきた。

「かほどに熱心な者こそ、本物の教えを受けるべきだ」

何人かが首だけでこちらを見やったが、りんは中丸の言葉が聞こえなかったふりをした。

学資が月に二円とは、べらぼうだ。世界が違い過ぎる。

「いかに気丈夫でも、おなごですからねえ」

小山も惜しいような声を出し、煙管《きせる》を遣い始めた。

工部美術学校。

校舎が建ったら見物くらいはしてみたいものだと、饅頭を口中に押し込んだ。

六

明治十年の正月を迎え、十日になった。本年初の通い稽古で、年始の挨拶も兼ねている。

三日に参上はしたのだが、玄関の土間は雪駄や下駄、そして軍靴《ぐんか》らしき洋靴で一杯で、結句、勝手口に回った。か祢は新たに入った女中を差配して、空になった重箱に田作りや海老、椎茸の甘煮だのを詰めている。白いこめかみに汗粒を浮かべ、大わらわだ。女中はまだ十二、三の山出しで、ほとんど役に立っていないのはすぐに見て取れた。板間に上がり、火鉢の前で燗《かん》を引き受けた。

「山下さん、申し訳ないわねえ」

か祢に有難がられると、なお張り切ってしまい、女中がぼやぼやしているのを見かねて座敷へと酒を運び、徳利や小皿を洗い、焼鰤《やきぶり》の番をする。家内を預かるおなごが一年で最も忙しいのが正月なのだ。まして中丸家は年々、年始客が増えている。昨年の十一月、年齢をごまかして試験を受けた中丸は無事に合格し、小山正太郎や松岡寿らと共に工部美術学校に入学したのである。か祢が言うには、その朋輩らも訪れているらしかった。

昼八ツを過ぎてやっと餅を焼いて一息つき、すると蓮一が退屈そうにしている。

「蓮ちゃん、凧揚げに行きますか」と訊いてやった。「そいつぁ妙案だ」と小癪《こしやく》な口をきく。

一緒に神田川沿いにまで出て、しかしどんよりと曇った空だ。

「昔のお正月は、こんなじゃなかったんだけどねえ」

「どうゆうこと」

「昔の暦では、本当の春だったんだよ」

笠間の家の庭では早咲きの梅が枝々で蕾《つぼみ》を綻《ほころ》ばせ、緑の草も生《お》い始める時分であったのだ。福寿草が花の黄色を見せ、竹林の彼方の空は晴れ渡っていた。

蓮一はそれでも「ウンショ、ウンショ」と腕を伸ばし、さんざん川縁を走って息を弾ませた。夕暮れまで遊んで下谷に戻れば、中丸は美術学校の教師の家へ年始に出た後だった。結句、三日は師に挨拶もできぬまま、台所仕事で日が暮れた。

「おめでとう。今年も励みたまえ」

中丸は紋付き羽織に袴をつけ、「まあ、一献《いっこん》」と盃をさし出した。久しぶりの酒を辞退する理由もなく、おしいただく。

「先だってはすまなかった。君が来ていることを知っていたら、朋輩らを紹介したものを」

りんは「いえ」と口の中で言い、掌の中の盃に目を落とす。

「どうした。元気がないじゃないか」

「さようなことはありません」

「いや。師走頃から顔色がすぐれんではないか。か祢も、躰の具合が悪いのではないかと案じていた。ちゃんと食べているのか」

「はい」とうなずきつつ、また目を伏せた。己でもよくわからないのだ。毎日、筆を手にせぬ日はない。今日も朝早く起きて墨を磨り、模写を仕上げてきた。元旦から手がけているのは、西洋の高坏《たかつき》らしき皿に盛られた葡萄《ぶどう》だ。

「山下君。根《こん》を詰め過ぎているのではないのか」

「根を詰めねば、わたしなんぞいつまで経っても上達いたしません」

「模写にうち込むのは感心だが、まずは実際の風景を見ること、これをなおざりにしてはならんのだぞ。ホンタネジー先生も、一樹一家《いちじゆいっか》を描かんとすれば、まずその形を知り、その光線の法を知らねばならぬと教授されたよ」

そら、またホンタネジーだと、鼻から息を吐いた。中丸は美術学校に入学して以来、かの教師の名を口にし続ける。

「画師の目的は何ぞ。天然物、人造物を写すことにあり。いやはや、かくも明快に行手《ゆくて》を示されて僕は目が覚める思いがした」

これが始まれば口吻《こうふん》が熱を帯び、延々と伊太利人教師の言を披露するのだ。ましてりんにしてみれば、耳に新しいことではない。

真を写す。それが、西洋の美術の要理だ。

そう教えたのは、中丸自身だ。その言葉がすとんと腑に落ちて、以来、忘れたことはない。にもかかわらず、中丸は世の真理を初めて恵まれた者のように興奮する。小山や松岡も同様で、置いてけぼりを喰らわされたような心地になる。己一人が、その「真」から遠い。

「先生」

真正面から見つめた。「ん」と、小さな目が見返してくる。

「もう一献、ちょうだいしとうございます」

盃をさし出していた。

「蒼《あお》ざめた仏頂面《ぶっちょうづら》で黙り込みおってと案ずれば、なんだ、酒か」

相好《そうごう》を崩して徳利を持ち上げた。酌を受け、一気に呑み干す。

「手酌でいただいても、よろしゅうございますか」

「好きにやりたまえ」

「では、ご無礼つかまつります」

徳利を膝前に引き寄せ、グイグイとやる。正月だ。今日くらいは憂さを忘れ、この良師の前で陽気に過ごしたい。

中丸が、割いたするめを口に咥《くわ》えた。鼻の下を突き出して、なおのこと雀に似てくる。

「そういえば、今日の讀賣《よみうり》新聞に出ていたな」

「はて、何が出ました」

「工学寮に女の画工、だよ」

りんは「女の画工」と訊き返した。

「そうだ。師走の十四日に、美術学校が女子学生を新たに募集するとの発表があった。君に話しただろう」

「いいえ、初めて伺います」

「そうかな。話したと思ったが」

「わたしが先生のおっしゃることを聞きのがすなど、決してないことにござります。女子学生の募集など、今、初めて伺いました」

「そうか。いや、入学してからこっち、目の回るような毎日であったからな」

口の端からするめの足を飛び出させたままで、唾が飛びそうだ。

「さようです。時々、居眠りをなさっておいででした」

中丸は上唇を捲《めく》るような顔をした。

「もう酔ったか。早いな」

「ウワバミのヤバシタにござりますゆえ、まったく酔うておりませぬ。そんなことより、その女子学生らはいかなる方たちなのです」

師匠相手に詰問口調になったが、訊かずにはいられなかった。中丸はりんの勢いに押されたかのように顎を引いている。咳払《せきばら》いをして、「局長の」と言った。

「工作局長の令嬢が入られるらしいとの噂だが、男子同様、試験があるのでね。受験資格は十歳から二十歳までだと聞いたが。そういえば君はいくつになった」

「今年、二十一になりました」

「それは数えだろう」

むろんそうだ。昔から、正月を迎えれば誰しもが一様に一つ歳を重ねる。

「男子の、十五歳以上三十歳以下という資格は満年齢での達しだ。松岡なんぞは満で十四歳であったゆえ、生まれ年を一つ繰り上げて受験した」

「先生は七つも鯖《さば》をお読みになりました」

中丸はまた顎を引き、咳払いを落とす。

「そうだが、つまり、その、君も数えで申せば資格外だが、満年齢ならちょうど大丈夫ではないか」

「大丈夫とは、なにが大丈夫なのでしょう」

「試験を受けてみたらどうだい」

「わたくしが」

「そうだが」

「滅相もない。月々二円の学資など、どこからも捻出できませぬ」

また手酌で盃を満たす。中丸は「そうか」と、首を回した。

「かえって酷なことを勧めたか。君の筆法は、西洋画に向いていると思ったんだが」

思わず盃を置いた。少し零《こぼ》れ、酒が点々と畳の色を変える。

「西洋画に向いているのですか」

「おなごとは思えぬ線の確かさがある。僕の朋輩の中には、君ほど巧くない者もいるよ」

「そうなのですか」と口の中で呟いた途端、中丸の雀顔が滲《にじ》んだ。こらえても、こみ上げてくるものがある。だらしのないことだ。いかなる苦労にも耐えると決めて笠間を出てきたのに、師の言葉がこんなにも欲しかったとは。

　褒めてもらいたかったとは。

「おおい、か祢、来てくれ。大変な事態だ」

　泣きじゃくっていた。


　目が覚めて、辺りを見回した。

　床之間には鏡餅が飾られ、掛軸は見覚えのある梅林図だ。

　そうか、昨夜はここで酔い潰れてしまったかと掻巻《かいまき》を捲った。障子を引き、濡縁に出て腰を下ろす。まだ夜明け前で、隣家の屋根越しに見る空は紺青《こんじょう》だ。星も瞬いている。寒気にブルリと首をすくめ、それでも大きく息を吸ってみる。

　中丸とのやりとりは、うろ憶えだ。たいそう無礼なことを口走った気もするが、いや、さほどではなかったような気もしてくる。

　ぼんやりと空を見上げているうち、日にちが泛んだ。

　今月二十日。

　そうだ、あと十日足らずで試験がある。工部美術学校の、女子生徒の入校試験だ。

――年十歳以上二十歳以下之女子ニシテ、美術志願之者、男子ト同様ノ振合ヲ以テ、入校ヲ許ス。

思い出した。か祢が見せてくれた新聞の記事を大声で、何度も何度も読んだ。蓮一が入ってきて一緒に騒いだ。夫妻がどんな顔をしていたのかは、まったく憶えていない。ただ、飛び立つような思いだった。

美術志願の者、ここにあり。

学資はどうにもならぬので、入校は端《はな》から諦めている。けれど試験だけは受けてみたい。己の腕前がいかなるものか、それを判定する術があるというのなら、どうぞ判定してもらいたい。

「試験を受けます」

そう宣言したのだ。

透明に冴えた光が、空の色を変え始めた。

二章　工部美術学校

一

合格してしまった。

新大橋を渡って虎ノ門に向かって歩くたび、りんは声に出して呟いてしまう。頰が緩んで、下唇がプルンと鳴る。

先月、明治十年の一月二十日、工部美術学校の試験を受けた。月々二円の学費など工面できぬ身の上で入学など望むべくもないが、挑むだけは挑んでみたいと爪先立った。

師匠である中丸精十郎《なかまるせいじゅうろう》から受験を勧められた翌日、さっそく親戚の生沼《おいぬま》家を訪ねて頭を下げたのだ。

「願書を書いていただけませぬか」

中丸が言うには、身許請人《みもとうけにん》の記した身上書がなければ受験することはかなわない。独り身のおなごは身許履歴の確かな何某《なにがし》の娘、あるいは姉妹でなければ一個の人間として世に通らないのだ。兄、重房《しげふさ》は東京警視庁の巡査になってはいるが、昨年から西国で士族の蜂起が立て続いており、同じ本所の下宿を訪ねてもなかなか会えないでいる。士族の不満は昨年三月の廃刀令、そして八月の秩禄処分《ちつろくしょぶん》の達しが因《もと》のようだ。

政府内の権力争いもあろうがの。手前も近々、出征することになろうて。

兄は正月早々、重苦しい面持ちで腕組みをしていた。

りんの申し入れに、生沼は戸惑いを隠さなかった。

「工学寮の美術学校が、おなごを受け容れるのか」

すでに入学を許された男子学生は、画学と彫刻の両科で五十数名だそうだ。中丸の他は小山《こやま》正太郎《しようたろう》や松岡寿《まつおかひさし》という見知った面々、そして浅井忠《あさいちゆう》や五姓田義松《ごせだよしまつ》、山本芳翠《やまもとほうすい》、高橋源吉《たかはしげんきち》といった名を耳にした。

「画学科の女子は十名を募集しているそうです。いえ、入学は天《はな》からかなわぬものと料簡《りようけん》しております。なれど、せめて試験だけでも受けてみたく」

「試験なんぞ受けてみたいものか」

「様子だけでも見てみとうござります」

「なんとしてもか」

「は。なんとしても」と、膝前に手をついた。勢い余って突っ伏しそうだ。

「そなたはいつも突拍子がないうえ、言い出したら梃子《てこ》でも動かぬのう」

修業先を転々と変えたこれまでを思えば申し開きのしようもないのだが、それでも踏ん張った。己の技倆《ぎりよう》がいかほどのものか、知りたくてたまらない。

君の筆法は、西洋画に向いている。

中丸の言葉に、むんずと心ノ臓を摑《つか》まれていた。

「受けてみるだけなら、いずこに迷惑をかけることでもあるまい、か」

生沼は渋々ながらも折れてくれた。そして一週間後に受験し、まもなく通知がきた。判定は「合格」と黒々と大書され、工作局長、大鳥圭介《おおとりけいすけ》の名が記されている。

「お手柄である」

生沼は褒めつつ、首筋に手をやった。

「落ちるより受かる方が良いに決まっておる。めでたい。さりながら、なんとしよう」

妻女もかたわらで、「ええ」と溜息まじりだ。

「合格したらしたで、かえって酷《こく》なことになりはすまいかと案じておりましたが」

りんをどう慰めようか、困っているようだ。

「いえ、おかまいくださいますな。これで気が済みましてござります。向後も粛《しゅく》と気をひきしめ、中丸先生の御許で精進いたします」

胸を張ったが、語尾が尻すぼみになった。殊勝な言葉を口にしたとて胸の裡《うち》は塞《ふさ》ぐ。腕試しのつもりと割り切っていたはずであるのに、学校に認められたという手応えは思いの外《ほか》大きかった。だがこの先には進めない。画力ではなく、金子《きんす》が工面できぬという理由で。

「そうも肩を落とすでない。今、そなたが申した通りぞ。精進いたせば、いずれ女絵師として世に立てる日もこよう」

生沼の言葉も上の空で、膝の上に置いた手を見つめていた。

ところがその様子をよほど憐れに思ったか、それともただの四方山《よもやま》話であったのかは知れぬが、生沼は勤めの合間にりんの美術学校合格の件を口にのぼせたらしい。その話が上つ方に伝わった。かつて山下《やました》家も奉公していた旧笠間《かさま》藩の藩主、牧野《まきの》貞寧《さだやす》子爵だ。

「我が家中《かちゅう》の妹にかような才を持つ者がおったかと、殿は大層感心されてな。今の日本は近代国家建設の真最中である。欧米文物の知識と生産技術を学んで移植するは、なによりの急務じゃと仰《おお》せであった」

政府が殖産興業を担う工部省を設け、外国人教師を盛んに雇って官営工場の運営を始めたのは明治三年だという。今から七年前の、りんがまだ笠間にいる頃のことだ。そして明治六年、工部省は自前の人材を育成するべく工学寮に工学校を設立し、土木に機械、電信、造家、化学及熔鋳《ようちゅう》、鉱山の六学科を設けた。そこに新たに加えられたのが画術と家屋装飾術、彫像術だ。伊太利《イタリー》から専門家が教師として招聘《しょうへい》され、絵画と彫刻の技術者養成を目指す工部美術学校として開校された。

生沼は主君から仕入れたばかりらしいその話を得々《とくとく》と披露し続ける。妻女は不得要領《ふとくようりょう》な顔をして、おもむろに膝を動かした。

「旦那様、それはすなわち、いかなる」

促されて、「つまり、じゃ」と生沼は袴《はかま》の膝を打ち鳴らした。

「殿が学費を援助してくださることに相成った」

そして二月に改めて「願書」を提出し、りんは晴れて工部美術学校への入学を許可されたのである。

合格してしまった。美術学校の女子一回生になってしまった。

学んでいる。わたしはとうとう、西洋画を学び始めた。

新聞売りのように触れ回りたい気持ちを、風呂敷包みを胸にかき抱いて抑えねばならない。

手荷物はさして要らず、講義を書き取る帳面と小筆、あとは手拭いのみだ。素描《そびょう》用の洋紙やペンスル、コンテ、木炭などはすべて伊太利から輸入されたものが学校から支給される。中丸でさえ滅多と入手できなかった油画用の洋紙やカンバス、絵具も学校が用意してくれるらしい。

宮城《きゅうじょう》の濠端《ほりばた》は木々が次々と芽吹き、若い青が煙らんばかりだ。三月、四月と季節が進んでも授業のある日が待ち遠しく、朝から気もそぞろになって落ち着かない。

女子学生が受けられる授業は週に三回、月曜、水曜、金曜の午後と決められている。日本に西洋の暦《こよみ》が採り入れられておよそ四年を経てもまだ借り着のようで馴染めずにいたが、通学する身になって曜日なるものが日々の律になった。

今日も浮足立つ思いで、前のめりに歩く。頰と口許が緩んでしかたがない。

工学寮の敷地は、虎ノ門内の旧延岡《のべおか》藩内藤備後守《ないとうびんごのかみ》の上屋敷跡を中心として、その隣接地を含めた広大さを誇る。本館は西洋式の煉瓦造《れんがづくり》、三階建を建築中で、美術学校もやがて新築するらしいが、ひとまず工学寮の一棟である木造二階建が仮校舎だ。

階段を上り、一礼してから教場に入った。りんはいつも一番乗りで、他にはまだ誰もいない。学校は男女共学という前代未聞の方式を掲げているが、それは女子学生を入学させるというだけの意で、男女相往来するを規則で禁じ、むろん教場も別になっている。他に石膏《せっこう》模写室や臨本《りんぽん》模写室、人体を描くためのモデル室もある。

教場には西洋式の木机と椅子が三組ずつ横に並んでいて、りんはいつものように後列の窓際の席に腰を下ろした。椅子に坐ると裾が割れて仕方がないが、なるほど膝はらくで腕も動かしやすい。

ここはほんに明るいと、椅子に尻を落ち着けて教場を見回す。天井には明りを採るための大窓が穿《うが》たれ、板壁の窓も幅を広く改築されているためで、陽射しの帯の中で微細な光の粒が舞うさままで目に見えるような気がする。

床は板敷きで、りんは初日、草履《ぞうり》をどこで脱いだらよいのか、まごまごしていた。廊下にとりあえず揃えて足袋跣《たびはだし》で中に入ったのだが、まもなく姿を現した女学生が入口の扉から顔だけを突き出した。

「これ、あなたの草履ですか」

「はい」と首肯《しゅこう》すれば、向こうは苦笑を返してきた。

「校舎は土足だから脱がなくてもいいのよ。階下の試験場でもそうだったでしょう」

慌てて廊下まで出て草履に足を入れ、注意してくれた本人の足許をふと見れば、下駄の左右の鼻緒がまるで異なる色柄だ。しかも右はやけに小さく、指がはみ出している。りんの視線に気づいてか、本人は自慢げに右足を上げた。

「下駄の歯が駄目になって、でも手許《てもと》不如意《ふにょい》で買い替えもままならず、そしたらうまい具合に道端に落っこちてたのよ。日本の履物は左右が決まっていないから便利ね。洋靴ではこうはいかない。でも大きさだけは、いかんともしがたいわ。今度、もっといいのを拾わなきゃ」

潑剌《はつらつ》と懐《ふところ》の窮乏を語り、いきなり手を前に突き出してくる。

「挨拶よ。西洋式」

無理やり手を握られた。

「山室政子《やまむろまさこ》よ。よろしく」

信州岩村田《いわむらだ》藩士の娘であるらしく、安政五年生まれであるというから歳は一つ下だ。いかにも快活そうな目をしている。

りんも名乗りを上げ、さっそく隣同士で坐った。

画学科の女子学生は、りんを含めて総勢六人だ。朋輩には中丸が噂していた通り、学校長を兼任している大鳥工作局長の令嬢、雛子《ひなこ》がいた。さらには、長らく政府役人であったという人物の妻女、川路《かわじ》花子《はなこ》がいる。こちらは三十前に見える美人だ。受験資格は二十歳までのはずだったが、女子にも特例が適用されているらしい。

雛子と花子は艶《あで》やかに髷《まげ》を結った麗人で、二人が教場に入ってくると思わず見惚れてしまう。縮緬地《ちりめんじ》の茜色や友禅の藤色に描かれた花鳥は爛漫《らんまん》としている。

「よかった。お仲間がいて」

隣席の政子が雛子らの方を目で示して肩をすくめた。身形《みなり》の粗末な者同士、気軽な朋輩だと言いたいらしい。たしかに、こんな古びた恰好《かっこう》をしているのは二人だけだ。りんの着物といえば一張羅の結城紬《ゆうきつむぎ》で、藍《あい》地に細かな亀甲柄だ。丈夫な生地ではあるが長年着ているので、柄が地糸に埋まって曖昧《あいまい》になっている。母譲りの帯も端が擦り切れてきた。髪結いにも行かず自ら髷を小さくひっつめ、簪《かんざし》の一本もさしていない。

そんな案配で初日から親しく口をきくようになり、席もずっと隣同士である。不揃いな足音がすると思ったら戸が動いて、やはり政子だ。いまだ左右の違う下駄のままで、頃合いのよいのを拾えていないらしい。

「いつも早いわね。本所からだと二里はあるんじゃなくて?」

「一里半。そういえば山室さんは」

「わたしは神田で寄宿しているの」

「寄宿」と訊き返し、政子が「そう」と口を開いた時、他の女学生らが連なって入ってきた。「ごきげんよう」と挨拶をよこされ、上流婦人は声まで華やかで上等だなどと感心しているうち先生が入ってくる。

ホンタネジー先生だ。その後ろには、いつものように通詞《つうじ》の竹本《たけもと》氏も付き添っている。教場が静まり返り、雛子の号令で六名が立ち上がって先生を迎えた。

目の端で、立ち上がる寸前に政子が例の仕種《しぐさ》をするのが見えた。

政子は事あるごとに、たとえば授業の始まりと最後などに不思議な手つきをするのだ。右手の指先を三本ほど合わせ、ツンツンと鳥のように額や胸をつつく。いったい何の所作だろう、信州に伝わるまじないなのかと推しもするが、いつもつかのまの所作で、政子はそれを済ませれば涼しい顔をして前を向く。こなたもさして興味はなく、問わぬままだ。

それに、講義が始まれば夢中になる。総身を研ぎ澄ますようにして、りんは一心に先生の言葉を聴く。

「まず、真を写すことです」

ホンタネジー先生は伊太利の王立美術学校の教授を務めていた御仁で、欧羅巴《ヨーロッパ》でも著名な風景画家であるそうだ。歳は六十前に見える。肌は仄白《ほのじろ》く、頭は白に近い銀髪、口髭は濃く黒い。

彫りの深い顔の頬は削《そ》げ、躰《からだ》もひょろりと長い痩軀《そうく》だ。口調はなめらかな絹布のようで、時折、気泡が立つような抑揚《よくよう》がある。むろん、りんを含めて女生徒は先生の言葉をまったく解することができず、通詞の竹本が頼みの綱だ。講義中は先生をぼんやりと眺め、いざ竹本が口を開くと一斉に頭を動かして注視する。

だが通弁はしばしば中断する。竹本が言葉を探しあぐねるからで、洋上着の内隠しから小さな掌《てのひら》ほどの帳面を取り出しては繰《く》り、首を捻り、先生を見上げて訊き返す。竹本が顔を赭《あか》らめて言葉を探している最中、先生はもどかしそうにコツコツと靴音を立てる。

竹本は仏蘭西《フランス》からの帰朝者で、伊太利語は会得《えとく》していないらしい。そこでホンタネジー先生は仏蘭西語で講じ、竹本はそれを聴き取って皆に通弁する。

「真を写すために、何が肝要でありましょうや。それはすなわち、正確な臨画《りんが》であります。諸君、手本を忠実に模写することです。習練に励むがよろしい」

しかも竹本には美術の素養がなく、「臨画」とは先生の素描や石版画《せきばんが》を手本にして写すことであるらしいと知れたのは、実際にそれを始めるようになってからだ。

やがて通弁の苦労も多少はわかるようになった。先生は西洋画独自の考えや手法を懸命に教示するのだけれども、相当する言葉がまだ日本語になかったりする。それで竹本は額に指を置いて呻吟《しんぎん》する。その姿を見ているうち、通詞たる者、外国語を解するだけでは足りないのだと気づかされた。日本の言葉と言い回しをいかほど躰の中にたくわえているかが、通弁の出来を左右する。

「次に色彩のつり合い、それに光の具合も忘れるわけにはいきませせぬ」

先生の声音《こわね》はいつも真摯《しんし》だ。「教えたい、育てたい」という熱が伝わってくる。そしてひとたび話し終えると右肘を持ち上げ、掌を仰向けにして動かし、皆を見回す。日本人と同じ黒い瞳だが、教場に差す光によっては碧色《みどりいろ》を帯びて見える。竹本によると質問を促している動作だそうだが、誰ひとり身じろぎもしない。先生は淋《さび》しげに眉を下げ、息を吐く。

本当は問いたいことが山とある。けれど声を発する勇気などなく、目瞬《まばた》きを繰り返すのみだ。そして通弁の一言一句を書きとめる。帰り道や下宿に辿《たど》り着いてからも牛のごとく反芻《はんすう》している。なるほどと感じ入ることもあれば、難解で手も足も出ない心持ちに陥《おちい》る日もある。

「美麗であるかどうかに心を砕いてはいけません」

これにはまったくもって驚かされた。美術なるもの、美を求める術ではないというのだろうか。

「まず、真を写すこと」

先生は何度も、辛抱強く繰り返す。ただこのことを伝えるために、気候も言葉も風儀も違う東洋の国にやってきたのだとでもいうように。中丸からも聞かされた憶えのある教えだが、それはすなわち、汚いものは汚いままに、醜いものは醜いままに描けということなのだろうか。

「自身が摑んだ世界をいかに表現するか。誰に似る必要もありません。独自の追求こそが大切です。そのためには、己自身の目でしかと観察することです」

わからない。「世界を摑む」とはどういうことなのか。「誰にも似なくていい」とは、つまり師匠の画風を受け継ごうとしなくてよいということか。「独自の追求」なんぞ、まったくお手上げだ。さっぱり解《げ》せない。

「目の前にあるものを、あるがままに描写するがよろしい。己なりに真に迫りなさい。西洋人はそのために、透視画法や明暗画法といった技を編み出してきました。わたしはこれらを順に、諸君に伝授していきます」

ホンタネジー先生は画学の教授を段階的に計画していた。実技科目は「風景人物初歩」から「上等」へと進み、それから「石膏写生」に「風景写生」、「風景人物油画」から「風景人物油画写生」に至ると、竹本は説明した。実技のみならず理論にも重きを置き、理論科目は「幾何学」に「遠近法」、「飾画」、「論理影法」から「外部解剖」へと進む。

学ぶ段階を先に示されることにも驚いて、政子も頰を紅潮させていた。

「師匠の仕事をただ闇雲に手伝うのとは大違いね」

実技は「風景人物初歩」においてまず線条の描き方を習い、この四月からペンスル画法による臨画へと進んでいる。政子はペンスルの持ち方も堂に入っており、線条の一本一本がもはや玄人《くろうと》はだしだ。隣の机上を目にした時は思わず政子の顔を見たものであったけれども、本人はいつものように飄々《ひょうひょう》としている。どこの誰について修業していたかも口にしたことがない。

ホンタネジー先生は本国からさまざまな画材と共に、石膏像や欧羅巴の画家の手になる素描画、名画の複製、そして自作の風景画の数々を持ってきていた。

りんが与えられた絵手本は、西洋の若者の横顔だ。若者の巻き毛が額や耳の前に柔らかくかかり、頭部には三つ編みにした布を栄螺《さざえ》のような形にして巻いてある。その布には麦穂が十本ほど差してあり、穂先は顔の上方に向かって勢いよく飛び出している。

これを模写するのだが、まず定規を使い、縦横十数の枡目《ますめ》を作るように指導された。横罫《よこけい》に

1、2、3と亜剌比亜《アラビヤ》数字で振り番し、縦罫にはA、B、Cのアルファベットを振る。そうすると鼻の頂点はHの3番に置き、耳の端はFの9番と見当をつけやすい。頬の広さや首の太さ、麦穂の長さまでをこの下絵で摑むのだ。摑んでから新たな紙に写し始めると、手が憶えている。

絵手本を何度も何度も見るうち、麦穂によって額から目の下あたりまでは薄い影が描かれ、頬は明るく、そして顎の下から咽喉《のど》にかけては濃い影になっていることに気づく。そうか、この影の濃淡によって若者の顔の肉づきや若々しさ、生気まで表しているのだ。

りんは感嘆する。浮世絵の場合、顔にこんな陰影をつけたりはしない。円山派の花鳥風月でも、鳥の影を描き入れたりはしなかった。画面がかえって汚く、うるさくなる。それは日本の画のやり方であるし、西洋画に触れたからといって旧弊だと決めつけるのも違うと思う。政府が何かにつけて欧米の文物を持ち上げ、日本の従来を恥ずべきものと唾棄《だき》しがちなのは、なんとも割り切れない。

我々はそうも劣っているのだろうか。なるほど近代技術は遅れているかもしれないが、それがすなわち人間が劣っていることにはならないだろう。

ただ、枡目を作って習練する方法は正確さを身につけるうえで実に理にかなっているし、正確さを得ればこそ後は自在になれる。ペンスルはたった一色であるのに、微細な線を重ねて影を作っていくうちに自ずと湧いてくる問いがある。

あなたは百姓なのか、ああ、それとも農神なのか。

語りかけるうち、彼のまなざしの向こうにある景色までが目に泛《うか》んでくる。見たことのない西洋の田畑を見晴るかす。

「諸君、今日は先生が実作を披露してくださいますぞ」

竹本の指図で、机と椅子を教場の端に寄せた。先生は画架を中央に置いて椅子を片手で動かし、長い脚を折り畳むようにして腰を下ろす。竹本が一緒に動こうとするのを先生は掌を立てて制し、一枚の洋紙を広げた。

ペンスルで柔和な線が引かれると、たちまち形が取られ、肉づきが現れる。ジャンギリを後ろに撫《な》でつけた黒髪、長い額、引き目にこんもりとした小鼻、口許は少し半開きで、今にも喋《しゃべ》り出しそうだ。いつも少し斜めに歪《ゆが》んでいる蝶形の襟締《えりじめ》まで写し取られていて、雛子や花子はくすくすと笑声を洩《も》らしている。どうやら、竹本をモデルにしているらしい。

竹本が腕組みをほどくと、「ノン」と先生は短く言う。「駄目」や「いいえ」を表す言葉であるらしいことは、もう承知している。「これでよかろう」は「ウヰ」だ。

雛子の背後に立ったりんは、先生の手許に目を瞠《みは》った。

どうして、こんなふうに描けるのだろう。

先生の自作のみならず、コロウやミレイ、ラハエロという画家らの絵を見せられるたび、胸の裡が騒いで落ち着きをなくしてしまう。絵が生きているのだ。人物や風景、花や葉の一枚一枚が今にも風に揺れそうで、水辺で遊ぶ裸の子供らの水飛沫《みずしぶき》や匂いまで感じる。

こんな真への迫り方、わたしにもできるようになるのだろうか。

午後の陽射しの中で、竹本の目の中に瞳が描き込まれた。モデルとして前に立つ気恥ずかしさまで写されていて、女学生六人はしんと静まり返る。

と、妙な音がした。政子とりんの二人が同時に帯に手を当てる。どうやら腹の虫が鳴いたらしい。りんは近頃、昼飯代を倹約《しまつ》しており、政子も同じようなことを言っていた。すると先生が薄く口を開き、前に立っている竹本が眉を上げた。先生は手を止めたまま言葉を継いでいる。からかうような口調で、目尻に皺《しわ》を寄せている。

「諸君、随分と旨そうな竹本を描けただろう。と、先生は自慢なさっているのだ」

竹本が苦々しく通弁したので、教場は弾けるように笑った。

二

翌明治十一年の春、写生をしに教場の外へ出た。

向かうのは芝の増上寺《ぞうじょうじ》であるので特別に一日がかりの授業となり、弁当持参だ。相当歩くことはわかっているし、荷物も画板に紙とペンスル、そして床几《しょうぎ》も折り畳んで抱えねばならない。今日ばかりは昼飯を抜くと戦ができぬと、握り飯を拵《こしら》えてきた。

四月に新たに入学してきた神中糸子《じんなかいとこ》も一緒で、というのも糸子の身形が質素であるのを見て取った政子がまたも声をかけたからだ。糸子もすぐにうちとけた。

「神中さんはおいくつ」

「万延元年生まれにござります」

「ということは、私の二歳下。りんさんが一番の姉さんだ。あなたも、生まれは東京じゃないわね」

そういえば、何となく上方訛《なま》りがある。

「わたしは信州岩村田藩、こちらは常陸《ひたち》の笠間藩」

政子はりんの紹介もさっさと済ませて、「お国は」と訊《たず》ねた。

「紀州から上京してまいりました。かれこれ五年になります」

糸子はおっとりと答えたものだ。細面《ほそおもて》で口許の笑みも品がよく、悠揚としている。そして政子ほど口数が多くない。

三人で歩く。前を行くのは洋帽をつけたホンタネジー先生と、頭一つぶん背の低い竹本、そして雛子らだ。道中にはまだ麦畑が残っている界隈《かいわい》もあって、百姓らが屈んだり立ったりしている。野道の桜も満開で、雉《きじ》の鳴き声が響く。

政子は「糸子さん」と顔を動かした。

「国は紀州とおっしゃってたけれど、ご家中なの」

また身上調査を始めたと、りんは可笑《おか》しくなる。ペンスルより十手《じって》が似合うのではないか。

「父は洋学世話《ようがくせわ》心得《こころえ》と築城術《ちくじようじゆつ》教鞭方《きようべんかた》を兼ねておりました。今は陸軍士官学校の工学教官です」

「おや。世が世なら、こんなふうに肩を並べて歩けないご出自じゃないの。じゃあ、美術学校に入ったのはお父上のお勧めなの」

「それもありますが、母方の祖父が御用絵師でありましたので、物心ついた頃には絵を描いておりました」

「道理で、巧いはずだ」とりんが言うと、政子もうなずく。糸子は物腰こそ優しいが、皆に一年遅れての入学であるにもかかわらず、模写の筆致は遅れを感じさせない腕前だ。

「それにしても、美術学校で鶴亀算《つるかめざん》まで学ぶとは思いもよりませんでした」

「本当に」と、政子は糸子に同調する。

「週三回しか授業がないのに算術や代数までやれとは、学校も欲張り過ぎよ」

りんも同感で、すべての時間をホンタネジー先生の授業に当ててもらいたいのが本音だ。

「でも、これからの日本美術を背負って立つ女画工は化学も弁《わきま》えておらねばならぬのでしょうよ」

りんが言えば、政子は「ごかんべん」と芝居がかった所作で荷を担ぎ直す。

「山下さんはああいった教科もおできになるからいいだろうけど、わたしなんぞ、水素を空気中に燃して生じるものなんぞを教えられても頭がついていかない」

さらに本邦史や漢学、地理や物理の講義もある。その予習復習にも時がかかり、この頃は本所からの通学時間がもったいないと思うようになった。中丸の家にも滅多と顔を出せない。中丸も兵学寮の勤めが忙しく、そもそも美術学校には週三回の学生として入学しているのだが、それもたびたび休んでいるようだ。

増上寺の三解脱門《さんげだつもん》に近づくと、参詣人らが目を剝いてこなたを見やった。

ホンタネジー先生と洋装の竹本、そして女子学生七人という一行だ。道中もずっと奇異な目に晒《さら》されて歩いてきた。りんはそれに気づかないふりをしていたが、それは政子と糸子も同じだろう。ゆえに歩きながら話を途切れさせなかった。

今はもう明治の御代《みよ》になっている。外国人と一緒であるからといって、いきなり斬りかかられるわけはない。頭ではそうわかっていても、自ずと緊張している。

と、近づいてくる老人がいる。元は武家であったことが明らかな身形、足捌《あしさば》きで、りんの前に立ちはだかった。

「世も末じゃ、恥を知れ」

やにわに一喝された。この無理解たるやと思うや、「畏《おそ》れながら」と抗弁していた。

「わたくしどもは美術学校の学生です。物見遊山《ものみゆさん》をしておるのではありませぬ」

相手はしばしりんを睨《ね》めつけていたが、もう背中を向けて砂利道を引き返していく。頭の白い老婦人が心配そうな面持ちで待っているのが見えて、肩から力が抜けた。

「山下さん」と、政子が宥《なだ》めるように腕に手を置いた。糸子もそっとうなずく。気を取り直して歩を進めれば、雛子と花子は蒼ざめて立ちすくみ、先生と竹本も眉間をしわめている。

「大きな声を出して申し訳ありません」

詫《わ》びると先生が何かを言い、竹本が通弁した。

「かまわないよ。お察しする」

一行は門前にさらに近づき、先生は興味深げに見上げている。

糸子は深々と辞儀をした。ここが徳川家の菩提寺《ぼだいじ》であるからだろう。十五代続いた将軍のうち、六公がこの寺内に葬られている。御三家であった紀州藩の家中としては、その娘が礼を尽くすのも当然だ。

七百年以上も前、法然上人《ほうねんしょうにん》によって開かれたのが浄土宗だ。増上寺は室町幕府の時代に聖聡《しょうそう》上人によって建立《こんりゅう》され、江戸開府後、芝に移った。しかしいくたびもの江戸の大火で類焼し、明治に入りては廃仏毀釈《はいぶつきしゃく》の受難に遭い、五年前の明治六年には放火されて大殿《だいでん》は焼失している。

りんも同様に頭《こうべ》を垂れ、頭を上げればホンタネジー先生が洋帽を外し、小さく辞儀をしてから歩きだすのが見えた。竹本は寺を一顧だにせず、すたすたと先生の背後を従《つ》いていく。政子も一度も辞儀をせぬまま歩を進めている。皆、それぞれだ。

写生の場は先生の判断で、人の往来の少ない裏門周辺が選ばれた。

豪壮な彫りを施した木塀が延々と延びている。塀の下部や桟《さん》は鮮やかな丹色《にいろ》、上部の透《す》かし彫《ぼ》り部分は深碧《ふかみどり》に塗り分けられた造作だ。かつては瓦の銀色と相俟《あいま》ってさぞ荘麗《そうれい》であったろうが、今はところどころに剝げや褪色《たいしょく》が見てとれる。塀に沿うように配された石燈籠《いしどうろう》も一定の間隔を置いてどこまでも続くが、一年間、西洋画を手本に臨画を行なってきたりんの目には何とはなしに古臭く、もの寂しい景に思える。

だが先生は寺院の建物にひどく惹かれたようで、皆が写生の場を探している間も広い砂利道を行きつ戻りつし、時々立ち止まっては彫刻を見澄まし、燈籠の中も覗き込んで竹本に何やら訊ねている。

りんは砂利道の奥の平場に立ち、塀が斜めに見えるのを確かめて床几を開いた。腰を下ろして画板を膝の上に置き、洋紙を広げる。道具はペンスルで、いつものように芯の先を舐《な》めては線を引いてゆく。遠近法によって手前の塀と燈籠は左に大きく、そして右奥へと進むほどに小さくと、大まかに構図を取る。右手前には門に向かって枝を投げかけているような松樹があるので、これを画面の右に最も大きく描くことにした。実際、目にはそう映っているからだ。

手を動かすうち、さっきの悶着《もんちゃく》が胸に返ってくる。見ず知らずの他人に、しかも「恥を知れ」などという言葉を浴びせられるなど初めてだ。やはり心穏やかではいられない。血走った目の端が微《かす》かに濡れていたように見えたのは、あれは老いゆえのことなのだろうか。それとも、いかんともしがたい無念の現われであったのか。抗弁などせず、なにゆえ黙って受け流さなかったのだろう。怒りや恥ずかしさなどとうに散じ、むしろ悲しかった。時代に取り残された老武士の悲しみが、ひたひたと沁みてくる。

塀の向こうの木立は緑を吹き、綿雲が白く動いている。

松樹が道に落とす影の形、石燈籠が春陽にどう光り、塀にどう影を投げるのかをペンスルで追っていく。色は使えない。濃淡だけであるけれども、この静けさと悲しさ、そしていつの世にあっても等しく訪れる季節のさまを写そうと、手を動かし続ける。

手許がふと暗くなって顔を上げれば、ホンタネジー先生がかたわらに立っていた。こんなに近くで先生を見るのは初めてで、少したじろぐ。けれど目をそらせない。痩《や》せた頬骨で、剃り残したような産毛《うぶげ》が白銀に光っている。先生は腰の後ろで手を組み、画板の上を覗き込んだ。何かを話し始める。指先が画の上をなぞるように動き、時々、りんの目を見つめて言葉を継ぐ。

何とおっしゃっているのだろう。皆目《かいもく》わからない。さぞ間抜け面《づら》をしているであろう己が、まったく情けない。ややあって、先生の背後にいる竹本が通弁を始めた。

「風景なるもの、空の具合で色彩が変わる。同じ風景であっても、朝と昼、昨日と今日とではまるで異なるものです。常に同じではない。いいかね、今後、君が前日から引き続いて写生する場合があれば、今、目にしている風景に合わせて光を描き直さねばならないよ」

またも、すぐに呑み込めない。

「それから、たとえば自然の風景の中の樹木が混み合って、その様子が醜いようであれば、樹木の数を減じてもよろしい。ただし、実際より多く加えるのは固く戒《いまし》めるべし」

今度は驚いて、思わず問うていた。

「目の前の風景の通りでなくてもよいのですか」

竹本がそれを伝え、先生はこちらに顔を戻して口の両端を上げた。また竹本が通弁する。

「初心の者は、ただひたすら写さねばならない。それは画術の基礎です。しかし素描の修練を積んだ者は、目の前の風景を自ずと改変することになります。写生画とは、名所古跡、風景にかかわらず、観る者の目を驚かせ、その地に遊ぶ思いを起こさしむるものです」

それには黙ってうなずいた。先生の絵によって、幾度もそんな体験をした。

「それは、描く者が心情を投影しているからです。思想や願い、喜怒哀楽が籠められた絵こそ、人の心を動かします。我々が百年前の絵と対話することができるのも、絵に心があるからです」

先生が立ち去ってから、風呂敷包みの中の帳面を取り出し、懸命に文言を思い出しながら書きつけた。よく解せないことも多いのだけれども、やけに胸が熱くなって困った。

弁当を遣おうという時分時《じぶんどき》になって、糸子と政子の三人で樹下の草地に移った。輪になって坐る。弁当といえどもりんは握り飯が二つに梅干しのみで、糸子が卵焼きと目刺《めざし》を分けてくれた。遠慮せずに頂戴する。

「よろしかったら、これもどうぞ」

政子が輪の中に置いた弁当は珍しい献立で、鳶色《とびいろ》がかった薄い麵麭《パン》を何切れかと黄味を帯びた半円形の塊、そしてやけに赤いものが詰めてある。

「西洋式ですね。それ、乳酪《にゅうらく》でしょう」

糸子が興味を示すと、政子はさも気がなさげに頭《かぶり》を振った。

「わたし、乳酪があまり好きではないのよ。お腹の具合が悪くなる」

「なのに、お弁当にしたのですか」

「まあ、ね。背に腹は代えられぬ」

いつもながら、さばさばと妙なことを言う。

「赤いのは水菓子ですか」と、糸子は興をそそられ通しだ。

「ああ。これは蔬菜《そさい》よ。タマートゥ。西洋の茄子《なす》のようなものね。煮たら美味《おい》しいけれど、生ではなかなか食べづらい」

「これを煮るの」と、りんは鼻を近づけた。青臭い。

「ねえ、山下さん。この麵麭とお結び、取り替えっこしてくれないこと？　乳酪とタマートゥも進呈する」

「かまわないけど」

りんは力まかせに握ってしまうのが常で、兄にはいつもお叱言《こごと》を喰らっていた。お前の握り飯は石礫《いしつぶて》じゃ。

「ねえ、お願いよ」

喰い物でそうも頼まれてはすげにもできず、まして西洋の味を試してみたくはある。結句、糸子とも分け合うことにした。政子がお結びを口にするたび大袈裟《おおげさ》に歓《よろこ》ぶので、糸子は苦笑しながらからかう。

「最初からお結びを用意なさればよかったではありませんか。校外写生だからといって、西洋式に張り切りなさるから」

「ん、不覚を取った」

こちらに回ってきた麵麭は舌触りがモソモソとして、紙の束を食《は》んでいるようだ。乳酪は滋味が感じとれ、これは嫌いではない。タマートゥなる西洋茄子はやはり臭いがきつく、ずいぶんと酸《す》いものだった。


七月三十日、大試験が行なわれた。

これは画業の進み具合をホンタネジー先生が評するもので、先生は平素から画学生進歩表なるものを作成しているとの噂だ。さらに実技試験と、政子が苦手な他科目の試験もあった。算術と代数、地理や物理、化学などで、本邦史では「北条時頼《ほうじょうときより》の治を図りし事蹟《じせき》を記せ」との問題だ。おそらく出題者は、時頼が鎌倉幕府の将軍であった藤原何某を京へ追放し、新たな将軍として後嵯峨《ごさが》天皇の皇子を迎えたことを念頭に置いているのだろうと、りんは推した。明治政府が帝を奉じて御一新を成し遂げたことと、時頼の始めた親王将軍が何となく二重写しになっている。

試験の後、いつもの三人で答え合わせをすれば、糸子も同意見だった。政子は憤慨していた。

「鎌倉に幕府があった時代のことなんぞ知らないわよ。なんでそんな黴臭《かびくさ》い事蹟を試験に出す。意地が悪い」

結果は男女学生を交えて発表された。一番は小山正太郎、松岡寿は三番だ。糸子は十二番で、政子は十六番、そしてりんは十番である。女子学生の中では一位の成績だった。とはいえ今は一人が結婚を機に退校したので、六人の中で一位なだけだ。

教場を出ると、廊下で男子学生たちが話しかけてきた。小山と松岡だ。これまでもたびたび校舎ですれ違ってきたが、規則があるため互いに目礼を交わすのみだった。

「山下君、師を抜き去る成績を収めるとは弟子の鑑《かがみ》じゃないか」

「師を抜き去る」と鸚鵡《おうむ》返しにし、首を傾げた。

「中丸さんは神中君と並んでの十二番だよ」と、悪戯《いたずら》めいた目をして笑う。りんは「おや」と言うなり、後の言葉が続かない。そこにヌッと顔を出したのが当の中丸で、盛大に口を尖らせている。

「いいさ、気にするな。存分に、好きなだけ追い抜いてくれたまえ」

「負け惜しみに聞こえるなあ」

若い松岡がさらに冷やかしたので、かたわらの政子と糸子は目を丸くしている。

「しかし、この目の確かさは認めてもらいたいね」と、中丸は肩をそびやかした。

「ホンタネジー先生も僕と同じことをおっしゃっているじゃないか」

熱心で、非常な努力家。ことに筆法においては、女子の線とは思えぬ力強さがある。

先生はそんな評を発表してくれていた。


九月に入って、窓から入る光も風も秋めいてきた。

りんは郷里の母が送ってきてくれた羽織をつけている。素人の、しかも嫁いでいない娘が羽織なんぞと東京でも眉を顰《しか》められるが、懇願の文を送ったので母は兄の若い時分のものを仕立て直してくれたようだ。これからの季節は一枚上に羽織るだけで朝夕の肌寒さが違うし、暑気が戻る日は脱げばよいだけのことだ。

しかも江戸前の気風がついたような気がして、政子と糸子も「似合う」と褒めてくれた。

「江戸前の芸者みたい」

「女画工も芸を磨くが生業《なりわい》、わっちも芸の者さ」

蓮っ葉な口調を遣うと、政子が呆《あき》れ顔だ。

「ふだんあまり喋らないくせに、ふと面白いことを言うわねえ」

下宿も本所の中川家を出て、学校にほど近い佐久間町に移ったばかりだ。大家の爺さんは乾物の卸商で、一階で小さな店も開いている。が、客が訪れるのをりんは見たことがない。女房の婆さんはそれ者上《しゃ》がりらしく、時々、三味線を抱えて清元《きよもと》などを口ずさむ。

先生と竹本が教場に入ってきて、いつものように雛子の号令で辞儀をして着席した。先生が口を開く前に、竹本が皆を見回した。

「皆さんに重大なお知らせがあります」

竹本はそこで一拍を置き、そして再び口を開いた。

「ホンタネジー先生は任期半ばではあられるが、今月いっぱいで当校を辞され、帰国されることに相成りました」

隣席の政子が「どうして」と呟くのが聞こえる。りんは茫然《ぼうぜん》として、ただ先生を見つめる。

先生は伏し目のまま中央へと進み出で、皆に順に目を据えた。そのまなざしに相対した途端、唇が震えた。

「先生、なにゆえなのです。なぜお国に帰ってしまわれるのです」

雛子が問うた。先生は眉を下げ、微かに首を縦に振る。

「コウゴハ、イチズニ、テンネンヲ、シトシテ、マナブガ、ヨロシ」

たどたどしく発せられた教えを、りんは口の中でなぞる。

向後は一途に、天然を師として学べ。

竹本が誰かの問いに、「脚気《かっけ》がお悪くなられたのだ。日本の風土病ゆえ、学校としてもこれ以上はお引き留めできぬらしい」と答えている。

りんはホンタネジーを見つめ続けた。たしかに、頰が去年よりも削げている。我知らず椅子を後ろに引き、立ち上がっていた。

「では、病が癒《い》えたら帰ってきてくださるのですね。わたくしたちはお待ちいたします。教えを守って精進して、そうです、これから風景写生も油画に入るところであります。手本を残してくだされば工夫してやってみます。皆で力を合わせて、わからなければ小山さんや松岡さんに教えを請いましょう。そうして、先生のお帰りをお待ちします」

竹本の通弁を聴く先生は眉間に縦皺を刻み、窓の外へと視線を移した。高い鼻先を掌で押し包むようにして、目瞬きを繰り返している。苦渋が見てとれた。そして、決断はもう覆《くつがえ》らないであろうことも。

先生、あなたこそがわたしの道を照らしてくれる師であったのに。

りんは立ち尽くした。

三

筆を動かしていると、階下から「山下さん、お客さんだよ」と大家の女房が声を張り上げた。こんな日中に兄が訪ねてくるわけもなく、誰だろうと筆を擱《お》くと、もう段梯子《だんばしご》を上がってくる音がする。

「お久しぶり」

両膝立ちになったまま、「政子さん」と見上げた。足の踏み場もないことに気づいて、六畳に広げた団扇《うちわ》を手早く重ねる。政子も屈《かが》んで手伝い、「内職？」と訊いてくる。

「いつまでも兄にばかり頼っていてもね」

「それにしても、秋に団扇絵の内職なんぞよくあるもんだ」

「外国人がお土産に買うらしいわ」

以前は紙に描いてから団扇の形に断《た》って張ったものだが、今はすでに団扇の形になったものを店の手代が運んでくる。

「この骨組みの凸凹、描きにくそうね」と、政子は軸を手にくるくる回す。

「あなたの腕なら平気でしょうけど」

そうでもないと頭を振り、ようやく場を空けた。窓障子も引く。道を隔てた向こうが神社の裏塀で、大きな銀杏《いちょう》が見える。

「こんな路地裏、よくわかったこと」

「前に教えてもらったことがあったでしょう。この近くに来たものだから、そういえばと思って乾物屋さんを探したの。少し迷ったけど」

すると、「ちょいと」と背後で声がした。段梯子を見下ろせば、女房が盆を持ってこちらを見上げている。

「こんな路地裏のお茶でどうかと思うけど、お上がり」

階下に筒抜けであったらしい。「ご無礼を」と口に手をあてると、いいってことよとばかりに今も鉄漿《かね》をつけた黒い歯を見せた。盆を受け取り、とって返す。お茶請けのつもりか、茹でた甘藷《かんしょ》の輪切りも皿に盛ってくれている。

「いい大家さんじゃないの」

夫婦喧嘩が凄まじいので難儀するのだが、黙って茶を啜《すす》った。政子は例の仕種をしている。額を心持ち前に倒し、細い指先を三本集めて尖らせ、額から胸へと下に、右肩から左肩へと直線を引く。それは瞬く間のことで、さっそく芋を持ち上げた。

「甘いわね。久しぶりだわ、この味。うっとりする」

食べ物に対する大仰《おおぎょう》な歓びようは相変わらずだと、りんは苦笑を零《こぼ》す。政子は頰を盛んに動かしながら、「この頃、学校はどう」と訊ねた。

「相変わらずよ。進歩なし」

「そうよね。ああも下手な男が、いきなり巧くなるわけはない」

ホンタネジー先生の後任は十月に入ってまもなく教場に入ってきて、フェレッチという、やはり伊太利人だ。しかし得意げに披露した自筆の素描や油画を一瞥《いちべつ》するや、唖然《あぜん》とした。

言いようのない腕前だったのだ。さらに悪いことに人品も劣る。通詞の竹本を鼻であしらい、顎で指図し、時に面罵する。ホンタネジー先生ももどかしそうに靴音を鳴らすことはあったけれどもフェレッチは竹本を見下しているのが露《あら》わで、そして教場に坐る女学生にも侮蔑的だった。見目《みめ》麗しく出自も高い雛子らには丁重にふるまうが、りんや政子のそばには寄りつきもしない。それはまだよい。腹に据えかねるのは、ホンタネジー先生が組んだ科目の進行をまったく守らないことだ。石膏素描をやらせるかと思えば人物写生の初歩に戻り、いわば思いつきの授業で、当人は学生の描いたものをろくに見もせず椅子で居眠りだ。講義もさっぱり要領を得ない。

ついに男子学生らが立ち上がり、学校当局に更迭《こうてつ》を要求した。

「我々を見くびるにも、ほどがある。政府が未だ西洋画の上手下手を知らぬゆえ、かかる者に誑《たぶら》かされたのだ」

しかし学校はこれを頑として認めず、小山正太郎や松岡寿、浅井忠らは袂《たもと》を連ねて退学してしまった。同時に、女子学生からも退学者が出た。政子と糸子だ。

政子には一緒に退校しようと誘われたが、ここを去って、どこへ行けばいいのか。市中に私塾が増えているのは承知しているけれども、その仲間に加わることはできない。高価な画材を自力で調達するなど及びもつかないからだ。少なくとも、学校に残れば絵は描ける。

「まだ退校する気にならないの。よく続くわね」

教場は活気を失う一方だ。そして唇を嚙みしめ、恥知らずのフェレッチをぐいと見る。思わず口の端が下がるほど、胸が悪くなる。

この、言語にかからぬ大下手者め。

ならぬ堪忍をして、りんは学校に残っている。そして授業のない曜日は団扇絵の内職仕事だ。筆を動かすたび、あれほど侘びしいと思っていた師、月岡藍雪《つきおからんせつ》の背中を思い出すのには閉口する。

「兄も苦労が続いているし、これ以上は頼れない」

「兄上、巡査をなさっているんじゃなかった？」

「辞めたのよ。西南の役《えき》に出征して、いえ、本人は幸いほとんど怪我をすることもなく帰ってきたんだけれど、もう戦は御免じゃと新たな職に就いたの」

そういえばと、政子は声を潜めた。

「ホンタネジー先生が辞職なさったのも、あの役がかかわっているらしいわ」

それは初耳だ。

「政府はあの戦で、国庫を傾けるほどの費《つい》えを投入したんですって。無理もないわね。万一、負けでもしたら、それこそ政府はおしまいだもの。それで財政難になって、学校がホンタネジー先生と約束していた新校舎の建築、あれを延期せざるを得なくなったらしいわ。事実上は中止よ。先生は理想の美術学校をこの日本に造るべく設計図や壁画の下図まで準備しておられたのに、梯子を外された恰好になった。当然、学校に対して不信感がつのるわね。そのうえ体調も崩されて、帰国を決められたらしいわ」

ずいぶんと詳しい。りんの気持ちを読んだかのように、政子は言い継いだ。

「先だって、竹本さんと偶然会ったのよ。神田で。それで、そんな話を伺った」

「そう」と、気のない返事になった。

先生の苦渋を耳にすればなお気の毒な、申し訳ないような思いになるし、同時に、それでも学校に残ってもらいたかったと口惜しくもある。手前勝手な願いだろうが、ずっと教えを受けたかった。

「お兄様は、今、何をなさってるの」

「なかなか定まらない」と、りんは手の中の茶碗を見る。

兄は慣れぬ商いに手を出しては失敗しているようなのだ。洋煙草の移入や洋靴販売店を友人と開いて奮闘するもことごとく思惑が外れ、仕送りも滞《とどこお》りがちだ。

「あなた、ちょっと痩せたんじゃなくて？　顔色もあまりよくないわ」

「大丈夫よ。どうってことない。絵さえ描けたら他に何も要らないもの。時々、写生もしているのよ。このあいだも溜池《ためいけ》を描いた。不忍池《しのばずのいけ》も」

池の畔《ほとり》や川縁《かわべり》、野原で画帖を広げれば、通りがかりの物売りや子供が不審げに背後から覗き込む。それにはもう慣れた。

「この間なんぞ、測量ですかって訊かれたわよ。洋装の紳士に」

笑ってみても、政子は表情を崩さない。

「また、強がり」

「強がっていないと、なにもかもいやになるもの。せっかく出会えた良師にはぐれて、行き暮れて」

欲は際限がない。はじめは試験の様子を知るだけでいいと願い、合格すればやはり入学したいと欲し、良師を得れば独りで修業することが心細くてたまらない。ホンタネジー先生が恋しくて、落胆し続ける。

「山下さん。あなた、本当に女画工としてやっていきたいのよね。絵筆でもって己の身を己で養う、その覚悟を決めているのね」

今さらなにを訊くのだと、政子を見つめ返した。でもいかに覚悟を決めようが、このていたらくだ。「そうよ」と、返事もぞんざいになる。

「浮世絵、それとも西洋画。どちらを選ぶつもり」

浮世絵、大和絵。南画《なんが》。どれも修業したいことに変わりはない。中丸のところにも間遠ながら通ってはいる。けれど今は、西洋画への憧憬《しょうけい》がぬきんでてしまっている。

なにひとつ思うようにならぬ日々で、ホンタネジー先生の言葉だけが支えだ。

──熱心で、非常な努力家。ことに筆法においては、女子の線とは思えぬ力強さがある。

日本人ではない、西洋人である先生がそう評してくれた。

「わたしは西洋画をやりたい。究《きわ》めてみたい」

とても大切なことを、初めて口に出した。

「なら一つ、策がある」

政子の早口が鳴りを潜め、一言ずつを刻むように言った。

「わたしね、美術学校の学費は自前じゃなかったの。教会から画術を学びに行かせてもらっていたのよ。退校してからは、教会が持っている石版印刷の機械で奮闘中」

りんは掌を立て、「ちょっと待って」と遮《さえぎ》った。

「ひょっとして、あなた」

「そうよ。切支丹《きりしたん》。耶蘇《やそ》よ」

だしぬけの告白に、二の句が継げない。

「もう五年も前に禁教の高札は撤去されたわ。それはご存じね」

政子は居直ったかのように、昂然《こうぜん》と肩をそびやかした。

「両親が信徒だったの。つまり、まだ耶蘇が禁じられていた頃ね。大変な苦労があったわ。親戚縁者から縁を切られ、近所から謗《そし》られ、忌《い》み嫌われる。だから迂闊《うかつ》に口にできない癖がついていて、美術学校でも打ち明けなかったのよ。用心するに越したことはない」

そうだ。口数が多いくせに、自身のことはほとんど語らなかった。

「わたし、駿河台《するがだい》の教会の女学校に寄宿していたのよ。生徒は少ないけれど、神学校には男子学生がたくさん寄宿していてよ。で、わたしの絵の腕を教師様が見込んで美術学校に入れてくださったというわけ」

りんと同様、政子にも授業料の面倒をみてくれている筋があろうことは想像に難《かた》くなかったが、まさか耶蘇の教会がと、とまどいが深まるばかりだ。

「寄宿している女学校は火消し屋敷跡にある古家だけど、聖堂には西洋の絵画がたくさん飾ってあるわ。あの場に身を置くと、ここが日本であることを忘れる。蠟燭《ろうそく》も乳香もすべてが美しくて、まるで西洋にいるみたいな心地になる」

そして政子は、窓外へと視線を投げた。窓の四角い額縁の中に、空と銀杏だけがある。やがて寒気が深まれば、黄金色の風が吹くだろう。

「じつは、あなたのことを話したことがあるのよ。美術学校の女子生徒一番の腕前を誇る、山下りんのことを」

「どなたに」

「だから教師様、教会の先生。この日本で耶蘇教を教え導いている、いわば僧侶ね。異人だけど日本語が達者なの。ホンタネジー先生がお辞めになったことも、あの愚劣なフェレッチのこともお話ししたわ」

政子はそんな師を持っていたのか。それで己の貧しさも笑い飛ばせていたのだろうか。

「山下さん。教会は、学びたい者を支援してくださるのよ」

「じゃあ政子さんはこれから、女画工として一本立ちするのね」

政子の面高な横顔に向かって言った。ああ、わたしはまた後れをとるのかという気持ちが半分、仲間の先行きの明るさを歓ぶ気持ちが半分だ。

ついと、政子がこちらに向き直った。

「遊びにおいでなさいとおっしゃってたわよ」

「わたしに」

「そうよ。美術学校、女子生徒一番さんに。先生は感動屋さんなの。いつでも生き生きと、この世にあることを寿《ことほ》ぎなさる」

「わたしは切支丹じゃないわ。まるで縁がない」

「いいえ」と、政子は静かに言った。

「行き暮れている者にこそ、教会は扉を開くわ」

神妙な言葉をやにわにさし出されて、たじろいだ。

「こんなわたしにも」

「そんな、あなただからこそ」

政子はそう言うや破顔し、「ああ、もう。ほんと堅物ねえ」と笑いのめした。

「つきつめないでいい。ただ、気分を変えるつもりで遊びにくればいいの。聖堂の中の西洋、それだけを味わいにいらっしゃい」

政子はさも楽しげに笑い、輪切りの芋をまた口に入れた。


日曜の朝早く、神田駿河台に向かった。

少し緊張している。引き返したくもなる。

政子は「策がある」と言ったのだ。西洋画の女画工として一本立ちできるための策。それが耶蘇の教会を頼ること。まだ半信半疑だ。まして政子が見込まれているからといって、信徒でないわたしを支援してくれるものだろうか。また落胆したり傷ついたりするのは怖い。迷いながらも、結句はこうして下宿を出てきた。

政子が言うように、わたしは煎じつめ過ぎる。

さあ、西洋見物だ。

己に言い聞かせて北へと歩くうち、朝陽の美しさに気持ちが澄んでくる。雁《がん》が空を見聞するかのようにゆるりと横切り、木々の枝は常葉の緑の合間で緋色や金色を発している。明け方に雨の音がしていたので、足許の黒土は湿っている。やはり道の所々が水溜まりだ。人力車がへッ、ホッとかたわらを追い抜いてゆくので、泥を跳ね上げられないように慌てて身を反らす。
やがて神田の町中に入ると、蜆《しじみ》や青物の棒手振《ぼてふ》りが盛んに行き交う。家々から朝の支度の音や匂いが漂ってくる。緩やかな坂を上ると古びた家屋が連なり、丹精された畑や柿の木、松や榎《えのき》も大きく枝を伸ばしている。さらに進んで、りんは息を呑んだ。

石造りの西洋館だ。二階建てで、瓦を葺《ふ》いた屋根には煙突が二つ見える。建物はどうやら、アルファベットのL字の形になっているらしい。日本の寺のような色彩や彫りは施されておらず、威圧するかのような門も構えられていない。むしろ簡素なほどの建物で、軒や窓に施された半月形の装飾は柔らかい。

りんは芝草を敷き詰めた敷地に入った。静かだ。扉を開け放った入口で黒い人影が動き、やがて姿を現した。

背丈が六尺ほどもある異人だ。明るい栗色の総髪を綺麗に後ろに撫でつけている。顎髭《あごひげ》も栗色だ。僧服と思《おぼ》しき黒の西洋服で毛織物だろうか、首許は立襟《たてえり》だ。

と、こなたに顔を向けた。額が秀で、瞳は淡い青が澄んでいる。なんという色。歳は四十前後かと見当をつけた時、異人の口が動いた。

「山下さんか」

日本語だ。日本語を喋っている。しばし辞儀をするのも忘れ、ぼうと見上げた。人懐こい、まるで子供のごとく純朴《じゅんぼく》な笑みだ。

「山室さんの友人の、山下りんと申します」

やっと挨拶をした。

「よろしい、よろしい。待ってらったよ」

訛っている。これは東北辺りの訛りだ。幼い頃、こんな話し方をする他藩の藩士が屋敷に逗《とう》留《りゅう》したことがあった。よく遊んでくれた。

「わたし、こごの教師のニコライいいます」

帯は締めておらず、股立《ももだ》ちを取った袴よりもさらに広い裾だ。服の袖口も広く開いていて、どことなく禅寺の僧衣に似ている。

「なにはともあれ、さあ、お入りなされ」

腕を翼のごとく大きく広げた。

どぎまぎしながら、りんは一歩を踏み出した。

扉の前で、漆黒《しっこく》の僧服の裾が翻《ひるがえ》る。小腰を屈めながら中に身を入れた。

「ここまで迷わねがったか」

洋館の天井は高く、寛《ひろ》やかな声が響く。りんは口の中で「はい」と応えた。

「今朝はえらく降ったなあ。道が泥濘《ぬかる》んで歩きにぐがっただろう」

「はい、いえ、そうでもありません」

たじろいで、口ごもってしまった。

「それは、なによりにござった」

ニコライと名乗ったその異人は、日本語がひどく達者だ。しかも初対面の隔《へだ》てを微塵《みじん》も感じさせず、まるで遠来の客をわが家に迎えるかのような親身さを示す。政子が言っていた教師がこのひとなのだろうか。

ニコライというひとは立ち止まり、階上を指し示すように右腕を動かした。身を硬くして従い、木の階段を上る。広い黒衣の背中を窓の陽射しが柔らかく照らしている。栗色の髪が肩先で揺れ、金色を含んだ波を打つ。

ホンタネジー先生が模写用に掲げた油画をふと思い出して、懐かしいような気がした。

「晴れてよがった。日本の冬は明るく美しい。雨まで暖かい」

踊り場で足を止め、窓外へとまなざしをやっている。姿勢を整えたかと思うと頭《こうべ》を垂れ、右手の指先を三本まとめて額に置いた。政子がするあの仕種だ。額から胸へ、右胸から左胸へと十字を描くように動かし、何かを呟《つぶや》いている。

「シュ、アワレメヨ」

たぶん異国語なのだろう、意味が取れない。そういえばニコライはどこの国のひとなのか、知らぬままだ。

「アミン」

語尾は韻を踏むかのように上がり、黙した横顔が静かに動いた。陽射しの中で見れば、瞳の色がつくづくと淡い。冬空のごとく澄んだ、遥《はる》けき青だ。

「行きましょう」

りんは小さくうなずいて返し、階段を上った。歩を進めるごとに階上の気配が増してくる。思ったよりも大勢のようだ。騒がしさはないけれども気配に厚みがある。耶蘇は長年禁教されてきただけに、陰鬱《いんうつ》な、濃灰色をまとった印象しか持ち合わせていない。はっと我に返り、息を呑み下した。

わたしはいったい何をしているのだ。

こんな洋館にまで足を踏み入れて、得体の知れぬものに近づいて。

「山下さん」

政子が駈け寄ってきた。

「ようこそ」

着物の胸許に、布紐で編んだらしき首飾りを掛けている。先端は十字の形だ。

四

そこは、およそ四十坪ほどの広さに見える。

高い天井と壁、床も板張りだ。集まった人々はざっと見回しただけでも、六、七十人はいるだろうか。五ツ紋の羽織袴の老人がいれば、粗衣《そい》の裾をからげて股引《ももひき》を見せている若者もいる。蠟燭《ろうそく》の瞬きに惹かれて柱に近づけば、古びた額に縁どられた小さな油画が掛けられている。西洋の婦人が胸に赤子を抱いている絵だ。慈愛のこもった母のまなざしと衣の襞《ひだ》の柔らかさ、赤子の頬の薄紅色、ふっくらとした指の一本一本まで愛らしい。

声もなく目を瞠っていると、政子が「美しいでしょう」と囁《ささや》いた。うなずきながら、胸を押さえた。鼓動が外に洩れてしまいそうだ。

若い女が静かに近づいてきて、油画の下で頭《こうべ》を垂れた。胸に十字を描いてから前に身を折り、指先で板床に触れてから身を起こす。また十字を切り、口の中でなにかを呟いている。一歩下がったかと思うと、政子に「ワルワラ」と奇妙な言葉を発した。りんにも会釈《えしゃく》をよこす。

「このかたが山下さんね」

「そう、美術学校一の腕利きよ」

りんは黙って会釈を返すのみだ。そうして何人かと短く挨拶を交わしたのち、政子に訊ねた。

「ワルワラって、何の呪文なの」

政子は「違うわよ」と目尻を下げる。

「わたしの聖名《せいな》、信徒としての名前よ。洗礼を受けた時、聖女ワルワラにちなんで授けられた名なの」

「せんれい」

「洗《せん》は洗う、礼は礼儀の礼。一度死んで、生まれ変わるの。それが洗礼を受けるということ」

よく解《げ》せぬ言葉が続くが、今日の政子はどことなく晴れやかだ。もはや、りんになんの隠し立てもしていないからだろうか。

わたしはもっと西洋画を拝見したいものだと、辺りを見回した。あの蠟燭の下、あの壁にも掛けられている。けれどさらに人が増え、身動きがつきにくくなった。

「たくさんね」

「なあに」

「信徒さんたち」

ああと政子は皆を振り向く。

「教師様を慕って東京近在からも訪れるから、まだ増えるわよ。ここに入りきらなくて階段までびっしりになる。控所で祈る人たちもあるわ」

筒袖の着物に袴をつけた書生らしき若者たちが、人垣の合間を縫うようにきびきびと動いている。信徒の肩や背中に手を置いて何やら話しかけ、脚付きの洋卓を壁際に据え、白い布をかける。大きな土瓶や湯呑を運んでくる者、両腕に溢れんばかりの花や緑を抱えて前へと歩いていく者もいる。珍しい蘭花や冬薔薇を縁取る緑は樅《もみ》の葉だろうか。

りんの視線に気づいたかのように、政子が耳打ちをした。

「伝教学校の学生よ。いつもはわたしも準備を手伝うのだけれど、今朝はあなたの案内役を仰《おお》せつかっている」

学生たちに指揮をしているのはニコライと同じく黒い僧衣の異人で、頭にも黒帽をつけている。黒々とした口髭が顎へとつながり、儒者《じゅしゃ》のようだ。そういえばニコライの姿が見えないと、りんは前へと首を伸ばした。人々の頭や肩越しに蠟燭の灯が揺れ、つかのま、柔らかな金色や深い緋色、青が過《よぎ》ったような気がした。目瞬《まばた》きをして、りんは爪先立った。前へと動く。人垣の隙間に「ごめんなさい」と身を入れ、歩を進めた。

正面の左右一杯に、簡素な彫りをほどこした白い壁がある。天井に近い部分は天蓋《てんがい》のように弧を描き、彫りの縁には金の筋が細く巡っている。その壁面には油画だ。

西洋の油画が、目前にずらりと居並んでいる。

背筋が震えた。

「ご本尊様がこんなにも、たくさん」

「セイゾウというの」

背後で政子の声がした。

「せいぞう」

「聖なる像。聖像を描いた絵は聖像画、ギリシャ語でイコン」

りんはただ目を奪われるばかりだ。

縦が一間《けん》ほどもある大きさの油画をこれほど間近で見るのは初めてで、しかも何点あることか。どれも時代を経ているようで、描かれている人物や背景も靄《もや》がかかっているような古び方だ。それがかえって好もしく、惹きつけられる。

ああと、思わず息が洩れた。

この髪と衣、この骨格。木々や花、鳥、見たことのない生きもの、手にするは盃や壺、蒼穹《そうきゅう》には背に翼を生やした子供が天を舞っている。金色の巻毛がふわりと風に揺れる。

「政子さん、これはギリシャの神々を描いたものなの？」

ギリシャなる国については美術学校の地理の授業で習った記憶があり、日本よりも遥か西方であることは承知している。海を隔てているものの、ホンタネジー先生の母国、伊太利に近いはずだ。

「我々はセイキョウよ。聖なる教えという漢字を宛てた時代もあったようだけど、今は正しい教えと書くわ。エルサレムという地で生まれた耶蘇教は、ギリシャを経てロシヤに伝わったの。正教は、ロシヤの国教よ」

「ロシヤ。あの大国」

御一新前、盛んに日本に訪れて通商を迫った国々の一つだ。たしか日本の北方の領土を奪おうとして、悶着があった。兄の友人が恐ろしげな白い鬼のごとき言いようをしていたことがあったけれど、まるで同じ国とは思えぬほどここは清い。

かほどに清い美しさがこの世にあったなんてと、りんはまたも油画の数々に見惚れる。

「言ったでしょう。教会の中はきっと、あなたの目を輝かせるはずだって」

政子は得意げに眉を上げている。

友の心が有難かった。わたしを励ますために、教会に誘ってくれたのだ。

目が慣れてくれば、正面の設《しつら》えは一つの大きな祭壇にも思えてくる。壁の中央には観音開きの扉があり、そこに向かって緋《ひ》毛氈《もうせん》を細長くつないだような敷物がのびている。薫りが流れてきた。これも初めての匂いだ。仏間の線香や床之間で焚きしめる御香《おこう》、野山の花々とも違う。濃く甘い薫りに酔いそうだ。政子がにわかに神妙な声を発した。

「始まるわ」

扉から現れたのはあのひと、教師のニコライだ。

政子に背を押されるようにして、後方へと移った。信徒の数はさらに増えており、その最後列だ。りんはすぐさま膝を折って正坐しようとしたが、小声で止められた。

「いいのよ。我々はこういう姿勢で祈るの」

それは無礼ではないかと戸惑ったが、誰もがすっくと立ったままだ。

「でも長時間だから、つらくなったら坐っていいのよ。誰も咎《とが》めはしない」

斜め前の、腰の曲がった老女もやはり立ったまま頭を垂れている。りんは居ずまいを正し、背筋を伸ばした。薫りがまた強くなった。ニコライ師とは別の異人が、何かを振るような仕種《しぐさ》で歩いている。細い紐の先に香炉のようなものが下がっており、それを振ることで香りを撒《ま》いているようだ。次々と儀礼めいた所作があり、りんもだんだん落ち着き、静まってくる。

薫りの流れに添うように声が流れてきた。ニコライ師だ。信徒がいかに列を成していようと背丈がぬきんでているので、黒帽をつけた頭に顔もよく見える。何かに目を落とし、経《きょう》を上げ始めたようだ。しわぶき一つしない静寂の中で朗々たる声だけが響く。

「テンニアル、ワレラノチチ、イノルナンジノナ、セイトセラレ。ナンジノクニ、ノゾミイタリ、ナンジノ……ワレ、ニチヨウノカテヲ、コンニチ、ワレラニアタエタマエ」

耳を澄ますうち、これは日本語による祈禱《きとう》ではないかと気がついた。

「また、我ら誘惑に陥《おちい》るを許さず、すなわち我らをキョウアクより救い給《たま》え」

ところどころ不明だが、やはりそうだ。「我ら」や「救い給え」との言葉が耳に入ってくる。

「蓋《けだ》し、国および権能、並びに光栄、なんじに、世々に帰す」

意味の取れる言葉があることに驚かされる。寺の法要で上げられる経が何と述べているか、考えたこともなかったからだ。わからぬのが当たり前、それが有難さにもつながっていた。

けれどニコライ師は日本語で唱えている。しかも独特の抑揚があり、詩歌《しいか》の朗誦《ろうしょう》にも聞こえる。「アミン」と、どこかから一筋の声が湧き上がった。右手の壁沿いだ。男女の声が混じり、歌っている。これも初めて耳にする旋律だ。詩吟《しぎん》や俗謡《ぞくよう》とは明らかに異なる音の連なりが続き、やがてニコライ師がそれに応えるようにまた詠じる。ややあって歌声が応え、そうか、これは掛け合いなのだと気がついた。

何の伴奏もない。日本の寺のように鈴《りん》や木魚、銅鑼《どら》も鳴ることなく、人の声だけだ。人間の声はこれほど澄めるものなのかと、りんは天井を仰いだ。

祈る声と歌声、芳香までが響き合い、舞い上がり、やがて降ってきた。

幾筋もの、白い光だ。


日曜日のたびに、駿河台へと足を運ぶ。

もともと信心の薄い性質《たち》で、信仰心が芽生えたわけでないことは己でもわかっている。ただ、相も変わらず不誠実なフェレッチの授業に怒りを覚え、画業の進まなさに苛立《いらだ》ち、下宿に帰れば内職に明け暮れる日々だ。土曜日になれば、翌日を楽しみにするようになっていた。

西洋の美術と芳香、美しい音に満ちたあの場に身を置けば、しばし憂さを忘れることができる。そして、ニコライ師と会える。

「神は、人にすべての真美に傾ける清浄の心、きよき鏡におけるがごとく自らを写したまいて、ただ歓喜と福音との泉のみありし心、与えられました。神はまた、人にすべての善に傾ける意志を与え、かつ善を行なうに足る力、与えました」

今ではこうして信徒の背後に立ち、説教に耳を傾ける。

「されども人は己の心、汚し、不潔の慾にてこれを満たしました。これ、己に神を写すのでなく、ただ破れたる鏡の破片《かけら》のごとく。この世の小さくして、過ぎ易《やす》き諸物を写すに過ぎない」

美麗であるかどうかに心を砕いてはいけません。

まず、真を写すことです。

ホンタネジー先生の言葉をしきりに思い出していた。どこがどう通じるのかわからないけれども、説教と溶け合って胸の底に下りてゆく。ごくごくと、清水のごとく清冽《せいれつ》に。

説教のあと、ニコライ師はいつも信徒らに取り囲まれる。信徒らは師の前に列を成すのだ。その一人ひとりの話に、師は丁寧に、そしてさも楽しげに応じる。

「為吉《ためきち》、息災でおったか。母さんの具合はなんじょだ」

「おかげさまで、粥《かゆ》を口にできるようになりました」

「それはよろしい。為吉、よぐ看病してお上げした」

市中でも立ち話で交わされるようなやりとりだ。しかし信徒らは師の言葉を一言一句も聴き洩らすまいと半身を傾け、結句、列は乱れて幾重もの輪で取り巻いてしまう。師は不行儀を叱るわけでもなく、気さくに語らい続ける。

りんの知る寺の僧侶は、先祖を大切に供養し、親には孝を尽くすべしと説く。檀家は頭を垂れているものの、居眠りをしたり欠伸《あくび》を嚙み殺す姿も珍しくない。けれどニコライ師は皆の日常を問い、家族の様子を共に案じ、子供の悪戯話に高らかに笑う。信徒らと共に。

ただ、いざとなれば仁王のごとく顔を赭《あか》く染めてお怒りになるのだと、政子が話したことがある。

「数年前、樺太千島《からふとちしま》交換条約というものが日本とロシヤの間で結ばれて、北海道の北にある島から別の、シコタンという島に移住させられたアイヌという民がいるの」

まったく知らぬ話で、島や民の名も耳にしたことがない。りんの面持ちでそれを察したか、政子は先を続けた。

「日本政府が強制的に移住させたのよ。正教徒がとても多くて、素朴で敬虔《けいけん》な人たちだそうよ。

教師様はとても慈しんでおられたらしいわ。母国ロシヤの民の、善《よ》き名残りを見るって。だから伝教者に着物やお米、麵麭《パン》を託して島に派遣された。でも届いた文で、アイヌ正教徒たちがそれは悲惨な暮らしを強《し》いられていることが知れた。教師様は形相《ぎょうそう》を変えて足を踏み鳴らされたのですって。そして、彼らを偲《しの》んで泣かれた」

りんはまだ、穏やかな師しか知らない。

十二月に入ったばかりの日曜日、政子に勧められて、初めて列の最後尾に並んでみた。「信徒でもないのに」と遠慮したのだが「かまわなくてよ。教師様は受け容れてくださる」

背中を押された。祈禱だけで一刻《いっとき》は立ちっぱなしであったけれども、さらに四半刻《しはんとき》以上もかけて順番を待った。

「山下さん、今日もよく来たね」

恐縮して、頭を深々と下げた。

「こんにちは」

子供じみた挨拶しかできず、己の不間《ぶま》に顔がかっと熱くなる。だがニコライ師は「ん。こんにちは」と、にこやかにうなずく。

「素晴らしい歌です」

「聖歌のことか」と、師は頰をなお明るくする。

「あれも祈りにござる」

時々、日本の武士のような言いようをする。

「歌が祈りなのでござりますか」

「いかにも。皆が立ったまま耳を澄ませていることも祈り、田畑を耕し、荷車を曳いて鍋釜を売り歩くことも祈り、むろん学問に精を出し、絵筆を揮《ふる》うことも」

「わたくしはもっと、絵の腕を磨きたいと願っております」

「そうだども。あなたは才に恵まれた」

「ですが、良き師に恵まれません」

師はふと、眉を寄せた。

「それは気の毒なことだ」

「画業を究めたいのに、いつも何かに前を阻《はば》まれます」

「つらいことだなあ」

「はい。つろうございます」

「また気が向いたら、遊びさ来るといい。わたしたち、いつでも、あなたを迎えます」

説教めいたことはおろか、助言や忠告も発しなかった。

青い瞳で柔らかく笑んだだけだ。


学校の前で、神中糸子が待っていた。

「この近くを通りがかったら、そういえば今日は授業のある日だと思いまして」

帰り道を共に歩く。

「女子学生はとうとう、三人になってしまったようですね」

噂を耳にしたらしい。「ええ」と、溜息がまじる。

男子学生らがフェレッチに憤《いきどお》って授業を拒否し、十人ほどが連袂《れんぺい》退学する騒動に至ったというのに、学校側は退任させようとはしない。その後も中丸らが学校にかけ合ったが、埒《らち》が明かない。フェレッチはよほど厚顔であるのか、学校側と交わした契約を盾にして居坐り続けるつもりらしい。それもこれも、俸禄が尋常でないからだ。西欧の近代技術の移入に血道を上げる政府は御雇《おやとい》教師を破格の待遇で招き、フェレッチの月俸は二百五十円、いや、二百七十円だとも聞いた。学生が納める月々の学費が二円、それすらもりんには工面できぬ額であるというのに、あんな大下手がと思うだけで、また胸が悪くなってくる。

「ホンタネジー先生がいらした頃が夢のようですね。雛子さんや政子さんもいて。そういえば政子さん、お元気でしょうか」

「お元気よ」

「会われたのですか」

「ええ。時々、会っている」

「誘っていただきたかったわ」

糸子の語尾が細くなって、己の迂闊に気がついた。かたわらを見れば、肩を落としている。

「違うのよ。そういう会い方ではないの。じつはわたし、教会に通っているのよ」

「教会」

「ええ。駿河台に石造りの洋館があるでしょう。ロシヤの正教の。政子さん、ご両親の代からの信徒で、正教の女学校に寄宿しているのよ。いつだったか、教会に遊びにこないかと誘ってくださって。それがきっかけで、わたしも」

ひと思いに打ち明ければ、糸子がはたと足を止めた。

「まさか、正教に帰依《きえ》されたのですか」

「ええ」と、風呂敷包みを抱え直した。

「洗礼を受けて、イリナという聖名もいただいたのよ。わたし、イリナ山下りんなの」

聖名の凜とした響きを、りんは気に入っている。

「政子さんに勧められたのですか」

「いいえ、わたしが決めた」

最初は怖々と足を踏み入れたというのに、ニコライ師と言葉を交わすことが毎週の楽しみになっていた。そしてこう訊ねたことがある。

「教師様。帰依したら、なにが変わるのですか」

「心が澄んで祈ることができる。神はあなたの行く道を祝福してくださるだろう」

「わたしの一念は、ただ画業にあります」

他のものは一切、何も欲していない。誰かの妻になって安穏に暮らす人生も考えたことがない。でも今は、ここに通う身になりたいと願っている。だが決心がつかない。理由が欲しい。

「己を信じて生きる者に、我々は助力、惜しまないです。そのために神学校、建てました」

「なにゆえ、そこまでなさるのです」

「日本の民にも案配《あんべ》よく生きてもらいたいゆえ支え、導きます。皆、等しく神の子にござれば」

そこまでを糸子に話すと、「いつ」と訊ねた。

「去年の十二月だから、奉神礼《ほうしんれい》に伺うようになってかれこれ五月《いつつき》は経つかしら」

奉神礼は教会で行なわれる祈禱や儀式のことだと説明しかけるや、糸子が遮るように問うた。

「そんなに長い間、わたしに隠していらしたの」

「隠すだなんて、さほど特別なことじゃなかったもの。格別の決心を要したわけでもないし、ごく自然にそうなっただけよ」

途切れ途切れの弁明になった。実際は糸子に話すことを臆したのだ。ただでさえ口の重い己が、帰依しようと思った動機をうまく伝える自信がなかった。

「でも、縁談にかかわるでしょう。幼い頃、恐ろしい噂を耳にしましたわ。耶蘇教の僧侶が読《ど》経料《きょう》を受け取らぬのは、信者の生肝《いきぎも》を採って本国に送っているからだ、それが只ならぬ稼ぎになっているからだって」

「糸子さんらしくもない。そんなお伽噺《とぎばなし》めいた中傷を鵜呑《うの》みになさるの」

「ですから、世間の理解のことを申しているのです。兄上や母上はご承知なのですか」

りんは声を低めた。

「わたしはもう二十三です。いいえ、僻《ひが》んで申すのではありません。画師になる一念で生きている、それは変わりませぬ」

本当は、かつての山下りんは洗礼の儀式によって死んだのだ。

あの日の朝、足袋を脱いで素足になった。代父母をひき受けてくれた書肆《しょし》の主と旅籠《はたご》の女房に教えられ、襟許を抜いて首のつけ根まで出した。ひやりと冷たい空気に肌が粟立った。

聖堂の西側になる入口を向いて高々と手を上げる。これは悪魔と縁を切るという意の所作らしい。くるりと聖堂の中に向き直って両手を下ろすと、ニコライ師から問われる。

「ハリストスに配合するか」

ハリストスとは、神の子のことだ。他の耶蘇教では「キリスト」と呼ぶらしい。

りんは問いに「配合す」と応えた。同じ問いが繰り返され、「彼を信じるか」と問われた。

「彼を王および神と信ず」と応え、習い憶えた言葉を誦ずる。

「我信ず。一つの神、父、全能者、天と地、見ゆると見えざる万物を造りし主を、また信ず、一つの主イイスス・ハリストス、神の独生《どくせい》の子、万世《よろずよ》の前《さき》に父より生まれ、光よりの光……」

唱える言葉は、頭の中で絵にすることで憶えた。

人々のため、救いのために天より降《くだ》った主、ハリストスの姿。十字架に釘打たれ、酷い苦痛を受けて息絶え、葬られた。そして第三日に復活した。天に昇り、父神の右に坐す姿も鮮明に思い描くことができる。

初めて教会を訪れたあの日、心を奪われた西洋画の数々。それらは堂内の正面壁に掲げられており、聖障《せいしょう》と呼ばれる大切な壁面である。その壁の油画を飽かず眺めていると、ニコライ師が時折、絵画が持つ物語を語ってくれたのだ。師は、聖なる絵画を「見る聖書にござる」と言った。

「また信ず、聖神、主、いのちをほどこす者、父より出《い》で、父および子と共に拝《おが》まれ讃《ほ》められ、預言者を以《もっ》て嘗《かっ》て言いしを、また信ず、一つの聖なる公《おおやけ》なる使徒の教会を、我認《みと》む、一つの洗礼、もって罪の赦《ゆる》しを得るを、我望む、死者の復活、ならびに来世の生命《いのち》を」

一拍置いて、りんは「アミン」と唱えた。然《しか》り、その通り、という意の言葉だ。

板間に跪《ひざまず》いて伏し拝み、その後、聖障の中央扉が開かれた。

その後もあまりにたくさんの儀礼があって、よく憶えていない。細筆の穂先で点々と、顔のそこかしこや両肩、手足に油をつけられた。青い草のような匂いが微かにするが、オリイブという木の実の油らしい。皆はこれを「喜びの油」と呼んでいる。そしてりんは襦袢《じゅばん》一枚になり、床に据えられた大桶に入るように導かれた。木の風呂桶で、中は水だ。この水に三度沈んで三度起き上がる。代父母が白い木綿《もめん》の衣を羽織らせてくれ、その上に師が十字架をかけてくれる。小さな燭台を受け取り、手に持った。十字架の前で灯が揺れる。

ニコライ師が「聖神《せいしん》の恩賜《おんし》の印」と唱えながら、今度は聖膏《せいこう》という特別な油を額や目尻、胸、両肩と全身につけてゆく。洗礼を受けた直後に行なわれる機密《きみつ》で、聖神の恵みを受けるのだ。

そして師とりん、代父母で水桶の周りを三度、歌いながら回った。

「ハリストスにおいて、洗礼を受けし者、ハリストスを衣《き》たり、アリルイヤ」

アリルイヤ。

りんは糸子を促して、並木の下を歩く。花の盛りで、辺りには香気が漂っている。

「聖なる歌を自らの声で唄う日が来るなんて、想像もしないことだった。でも一連の機密、正教では神の恵みを受ける儀式を機密と呼ぶのだけれど、機密が終わった時、本当に生まれ変わったような気がしたのよ。髪をほんの少しだけ切られて桶の水の中に入れられるの。それはわたしから主への、最初の献物《けんもつ》だそうよ」

道端の草も青めいて、そこに桜の花びらが散っては色を添えていく。りんは春風を吸い込んで、「嬉しかった」と言った。

「嬉しかったのよ。何かを献じて祈るということが。あんなに満ち足りた思い、初めてだった」

「絵を描いている時と、なにが違うのですか。わたしは絵筆を持っている時が最も幸福です」

「そうよ、わたしもそう。苦しいけれど、描いている時がなによりも幸せよ。今もね。うまく言えないけれど、画業の志は寸分も変わらない。いいえ、志はもっと強くなった」

そこで言葉を切り、「わたしは」と続けた。

「西洋画の女画工になると決めたの。駿河台に通えば、真の西洋に触れられる。教会は日本の中の西洋なのよ。本物の油画や文物、風儀に触れられる」

そしてニコライ師はいつも寛《ひろ》やかに迎え入れてくれる。

「教師様は正教を伝道するために、北海道の函館にお入りになったのよ。十八年も前に」

「十八年。まだ文久の頃だわ」

「そうよ、むろん禁教されている。でもちょうど同じ頃に、プロテスタントの各派も日本の西から入ったと教えられた。洗礼を受ける前にいろいろと学ぶのよ。正教や、教師様の伝道のことをね。でも不思議でしょう。日本がいずれ国を開くことを見通していたかのように、北と西から彼らが訪れただなんて」

「まるで、宗教の黒船ですね」

その声音に非難の響きは感じられない。糸子は続けて、「その、プロ、というのは何教なのですか」と訊いた。

「同じ耶蘇教よ。でもずいぶんと昔、考え方の違いで分裂したの。正教はハリストスとそのお弟子様たちから受け継いできた信仰をそのまま守っている。オーソドックス・チャーチなの」

糸子には、オーソドックスが英吉利《イギリス》語で「伝統的」を意味することはわかるはずだ。

「教師様は函館を出発点にして東北各地で布教して、そしてこの東京に入られた。土地の人々と交わって、日本語を学びながら。人は自前の言葉で祈るべきだとお考えになって、今も祈禱書を和訳し続けておられる。日本人の漢学者の助けを得ながらだけれど、ゆえに教師様は漢籍まで解されるわ。『古事記』もお読みになったと聞いたことがある」

「大変な高僧なのね」

「堅苦しいところなどないのよ。『太閤記』を読んでからというもの太閤びいきで、十返舎一九《じっぺんしゃいっく》の『膝栗毛』がお気に入り。気さくで茶目っけも持っておられて、誰に対しても垣根がない」

りんは空を仰いだ。

わたしは魂の寄辺《よるべ》を見つけたのだ。あの、西洋画と灯《ひ》と芳香で満たされた場所を。

教会の正式の名は日本ハリストス正教会、そして二階の聖堂は東京ハリストス降誕十字架聖堂との名を持つ。

「だから頑張れるわ。必ず画工として一本立ちしてみせる」

糸子は「思い込んだら百年目」と、呆れ声になった。

「おや、今さらなことを」

互いに芝居めかして笑い、わざと肩をぶつけ合って歩いた。

五

桜の葉が青み、五月も中旬を過ぎた。

内職の団扇を納めて佐久間町の下宿に帰ると、大家の女房が口から煙管《きせる》を離し、鉄漿《かね》の歯を見せた。

「兄上が待っておいでだよ。お茶は出しといた」

「それはどうも、いつもすみません」

段梯子を上がれば、兄の重房が窓辺に凭《もた》れるようにして胡坐《あぐら》を組んでいる。

「蒸すのう。そろそろ梅雨か」

襟許を広げて暢気《のんき》そうに団扇を遣っているが、目の周りが落ち窪んでいる。西南の役から戻った際でも、これほどの窶《やつ》れ方ではなかった。

「いかがなされたのです、何がありました」

腰を下ろすなり訊ねたが、兄は窓に顔を向けたままだ。障子を開け放しているものの今日は風がなく、風鈴も鳴らない。ややあって、兄は団扇を畳に置いた。「商いなるものは難しいのう」と、ジャンギリの頭を掻く。髪をしばらく整えていないのか方々が振り乱れ、漢画でよく描かれる鍾馗《しょうき》のごとくだ。

「今は何を手がけられているのです」

「いや、仔細あって笠間に戻ることにした。しばらく会えぬゆえ、これでしのいでくれぬか」

懐から紙幣をさし出した。皺くちゃの一円券は三枚で、りんは頭を下げる。

「ご厄介をおかけします。申し訳ありません」

「何を言う。妹を養うは兄の務め」

そこで口をつぐみ、ややあって言葉を継いだ。

「整理がついたらば、再び上京する。できるだけ早くとは思うておるが、日数《ひかず》がかかるやもしれぬ」

りんは首を捻った。

「笠間でなにごとか出来《しゅったい》したのですか。母上からの文では、お変わりないご様子でしたが」

「だから、整理をつけねばならんのだ」

兄は放るように言い、「いやあ」と今度は胸を掻く。

「参った。万事休すじゃ」

顔じゅうの皺をにゅうと鼻の周囲に集めるような、奇妙な笑い方をする。こんな笑い方をする時は、たいてい切羽《せっぱ》つまっている。

「兄上、しかと打ち明けてくださりませ。わたしも覚悟のつけようがござりますれば」

「山師にやられた。身ぐるみ剝がされた」

りんは口を開いたものの、言葉に窮した。

「岩手県で牧場を経営せんとの話があっての。おれも出資に加わったのだ」

「出資」

「秩禄処分後に給付された金禄公債の利子、あれが下落する一方でな。大工が一日の手間賃を四十五銭稼ぐご時世に、我ら下級士族が得る利子は日に八銭ぞ。しかし諸色《しょしき》の値は高騰する。ゆえに商いをいろいろと手がけてきたが、負債が増すばかりだ。このままでは母上への仕送りも滞りかねぬので、思い切って出資に加わったのだ。牛が育って搾乳できるようになれば、年に千円近い利子収入も得られると申すでな。そうなれば母上や爺《じい》や夫婦を東京に呼び寄せて、妻女も娶れる。美術学校の学費もいつまでも殿にお頼み申すわけにいかぬだろう。牧場がうまくいきさえすれば、おれが出してやれる。かように考えた、の、だが」

「もしや騙《だま》されたのですか」

思わず口許を掌でおおった。

「さよう。何度も言わせるな」

「ですが出資など、どうやって金子を工面されたのです」

「じゃから、笠間の土地と屋敷を抵当に入れたらば用立てるという者を見つけてきおったのだ。今から考えれば一味だったのやもしれぬ」

「なら、御公儀《おかみ》に訴え出ましょう」

「それがしと同じく騙された者が駈け込んだが、一味はもう東京から逃げてしまっておるのだと。おれも捜し回ったが、会合に使っておった貿易商の洋館には誰もおらぬ。蛻《もぬけ》の殻《から》だ」

「であれば、笠間の家を引き渡さなくてもよいではございませんか」

「いや。仙台の銀行に転売されていた。そこは真っ当な取引じゃ」

遠くで雷鳴が聞こえる。

「母上はどうなるのです」

「しばらく小田《おだ》家に厄介になるしかあるまい」

小田家は母の生家で、弟の峯次郎《みねじろう》が養子に入っている。

「案ずるな。必ず立て直して、再び上京するゆえ」

膝前にむきだしで置かれたままの三枚を、ふと見下ろした。

「これは、いただくわけにはまいりませぬ」

兄の前に戻せば、「何を申す」と声を強める。

「痩せても枯れても、そなたの兄ぞ。見下げてもらっては困る」

「さような気持ちではありませぬ。兄上はこれが身上《しんしょう》のすべてであるのでしょう。無一文になるにもかかわらず、この三円をわたしに下されにいらしたのでしょう」

「見くびるな。路銀くらいは持っておる」

「嘘。飲まず食わずで笠間までお帰りになるつもりです。わたしにはわかります。わたしはこうして自儘《じまま》に、好きなことをさせていただいておるのですから、もう充分にござります」

「そうは申しても」

「内職を増やせば、なんとかなりまする。どうか、そうもお痩せになっていては母上がお気の毒です」

膝で前に進んで三枚を取り上げ、兄の懐に押し込んだ。兄は大家の女房が出してくれた茶碗を鷲摑《わしづか》みにして、一息で飲み干した。

「相わかった。借りておく」

怒ったように羽織の裾を払い、立ち上がった。りんも後ろから段梯子を下りる。兄の背中はやはり細くなっている。積み上げられた乾物の木箱の間を通り抜け、戸口へと向かった。

軒先から燕《つばめ》が二羽飛び立って、見上げれば細い雨だ。

「大家さんに笠と蓑を借りてきます」

「いや、たいして降らぬだろう。このままでよい」

そしてりんを振り向いた。

「息災でな」

すぐさま踵《きびす》を返し、通りを蟹股《がにまた》で駈けてゆく。姿は路地の向こうに吸い込まれた。たちまち降りが激しくなり、道の方々で草が打たれて土を跳ねている。りんは雨の路地に佇《たたず》んでいた。兄に会えば今度こそ打ち明けようと決めていたのだ。正教の信徒になったことを。何を言う暇もなかった。

さて、来月の家賃をどう工面しようか。

雨の冷気が漂って、額がひんやりとしてくる。洗礼で受けた油と水、その感触が躰のそこかしこで甦《よみがえ》る。いいや、己のことはどうとでもなるのだと、目を閉じた。兄と母の先行きを思い、胸の前で小さく十字を切る。

主、憐れめよ。アミン。


八月、ニコライ師は横浜を出航する船に乗った。

師は今は司祭なる身の上なのだが、「主教に叙聖《しゆきよう》する」との電報が本国からきたためで、政子に言わせれば「主教は大変に高い位階、ご出世」であるそうだ。

師と会えぬ教会はなんとなく淋しく物足りず、祈禱が済んでもあまり長居をしなくなった。政子は神学生らと祈禱後の茶を飲みながら、「自由民権運動」という言葉をよく口にしている。その運動は土佐出身の政治家が中心であるらしく、全国に広がっているという。とくに東北においては正教会の聖職者や信徒らが熱心に取り組み、憲法の制定や議会の開設、政治の自由を訴えているそうだ。りんには政治のことはよくわからない。

ましてや暮らしが難渋している。団扇絵だけでは朝から晩まで時を費やしても家賃を捻出するのがやっと、米代に茶葉代、湯屋代を得るためには内職を増やすしかない。しかし湯屋の板壁に貼られたビラを見ても住み込みの女中奉公や料理屋の下働きの募集がほとんどで、手間賃を稼げそうな仕事がない。

困《こう》じ果て、思い切って下谷練塀町《したやねりべいちょう》の中丸家を訪ねた。

中丸精十郎は今も師匠であり、南画の教えも受け続けたいのが本音だ。しかし授業のない日はひたすら内職に励み、日曜は教会に足を運んでいる。中丸への束脩《そくしゅう》も工面できず、訪《おとな》うのに気をかねるようになっていた。学校で中丸に都合のよい日を聞いてあったので、玄関の中に足を踏み入れるなり、息子の蓮一《れんいち》が待ちかまえていた。

「蓮ちゃん、また大きくなりましたね」

数えでもう八つになるはずだ。中丸に教えられもしないのに、近頃は絵筆を持っているのだという。

「ヤバシタ君、いらっしゃい」と行儀よく式台の前で正坐をしているが、昔ながらの呼び方で、しかもやはり鼻が詰まったような物言いだ。蓮一に案内されて座敷に入った。女中が茶菓を運んできて、まもなく着流しの中丸が現れた。

「学校での立ち話では済まぬ相談だね。さて、聞かせてもらおうか」

問われるまま、事情を正直に打ち明けた。中丸は終《しま》いまで聴き取って、唸《うな》り声を洩らした。

腕を組み、袖の中に手を入れる。

「心当たりを探してみよう」

「よろしくお願い申します」

「どうせなら、画才を活かせる内職がいいんだろう」

「それはそうですが、選り好みのできる身分ではありません」

「そういえば」と、中丸は嘴《くちばし》に似た口許を尖らせた。

「なんといったかなあ。いや、不惑の歳になってから人名を思い出せんで困るよ。ええと、君の学友の、山下。いや、山下は君か。山、山」

「山室さんですか。山室政子」

「そうそう、そんな名だ。いつも君と一緒だったが、フェレッチの解任騒ぎの時、彼女も退校したんだ」

教会のことを口にせねばならぬのだろうかと、少しばかり気が重くなる。糸子には打ち明けてしまったけれども、相手が心配せぬように伝えるのはなかなか骨が折れる。内職で夜なべをしたばかりであるので、今日はできれば触れたくない。

「山室君を見かけたよ。石版《せきばん》印刷屋で」

「石版印刷ですか」

そういえば、教会の持つ機械で奮闘していると聞いたことがある。ニコライ師は聖書や祈禱書を和訳して信徒に配るべく、ロシヤから印刷機を運ばせたらしい。りんはそれを目にしたことはなく、政子も何をどう学んでいるのか話題に上《のぼ》せたことがない。

「彼女、結婚したのか」

突拍子もない言葉が飛び出した。

「いいえ、どなたかとお間違えでしょう」

一言も聞いたことがなく、だいいち信徒が結婚する場合、司祭であるニコライ師の許可がいるはずだ。その師はロシヤに帰国中である。

「そうか。そうでないのなら迂闊に申すべきではないのかもしれんが、山室君、連れがあってね。傍目《はため》にも親しい間柄に見えたし、名の呼び合い方からして兄妹《きょうだい》ではなかった。二人ともやけに熱心に印刷機を見学していたよ」

そこまでを言い、中丸は腕組みをほどいた。

「君、石版画の下絵をやってみたことはあるか」

「ございません」

「内職にいいかもしれんぞ。今、石版印刷屋はいずこもこなしきれぬほど注文があるからな。うん、近いうちに訊いてみよう」

か祢《ね》が縁側に姿を見せ、「昼餉《ひるげ》を召し上がっていって」と白い頬を揺らした。


明治十三年が明け、めでたいことが続いた。

兄の重房が近々、妻女を迎えることになったらしい。ということは、負った痛手の始末も目鼻がついたということだ。そして一月末にフェレッチがようやく、いや、のうのうと任期を終えて教壇から去った。二月にはサン・ジョヴァンニという画師が訪れて後任に就いた。画技はホンタネジー先生には及ばないが前任者よりはましであるし、講義の口吻《こうふん》も熱心だ。ただ、通弁の竹本は別の学校に移り、新任がこれまた心許ない。

授業を終えて水場で筆を洗っていると、背後から「山下君」と呼ぶ声がする。中丸だ。手拭いで手を拭き、襷《たすき》を外してから頭を下げる。

「先だってはお邪魔いたしました。有難うございました」

中丸の回してくれる内職はやはり石版画の下絵で、といっても飾り罫や松竹梅の文様、日の丸の旗といった簡単な図ばかりだ。画料も安いが背に腹は代えられぬ。ただ、絵を納めにいくのは中丸家で、もれなく食事の相伴《しょうばん》に与《あずか》れる。これが有難い。か祢は帰りにも稲荷《いなり》ずしなどをずっしりと持たせてくれ、それだけで何日もしのげる。大家の夫婦にもお裾分けするとたいそう歓んで、干瓢《かんぴょう》と干し鱈《だら》の炊き合わせなどを鉢に山と盛って運んできてくれたりする。

「来たまえ」と中丸は手招きをし、と思えば早足で廊下を抜ける。襷を手にしたまま追えば、一階の奥へと向かっているようだ。

「話が後先になったが、君は今も優秀な成績を修めている。女子では最上だ」

「先生、三人しかおりません」と、中丸のうしろに小走りで従いながら息を弾《はず》ませる。

「男女を交じえての評価でも引けを取らんじゃないか。僕なんぞ君に負け通しだ。あ、これはか祢には内緒だぞ。さすがに恰好がつかん」

中丸はつきあたりの扉の前で踵《かかと》を踏み鳴らすようにして姿勢を整えた。ここは事務総長室だ。りんも襷を懐にしまって襟許を整え、根下がりに一つにまとめただけの髪を掌で撫でつける。

「中丸です」とノックをして、敬礼をしてから入る。

「総長、山下君を連れてまいりました」

窓を背後にした執務机の前には、左右にピンと張って糊づけをしたような口髭の総長が坐している。重々しくうなずき、机の上に肘を置いて手を組んだ。

「申し出の件だが、許可が下りた。来月六月より、山下りんを助手に任命する」

中丸は「はッ」と腕を直線にして、居ずまいを正す。

「書類は改めて事務方に整えさせる」

りんはぼんやりと突っ立っていた。

「山下君、学校は窮状を見かねて、月々の学費を免除してくだされたのだ」

中丸に促され、ともかく辞儀をした。

助手、学費免除。

実感を伴って腑に落ちたのは、中丸と共に総長室を出て廊下を引き返している時だ。

「先生、学校にかけ合ってくださったのですか」

「妙案だろう。助手としての俸給はないが学費は要らぬようになった。牧野子爵からはこれまで通り二円を頂戴して、それを生計に宛てればいい」

「学費として扶助していただいているものを、日々の米代に宛ててよいものでしょうか」

「子爵らは、金禄公債の利子が月に三千円はあるはずだ。もろうておけばよい」

中丸はニヤリと反っ歯《そっぱ》を見せた。

教会を出て坂道を下る。古家の脇の柿の木が色づき始めて、枝の方々に鳥が留まっている。空を裂くような鳴き声からして、百舌《もず》だ。

「お世話になりました。ええ、教師様には改めてご挨拶に参じますので、ご心配なく」

古家の中で声がして誰かが出てくる。正教の女学校であるこの家はいつ崩れ落ちてもおかしくないほどの襤褸《ぼろ》家で、政子は「冬の寒さといったら」と零していたことがある。年端《としは》もいかぬ子たちはしじゅう風邪をひいて咳《せき》をして、手も足も霜焼《しもや》けだらけよ。

たしかに、どこもかしこも隙間風だらけに違いない。戸口の前に男が立っているのが見えた。風呂敷包みを背負っているがさほど大きな包みではないので、行商ではなさそうだ。下駄の音がして、男のかたわらに早足で寄り添った姿に気づいて、りんは「あ」と声を洩らした。

政子だ。向こうはさして驚いたふうもなく、「先に帰っていて」と男に言い、りんの腕に手を置いた。

「お汁粉屋にでも行きましょう」

「けっこうよ。それよりも説明してもらいたい」

咎めるような口調になった。昨年、中丸から聞いたのち、女学校の生徒からも同様の噂を聞いた。それを本人に確かめようにも顔を合わさぬ日が続いていた。

「政子さん、あなた、教会を出るの？」

「とにかくお汁粉」

政子は相も変わらず強引で、さっさと前を行く。神田の町中に入り、痩せた柳の際にある茶店の縁台に腰を下ろした。茶を運んできた婆さんに「お汁粉、二つね」と勝手に注文をして、信玄袋から煙管を取り出して火をつける。

「教師様は東北訛りだから、二つと言えないのよね。ひたっつ、になる。で、一つは、ふどーづ。布教先の地方では数が逆に聞こえるものだから、イコンにもお茶碗を二つ並べてさし上げるのがロシヤの作法かと勘違いする」

独り言のように言い、「まあ、ともかくお坐りなさいよ」と隣を示した。りんは渋々と腰を下ろす。政子は悠々と煙をくゆらすので、小面憎《こづらにく》いほどだ。

「あなた、結婚なさるの」

「そうよ」

「さっきのかた」

「そうよ」と、煙を見つめる。

「教師様の不在中にそんな不埒《ふらち》な真似を働くなんて、どういう料簡なの。あなた、これまでさんざんお世話になってきたんじゃないの。恋愛沙汰なんぞ起こして、後ろ足で砂をかけるような出て行き方だわ。教師様をどれほど悲しませることか」

するど、政子は異人のように肩をすくめた。

「何が可笑しいの」

「だって、さっきも菅野《かんの》先生に同じ説教をされたから」

アンナ菅野秀子は女学校の舎監で、東京でニコライ師から受洗した最初の婦人だという。女学校の前身の女塾の頃から裁縫を教え、今も裁縫、手習いの教師を兼務している。

「でも、わたしは恋愛沙汰なんぞ起こしていないわ。だって、竹四郎《たけしろう》さんとはもともと好き合った仲だもの」

政子は目を細めるようにして、また吸口を咥《くわ》えた。

「あの人、岡本《おかもと》竹四郎というのだけれど同郷なのよ。うちは貧乏が羽織をつけたような士族だったのに、あの人とは身分違いだと言って一緒になるのを許してもらえなかった。それでわたしたち、手に手を取って欠落《かけおち》したの。でも東京には頼る家もなくて、どうにもなりゃしない。ともかく雨露をしのいで食べていかなきゃならないと話し合って、竹四郎さんはひとまず住込み奉公、わたしは教会に縋《すが》った。そのうち教師様はわたしに画才があると見込んで、工部美術学校に入れてくださった。石版印刷の技術も教わった。竹四郎さんが奉公した家が印刷業に乗り出したのはまったくの偶然よ。あの人は運を持っていたのね。それでわたしを迎えにきてくれたの。まだ数年はかかるでしょうけど、わたしたち、石版印刷業を始める」

「気が差さないの。美術学校に行かせてもらって、石版の技まで習っておいて、目途《めど》がついたからといって無断であそこを出るなんて」

「教師様はお怒りにならないわ。きっと赦《ゆる》してくださる」

「でも、お悲しみになる」

朱色の小椀が運ばれてきた。政子はそれを両手で持ち上げ、音を立てて啜った。

「皆、やってることよ。神学校だって、聖職者になるためじゃない、ロシヤ語を学ぶために入った学生も多いわ。五十人寄宿していたって、真の信仰心を持っているのはほんの一握りよ」

「あんまりだわ。教会を利用しているように聞こえる」

「カトリックやプロテスタントの教会が開いている学校でも同じようなものよ。今や、名流の紳士は子弟を耶蘇教の学校に入れたがる。英語を身につけるのに、神父や修道女から習うのがてっとり早いもの。美術学校だってそうだったじゃない。本当に絵師として立とうと思って入学した女子はわたしとあなた、糸子さんくらいでしょう。雛子さんたちはいわば社交界での箔《はく》づけよ。美術に造詣の深い上流夫人になるための」

「あなたも結婚なさるじゃないの」

「結婚しても、絵師として立つ意志は変わってなくてよ。石版印刷には絵師が必要だし、わたしには印刷の知識もある」

「信仰は」

「むろん捨てていない。ねえ、山下さん」

政子は膝を動かして、目を据えてきた。

「わたしは何も捨てる気はない。今は皆の顰蹙《ひんしゅく》を買っているのはわかっているし、教師様が帰ってきなさったらさぞ落胆させるだろうこともわかっている。あの方を悲しませたくないのは、わたしも同じよ。五年もお世話になったんだもの。だから、ご不在中に事を起こしたの」

政子の語尾が掠《かす》れた。りんは俯《うつむ》いた。

「ごめんなさい。責めるようなことばかり言ってしまった」

ひとのことをとやこう言える身ではない。わたしが教会に近づいたのも、政子の言葉がきっかけではなかったか。最初はわたしも、教会の支援をあてこんでいたのではなかったか。

西洋画の女画工として一本立ちできるための策。それが耶蘇の教会を頼ること。

「いいえ。今、わかってもらおうとは思っていない。それよりも、あなたは大丈夫なの？　学校は？」

りんはしばし言いあぐねて、首を横に振った。

「今度の先生は前よりひどくはない。素描の教授も確かよ。だけど、どうにも物足りない。助言をもらいたくても通弁も替わったし、申し訳ないと思うけれども、心から尊敬する気にはなれないのよ。でも中丸先生がお骨折りくださって、今は助手という肩書をいただいて学費を免除されてる。だからもっと頑張らねばと思う。なのに、どうしても身が入らない」

いやだ。つらくて泣くのはいやだ。けれどどうしようもなく、鼻の奥が湿ってくる。

「祈ってるのよ。わたし、ちゃんと祈ってるの。でも、苦しくてたまらない」

この不安を受け容れ、癒《いや》してくれる笑みがどこにもない。聖画を眺めても画業の進まなさが胸にきて、かえって苦しくなる。

「あなた、雁字搦《がんじがら》めになってるんじゃなくて?」

政子に背中をさすられていた。

「学費を免除されてるから頑張らなくちゃというのは、本末転倒よ。なんのために、あなたはあそこで学んでいるの。絵の腕を磨くことが目的であって、美術学校に通うことが目的ではないでしょう。誰に遠慮が要るものですか。学校はいずれ通り過ぎるべき橋よ」

りんは大息を吐き、ようやく身を起こした。政子が黙って椀をよこしたので、受け取った。啜ったお汁粉は冷めていた。

十月の二十日過ぎの夜、内職の手を止め、文机に向かった。

このひと月もの間、自問を繰り返してきた。中丸先生に申し訳がない、親戚の生沼夫妻にも合わせる顔がない。郷里の母にはなおさらだ。重ね重ねの不孝である。でも決意するしかない。

紙を広げ、筆の穂先に墨を含ませた。

退学願出《ねがいで》
あとは一気に書き上げた。

十一月になって、ニコライ師がようやく帰ってきた。

主教に叙聖された祝いが続き、常に信徒らに囲まれて容易に近づくことができない。皆、りんと同じように待ちかねていたのだ。そう思うだけで心が温もってくる。

さぞお疲れだろうと祈禱の後も列に加わらず、聖堂をひっそりと退出して階段を下りる。

「イリナ」

呼び止めたのはアナトーリイ師だ。ニコライ師の片腕で長らく函館の教会を任されていたが、今年に入ってロシヤ公使館付の司祭となり、この駿河台の教会内で暮らしているらしい。

「主教様、お呼び。階段の下で待つ、よろしい」

ニコライ師ほど日本語が達者ではないので注意深く耳を傾け、「かしこまりました」と辞儀をした。半刻ほども待って扉が動き、師がようやく姿を現した。

「お待たせした。さ、お入《へ》れなされ」

りんを招く。八畳にも満たない一室は師の自室であるようで、壁には十数枚の聖像画と聖人の肖像画、母国のものらしき聖堂の写真も飾られている。やはり芳香がする。窓際の洋椅子に坐るように勧められた。師は小さな卓を挟んでもう一脚の椅子に大きな躰を沈めた。

「主教様、お帰りなさいませ」

「ん」と、栗色の眉がやわらぐ。

「イリナ、美術学校をやめだそうだね」

「どなたにお聞きになりました」

自ら報告しようと思っていた。

「ワルワラからだよ」

政子の名前が出て思わず身を硬くしたが、目の前の気配は変わることなく穏やかなままだ。

と、師が前屈みになって顔が近づいた。微かに乳酪の匂いがする。

「今日は至急の相談があって、お出《で》ってもらった。お前《まい》さん、絵の勉強しに行きなされ」

美術学校を辞めたばかりだというのに、奇異なことを申される。

「いずこの学校にござりますか」

「ロシヤの都さ。サンクトペテルブルクに行く、よろしい」

主教ニコライを茫然と見つめる。夕暮れの光と影がゆらめいた。

三章　絵筆を持つ尼僧たち

一

朝焼けの残る空の下、鷗《かもめ》の群れが白い翼を広げている。

板張りの桟橋の袂《たもと》には忙《せわ》しげに波が寄せては返し、棒杭を洗い続けている。海の上はすでに大変な混雑で、碇《いかり》を引き上げた船は緋色や鬱金色《うこんいろ》の旗を翻《ひるがえ》しながら波をかき分け、水平線へと向かう船は汽笛を鳴らす。

りんが乗るはずの船はメレザレイ号という蒸気船で、途方もなく巨《おお》きな黒だ。聳《そび》える大煙突も黒く、吐く煙が太い。煙突の左右に並ぶ帆柱《ほばしら》からは綱が放射状に伸び、朝空に斜線を刻んでいる。こんな立派な船に乗るのかと思えば胸が躍る。昨夜は領事館に泊まったので慣れぬ洋室の寝台だ。よく眠れず頭が重かったのだが、たちまち晴れてくる。我ながら簡単な心だと頰を綻《ほころ》ばせ、桟橋へと踏み出した。

今日、明治十三年十二月十二日、りんはアナトーリイ司祭に伴われてロシヤに出立《しゅったつ》することになった。

ニコライ主教から勧められたのは、十一月も下旬に入った頃だ。

「お前《まい》さん、絵の勉強しに行きなされ」

あの時、わたしはさぞ間抜けな面《つら》をしていたに違いない。

「イリナ山下《やました》りん。耳こ立てて、ようぐ聞きなさい。サンクトペテルブルクに女子修道院、あります。教会堂、病院、工房も持つ、それは立派な修道院さ。工房は美術学校の教師、指導している。そこで絵の勉強するがよろしい」

「絵を学ばせていただけるのですか」

「五年の間、しっかり学んできなされ」

日本国とロシヤ領事館への手続きは教会の事務方が取り計らってくれるらしく、修道院では衣食住の心配も要らないという。

憧れてやまない西洋で絵を学べる。こんなことが本当に、我が身に起きようとは。

「なんと、お礼を申したらよいか」

ろくに回らぬ舌がもどかしい。

「イイスス・ハリストスの思召《おぼしめ》しだよ」

主教は頭《こうべ》を垂れ、胸の前で十字を描いた。りんも同様にしたが、指先がじんじんと痺れてくる。頬も熱いのか冷たいのか、赤いのか蒼いのか。

「出立は十二日。それまでに教会報の表紙の絵、描きなされ。頼んだよ」

はて、それは何月のことだろうかと問うた。

「来月さ」

「畏《おそ》れながら、お間違えではございませんか」

来月十二日の出立となれば、あと二十日ほどしか日数がない。

「大丈夫。それまでには、航海免状、発給される」

「主教様」と膝の上で重ねた手をほどき、洋卓に指をかけた。

「わたくしはまったくロシヤ語を解せませぬゆえ、せめて半年は猶予《ゆうよ》を頂戴しとうございます。その間に、教授を受けるに困らぬ程度はなんとか習得いたしますゆえ」

半年でも心許ないほどだ。ただ、あまり欲を言うと、せっかくの好機をふいにしかねない気がした。

「お前さんがどった気丈者でも、一人でペテルブルク辿《たど》り着ぐ、困難さ。十二月出航するメレザレイ号、ちょうどよき連れあります。アナトーリイ神父、一時帰国する」

両の瞳がそっと、執務机の方へと動いた。主教が寝る暇も惜しんで祈禱書《きとうしょ》の翻訳に勤《いそ》しんでいることは、信徒の誰もがよく承知している。大事な仕事にもう気が移っているのだろう、声は微《かす》かに素っ気なかった。

「ごめんなすって、ごめんなすって」

紺法被《こんはっぴ》に股引《ももひき》の男らが叫びながら駈けてゆく。大きな荷を肩で振り分け、両手にも革の洋鞄を提《さ》げているので運搬夫なのだろう。小さな艀《はしけ》に荷を運び込んでいる。桟橋は広場ほどもあり、大変な賑いようだ。外套《がいとう》を着込んだ外国人らに恭《うやうや》しく付き従っているのは清《しん》人の従者だろうか、一本に細く編んだ髪を頭から尻の下まで垂らしている。羽織袴に洋帽をつけた日本人の一行も見える。見送りの者らに囲まれ、笑声も洋行の晴れがましさに溢れている。

僧服の背中を見失っていることに気がついて、慌てて辺りを見回した。ひやりとしたが、アナトーリイ司祭の黒帽を見つけ、前のめりに後を追う。りんに荷物持ちの供がいるはずもなく、背中には竹行李《たけごうり》の風呂敷包み、両手も合切袋《がっさいぶくろ》や写生道具の包みでふさがっている。右へ左へと首を伸ばし、つんのめりそうになりながらも懸命に追いついた。

アナトーリイ師は掌院《アルヒマンドル》という、司祭の中でも最上位の地位にある御仁だ。ニコライ主教と同じく彫りの深い顔貌《がんぼう》で、頬から顎は鳥の巣のごとき鬚《ひげ》でおおわれている。眼光は険しく口数も少ない。そして港に入ってからも、一度もこちらをふり返らない。

奇妙な声が辺りに響いた。賑やかで晴れやかな船出を台無しにしたいのかと思われるほど癇《かん》に障《さわ》る声だ。りんの前を阻《はば》んでいる外国人の夫婦も顔を見合わせ、肩をすくめている。

あの子だ。あの子がまた泣いている。

主教の言った「よき連れ」は司祭一人ではなかった。彼の弟で、歌の教師であるヤーコフ・チハイ師とその妻女、子供らも一緒だったのである。

これまでチハイ師ともほとんど口をきいたことがなかったが、濃い栗色の髪と髭でおおわれた面貌はむろん見知っていた。

あの、心が震えるほど美しい合唱を指導した指揮者《レーゲント》がチハイ師だ。異国の聖なる歌は日本人には馴染みのない音階で、そもそも女学校が設けられたのもその歌い手が必要であったことが発端らしい。本国ではすべて男性で歌うようだが声の高い少年が日本ではすぐに集められず、女子の声が代わりを務めることになった。だが日本でも男女混合で歌う慣《なら》いはなく、始めは大変な苦労を伴ったらしいがチハイ師は見事に詠隊《えいたい》を仕上げてのけ、主教の信頼も厚いらしい。

昨夜、泊まった領事館でチハイ師が言った。

「エレナ・リョウ・チハイ、東京府の士族の娘」

聖名《せいな》エレナの妻女は日本人で量《りょう》といい、正教会では初のロシヤ人と日本人の婚配《こんぱい》であるらしい。

りんは「よろしく願います」と辞儀をしたが、当人は権高そうな笑みを泛《うか》べて会釈《えしゃく》を返すのみだった。子供はすでに二人いるようで、ちらりと目にした男の子は洋服を着て、四歳くらいに見える。髪と瞳の色が薄く、肌も蒼いほどの白さだ。さらに量の胸には、緋色の毛織物でくるまれた赤子がいた。

そして昨夜、異国渡りの鳥か猿かという声が聞こえて、それが夜通し続いた。夢と現《うつつ》が判然とせぬまま朝を迎え、食堂に入ると床に男の子が転がって泣いていた。アナトーリイ師はおろかチハイ師夫妻も平然として、まもなく朝餉《あさげ》が始まった。ややあって、とんでもない悪臭が鼻をついた。子供が着衣のまま脱糞したらしかった。さすがに師も眉を顰《ひそ》めて弟に何かを言いつけ、弟は妻女を肘でつつき、ようやく量が立ち上がる。

やっと抱き上げるのかと思えば男の子の細い腕をいきなり摑《つか》み、廊下に引きずり出すではないか。凄まじい声が響いて、麵麭《パン》がつかえた。

どうか、船の中ではあの一家と隣室になりませんように。

乗船客の列に並んだ。ここから蒸気船まで艀で運んでもらうらしい。びっしりと列が増えて人の背中に埋もれそうになっても、一行から離れるわけにはいかない。獣毛を襟《えり》に巻いた長套《コオト》や毛織物の臭いから顔をそむけ、空を見上げる。

笠間《かさま》の方角を目で探した。祝言を挙げた兄夫妻に、今年、長子が誕生した。りんは祝言には出席したものの、甥の重幸《しげゆき》にはまだ会えていないままだ。笠間に別れを告げに帰る日数も路銀もなく、手短かに文で伝えたのみだ。

絵を学ぶため、洋行いたすことになりおり候《そうろう》。

行先はロシヤ、五年間の留学だと書き添えた。兄は「しかと学んでくるように」と短い文を返してきて、母は兄に内緒のへそくりを送ってきてくれた。

母上。

面影を追えば、今か今かと出航を待ち望む己が浅ましいものに思えてくる。何をどう工面しようとも水盃《みずさかずき》だけは交わしに帰るべきだったと、今になって悔いている。異国の地で病に倒れれば骨すらも帰ってこられない。それが洋行だ。が、笠間に帰れば耶蘇《やそ》教の信徒になったこと、洗礼まで受けたことも説明しなければならなくなる。それはためらわれた。嫂《あによめ》に対して母が負い目を持つような気がした。

列が前に進めば、はぐれまいと躰《からだ》が前に進む。背負った荷の重みが、ずっしりと増してきた。衣類は女信徒らが縫って用意してくれた。紬《つむぎ》と木綿《もめん》の冬着が一枚ずつ、夏物は三枚ばかりである。それでも助かった。あとは手拭いと襦袢《じゅばん》、そして写生の道具だ。

洋行のために新調したのは日記用の手帖で、横四寸、縦二寸の藁半紙《わらばんし》を綴《と》じたものだ。それは思い切って同じものを五冊購《あがな》った。五年も日本を離れるのだ。その日々はしかと書き留めておきたいし、写生もしよう。修業を成して再び母国の土を踏んだ暁《あかつき》には、母に異国の風景を絵で語ってきかせよう。

荷の中で最も嵩《かさ》があるのは人形や小袱紗《こぶくさ》、小筆のたぐいだ。修道院の尼僧らへの土産で数が必要らしく、生沼《おいぬま》の妻女の手を煩《わずら》わせて用意した。その費えは懐剣《かいけん》を売ってこしらえた。といっても廃刀令が発せられたのちは刀剣商も軒並み暖簾《のれん》を下ろしていたので、生沼が餞別《せんべつ》がわりに引き取ってくれたのだ。生沼は始め、絶句していた。

りんの頓狂《とんきょう》、ここに極まれり。

そんな顔をして、口の両端を苦々しく下げる。

「おなごのロシヤ留学は、我が国で初めてのようにござります」

おずおずと言い添えると、生沼の面持ちは一変した。

「我が国で初めて。さようか。いや、そうであろうの。男子の英吉利《イギリス》や仏蘭西《フランス》行きはよう耳にするようになったが、おなごの洋行は珍しい」

「ペテルブルクは、その仏蘭西にも近うございます」

「大したものぞ」と、声音も変わる。

「美術学校で助手役まで拝命しておきながら退学いたしたる折は、なんたる不恩者かと憤慨しておったのだ。殿のご芳情、かくも有難き君寵《くんちょう》を無にしおって、世が世ならそなたの兄もただでは済まぬ所業であったのだぞ。が、男子でも難しい洋行を果たすとは天晴れ、これで殿にも申し訳が立つ」

退学によって生沼の立場をいかほど損じていたか、つくづくと身に沁みた。やはり入信のことは言えず、美術学校の頃の友人の伝手《つて》で駿河台《するがだい》に出入りするようになったとのみ話せば、それ以上は追及されなかった。

師の中丸精十郎《なかまるせいじゅうろう》にだけは、すべてを包み隠さず打ち明けた。りんを助手にと学校にかけ合ってくれた中丸の面目をこそ、ものの見事に潰したのだ。しばらく顔を見せづらかっただけに、隠し立てもしないと決めていた。

「信仰については何も言えぬよ。よくわからぬものを難じてもしようがあるまい」

「わたくしもまだ、耶蘇教についてようわかっておりませぬ。ただ、駿河台で西洋に触れていると心がやすらぎます。聖堂は途方もなく美しく、信徒の人々には情のあたたかみがあります。みなさん、とても親切にござります」

「で、ついに留学か」

ちくしょう、やりゃあがった。

中丸が羨《うらや》ましさを隠さなかったことに励まされた。

「山下君、滅多と恵まれぬ幸運だ。今度こそ逃げるでないぞ」

「お世話になりました」

これが今生《こんじょう》の別れになるかもしれないのだと思えば、感極まってくる。妻女のか祢《ね》も声を潤ませていた。

「ご無事で。必ず帰ってくるのですよ」

列が進み、艀にようやく移った。波に揉まれて揺れ、また子供が泣きわめく。

りんはもう一度、北西の空へと目をやった。

母上、兄上、中丸先生、皆様、そしてニコライ主教様。

行ってまいります。

銅鑼《どら》が打ち鳴らされ、ぼうと汽笛が鳴った。

二

乗船を果たして、アナトーリイ司祭とチハイ師一家はそれぞれの部屋の前に立った。ほっと肩肘を緩めたものの、りんには何の指図もない。

「わたくしの部屋は、いずこでございましょうか」

チハイ師の背中に声をかけども「今に教える」と言うだけで、取りつく島もない。ぴしゃりと扉を閉ざされ、そのまま一人ぽつねんと通路で待てど誰もいっこうに出てこない。通路が狭いので、荷を抱えた供らは迷惑そうに舌打ちをする。板壁に背中を押しつけ、やがて背負ったままである荷も床に下ろした。半刻《はんとき》ほど経って周囲の扉がそこかしこで開き、紅毛《こうもう》の紳士や婦人が出てきた。紳士は隆《りゅう》とした黒の上下に、襟には蝶結びの襟締《えりじめ》だ。婦人は裾のたっぷりとした装いで黄色の髪を高く結い上げ、二人とも背をそらすように歩く。洋装の日本人も通りがかり、妻女の着物はあでやかな曙染《あけぼのぞめ》だ。りんの姿を認めるなり帯の間から扇子を取り出し、すっと顔の前に立てた。「見ぬこと清し」の仕種《しぐさ》だと気づいて、りんは顔を熱くする。

ようやくアナトーリイ司祭の部屋の扉が音を立て、把手《とって》が動いた。黒い僧服の姿が現れた。

「わたくしの部屋がまだわからぬのです」

司祭は一瞥《いちべつ》をくれたかと思うと、黙って目前を過ぎ去ってしまった。言葉が通じなかったのか、まるで霞《かすみ》が動くかのようなさまだ。かくなるうえはとチハイ師一家の部屋の前に陣取り、扉を睨《にら》み続ける。ようやく栗毛の頭が見え、今度こそはと真正面に立った。

「教師様、わたくしの部屋はいずこですか」

煩わしそうに栗色の顎をしゃくった。アナトーリイ司祭や他の乗客が向かった方向とは逆で、通路の奥へと足を運んでいる。扉が見える。師に従って扉の中に入れば暗い階段が下へ伸びており、何やら人声がする。と、頭や肩に大鞄を担いだ男らが入ってきて、騒がしく階段を下りていく。帽子と外套をつけた商人の風体《ふうてい》だが、いかにも寒々しい身形《みなり》だ。

階段下は船の底、船艙《せんそう》ではないかと勘づいて、「教師様」と頭《かぶり》を振った。

「違います。我が部屋をお訊《たず》ねしているのです。何号室にござりますか。教えてさえくだされば一人で参りますゆえ」

するとチハイ師は猿のように、鼻に皺《しわ》を寄せた。

「お前の部屋、ない」

階段の下を視線で示している。

「どこぞ、その辺りに居《お》れ」

言い捨て、もう背中を向けていた。置き去りにされてしばし迷い、けれどこんな所に突っ立ったままではどうしようもない。意を決して下りていくと、汗と埃《ほこり》と煙草の臭いが充満している。壁沿いに堆《うずたか》く荷が積み上げられた手前の床板には人が犇《ひし》めいており、荷役夫《にえきふ》や水夫かと思《おぼ》しき者もいる。桟橋で見かけた清人が慌ただしく入ってきて荷物を置き、すぐさま階段を上っていった。下男や供の者も夜はここが寝床になるようだ。

ある者は木柱に凭《もた》れて煙をくゆらせ、仲間と車座になって札で遊び、荷を枕に横になっている姿もある。肌色はまちまちで、白に黄色、茶色、炭のように黒い肌で目玉だけがギョロリと白い顔もまじっている。いずれにしても、おなごなど一人もいない。皆、りんの姿に気づくと無遠慮に見やり、何やら言葉を交わしている。ぞっとして階段をひき返した。荷を持ったまま通路に戻り、チハイ師の部屋の扉を叩いた。

「教師様、山下にござります。後生《ごしよう》ですから、どうか部屋を」

あんな連中と同じ板間で、どうやって寝ろというのか。

しかし扉は閉ざされたままだ。悄然《しようぜん》として肩を落とし、彷徨《さまよ》い歩くうち上甲板《じようかんぱん》へと出ていた。潮風は凍《い》てつくほど冷たいがあんな船底に戻るよりはと、板の上に屈《かが》み込んだ。尻がじんじんと冷たく、寒さと口惜しさで歯の根も合わない。

「富士だ」

日本語が響いた。いつのまにか何人もが手摺《てすり》前に出ており、身を乗り出すようにして眺めている。外国人の方が多く、英語で「美しい」と褒めていることは聴き取れる。

りんも首をめぐらせたものの、何の感興も催さない。生まれて初めて大海原の只中にいるというのにすでに精も根も尽き果て、富士山の色形は像を結ばぬままだ。稜線《りようせん》が後方へと虚《むな》しく流れてゆく。そしてただただ途方に暮れる。己の扱われ方に傷ついてもいた。

雲が流れ、西空が茜色に染まり始めている。ようやく、腹が空いていることに気がついた。のろのろと立ち上がって通路に戻れば、着飾った外国人がまた盛んに喋《しやべ》りながら動いているのでその後ろをつけてみた。皆、両扉を開け放した部屋の中へと吸い込まれてゆく。中を覗けば、晩餐《ばんさん》が始まっていた。卓の上は蠟燭《ろうそく》の灯と色鮮やかな花で飾られ、暖かい。何とも言えぬ匂いが漂ってきて、誘われるように中に踏み込んだ。たちまち、方々から咎《とが》めるような視線が集まった。

たしかに異様かもしれない。くたびれて薄くなった紺の紬に海松色《みるいろ》の風呂敷包みを背負い、両手にも荷を提げている東洋女だ。けれど下士《かし》とはいえ、わたしも武家の生まれだ。そしてあの主教様の肝煎《きもいり》で、ロシヤに修業に行く身だ。日本で初めてロシヤに留学するおなごだ。

給仕が制してくるのも振り切り、アナトーリイ司祭とチハイ師の姿を探した。一隅に黒帽を見つけて大股で近づいてゆく。妻女と子供の姿はなく、兄弟だけで食事をしている。その前に立つや、りんは切り出した。

「わたくしの席はどこでしょう」

二人とも聞こえぬふりをして、銀のカトラリイを持つ手を止めもしない。

「ロシヤ正教の偉大なる司祭様、教師様」

大声で呼ばわった。チハイ師が顎《あご》を上げ、「外で待て」と命じた。もう、その手には乗らない。

「わたくしにも食事の場をお与えください」

「無礼者、下がれ」

給仕がやってきて腕を取られ、扉の外に追い出された。恥をこらえて待ちかまえていると、ようやく二人が出てきた。司祭は黙って行き過ぎ、チハイ師が逆の方向に向かって歩き出す。従《つ》いて行けば角を折れ、料理人が盛んに立ち働く賄所《まかないどころ》の前を通り過ぎ、薄汚れた壁の前で足を止めた。船艙の連中と思しき身形の者らが手に皿を持って列をなしている。チハイ師が壁際の卓から何かを取り、りんの面前に押しつけた。手に荷を持っているので、指だけで皿を持つ。何かがこびりついたままの汚れた皿だ。不審に思いつつも並ぶと、うら若い給仕が手の中の大皿から匙《さじ》で掬《すく》い、こなたの皿へとぞんざいに移した。肉片やジャガタラ芋、萎《しな》びた隠元豆《いんげんまめ》も一緒くたに盛られている。残飯だと、肌が粟立《あわだ》った。しかも小部屋の中を見やれば、連中は手摑みで貪《むさぼ》り喰っている。床には野菜屑や細い麵のたぐいが落ちたままで、腐臭もする。残飯が山と盛られた大皿を別の給仕が運んできて、卓の上に置いた。

りんはその脇に皿を返し、踵《きびす》を回した。小走りで角を曲がり、その背中を大声で呼んだ。

「教師様」

追いついて前へと回り込んだ。立ち塞《ふさ》がり、睨み上げた。

「わたくしは乞食ではありませぬ」

相手は平然としている。

「なにゆえ、かほどの侮辱を受けねばならぬのです」

「お前、金がない。切手、最下等」

つくづくと冷淡な目をしてりんを見下ろし、そして立ち去った。

金がない。そういうことかと、力が抜けた。部屋も賄いもついていない、つまり船艙での起き臥《ふ》しだけを許された最下等、それがりんのために用意された切手ということだ。

重い足を無理に動かして奥へ進み、階段を下りた。皆はまだ戻っていないようで、ずいぶんと空いている。最も目につかなそうな一隅を見つけ、周囲に麻袋の荷を積んでその物陰に腰を下ろした。もはやここしか居場所はない。そうと料簡《りょうけん》すれど、荷を解く指が小刻みに震える。やがて何人もが戻ってきた気配がしたので、荷の陰でそっと背を向けた。竹筒の水を思い出して口にする。人いきれが増し、残飯と酒の臭いが満ち始める。

膝を抱えてその上に顎をのせた。かつて、笠間の生家を無断で出た時、野宿をした夜を思い出す。今から思えば危険極まりない所業だった。野犬に囲まれていれば喰い殺されていたかもしれない。けれどこんな惨めさは味わわなかった。絵を習いたい、その一心で胸が膨れんばかりだったのだ。

それは今も変わらないのに、そしてもっと親不孝をしているのに、この境涯はなんだろう。目をきつく閉じて、りんは呻《うめ》いた。

無残、無念極まりなし。


翌日も食事を摂《と》らず、だが意地を張ろうにもたまらなくなって賄所の裏に忍んで行った。時分時《ぶんどき》ではないので船艙の連中の姿はないが、料理人らしき身形の者らが茶碗を手にして煙草を喫《の》んでいる。休みの時間だったかと踵を返すと、声がした。

顔だけで見返れば、こちらに何か言っているようだ。黙って突っ立っていると、「ティー」と茶碗を高く掲げた。茶を恵んでくれるつもりだと察したが、他人の飲み残しなどどうして受け容れられよう。首を横に振ると、何かを指差している。数歩近づいてみて、奥の卓の上に洋風の大きな茶瓶があることに気がついた。教会でも信徒らがこんな器を使い、茶を淹《い》れ合う。茶瓶のかたわらには茶碗が重ねて置いてある。気がつけばその一客を手にし、茶瓶から注ぎ入れていた。紅《あか》い茶だ。温かい湯気を嗅いで涙が滲《にじ》みそうになった。

躰の中が温まって、これまでいかほど冷えていたことかと思う。

立ち去り際、「サンキュウ、サー」と教えてくれた顔に辞儀をすると、皆がどっと笑った。当人は顔じゅうに血色を上らせ、肩をすくめている。

「ノウ、サー。ノウ」

どうやら敬称をつけたのが見当違いだったらしい。手を合わせて詫《わ》びると、床の上に置いた籠から何かを摑み、放り投げてきた。とっさに袂を広げて受けると、麵麭《パン》だ。歯の形がついておらず、汚れてもいない。また辞儀をして小走りになり、上甲板へと出た。

寒風の中、手の中のものに齧《かじ》りついていた。前日の朝に領事館で麵麭とソップを振る舞われてのち、何も口にしていない。これも余り物に違いないのに、夢中で咀嚼《そしやく》していた。

日本から遠ざかるにつれ、海が荒くなった。横に上下に船は揺れ、胃の腑にはほとんど何もないのに、吐き通しに吐いた。もはやこれまでかと思うほどの苦しさで、立つことも坐ることもできない。船艙の者らは慣れているのかほとんどが平然として、臭気を放っているのはりんくらいのものだ。けれどどうしようもない。それが三日も続き、ようやく麵麭と紅茶を口にできるようになった頃合いを見計らったかのように、チハイ師が船艙に現れた。

「守《も》り、せよ」

あの男児を連れており、りんの前に押し出してくる。子供は途端に耳障りな声を立てて泣く。しかしチハイ師はそのまま立ち去ろうとする。袖の端を摑んだ。

「お待ちください。わたしが面倒をみるのですか」

「妻、赤子の世話、たいへん」

「でも、わたしはあなた方の雇われ人ではありません」

チハイ師の頬が歪《ゆが》んだ。

「口応《くちごた》え、許さない」

子供を見下ろした。目の下が茶色く凹《くぼ》み、視線もよく定まっていない。チハイ師の言いぶりから、その子の名はイワンであるらしい。子供の足許には包みが置かれてあり、中を見れば着替えが入っている。ふいに臭いが立ち、見ればイワンの洋袴《ズボン》の股が濡れて色を変えている。周囲の連中が声を上げ、りんを非難し始めた。言葉は通じずとも、それは察せられる。イワンはまた火がついたように泣き始めた。洋袴を脱がせれば脚は棒のように痩《や》せ細り、しかし腹は蛙《かわず》のように膨らんでいる。手拭いで股を拭いて着替えさせている最中もぐずついて、ほんの数瞬でもまっすぐには立っていない。

「イワン、じっとして。クワイエット」

英語が通じるはずもないのに、そしてたぶん親が話すロシヤ語や日本語も解さないのだろう。この子はおそらく、泣くことしかできぬ子供だ。そんな我が子をあの夫妻は疎《うと》んでいる。ゆえにわたしに子守りを押しつけた。

イワンを抱きかかえ、階段を上がった。腕の中で暴れて、しかもこちらもろくに食べていない。足がふらついて何度も段板を踏み外しそうになるのをようやく上り切り、扉を開き、客室が並ぶ通路に入った。チハイ師の部屋を目指して突き進むと、ちょうど人影が出てきた。妻女の量だ。着物の上に綿入れを羽織り、首には毛皮の襟巻を巻きつけている。煙管《きせる》を手にして、軽い足取りだ。

「お待ちください」

その後ろ姿に声をかけたが、量は歩を緩めようとしない。りんは部屋の扉を手荒に叩き、「お返しします」と叫んでイワンを腕の中から下ろした。部屋からは何の返答もないが、イワンをそのままにして量を追いかけた。ようやく、上甲板の手摺の前に姿を見つけた。かたわらに立ち、「困ります」と気色ばんだ。

「お子の世話など、わたくしの手に余ります。だいいち、子守りを申しつかる筋合いではございませぬ」

量は手摺にのせていた腕を下ろし、己の腹に掌《てのひら》をあてた。

「三人目がいるのです。今はヤーコフと赤子の世話で精一杯、子守りくらい快くひき受けてくださいな」

「かんにんしてください」

だが量は海へと顔を戻し、煙管の吸口を咥《くわ》えた。

「山下さん、弁《わきま》えなさい。あなた、誰のおかげでロシヤくんだりまで学びに行かせてもらうのです。その金子《きんす》は、どこから出ているとお思いです」

その横顔のかなたで、いずこの国の島影かしれぬ景色がゆっくりと動いている。

「すべて、本国のロシヤ人から出ているのですよ。ニコライ主教が国にお帰りになった時に貴族や分限者《ぶげんしゃ》の間を回られていただいてきた、大切な金子です。あなた、少しは有難いとお思いになったらどうです」

主教への恩義を感じるならば、黙って教師の子の世話をしろという理屈らしい。

「それとこれとは筋が違いましょう」

「ヤーコフが手を焼くはず」と、量はあきれたふうに笑った。

「教師に盾突《たてつ》くにも、ほどがあるというのですよ。ヤーコフは聖歌隊の指揮者、公使館から俸給が出ている真っ当なレーゲントです。あなたとは身分が違う」

四民平等の世にあって、身分を言われた。

「師に従い、子らの世話もする、それが目下の者の心得というものでしょう。それを逐一、あれが気に入らぬ、これもいやだと騒ぎ立てて何様のつもりです。だいたい、愛想笑いの一つも使えば可愛げもあろうものを、ぶすりと押し黙ってわたしたちを睨んで、口を開いたら不平不満ですか。ロシヤでもその伝《でん》を通せるとお思いなら、とんだ料簡違いです」

あの人に似ていると思った。浮世絵師の国周《くにちか》の家に住み込んでいた時、悶着《もんちゃく》があった姉弟子だ。

お前は何でそうも、可愛げがないんだえ。

背中を小突かれて、結句、取っ組み合いになった。翌朝、師の家を出た。

「そうも気に入らないのなら、お帰りなさい。まもなく香港《ホンコン》という地に到着しますよ。二日ほどは船荷の積み下ろしで滞在するようだから好きにしなさったらいかが」

「そんな、帰る手立ても船賃もありません」

「だったら黙ってなさい。金を持たざる者が大口を叩くんじゃありません」

真正面から斬られた。

チハイ師はイワンの世話を押しつける時だけ、船艙に顔を出す。昼夜を分かたず泣くので、そんな時はすぐにこの上甲板に出ることにしている。仏蘭西領のアンナンを過ぎ、もう南国の海に入っているので寒くはない。鉛筆と手帖を常に懐《ふところ》に入れているので、イワンが寝転がっている間に写生をする。

十二月の二十五日早朝にはサイゴンという地に着いて上陸の許しが出たので、師が現れぬうちに船艙の連中にまぎれて桟橋へと出た。花々の色が鮮やかで香りは芳《かぐわ》しく、一人で散策しても心細さは微塵《みじん》もない。二十八日にはシンガポオルに上陸し、商人らに誘われて市中を馬車で見物した。わずかばかりの小遣い銭を両替してくれたのも商人のうちの一人で、おかげで露天商《あきな》いのバナンやマングスタンという果実を買って食べた。顎から果汁が滴《したた》るのもかまわず食べ尽くしたほど、甘く瑞々《みずみず》しかった。ようやく人心地《ひとごこち》がついて翌朝も上陸し、画材袋を抱えて写生をして回った。

海岸で景色を描いては歩きを繰り返しているうち赤子を抱いた女が通りがかったので、片言《かたこと》の英語で声をかけてみた。手帖を見せて手振りで示しても通じないが、描いたものを目にするや褐色の頬をやわらげ、首肯《しゆこう》した。

「かたじけない」

赤子は日本人と抱き方が違い、布は肩から斜めがけにしている。赤子はちょうど胸許で抱かれているので、乳を欲しがればすぐに飲ませられるのだろう。赤子の肌が白く巻毛が金色に光っているので、そうか、この女も子守りなのだと気がついた。りんが笑むと、向こうも赤子をあやしながらともかく立ってくれている。

杏形《あんず》の黒い瞳だ。筒袖の白い着物は裾が大きく膨らんで歩きやすそうだ。その下にさらに衣をつけており、紫を帯びた暗紅色だ。女の衣の裾からのぞくのは裸足だが、赤子のおくるみは上物の絹地で、朱色と白が織り込んである。布の端から垂れ下がる房は明るい黄色だ。光の強い国では、色も力強い。りんは夢中で鉛筆を走らせる。そのうち赤子がぐずり始め、女はその場を去ろうと動いている。

「サンキュー」

慌てて告げると、女がふり返った。気恥ずかしそうな笑みだ。どこか日本人に似ているような気がした。

桟橋に戻ると船員が何人も出ていて、大変な剣幕だ。どうやら出航の刻を過ぎていたようで、紙束を振りかざして叱られた。上陸の際の名前を記した文書で、英語で記したりんのサインにだけ印が入っておらず、待ってくれたようだった。お前なんぞ置き去りにしてもよかったのだ。有難く思え。たぶんそんな意なのだろうと思い、ひたすら頭を下げた。つい写生に夢中になってしまいましたと手帖も見せたが、早く乗れとばかりに背中を小突かれた。

船艙に戻れば皆、ニヤニヤしているが、顔ぶれは変わっている。清人の下男は香港で下船したし、サイゴンで降りた者と入れ替わりに新顔も加わる。

海の色も、じつにさまざまだ。浅葱色《あさぎいろ》に深い草色、湖かと見紛う水色もある。そして今朝の海は濃い群青《ぐんじょう》だ。

ゆうべはイワンの例のむずかりが夜通し続いたので、上甲板で朝を迎えた。さすがに泣き疲れてか、板の上で丸くなっている。近頃は腕の中に抱きかかえれば鎮《しず》まり、すぐに寝息を立てるようになった。胸に顔を押しつけ、乳房をまさぐるような手つきをする時は不憫《ふびん》にも思い、頭を撫《な》でてやる。

泣き坊のイワン、それがひそかに使っている愛称だ。だが奇声を発して暴れている間は心底、腹立たしくなる。わたしも泣きたいよ、と。ただ、そのおかげで己の処遇の理不尽をしばし忘れ、残飯も平気で食べるようになった。

手帖を開き、鉛筆でこの数日のことを書きつける。思いの丈もようやく記せるようになったのだ。怒りと嘆きに揉まれている最中は、手帖に触れることすら思いつかなかった。

アナトーリイ司祭は今もりんを一顧だにせず、チハイ師夫妻にはイワンの子守りとしか扱われていない。けれど、いかほどの苦渋を嘗《な》めさせられようとも船は進む。行く所まで行き着いてしまえば、あとはどうとでもなるではないか。やっと肚《はら》を括《くく》っていた。

死なば死ね。

生きなば、生きよ。

目前には、明治十四年元旦の海が広がっている。

りんは二十五歳になった。

三

メレザレイ号は西印度《インド》洋を横断し、亜刺比亜《アラビヤ》半島の山々を遠く望む海に入った。波は穏やかで、水面は青い。

今宵《こよい》はイワンを預けられることがなかったのでよく眠れるだろうと身を横たえれば、上から鼻息の音が聞こえた。飛び起きた。暗い常夜燈で、あの二人連れだと知れた。どの港から乗り込んできた輩《やから》だったか、恐ろしく背の高い紅毛の男は阿蘭陀《オランダ》人、黒髪の小男は伊太利《イタリー》人だと自ら言った。上甲板でも何かと話しかけてきて、イワンを海に沈めてやろうかという手ぶりをしては笑う。りんは相手にしなかったが、その二人が顔を並べて覗き込んでいる。

「何用です」

二人はシイッと潜め声で、なにかを鼻の前でひらひらさせた。見れば紙幣だ。二人はりんを指で指しては自らの鼻先をも指し、肩に手を置いてくる。それを払いのけるや片膝を立てた。

「あなたがた、お金で買おうというのですか」

頭に血が上って叫んでいた。むろん日本語だ。何人かが起きる気配を立て、なにごとかと頭を擡《もた》げる。

「かような辱めは許しがたい。恥を知れ」

背中を見せて着物の裾を一気に捲《まく》り上げ、腰巻きだけの尻をベンベンと叩いてみせた。

「尻でも喰らえぃ」

幼い頃、組屋敷の子らが喧嘩をするとなると、こんな恰好《かっこう》をしていたのだ。兄に教えられたことには古い慣いであるらしく、戦の絶えなかった世の武士は戦場《いくさば》で敵方を見つけるや、こんな仕種をして相手を威嚇《いかく》、嘲弄《ちょうろう》したのだという。

口笛が鳴り響いて、周囲の皆が手を打ち鳴らした。口々に何かを言い、二人連れに「オウ、オウ」と拳を振り上げる。「ゲッタウ」という声も聞こえる。出ていきやがれと加勢してくれているようだ。二人連れがそそくさと階段へと向かうのが目の端に見えた。

皆はまだ騒いで、夜更けだというのに酒盛りを始めた。とんだ語り草、絶好の退屈しのぎになったと言わぬばかりで、りんにも酒器を運んできた。

「いただきましょう」

一息で呷《あお》った。油みたいな臭いの酒だった。

亜刺比亜海から紅海《こうかい》という海を北上している。晴天が続き、久方ぶりに山影を目にした。けれど風はひどく冷たい。一月十五日の午後、ソヱヅという濠割《ほりわり》に入った。上甲板に出れば日本人の紳士二人が立っていて、彼らが交わす話によれば十二年前に開削《かいさく》された運河だそうだ。薄い草色をした濠の幅は至って狭く、船はそろそろとしか前に進めない。

上甲板には老いも若きも富める者も貧しい者も揃って身を乗り出し、舵《かじ》取りを見守る。固唾《かたず》を呑み、そして「ブラヴォ」と喝采《かっさい》を上げた。

メレザレイ号から降りたのはポオトサイドという土地で、オテルで荷を解いた。

いかなる下女部屋に放り込まれるかと先回りをして覚悟をしていたが、ここでは一人の部屋があてがわれた。湯浴みをし、髪を洗い、日本を発って以来およそひと月ぶりに手脚を伸ばして眠った。夢も見なかった。翌日の夜にはチハイ師夫妻に誘われて料理屋に入った。むろんイワンの子守り役だが、その店では胡弓《こきゅう》を奏でていた。客へのもてなしのようで、もう何世代もこの地に住む清国の女らしかった。

アレクサンドリア港からは別の船で、ここからロシヤに向かうのだと量に聞かされた。

驚くべきことはまだ続いた。アレクサンドリアを出航する前、アナトーリイ司祭に命じられて共に町に出かけたのだ。西洋服の店に入り、首から裾までがひとつなぎになった服を買ってくれた。白緑《びゃくろく》に松葉色の粒がちりばめられている織物だ。どういう風の吹き回しかと訝《いぶか》しみながらも、司祭に初めて気に留めてもらったことが嬉しかった。洋服の着方はわからない。

次の船ではまた最下等の船艙に逆戻りだったが、壁で隔てられた板間にはおなごだけが集められている。肌の色はやはりそれぞれで言葉も通じないが、ずいぶんと気安くなった。

一月の下旬に入り、船は海峡を北上し始めた。泣き坊のイワンがいかに泣き叫ぼうと、上甲板で過ごすことなどとてもできない寒さだ。海峡をはさむ左右の丘はどこもかしこも雪でおおわれ、烈風が吹きすさぶ。黒海と呼ばれる海に入れば、空も海も暗い鈍色《にびいろ》におおわれた。雪まじりの霧が目前を凍らせ、波と風の音も凄まじい。船には甲板前にホオルと呼ばれる広間があり、皆、そこの窓から海を見下ろしている。

りんもイワンを抱き、窓外へと目を凝らし続ける。時折、大砲《おおづつ》かと思うほどの音が響いて、イワンはそのつど身を硬くしてしがみつく。

「大丈夫ですよ。大丈夫」

氷の塊が船底にぶつかっているのだという。窓から見える氷も畳二枚ほどの大きさで、厚みは五寸ほどだ。これらが重なり合いながら船に衝突し、降り積もった雪を噴き上げる。氷も雪もりんが見たことのない色をしている。獰猛《どうもう》な白。

流氷の中を、船は這うように進み続けた。

午過《ひる》ぎ、船はオデッサという港に入った。ここで下船だ。船艙の中がにわかに活気づいた。りんも出立時と同じく風呂敷包みを背負い、両手に荷を提げて上甲板へと出た。

船はまだ動いている。風の中で町の景色を眺め続けた。どこまでもなだらかな丘が広がって、その上に壮麗な建物がある。いつのまにかそばに立っていたチハイ師が、「歌の劇場だ」と誇らしげに言った。アナトーリイ司祭とチハイ師兄弟の当たりが少しばかり柔らかくなったのは、母国が近づいたからなのかもしれない。

雪におおわれた丘と町が迫ってきた。白い桟橋前には馬橇《ばそり》が延々と並んでいる。

明治十四年正月三十日、とうとうロシヤの土を踏んだ。

入国の荷調べの際に、こちらの暦《こよみ》ではまだ一月十八日であるらしいことを知った。頭の中では日本の暦のままで、日記に記す月日もそれを通している。

とにもかくにも無事に着いた。わたしは生きている。

そう思うとなぜか笑いが止まらなくなって、桟橋に荷を放り出して空を見上げた。両腕を振り上げて指を一杯に広げる。

異国に降る雪を初めて、我が手で摑んだ。

辻馬車は市中から南へと抜け、運河を渡る。

やがて一本道に入り、雪の広野には白い森や林が続いている。林といえども幹と枝が露わな連なりで、鳥の姿も見えない。馬の鈴と車輪の音だけが響く。

三月に入ったというのに、馬車の中も肌を刺すような寒気だ。上陸してから各地を転々として、もはや五十日ほどを経ている。いいかげん、うんざりとしてくる。

オデッサから汽車に乗り込んだ時は、目的地のペテルブルクにまっすぐ向かうのだと思い込んでいた。だが半日も汽車に揺られて降り立ったのはキシゲーフという町だった。あとでわかったことには、アナトーリイ司祭とチハイ師兄弟の出身地か縁故の地のようで、毎日、方々の家を訪ね歩くのだ。チハイ師の一家が一緒の時もあれば、司祭とりんだけの日もある。

石造りの豪壮な邸宅もあれば、屋根が朽ちて傾いている粗末な家もある。だがいずこもピュ一チカと呼ばれる暖炉があって、とても暖かい。そして客間の一隅には必ず祭壇が設けられており、そこに聖なる絵画が飾られて灯明《とうみよう》がともっている。司祭や師は家の主人に挨拶する前にまず祭壇に向かって十字を切り、りんにも同様にするようにと言う。他家を訪ねた際、その家の仏壇に手を合わせるのと同じ礼儀であろうと察しをめぐらせ、りんも頭を垂れて十字を描く。

聖なる絵画は家によって異なり、肌色の生き生きとした母子像があれば、蠟燭の煤《すす》でなんの像やら判然としない古い物もある。家の中にこれほど多くの聖画を掲げているとは、さすがはロシヤだ。美術が暮らしの中にある。

さらに有難かったのは、どの家でも食事や茶菓のもてなしに与《あずか》ることだ。深紅のソップに魚の煮込み、ジャガタラ芋の焼物、甘い焼菓子と、残飯ではない、まともな温かい馳走《ちそう》だ。歓待してくれていることは、顔つきや身ぶり手ぶりでわかる。

東洋の果てから遥々《はるばる》と、絵を学びにきたのか。

おなごの身で、なんと勇敢なのだろう。

それにしても、日本人の小さいこと。あなた、おいくつ？

意を想像するだけで言葉はまったく返せない。出立前に少しはロシヤ語を勉強したけれども日数が足りず、船中で間に合わせるつもりであったのに、勉強などほとんどできなかった。

それにしてもロシヤ人のよく食べること呑むこと、喋ること。家の中にある物をすべて出し尽くすような饗応《きょうおう》で、いっかなお開きにならない。食卓の会話に参加できぬまま、りんは神妙に耳を傾ける。愛想笑いはできない性質《たち》だ。ただ、彼らが初めて出会う日本人女性として礼儀は守らねばならない。そう決めたが、やがて頬や顎が疲れて痛くなってきた。

量に手伝われて着込んだ洋服も、ずいぶんとしんどいものだ。腹や尻がスウスウする。洋服を拵《こしら》えてくれたのも、こうして披露目《ひろめ》をするためだったのだと腑に落ちた。チハイ師のはしゃぎぶりには呆《あき》れるが、アナトーリイ司祭も態度が変わった。町の名士らしき紳士淑女にりんを紹介する際、いかにも誇らしげに胸を張るのだ。

言葉も話せぬ娘を日本からお連れになるとは、ご立派ですわ。

いいえ、それが宗教家の務めにござりますれば。

そんな言葉を交わし合っているに違いないと、白々《しらじら》とする。わたしは見世物じゃない。しかも日本の着物姿が人々の歓心を買うとわかってからは、二人とも「キモノ」と命じる。やれ助かったと思えど、外套を持っていないので着物一枚では途轍《とてつ》もなく寒い。室内は暖炉《ピューチカ》のおかげで暖かいものの、外は背骨が割れてしまいそうだ。市場らしき界隈《かいわい》で凍った魚を縦に突き刺して並べてあったのを思い出して、ぞっとした。この二人に忍従していたら、画の修業に入る前に凍魚にされてしまう。

だが苦行のごとき寒さが続く。町の司祭を家に訪ねた時のこと、暇《いとま》を告げて道に出ると背後から声がした。ふり返ればその家の娘で、雪道を追いかけてくる。さし出されたのは古い外套だ。「バルト」と何度も言い、どうやらりんの身形を見かねて恵んでくれたらしい。

「ばりしょうえ、すぱしいば」

有難うございます。この地で初めてロシヤ語を使った。通じたかどうかは判然としないが、頰の赤い娘は目を細めてうなずいた。

ようやく防寒衣を揃えてもらえたのは、二月も半ばに入ってからだ。外套は小搔巻《こがいまき》ほどの厚さで、内側に毛皮が張ってある。靴は二足を重ね履きするのが尋常であるらしく、頭巾は日本のものを二枚寄せたほどの厚みだ。これで寒さに殺されずに済むと人心地がついたものの、寒風がきつい日は顔が切れそうだ。晴天などめったと拝めず、毎日、曇天か雪に降られる。

三月一日にイリサベタグラートという町を出立し、汽車の中で寝たり起きたりを繰り返して丸二日の後、今度こそペテルブルクだと勇《いさ》み立てばまた違う町だった。

「モスコーだ」

チハイ師が興奮したように声を上ずらせた。りんもあまりの広大さに魂消《たまげ》て、目を瞠《みは》った。かつて笠間から初めて上京した時には江戸の大きさに驚いたが、モスコーはその比ではない壮大さだ。城壁と尖塔《せんとう》で囲まれたクレームリイには宮殿があって、教会や役所が集まっているのだとチハイ師は説明した。クレームリイはどうやら城砦《じょうさい》のことのようだ。

宿屋も五階か六階ほどもある石造の建物で、階段を百二十余段も上がらねばならない。荷を抱えてようやく部屋に入れば息が切れ、汗をかいていた。しかしロシヤに着いてからは、宿屋にしろ師らの親戚の家にしろ、ともかく寝台のある部屋はあてがわれている。

翌日、城砦の一画にある鐘楼《しょうろう》に上った。町が一望できた。ゆるやかに起伏する大平原は果ても見えず、どこまでも延びている。

「教会、四十の四十倍ある」

アナトーリイ司祭は誇らしげに教会の多さを披露した。雪に包まれた家並みの中に、葱《ねぎ》の花に似た形の屋根や尖塔が林立している。

やがて雲間から一条の陽射しが差し始め、白と金と鮮やかな緋色、青、緑を照らし出す。荘《そう》厳《ごん》なまでの美しさに見惚《みと》れ、りんは白い息を吐き続けた。

この地でもやはり方々の家にひき回され、外出がない日は泣き坊のイワンの守りだ。一日も暇がなく、日本に手紙も書けない。ある日、立派な劇場に供をして芝居を観たが、台詞《せりふ》も筋もわかろうはずがない。盛んに笑い声が立ち、アナトーリイ司祭とチハイ師は手を叩いて珍しく陽気だが、りんはいつしか目を閉じ、目を覚ました時には躰が半分も椅子からずり落ちていた。

宿屋を出たのは九日で、モスコーの大停車場から夜行列車に乗った。やけに速い汽車で、翌日の昼前には「降りる」と告げられた。慌ただしく己の荷を抱え、イワンの手をひいた。この頃は少々泣こうが人目を気にしない。引きずってでも降りねば、こんな広い国ではぐれたら一巻の終わりだ。

量が停車場の中を見渡して、誰にともなく呟いた。

「着いた。ここがサンクトペテルブルク」

駅舎のそこかしこにも絵画が飾られ、頭から布を被った老婆が背を丸めて祈っている。

宿屋に身を落ち着けた後、アナトーリイ司祭に連れられてまた教会を訪ねた。

今度は様子が違い、執務室のような所に通されて幾枚もの書類と洋筆を出される。アナトーリイ司祭も書類を渡している。りんは机の前に坐るように言われ、書類への署名を求められた。修道院に奇宿するための手続きのようだ。

町の名士の家も訪問する。貴族の屋敷を訪ねた時は、かつて日本に滞在したことのある政府高官だと聞いて驚いた。プウチャーチンという名の老人で、りんの手を取った。

「よく来た。けっこう、けっこう」

日本語だった。歳の頃は違うけれども、ニコライ主教の持つ温かみに似た笑顔だ。その令嬢も客間に出てきて、オリガと名乗った。敬虔《けいけん》な信徒であるらしく、神への捧げものをさし出すかのような丁重な手つきで贈物をくれた。毛足の長い頭巾と革の手袋だった。

三月十三日の朝、アナトーリイ司祭とチハイ師、さらに地元のフョードルという司祭と共に石造の建物が並ぶ通りを歩いた。通りの幅はモスコーほど広くないが海ほどに広い河があり、そこからさらに運河が流れて橋が架けられている。荷舟が行き交う河の向こうには、あれも城砦だろうか、翼を広げた大鷲のごとく雄々しい建物が横たわっているのが見えた。通りの左右には常緑の木々が雪を抱いていて、建物はいずれも意匠が尽くされている。鉄柵は白や深緑、そして壁は澄んだ水色や桜色、梔子色《くちなしいろ》だ。窓や軒先の周囲にも流麗な金の細工が惜しげもなく施されていて、目を奪われながら歩く。

「聖なるペテルブルクは、世界で最も美しい水の都」

チハイ師の言葉に、りんは「ダー」と首肯した。かほどに壮麗な町の景色は、ホンタネジー先生の見せてくれた西洋画にもなかった。胸が高鳴る。

何度か角を折れてまた広い通りを行き、やがて石造りの広い階段を上り始めた。見上げれば途轍《とてつ》もない石の円柱が並ぶ聖堂だ。正面の塔には、左右の尖塔を従えるように金色の大丸屋根が聳えている。

「この地で一番、イサーキイ大聖堂。日本のおなごが足を踏み入れる、イリナ、初めて」

チハイ師に背を押され、頭巾を外して頭を薄布で覆った。日本の昔の被衣《かずき》のようなもので、いつだったか、師に布を渡されてからは教会堂ではいつもこうしている。理由はよく承知していないが、剃髪《ていはつ》していない身であるので髪を憚《はばか》るのだろうと解している。

堂内は薄暗い。しかしやがて眼が慣れてくれば、壁といい柱といい、優美な金で花や草が象《かたど》られていることが見てとれた。そして絵だ。どこもかしこも絵画で埋め尽くされている。豪奢《ごうしゃ》な額入りの絵画も壁に掲げられ、献灯されていた。さらに広間に出れば無数の蠟燭の灯が揺れている。階上の壁にも彩色された絵が続き、巻物が繰り広げられているかのようだ。聖人や生《しょう》神女《しんじょ》、聖天使らがさざめき、唱え、歌っている。生神女とは、ハリストスをお生みまいらせたマリヤのことだ。

そして遥かかなたに丸い天空があった。輪を描くように並んだ硝子《ガラス》窓から天光が降り注ぎ、大天使らしき姿を象《かたど》った金の彫刻を柔らかく照らしている。いかにして描いたものやら、やはり大天井にも聖画が描かれていた。

声もなく立ち尽くしていると、アナトーリイ司祭が引き返してきて「イリナ」と呼んだ。一歩動いたものの足がよろめいた。絵画に酔ったらしい。

やがて聖障《せいしょう》の前に導かれた。いつのまに集まったものやら、背後にそれは多くの人々の姿がある。この地の信徒らしく、床に指先をつけるようにして何度も身を折って祈り、跪拝《きはい》する姿も少なくない。台座に置かれた聖像画に接吻《せっぷん》し、また祈る。

司祭に付き添われて立つうち、大主教三人による祈禱《きとう》があるのだと知らされた。香が撒《ま》かれ、書を手にした大主教が唱え始める。ニコライ主教のようにやはり歌うような唱え方だが、ここは響き方が違う。建物がかほどに大きな石造であるからだろう。床も暗い灰色の大理石張りで、天井も雲を突くかと思うほど高い。大主教の声に応えるように、りんの背後の上方から声が響いた。聖歌隊だ。どの地で耳にした歌よりも華麗な音の連なりが続く。大主教の祈りの声は威厳に満ち、歌声を引き連れるようにして堂内に響き渡る。

大聖堂は声と香り、そして夥《おびただ》しいほどの絵画でもって聖なる物語を語りかけてくるような気がした。やがて一心に祈っていた。石の冷たさを忘れ、長旅の疲れや憂さも何かに吸い取られるように消えてゆく。魂だけがここにある。

この身を、画業に捧げさせたまえ。

全うさせたまえ。アミン。

尻の下でゴトゴトと車輪の回る音が響き、鈴の音の合間には御者が馬にくれる鞭《むち》の音がする。あの日、イサーキイ大聖堂を出た時には昼を過ぎていた。帰りの道すがら兵隊や警衛らしき男たちが大勢出ていて、気配がやけに物騒だ。司祭らが足を速めたのでそれに従い、そのまま宿屋に戻った。帳場の前を抜けて階段に足を置いた刹那《せつな》、異様な音が聞こえた。近くではないが、はっきりとした音だ。思わずすくみ上がった。鉄砲の音のように思えた。恐る恐る帳場前まで引き返すとアナトーリイ司祭も剣呑《けんのん》な顔つきで、チハイ師は扉の外に出て他の客や宿屋の主らと盛んに話をしている。やがて中に戻ってきて、兄に何かを告げた。全く解せないが、通りはもう大変な騒ぎだ。口々に何かを叫びながら走る群れがあれば、道端で立ちすくんで十字を切る者もある。

量も不審そうな面持ちをして階段を下りてきた。見上げれば、腹の膨らみが目立つようになっていることに気がついた。夫に訊ね、眉根を寄せて外に目を投げている。

「なにごとですか」

近づいて問うと、量は声を低めた。

「つあーりが殺されたようです」

「つあーり?」

「ロシヤの皇帝。アレクサンドル二世よ」

「さきほどの鉄砲の音ですか」

「爆弾のようね。あなたたちが聖堂を出るのがあともう少し遅かったら危なかった。巻き込まれていたかもしれない」

近代国家であるロシヤでもそんなことが起きるのかと、手で口許を覆った。旧幕時代の末の動乱を思い出してしまう。

「戦になるのですか。そんなことになったら、わたくしはどうなるのでしょう」

量は「さあ」と、薄寒い顔をした。

「なるようにしかなりませぬよ」

外は物々しかったが、フョードル司祭の家に招待されていた予定は変更されることがなく、またも馳走になった。時々「ツアーリ」と聞こえたので暗殺事件について話しているのは間違いなさそうだが悲愴《ひそう》な面持ちで沈み込むわけではなく、いつもながらよく呑み、時には笑声も湧く。宿屋に帰った時、帳場の西洋時計は八時を指していた。

また運河にさしかかり、馬車がいくつめかの橋を渡る。

今日三月十八日、ついに女子修道院に向かっている。とうとうだ。横浜の港を出てから三月《みつき》近くを費やしたので、量やイワンに別れを告げる際も声が弾《はず》んだ。

「さようなら」

それだけを告げ、逃げるように馬車に乗り込んだ。イワンは泣いていたが、いつものことだ。ふり向けば、量は何やら夫と話をしていてこなたを見もしなかった。

修道院まで連れて行ってくれるのはアナトーリイ司祭で、揺れる馬車の中でも端然と前を向き、何を問うても石仏のごとくだ。人前と態度が違うことにはもう慣れた。りんは時折、瞼《まぶた》を押し上げるようにして窓外を見やる。プウチャーチンの令嬢がくれた獣毛の頭巾は頭よりも寸法が大きくて、目瞬《まばた》きをするのも大儀なほど覆いかぶさっている。

運河は緩やかに蛇行している。常緑の木々が川面《かわも》に投げかけた枝には雪が厚く残っているが、それが陽を浴びて光っている。雲間が晴れていることに気がついて、外套を着込んだ躰をもそりと動かした。革の手袋も厚くて、思うように指を動かせない。もどかしくなって手袋を脱ぎ、窓硝子に素手を置いた。凍てつくように冷たいけれど、そのまま指先で、久しぶりに明るい空の色をなぞった。

やがて森の向こうに、いくつもの大きな丸屋根《クーポル》と鐘楼が現れた。

四

馬車から降り立って、りんは頭巾を外した。

冷たく澄んだ空気にさらすように顎を上げ、ノヴォデーヴィチ女子修道院を見上げる。美しく青い壁だ。駿河台の教会とは雲泥の差といえる壮麗さだ。

「修道女は三百人ほど、他に貧民子弟を七、八十人養っている。諸工房で下働きする女たちも含めれば総勢五百人、大所帯だ」

アナトーリイ司祭が説明してくれる。意外にもよくわかる日本語だ。これまでりんに対してほとんど口をきかなかったのは言葉のゆえではなく、りんの面倒をみるのは弟の役割だと決めていたのだろう。それとも、ただ口をききたくなかったのか。だが司祭の立ち居振る舞いには品があり、母国の人々には丁重だ。日本からの女子留学生が人々に受け容れられるよう気を配ってくれていることも、少しは感じられるようになった。

司祭は歩きながら説明を続ける。敷地は五十八町歩ほどもあるそうで、通りに面して鉄柵が巡らされ、森の木々は梢《こずえ》が見えぬほど深い。

建物は大聖堂を中心にして、その左右両翼に石造の二階建てがコの字の形に並んでいる。それぞれの中央には大小五つの丸屋根が聳え、十数もの教会堂と種々の工房を擁しているらしい。裏手は広大な墓地で、鬱蒼《うっそう》とした木立の中でも春の若葉が萌え、草地の中には見上げるほど立派な墓石やさほどでもない墓石が立ち並んでいる。

対面した院長はヱウストリヤという老女で、艶《つや》やかな黒の僧衣と頭巾に包まれている。ゆったりと貴族的な風貌だ。副院長はアポローニヤという尼僧で、歳の頃は六十近いだろうか。目尻に皺が寄っているが肌は透けるように白く頬は桜色に光り、声は少女のごとく澄んでいる。胸に大きな十字架の首飾りをつけ、頭巾と僧衣はやはり光沢のある黒、袖と裾がたっぷりと広い。

挨拶ののち、さっそくアポローニヤ副院長が自ら院内を案内してくれることになった。祈禱室に聖器室、食堂や図書室、医務室と病室まで教えられるが、ひどく目まぐるしい。地階に下りると炊事場や野菜の保存室、そして花輪や画布の製作室があった。画布は絵師が自ら用意するのではなく、仕事を分担しているらしい。

二階に上がると、目の前が明るくなった。廊下沿いに縦長の窓が並んでいるからで、副院長は小鳥のように部屋を巡る。彫金《ちょうきん》に繡金《しゅうきん》、裁縫などの工房を訪ねて挨拶し、次の部屋が最後だと司祭が言った。

「聖像画の工房だ」

他と同じく壁は白の漆喰《しっくい》で、床は塵《ちり》一つなく磨き上げられている。

四角い部屋の片側には人の背丈の二倍ほどもある高い窓がずらりと穿《うが》たれ、その窓際に画架《がか》が何列も並んでいる。とても大きな画架で、細い木の棒も見える。修道女は六十人ほどもいて、りんと同年代の二十代もいれば四十を過ぎているらしい横顔もある。アポローニヤ副院長が可愛らしい声で言葉を発すると皆が一斉に手を止め、立ち上がって静粛した。皆、ゆるやかな修道衣の上に、くるぶしまで届く前掛けをつけている。

りんが珍しいのだろう、目を瞠りながらもどこか恥ずかしそうに肩をすくめ、黙って微笑している。

絵筆を持つ修道女たちに、りんも笑みを返した。

匂いがするのだ。工部美術学校でいつも嗅《か》いでいたテレビン油のそれだ。懐かしくて嬉しくて、目の中が潤みそうになる。

その中の一人が裾を翻しながら近寄ってきて、アナトーリイ司祭と挨拶を交わした。この人は前掛けをつけていない。「マーチ・フェオファニヤ」と司祭は呼び、りんを紹介した。

「イリナ・ペトロヴナ・リン・ヤマシタ」

ペトロヴナは洗礼を受けた際の代父の聖名だ。りんは「よろしくお願い申します」と日本語で挨拶し、辞儀をした。

司祭が言うには、このフェオファニヤというひとが聖像画工房の責任者であるらしい。上品な目鼻立ちが副院長に似ていると思ったら、実の妹らしかった。名前の上に付ける「マーチ」は修道女の位を表わす敬称で、母や姉のような意味合いだと、これも司祭から聞かされた。フェオファニヤ姉は、「もっと中へ」と手ぶりで招く。修道女らは席に着き、また手を動かし始めた。ふり向けばアナトーリイ司祭は廊下に出て、副院長と小声で立ち話をしている様子だ。

画師の修道女らにはそれぞれ見習いらしき者がついており、染料を粉にしたり板に何かを塗りつけたりして働いている。部屋の隅には描き上げられたらしき絵画が置かれていて、油絵具を使ったものや、そうでなさそうなものもある。それは駿河台の教会でも見たことがあって、卵黄を水で溶いて顔料を練り合わせた絵具を用いて板に直《じか》に描く画だ。たしか、テンペラ絵と誰かが呼んでいた。

画題はやはりハリストスや生神女マリヤ、天使や聖人で、それにしてもと内心で首を傾《かし》げた。色遣《いろづか》いが暗く、遠近のない平坦な描き方のものがある。同じような聖画が入った小さな額を招かれた家で見かけたし、ニコライ主教の部屋でもいくつか目にしたことはある。黒く煤けていたのでよほど古い物なのだろうと思っていたが、今もこんな西洋画らしからぬ絵を描くのだろうか。

工房の中をひと巡りして、フェオファニヤ姉と共に廊下に出た。

副院長が穏やかな笑みをたたえてりんに何かを告げたのを、アナトーリイ司祭が通弁した。

「明日から、ここに来るがよろしい。わたしが語学、マーチ・フェオファニヤ、絵を指導します」

りんは部屋の中の様子を横目で窺《うかが》った。

「ここで学ぶのですか」

「ここが工房だ」

「学校はどこですか」

けれど三人は怪訝《けげん》な面持ちで顔を見合わせるばかりで、返答もせぬまま廊下を進み始めた。後ろに従って歩きながら、疑問が次々と湧いては渦を巻く。

修道女に絵を指導される？　あの工房で？

思いもよらぬことだった。修道院に寄宿しながら美術学校に通う己の姿を思い描いていたのだ。そうか、あの修道女が西洋美術の神髄を教授してくれるのか。いや、それはロシヤ語を習得するまでの間だけで、いずれは学校に通わせてもらえるのだろう。司祭が通弁を端折《はしょ》ったのだ。そうに違いない。それともと、りんは唇を嚙んだ。まさか。わたしはなにかとんでもない思い違いをしたまま、ロシヤに来てしまったのだろうか。

これから五年間住むことになる自室に通された時、不安が胸を塞いでいた。寝台に腰を下ろしたものの、物音一つしない静けさの中で躰が動かない。

雪解けを待ちかねていたように、菩提樹《ぼだいじゅ》や白樺《しらかば》、楓《かえで》、桜や梨の木が芽を吹いた。

修道院での日々は四月に入っても慌ただしく、日中も日本の公使館の職員が訪ねてきたりする。さほど遠くない場所に公使館があって、柳原前光《やなぎわらさきみつ》公使の許を訪ねて挨拶もした。

「山下りん。日本人の誇りを忘れず、しかと務めよ」

三十過ぎの若々しい公使に言葉を賜《たまわ》った。その際はチハイ師が引率だったが、日本で編んだ聖歌隊のことを問われて胸を張り、指揮を執《と》る手真似までして見せていた。夜はどこでりんの噂を聞いたものやら、この地の貴族に食事に招かれることも多い。

そして今日のように晴れた日曜日は、朋輩の数人が中庭に誘ってくれる。きっかけはりんが配った土産物で、日本の人形や小袱紗、小筆のたぐいをそれは歓び、ちょっとした騒ぎになったほどだ。今に至っても言葉は通じないが、共にお茶を喫する時間は心が安らぐ。ロシヤ人はどうやら人見知りが強く、しかしひとたび心を許せばとても親切で陽気だ。ウベラという若い修道女が副院長の口真似をする時など、りんも笑い声を上げる。可笑《おか》しいことは、何国人であっても可笑しいものであるらしい。

今は大斎《おおものいみ》の時期で精進潔斎《しょうじんけっさい》をしているのだけれども、まもなく一年のうち最も大きな祭、復活大祭《パスハ》を迎える。それも手伝って、修道女らの気持ちも日ごとに春めくのだろう。

剽軽《ひょうきん》なウベラが皆をまた笑わせている。一緒に茶を飲んでいるのはアンナとソヒヤだ。ソヒヤはむろん信徒ではあるがここの修道女ではなく、モスコーから時々泊まり込みで訪れて工房で働いているのだという。四十半ばで子もあるらしく、顔がそれは赤くてよく肥《ふと》っている。人が好《よ》く、丸い背中を揺らすようにして笑いながらウベラに何かを言い、また皆で笑う。

紅い茶を注ぎ足してくれたので、再び茶碗を持ち上げた。紅茶はチャーイと言うので、これはすぐに憶えた。卓の上には焼菓子や瓶詰がたくさん並んでいる。瓶の中はヴァリェーニエという果実の甘煮で、駿河台でも供されたことがある。去年摘《つ》んだ野苺や蜜柑《みかん》、梨、桃をこうして瓶詰めにしておくらしい。それをスプウンで小皿に移し、舐《な》めては紅茶を飲むのがこの国の流儀であることは修道院で初めて知った。

けれどこうして朋輩らと過ごしていても、ふと絵のことを思うと胸の裡《うち》に暗い翳《かげ》が差す。

あの日の翌日、迎えの修道女が部屋を訪れ、やはり工房に案内された。机の前に坐るように命じられ、アポローニヤ副院長とフェオファニヤ姉が揃ってかたわらに立った。そして一枚の画《え》を取り出して見せた。

「これを手本にして、描いてみなさい」

身ぶりでそう命じたらしいことは解したものの、目を疑った。病的な、黒いハリストスなのだ。目つきは暗く、目の下も陰鬱にたるんでいる。平板で陰気な画だ。

「これを描けとおっしゃるのですか」

二人は通じていないと思ったのか、机の上に置いた画用紙と木炭を指し、懇々《こんこん》と説明する。

フェオファニヤ姉が、りんの目前で形を取り出した。木炭の持ち方からして素人ではない。絵の心得が相当にある画師であることはわかった。

「手本の通りに正確に形を取る。それができるようになれば色をつけていく」

そこまで解したものの、己の置かれた処遇に納得がいかない。

わたしは工房で働くのではありません。この国には美術を学びに来たのです。だいいち、この画はなんですか。近代西欧画法たる明暗法、遠近法のいずれも用いられていない。こんな前時代な絵を手本にせよとおっしゃるのですか。

そう言いたいのに、唇がぶざまに震えるだけだ。頭を振って「違います」と訴えても、二人は紙を指し示し、木炭を持てと指図を繰り返す。二人とも顔を曇らせながらもそれは辛抱強く、「描きなさい」と身振りで命じ続ける。

初日だというのに工房の中の皆が固唾《かたず》を呑んで、なりゆきに耳を澄ませているのがわかった。自信がないので拒《こば》んでいると思われるのも癪《しゃく》なような気がして、椅子に坐り直した。机に向かい、木炭を持つ。

ホンタネジー先生にもまずは見本を忠実に写すよう指導されたし、浮世絵師や中丸先生の許でも常に修練してきたことだ。腕前を侮《あなど》られるのは、いやだ。瞬く間に形を取った。二人はしばし目を見開いたまま息を呑み、そして胸の前で十字を切って手を組み合わせた。白い頬を染めてさえずり合っている。

凄い腕の持ち主だったのですね。

描くのも速いわ。とんでもない日本人ですよ。

そんなふうに言っているような気がした。実のところはわからないが、合格点はもらったらしい。りんはすぐさま次の紙にとりかかった。同じ構図であっても、もっと生気を籠めることができる。首筋や肩でしっかりと頭を支え、痩せた頰には肉をつけ、口許は今にも開きそうに、瞳は天上の光を宿して輝くように明暗をつけてゆく。

「ニエット」

頭に鋭い声を浴びた。顔を上げればフェオファニヤ姉が頰を強張《こわば》らせ、アポローニヤ副院長は失望も露わに眉間をしわめている。二人はりんを取り囲むようにして木炭を手から離させ、きつく頭を振った。

「ニエット」

手本を指し、りんの描いた素描《そびょう》を指し、「違う」と言っているようだ。フェオファニヤ姉が机の上に身を屈め、上から直しにかかった。

啞然《あぜん》とした。わざわざ悪くしている。

何かの間違いではないかと思って次の日も同じことをしてみれば、手本の通りでなければ承知してもらえない。こんなことをいつまでやらされるのだろう。抗議しようにも、ともかく言葉が無理だ。通じない。夜のうちにロシヤ語を勉強しようと思いつつ、毎日、朝は三時に起きて祈禱室に入って皆と祈り、その後いったん自室に戻って仮寝してから食堂に移って朝食を摂る。それから工房に入り、するとまた黒く汚い絵の模写を命じられる。

先だって、チハイ師夫妻が訪ねてきた。修道院は日本の尼寺のように世間と隔たってはおらず、回廊や庭でもいろいろな人間に出会う。地下の料理室では麺麭《パン》を焼いてそれを市中に売りに出しているらしく、商家の者らが毎日のように出入りするし、他の工房も同様だ。聖像画工房でも部屋の隅に置かれた板絵が廊下の外に運び出されては、また材料が運び込まれる。

チハイ師が席を外している間に藁にも縋《すが》る思いで、量に事情を訴えた。

「わたくしは近代の西洋画を学びに来たのです。毎日毎日、前時代な古い物を写していたのでは勉強になりませぬ」

この妻女を通じてチハイ師から修道院側にかけ合ってもらう他に、術《すべ》がない。量は「さようですか」と、なお膨らんだ腹を抱えるようにした。

「てっきり、博物館見物にでも通っているのかと思っていましたよ」

「博物館？」

「エルミタージョという館が市中にあるでしょう。皇帝の冬宮《とうきゅう》の一部が博物館になっていると、公使館で聞いたけれど」

上野にも博物館があるとは聞いていたが足を運んだことがなく、いかなるものなのかも承知していない。とまどっていると、量が言葉を継いだ。

「かつての女帝が集めた西洋絵画の名品がたくさん飾ってあるとか。あなた、画学生のくせにまだ行っていないのですか」

西洋絵画と耳にしただけで、跳ね上がりそうになる。

「もう一度お教えくださいい。エルミ、なんという館ですか」

量が口を開きかけた時、チハイ師が戻った。りんの顔つきを見るや厄介事はごめんだと言わぬばかりに鼻を鳴らし、結句、それきりになった。以来、朋輩らにも訊いてみようと挑んではみたが、館の名前もあやふやに問うので通じない。そして違和感を抱いたまま、毎日、暗い絵の模写を続けている。

ただ、一縷《いちる》の望みもある。時々、フロックコートの老紳士が工房に現れて、それがヨルダンという画教師だったのだ。工房に指導に訪れていることがフェオファニヤ姉の説明でなんとか解せて、雀踊《こおど》りしそうになった。

工房は美術学校の教師、指導している。

そういえば、ニコライ主教がそんなことを言っていたような気がする。そうだ、あのお方が嘘偽りをおっしゃるわけはない。

ヨルダン先生は八十歳を超えているらしいが矍鑠《かくしゃく》としている。修道女たちの画を見て回り、穏やかな口調で何かを指導し、フェオファニヤ姉もそれは真剣に耳を傾けている。先生はりんの机の脇にも回ってきて、腰を屈めた。半白の眉を下げて話しかけてくれるが、やはりわからず、けれど英語らしき言葉が混じった。「エクセレン」と聞こえ、りんの素描を掌で指しては嗄《しわが》れ声でアポローニヤ姉に話している。褒めてくれているようだ。

この日本娘は、途方もなく巧いではないか。いや、恐れ入った。こんな絵を模写させていたんでは腕がもったいない。わたしの弟子にして、真っ当な修業をさせてやろう。

そんなふうに言ってくれているのかと胸を膨らませたが、それきりだった。

相変わらずの毎日だ。やらされることは同じで、希望の学びにはほど遠い。けれどあの大先生に称賛されたことは、思い違いではないとりんは信じている。後で朋輩らが寄ってきて、一緒に歓んでくれたからだ。

イリナ、よかったわね。自棄《やけ》にならず、精進することよ。

そうよ。先生の目に留《と》まったのだもの。

これも想像だ。けれどりんは照れ笑いを泛べながら、皆を見回した。


柳の主日《しゅじつ》と呼ばれる聖枝祭《せいしさい》を迎えた。

駿河台では綻び始めた桜の小枝を用いていたが、本国ロシヤでは猫柳の小枝を用いるのが本式らしい。

修道院には何かにつけて規則が多く、常にまごつく。たとえば部屋を訪ねる際も、ノックをしない。こなたが上の句を唱え、相手が下の句で応える。日本の「山」と言えば「川」と応える方式に似ている。りんは朋輩に教えられ、使徒パウェルの言葉を使っている。「うしろを忘れ、前に進む」だ。

扉の前で「うしろを忘れ」と呼びかければ、「前に進む」と扉が開く。

行事については日本で信徒らに教えられて記してきたので、ロシヤ暦と行事名を照合して見当をつけている。

神と共にある一年は大きく、「祝祭」と「歓び」、そして「悲しみ」と「悔い改め」の季節に分かれている。幕開けが復活祭に先立つ「大斎」で、週末を除く約四十日間が斎戒日になる。やがてあらゆる工房も閉じて部屋の掃除をし、湯に入って身を浄める。食堂では肉や卵、乾酪《かんらく》類を断つ精進料理となり、ジャガタラ芋のソップと粥《カーシャ》だけになった。

しきたり通り、りんも水曜日に聖体を拝領し、皆と共に祈りに明け暮れた。とはいえ、祈禱の言葉がわからないので、絵の修業のことばかりを念じている。

どうか、我に学びさせたまえ。

祈りの合間には朋輩の部屋を訪ね、ロシヤ語の手習いに励む。工房でひたすら形を取る毎日から解放されて語学を学ぶ時間を得られたことは、心底有難かった。

そして露暦の四月十四日の前夜九時、いよいよ始まった。

漆黒の闇の中、司祭や輔祭《ほさい》たちが手に持つ蠟燭の灯だけで厳《おごそ》かに儀式が行なわれる。やがて聖堂の外に出て、その周囲を静かに巡り始める。近在から集まった数多《あまた》の信徒も後ろを従いて歩く。蠟燭の灯と土を踏む音だけが延々と続く。

真夜中に至り、鐘楼から復活大祭の始まりを告げる鐘の音が響き渡った。それまでの悲しげな弔鐘《ちようしよう》から、踊るような歓喜の音色に変わっている。

「ハリストス復活」

司祭が高らかに宣言する。

人々が「実に復活」と応える。

聖堂の両扉が一気に開かれ、皆は歌いながら堂内に入った。司祭や輔祭、院長や副院長たちの祭服も黒から純白に変わっている。胸が震えるほど清冽な白だ。歓声が上がり、そこかしこで「おめでとう」と皆が言い合う。聖堂内のすべての蠟燭に灯がともされ、復活の讃歌が朗々と歌われ始める。会衆は近在の貴族や役人、商人や職人、百姓らの姿も見え、復活の新しい光で照らし出されている。

「ふりすとす《ハリストス》、ゔぉすくれせ《復活》」

駿河台での微かな記憶と朋輩らの言葉をなぞりながら、りんも繰り返した。

ハリストス復活、実に復活。

なぜか目の中が潤《うる》んで溢れ、止まらなくなった。

午前四時頃になって、食堂で祝いの膳がふるまわれた。祝祭にふさわしい豪華さで、魚、米、野菜を煮た復活祭のソップ、パスハと呼ばれる乳酪《にゅうらく》、クリーチという麵麭菓子、赤葡萄酒、そして緋色に彩色された卵だ。

復活大祭を中心とした祝祭は賑やかに、七日間も続く。朋輩らと麵麭に花の絵や文字を描いたり、聖堂の周囲を散策して過ごす日々は天与の恵みだ。

枝々の小さな緑の点は瑞々しい若葉となったかと思えば、もう花を開いて風に揺れている。土を持ち上げるように草花も芽を出し、これも一気に咲き揃った。名も知らぬ花も多いが、水仙や石楠花《しゃくなげ》、薔薇《ばら》、撫子《なでしこ》に紫陽花《あじさい》と、日本の春と夏がまとめて訪れたかのごとくだ。暗い石廊を歩く際はまだ底冷えがするけれど、日向にはかぐわしい若葉と花の匂いが漂っている。

りんは日本の生家や親類、知人に手紙を書いた。ニコライ主教からも手紙がきていたので、返事を書く。この地で息災に過ごし、皆によくしてもらっていると記した。

まだ西洋画を学べるようになっていないこと、フェオファニヤ姉から受ける指導が腑に落ちぬこと、工房で示される画手本は模写するのもいやなほど下手であることには触れなかった。皆、りんの腕には感心してくれるし、日本にいる主教に不服を訴えても心配をかけるだけだ。

二十五円の金子をいただいたことの礼も書いた。三月の二十一日にアナトーリイ司祭から渡されたもので、それはどうやら日本の教会から出ているようだった。有難かった。明日の金子の心配をせずに七日間も遊べるとは、夢のようだ。

祭の間には信徒の紳士や貴婦人らが連れ立って訪れ、りんはひっぱりだこだ。

あなたが、イリナ・リン・ヤマシタか。

ようこそ、ロシヤへ。日本は我が国の友人だ。

もの珍しがるだけでなく、金子や贈物をくれる人も多い。最初はとまどったが、信徒がそういったものを渡すのは日本の喜捨《きしゃ》に近い感覚であるらしかった。中でもマダム・リヨボフという老いた貴婦人がりんにただならぬ好意を示し、灰色の瞳で覗き込んでは親しげに話しかけてくる。日本人がとても好きなようで、片言で「ウキヨーエ」「フォクサイ」などと口にする。たぶん浮世絵、北斎《ほくさい》なのだろうとりんも嬉しくなって、マダムの相手をした。すると招待状が届いて、昨日は自宅に招かれた。

それは瀟洒《しょうしゃ》な屋敷で庭は花々に溢れ、通された居間の布壁には肖像画が大小取り交ぜて十ほども掛かっていた。暖炉《ピューチカ》の上の大きな絵は畳ほどもある。いずれも西洋画の色と筆致だ。描かれた将軍や若君、姫君は金銀の髪に桜色の頬をして口角には品のよい微笑をたたえている。

他にも十人ほどの客がいて、洋杯を手にして盛んに話をしているが、りんが肖像画に見惚れているとかたわらに五十がらみの紳士が立った。りんのことを聞き及んでいるらしく「ようこそ」とばかりに握手を求められ、肖像画を目で指して何かを言った。日本にも肖像画はあるかと訊かれたような気がするが、やはり何とも応えようがなく、目瞬きを繰り返すのみだ。まったく己が歯痒《はがゆ》くて仕方がないが、いかんともしがたい。マダム・リヨボフがそばに立ち、りんの腕にそっと手を置いて笑んだ。間を取り持つつもりなのか紳士に何かを問い、またりんに向かっても言葉を連ねる。

「肖像画を飾る慣いは日本にはありません」

しかたなく日本語で応えた。すると紳士は自身を掌で示し、筆を運ぶような手つきをする。わからない。けれど絵を描く身振りに思えて、「はい」とうなずいてみた。

「わたくしは絵を学びに来ました。ここでこんなにたくさんの西洋画を拝見できて、嬉しく存じます」

朋輩に教えられて少し頭の中に溜まったロシヤ語を、懸命に繰り出した。絵は「カルチーナ」、嬉しいは「ラードスヅノ」のはずだ。

「カルチーナがたくさんあって、わたし、ラードスヅノ」

何度も繰り返しているうち、怪訝そうなマダムと紳士が壁の肖像画を見上げてはりんを見返す。そのうちマダムが両の眉を上げ、肖像画の群れを指して何かを言う。わからないと頭を振ったがマダムはゆっくりと声を高低させ、いくつもの身ぶりを加えて話をする。りんはマダムの口許に目を据え、耳を澄ませた。

流れるような音律の中でふと、二つの言葉が行き過ぎる。その尻尾《しっぽ》を捕まえるように、りんは前のめりになった。

「ムゼエイ、エルミタージョ?」

りんが訊き返すと、紳士とマダムは首肯し、手を打ち鳴らした。他の言葉を織り交ぜながらも、やはり同じことを伝えんとしている。内容はわからないままだ。けれど、「ムゼエイ」はたしか博物館を指している。そして「エルミタージョ」という言葉の響きにも憶えがあった。チハイの妻女が口にしたのだ。博物館の名がようやく正しい音を伴って、目の前に現れた。

「エルミタージョ博物館というのですね。女帝が集めた絵がたくさん飾ってあるという、かつての宮殿」

日本語で譫言《うわごと》のように語っていた。二人は首を傾げながらも、「どういたしまして」とでも言うように満足げに笑んだ。

その後、昼餐《ちゅうさん》の食卓を囲んだ。マダムはロシヤ語とは異なる響きの言葉で、他の客にりんを紹介した。先ほどの紳士はグレゴリイという名であるらしいが、やはり「う丰」や「のん」と言い、どうやら日本人を指すにもロシヤ語の「ヤポーニヤ」ではなく、「じゃぽねーず」と言っているような気がする。他の客たちもりんにとても好意的で、そして食卓は活気に満ちていた。茸《きのこ》がたっぷりと入った金色のソップには思わず舌鼓《したつづみ》を打ちそうになって困り、続々と大変な量が順に供されるのにも困った。胃袋が三つあっても足りぬほど馳走になり、しかしそれからさらに干し葡萄や干し無花果《いちじく》、葉のついた杏《あんず》に砂糖をまぶした木苺、そして修道院でもよく出るプリャーニクという糖蜜菓子が山と盛られて卓に並ぶ。

そしてマダムはまた贈物をくれた。自室に帰ってから箱を開けると、首飾りだ。

細い金の鎖編みが平たく畳まれて紐になっており、そこに通された十字架は目の覚めるような青を発している。この色だけでも目を惹くのに、十字の縦と横に丸窓が穿たれ、縦に四つ、左右にも二つある。その小さな窓の一つひとつに微細な石が埋め込まれ、聖地の風景が施してあった。

　画業では思わぬ壁に阻まれて行き暮れているけれども、目をかけてくれる人たちもあるのだ。これもまた望外のことだ。蠟燭の灯の下で、不安と希望が揺れる。

　りんは筆を置き、十字架を手に取った。目を閉じ、息を整える。

　願わくば、一日も早くあの陰鬱な模写から解き放たれますように。そして一心に絵を学べる身になれますように。ああ、そして、もう一つあります。

　願わくば、エルミタージョ博物館で西洋画を拝見できますように。

　わたしはなんと願いの多い人間だろうと己に呆れながらも、エルミタージョともう一度口の中で念じた。

五

　五月の半ばを過ぎた頃、信じられぬほど日が長くなった。

　夜中の二時を少し過ぎたと思う時分にもう夜が明け、夜の十時近くになっても灯りなしで文字を書けるほどだ。日本を発つ前に聞いたことのある、白夜《びゃくや》だった。

　初めは珍しく思って窓外をいつまでも眺め、ロシヤ語の手習いにも励んで日本への手紙もたくさん書いた。けれどやがて頭の奥が重くなった。寝が不足するうえ、毎日、工房では気に染まぬ模写が続く。困苦極まりなく、しかも不覚を取った。食堂では誦経係《しょうけい》が読み上げる祈りの言葉を耳にしながら食事を摂る。その当番であったのに文字をまともに追うことができず、舌が紙のように乾いて硬くなった。

イリナはまだ、まともに誦《よ》めぬのか。

周囲の溜息が聞こえて、ただただ恥じ入った。準備が足りなかったのだ。ソヒヤに頼んで教えてもらうことにしたものの、夜、寝台に身を横たえても恥を思い出して歯噛みをした。

あくる二十二日、工房でいつもの画架の前に坐ると寒気がした。五月に入ってからは大きな油画に取り組んでいる。これもまったく好きではない旧式な絵の模写であるが、手をつけた限りは完成させねばならない。けれど背筋に何度も悪寒《おかん》が走り、手許が狂った。「あ」と思った時には筆先が何かをひっかけていて、割れる音がした。テレビン油の入った皿だ。磨き上げられた床に黒々と、しみが広がっていく。

「申し訳ありません」

うろたえて日本語で詫びた。フェオファニヤ姉は咎めはしないものの冷たい面持ちで床を一瞥し、見習いの修道女に清掃を言いつけた。一緒に雑巾を持とうとすると厳しい声で制された。絵を続けるように顎をしゃくられて違う画架の前に描きかけを移す。けれど色の調合も覚束《おぼつか》ない。寒気が止まらず、就寝しても身を震わせていた。

翌日、早朝の祈禱中に気分が悪くなり、便所に駈け込んだ途端に吐いた。自室に戻って横になるしかなく、すると朋輩らが入れ替わり立ち替わり訪れる。礼や詫びを口にしようとしてまた吐き気がこみ上げ、朋輩が盥《たらい》をさし出してくれる始末だ。次の日もまだ吐き気が治まらず、手続きを取って終日寝た。二十五日には起きてソップを飲んだものの、その翌日は何度も下して躰に力が入らない。歩くのにもふらついて、まるで雲を踏んでいるような気持ち悪さだ。また工房を休むことになった。

わたし、どうしてしまったんだろう。

躰の中がひっくり返りそうなほど吐き、下痢に苛《さいな》まれる。二十九日には起きて自室に聖画と墨を持ち込んでもらって模写をしたが、やはりどうにも捗《はかど》らず、結句はアポローニヤ副院長に付き添われて病室に入った。そのまま泊まることになり、翌日、自室に戻った。

船酔いには苦しんだけれど長旅の疲れにも寒さにも負けなかったというのに。こんなことは生まれて初めてだと、暮れぬ空を見やった。


六月に入って、アナトーリイ司祭が修道院を訪れた。接客室にはもう一人坐っていて、ペテルブルクに着いた当初に何度か会ったことのあるフョードルという司祭だ。

「病、治ったか」

アナトーリイ司祭はりんが体調を崩したことを耳にしているようで、しかしいつもながら冷淡な声だ。

「ええ、もう良いのです。毎日、模写に励んでおります」

つい、捨て鉢な言いようになった。躰の具合が悪い時には治ることしか願わぬのに、復調して工房に入れば我慢がならなくなる。マダム・リヨボフやグレゴリイ氏が訪れて院内を共に散策し、蔬菜《そさい》畑を巡れば気が晴れるのに、フェオファニヤ姉が師匠面《づら》をしてとやかく言うとまた気持ちが沈む。

ふだんの暮らしについては言葉も少しはわかるようになった。畑のタマートゥは茎から葉から実までを含めた植物そのものを指し、実はパミドールという。そんなことも憶えた。

けれど、こと絵画についてとなると駄目だ。油が水を弾くように解せない。西洋画の美しさを封じ込めるようにしてわざわざ汚く、古臭く描くことを求められるなど、どうあっても理解しがたい。

あなたにこの苦しみがわかりますか。わからないでしょう。あなたはわかろうともしないお人だ。

アナトーリイ司祭の肩先を睨みながら、胸の中で吐き捨てた。

「外、出てみるか。気散じ」

「気散じ、ですか」

思わず訊き返した。いつも峻厳《しゅんげん》な司祭の口からそんな日本語を聞くとはと、耳を疑う。

「案内します。買物したいですか」

フョードル司祭が気安い口調で、しかも片言の日本語で訊ねてくる。

「買物は先だって、マーチ・アポローニヤと町へ出て済ませました」

「公使館、行きますか。日本人、います」

「公使館にも先週伺ったばかりです」

「なら、いずこ」

フョードル司祭とやりとりをするうち、もしかしたら案じてくれているのだろうかと、隣のアナトーリイ司祭にまなざしを移した。鬚が短く整えられていることに、今頃気がついた。

二人の司祭の背後は院内の道に面した窓で、修道女らが鈴蘭《すずらん》の花束を抱えて静かに行き過ぎる。荷車が待ち構えていて、このところしばしば見かける町の花屋だ。修道院の花は町で好まれ、種類によってはサンクトペテルブルクの町角でも売られるのだとソヒヤが言っていた。荷台にはリラの枝が山と積まれていて、受け取った花束をその間に押し込むようにしている。

ああ、鈴蘭が落ちそうだ。と思った途端、「サンクトペテルブルク」と呟いていた。

「サンクトペテルブルクのエルミタージョ博物館に行きたいです。絵画を拝見したい」

アナトーリイ司祭の眉間に細い縦皺が刻まれた。やはりこの近辺の町に連れていく程度を考えていたのだろうと推しつつ、この機を逃がしてはならじと目を合わせた。

フョードル司祭はなるほどというような顔をして、かたわらのアナトーリイ司祭に何かを言った。ロシヤ語でしかも早口なのでわからない。ただ、「ヨルダン」と聞こえて膝を動かした。あ、まただ。あのヨルダン先生のことだろうか。

「イリナ」と、アナトーリイ司祭がこちらに目を向けた。

「ペテルブルクに外出、院長の許し要る。馬車も要る」

ならばその許しを得てほしいと、立ち上がって頭を下げた。

「お願いします。どうか、拝見させてください」

「マーチ・アポローニヤ、マーチ・フェオファニヤの許しも、得ねばならぬ」

二人の名が出れば身が硬くなる。快く許してくれるかどうか、心許ない。

けれど優れた絵画を見ることは修業なのだと、りんは唇をひき結んだ。もっと腕を上げれば、妙な指南をしなくなるはずなのだ。

わたしがもっと高みに上りさえすれば。

鐘楼の鐘が鳴って、部屋の中にも響き渡る。窓の向こうで誰かが屈み、道に落ちた鈴蘭の花束を拾い上げているのが見えた。やがて接客室の外廊下で靴音がして、扉が開いた。

小脇に花束を抱えたアポローニヤ副院長は、司祭らに囀《さえず》るような声で挨拶をした。

六月も半ばを過ぎて、朝の空は青く晴れ渡っている。

りんは修道院が所有する無蓋《むがい》の馬車に乗り込んでいる。同乗しているのは、先だって、市中の案内役を買ってでてくれたフョードル司祭だ。

馬車は澄んだ鈴の音を響かせながら町の凱旋門《がいせんもん》の下を抜け、白樺林の道へと入った。木々の幹は純白に照り輝き、その林床には緑の草と花々がそよいでいる。風が含む林檎のような香りに、あの花はカミツレかとりんは独り合点した。白い花弁に中心が黄色く盛り上がった小菊で、修道院では薬草係の修道女らが束ねて乾燥させている。

小川の水車小屋の脇を通りかかればゴトリと音がした途端、水の飛沫が無数に光った。また、思わず声が出る。

ようやく座席に尻を落ち着けると、隣のフョードル司祭と目が合った。藁色《わらいろ》の眉を微かに下げ、苦笑しているようだ。だが咎められてはいない。はしゃぎ過ぎたと照れ隠しに言うと、呆れ半分の笑みを返してくれる。りんはそれが嬉しくて、今度は口を大きく開けて笑った。

ノヴォデーヴィチ女子修道院からサンクトペテルブルクの市中までは、馬車で三十分ほどだ。それは幾度か往来してきたので承知している。けれど今日は格別早く市街に入ったような気がする。道には石を畳んであるので蹄《ひづめ》の音が高く響く。馬車は大通りを北へとひた走り、いくつかの運河を渡った。

聖イサーキイ大聖堂の黄金色に輝く大屋根《クーポル》を仰ぎ見るうち、馬車は石畳の道を右へと逸《そ》れた。色とりどりに塗られた建物と小さな林が残る市中を進み、やがて海のように漣《さざなみ》を立てるネヴァ河が見えてくる。運河沿いは切り石で護岸されている。馬車は長い橋を渡り、袂《たもと》の道を右へと折れた。

司祭が指でさし示したのは、辺りでもひときわ壮大な建物だ。窓の並びからして三階建て、さらに階上があるかもしれない。壁の煉瓦《れんが》は日本で目にしていた赤褐色ではなく、やわらかな木蘭《もくらん》色だ。馬車が行けどもまだ端が見えぬので、よほど大きな建物なのだろう。ここが絵画の博物館、エルミタージョなのかと、ただただ見上げる。

中に足を踏み入れれば壁に高く大きな画が掲げられ、ずらりと並ぶ彫刻、白い石像に驚き入った。階段の上ではヨルダン先生が待っていて、今日も薄い銀髪を綺麗に撫《な》でつけて三ツ揃いの洋装だ。案内された二階は焦がれてやまなかった絵画で埋め尽くされていた。先生の説明で、伊太利の画だということがわかった。

「ルネサンス」

そんな言葉も聞こえたが、伊太利の画家の名前だろうか。わからない。けれど命の輝くような、深くのびやかな世界を夢中で巡った。画家らが構図に呻吟《しんぎん》する声や筆捌《ふでさば》きの音、息を詰めて色を決めるさままで泛んでくる。数多の息遣いが光と影になって、この心を揺さぶる。

大声で笑いたいほど愉快だ。おおいに愉快なり。

拝観は一時過ぎに終わった。到着した時に館内の時計が午前九時過ぎを示していたので、二《ふた》刻《とき》ほどの見学だ。総身で浴びるように観た。

満ち足りて、そろそろと歩く。感激が零《こぼ》れて落ちてしまわぬように。

ヨルダン先生とは館の前で別れ、フョードル司祭が案内してくれたのは暗殺された皇帝《ツァーリ》の墓だった。共に祈りを捧げ、方々の聖堂にも立ち寄り、ようよう疲れてきた頃に小さな家に招じ入れられた。司祭の家であるらしい。こざっぱりとした居間でお茶を供された。

僧侶《そうりょ》は妻帯できるがこの司祭は独り身、しかも清貧であることがしのばれる。だがりんはエルミタージョで感情が昂《たか》ぶり過ぎてか、茶を喫しながらもまだ頰が熱い。司祭に今日の礼を述べると、「うん」と穏やかに微笑んだ。アナトーリイ司祭やチハイ師がこんな親身さを示してくれることなど、皆無に等しい。互いに片言で話すうち、日本のニコライ主教の名が出て、主教の学生時代の親友であることが知れた。日本との連絡はアナトーリイ司祭のみならず、このフョードル司祭も行なっているらしい。それは意外だったけれども、この思いやりは主教の人柄に通じていたのかと心丈夫になる。

このおかたなら取り合ってくれるかもしれないと茶碗を皿に戻し、居ずまいを改めた。

「修道院では西欧画を学ぶことができませず、難渋しております」

司祭は薄い灰色の瞳で見つめてくる。

「お助けくださいませんか」

思い切って頼んでみた。だが思案げに首を傾げている。今のは通じなかったのかともう一度口を開きかけると、司祭は嘆息した。

「工房、そうも辛いか。先だっての病、それが因《もと》ですか」

病についてはご自身でもわかりかねる。何とも答えようがなく、唇を嚙んだ。

「ニコライ主教、とても期待しています。……期待、わかる?」

「わかります」

「日本の教会、正統なる聖像画師、待ちわびています。ニコライ主教、日本人の教会、大切。ロシヤ人ではなく、日本人による教会にしたい」

「であれば、なおのこと」と顔を上げ、頭を下げた。

「西欧画の技を学ばせてください。工房でやらされることは違うのです。あれは、わたくしにとっては修業になりません。お疑いなら、今日、案内してくださったヨルダン先生にお訊ねになってみてください。あのお方ならわかってくださっているはずです。わたくしがこの地で、何を学んで日本に帰るべきかということを」

司祭の優しさにつけ込むようで少しばかり気が差したが、もう口に出してしまった。フョードル司祭は深々と息を吐くばかりだ。


八月に入ると、夜は冷え込むようになった。昼間はまだ夏の陽射しがあるが、日が暮れてからは日本の初冬のごとくだ。

そして工房では、例の薄気味悪い画の模写に取り組まされている。教会の祭で工房を閉じる日以外は毎日だ。フェオファニヤ姉に手本を示され、形、色、すべてこの通りにせよと命じられる。フョードル司祭は七月に入ってまたお茶に招いてくれたものの、りんの願いについては確たる返事をくれない。

「せめて、博物館を今一度、見学させていただけませんか」

頼んでみたが、それにも黙っていた。

エルミタージョで得た、あの、はち切れんばかりの歓びは忘れられないままだ。こうして渋々と手を動かしていても、憧憬《しょうけい》で胸が痛くなる。

かつてホンタネジー先生に導かれた世界はすぐそこ、間近にある。馬車でたった三十分だ。でも、万里の果てほどに遠い。そして手本に目をやるつど、エルミタージョとの落差に苛立《いらだ》つ。かりにも、工部美術学校で人体の骨格や筋肉の付き方を学び、それをいかに忠実に再現するかを修練した身だ。工房で示される手本はどれもこれも素人の手だとしか思えない。ハリストスも生神女マリヤも不自然な姿形で全体の調和がとれておらず、顔の肉ものっぺりと平板だ。

こんな拙《つたな》い画を模写し続けたら、わたしの腕まで落ちてしまうのではないか。

理解しがたいことは他にもある。工房で制作している聖像画には、どうやら二通りあるようなのだ。りんにはこんな画を手本にせよ、尊べと命じるけれど、あの伊太利流の聖画をまかされている先輩もいる。彼女たちは明らかに伊太利画を好んでいるふしが窺え、朋輩らも同様だ。ただ、それを押し隠している。修道院の中の序列は厳しく、指導者には決して逆らわない。けれどりんは抗《あらが》う。

己の腕は誰も守ってくれないのだ。自身で守らねばならない。

首筋の線を引き、肩とのつながりを案配していく。目鼻立ちももっと人間らしく、瞳にも光を。

「イリナ」

顔を巡らせれば、フェオファニヤ姉が血相を変えて立っていた。

また逸脱している。あなたは素直に従うことが、なにゆえできないのです。

おそらくそんなことを大変な剣幕でまくしたて、あろうことか、りんの手から手荒く鉛筆《カランダシヨ》を奪って上から修正していく。堪忍袋の緒が切れた。立ち上がり、正面から睨み返す。

「あなた方はなぜ芸術性をないがしろにするのです。わざわざ人間のぬくもりを消し去って、こんな陰鬱な稚拙な画をロシヤじゅうにばらまくのですか。信徒の皆さんは有難がってくれるのですか」

他のことなら堪《こら》えもしよう。けれどこと画業については我《が》を折ることなどできない。遥々と、あんな船旅をも耐え抜いてこの地に来たのは良師を求めてのこと、西欧画の修業をするためだ。片言のロシヤ語と日本語で言い放った後も沸々《ふつふつ》と噴き上がって、握りしめた拳が震える。フェオファニヤ姉は蒼白だ。

誰かが呼びに行ったのか、やがてアポローニヤ副院長が小走りで入ってきた。フェオファニヤ姉は早口で姉に訴え、副院長の顔からも色が失われてゆく。

「イリナ、おいでなさい」

小柄な黒衣に従って階段を下り、副院長の部屋に入れば、扉を閉じた途端に問い糺《ただ》された。小鳥の声で厳しい口調を遣う。面と向かってフェオファニヤ姉に抗議した廉《かど》だろう。いくつも溜息を落とし、頭《かぶり》を振る。

「我々はあなたを扱いかね、手を焼いています」

怒りというよりも、難儀極まりないという面持ちだ。

「以後、気をつけなさい。それから、言葉の修練も停滞していますよ。ロシヤ語の上達に気を注ぐように」

語学を教えてくれているのは副院長であるので、申し開きの一言も見つからない。何につけても言葉だ。今の語力では本意を伝えることがままならず、相手の言うこともいくつかの語句を手がかりに表情や声音《こわね》で察しをつけている。今日も間違ったことを申し立てたつもりはないが、フェオファニヤ姉には無礼極まりなかった。侮辱してしまった可能性もある。

自室に引き取った時は悔いていた。翌日、フェオファニヤ姉に神妙に詫びたが目も合わせてくれず、素っ気ない身ぶりで昨日の続きを命じるのみだ。しかたなく「ダー」と応え、黙々と手を動かす。そして早朝と夜には、ロシヤ語の手習いに励む。やはり途方もなく難しい。綴りをなかなか憶えられず、書くことよりもまず話せるようにならねばと焦る。しかし日本語の表現をどうロシヤ語に置き換えればよいのか、その術《すべ》がない。その前に発音だ。発音を会得《えとく》しなければ。食堂での誦経係の当番がまた巡ってくる。

夕方の祈禱の後、自室で途方に暮れていると朋輩のウベラが訪ねてきた。机のかたわらに近づき、肩に手を置いてくれる。

「あなた、とても悲しい顔をしています」

「ええ、悲しいです。マーチ・フェオファニヤはまだ怒っておられる。でも、そのことより、いかんともしがたい我が境遇がわたしは悲しい。苦しい」

通じないと承知しつつ、日本語で吐き出した。するとウベラは、手札ほどの小さな聖像画をさし出した。聖ニコライの像だ。手振りで「描け」と勧める。

無心に描くのよ。すると気が落ち着く。悲しみや苦しみも癒《い》える。

ウベラが去った後も掌の中を見つめて、まるで写経のようだと思った。けれど縋る気にはなれない。これも素人画だ。稚拙なものは稚拙だ。

西欧画の技を、その神髄をわたしは学びたいというのに。

心悪シと、日記に書きつけることが増えた。


しばらく夏らしい日が続いた。ある日、院長室に呼ばれた。また説教を受けるのかと覚悟しながらも訪ねると、ヨルダン先生とアナトーリイ司祭が坐していた。アポローニヤ副院長とフェオファニヤ姉も壁際に立っており、二人は硬い面持ちだ。ヨルダン先生一人が陽気な声で話しかけてくるが、やはり言葉が解せない。アナトーリイ司祭に目をやれば、通弁してくれるつもりはないらしい。

院長が「イリナ・リン・ヤマシタ」と告げ、何事かを述べる。アナトーリイ司祭はそれを受けて、りんに伝えた。にわかには信じられず、聞き違いをしてはいまいかと、総身に力が入る。

「それはまことですか。本当に、エルミタージョに通ってもよいとお許しが出たのですか」

「ニコライ主教、院長に丁重なる文、よこされた。イリナの処遇について、寛大なる指導を依頼された。院長、マーチ・アポローニヤ、マーチ・フェオファニヤにも下問され、ヨルダン先生のご意見も仰がれた。イリナの教育、寛厳よろしきを以《もっ》て為《な》すが賢明であろうとのご深慮により、向後、エルミタージョ博物館の見学、及び模写にて学ぶ、院長はお許しくだされた」

まだ信じられぬ心地で、胸の前で手を組み合わせた。目尻が濡れてしまいそうだ。

「主の思召《おぼしめ》しぞ。感謝、忘るるな」

「感謝いたします」

躰が小刻みに震えていた。

もしかしたらフォードル司祭がりんの願いをニコライ主教に知らせてくれたのかもしれないと気がついて、なお有難かった。

二十五日、りんは馬車に乗り込んだ。

ペアラスチワという朋輩も博物館行きを許され、世話役の老女も一緒だ。たぶんお目付け役を仰《おお》せつかっているのだろう。わたしが何をどう学ぶか、フェオファニヤ姉は気にしているのだ。だが事ここに及んでは、そんなことはどうだっていい。エルミタージョで見学できるだけでなく、模写も許されたのだから。

夏の風の中を馬車は北へとひた走る。もはや馴染みを覚えるようになった景色を抜け、石畳の大きな広場に出た。ひときわ壮麗な建物の前を行き過ぎ、馬車は停まった。朋輩と老女が降りるので、りんも首を傾げながら続いた。まだネヴァ河を渡っていない。博物館とは異なる建物だ。「間違ってやしませんか」と声を高めても、二人はまるで上の空だ。修道女らしからぬ興奮を見せ、小声で囁《ささや》き合っている。りんもいつしか建物に見惚れていた。

白い角柱がずらりと美しい玄関口には巨大な石像が並び、十体もある。軒を支える姿態《ポーズ》を取っていて、筋肉の隆起や腰衣もそれは写実的に彫刻されている。

ヨルダン先生が「やあ」と手を掲げながら現れた。隣の壮麗な建物はやはり皇帝の離宮、冬宮であるらしい。そしてここがエルミタージョ博物館だという。では、先だって見学したのはどこなのか。大国ロシヤのことだ、方々に博物館の建物があるのだろうかと推しつつ先生に従って中に入った。

そこには広い階段が伸びていて、たちまち目を奪われる。壁は蜂蜜のような光を帯びた黄色で、階段の段板には黒と灰色、白の石が菱形に象嵌《ぞうがん》されている。二階に上り切れば円柱が列をなし、その周囲には外に面した窓がある。ヨルダン先生は慣れた足取りで進む。薄緑や白、目が覚めるほど青い壁の部屋や廊下を通り抜け、愛らしい紅色で彩られた広間に入った。靴音だけが響く。紅色の壁は上方でいったん廻《まわ》り縁《ぶち》で仕切られ、そこからは緩やかな弧を描いて天井へと伸びている。白い彫刻が優美に微細に施された果てに、大きな天窓が穿たれていた。

天光に導かれるようにりんは仰ぎ、目をしばたたいた。

ここも見学に何日費やしても足りぬほどの絵画を擁している。そのうち、若いおなごが小さな床几《しょうぎ》を運んできて、画帖と墨、木炭の一揃いを渡された。ヨルダン先生の助手のようで、颯《さっ》爽《そう》と動く。先生がりんとペアラスチワに手招きをして、一枚の絵の前に並ばされた。

老人の半身像だ。ペアラスチワの口ぶりからして、有名な使徒を描いたものらしい。さっそく先生に模写を促されたが、こんな地味な画をと内心では少しがっかりする。ともかく床几に腰を下ろし、画帖を開いて木炭を持った。

使徒だというその老人は合掌して目を閉じ、祈っているようだ。目につくのは肩にゆるやかにかかる衣で、深い、紅殻《べんがら》のような色だ。右肩には衣がかかっておらず、肌がむきだしになっている。背景と老人の髪、頬から顎につらなる髭はやわらかな琥《こ》珀《はく》色の濃淡で、翳《かげ》は黒ではなく灰色をこれも濃淡で描いてある。見れば見るほど、筆致の巧さに気づく。老人の髪と背景が緩やかに一体となり、光が煙《けぶ》るように表わされている。目に感じるのは茶系と赤系、灰系の三色だけであるのに、なぜこうも奥行きが深いのだろう。

さっそく頭と衣の背景を模写しにかかったが、どうにも手が動かせない。どうしたのだろうと己を訝しみ、しかし線を引くのにたじろいでしまう。わたしは気圧《けお》されてしまったのだろうかと、使徒をただただ見つめる。気がつけばさっきのおなごが画架を立て、絵筆を遣っている。彼女もどうやら画師であるらしく、立ち上がって背後から拝見すると、あまりの腕に胸を衝《つ》かれた。

自身の床几に戻り、けれどまごつくばかりだ。結句、ヨルダン先生が顔のほとんどを下地として描いてくれ、りんは数時間をかけてようやく頭の形だけを取り終えた。

「明日、躰の形を取る」

先生にそう告げられて、辞儀をしながら「明日もあるのだ」と己を励ました。あまりの下手さに「話にならん。もう来なくてよろしい」と見放されはしまいかと、びくびくしていた。博物館を出た時、三時を回っていた。

翌日は少し雨になったがまた博物館に出向き、二十七日は大祭日であるので祈禱の時間が長く、外へは出られない。二十八日に雪が降り、翌日は博物館だ。

そして三十一日には、手の模写をおおかた終えた。両手は掌同士を合わせるような組み方で、画面で見えているのは右は手首から甲、そして節で折り曲げられた指で、左手は人差し指から小指までが右手に重ねられている。またも大難儀した。

この日は雪が強く降ったが、寒さなどなにほどのものかと馬車の中で勇み立つ。いつしか、

『使徒ノ画』の模写に夢中になっていた。

九月に入ると、時々、自前で馬車を雇うようになった。

修道院の馬車は院長や高位の修道女が使わぬ時だけ拝借できるもので、エルミタージョ通いに乗るのは「格別の思召し」があってのこと、優先的には使えないものだと知れた。

貧しい懐から費《つい》えを捻出するのは苦しいが、マダム・リヨボフの屋敷で会ったグレゴリイ氏が肖像画を頼んでくれた。博物館の帰りに自邸を訪ねて描くことになっているので、いずれその画料が入る。むろん無許可ではなく、アポローニヤ副院長とフェオファニヤ姉の許可を得て間に立ってもらった。

模写による修業は、順調とはいかない。使徒の目鼻立ちと頭の毛の描き方は不出来だと自身でもわかっており、やはりヨルダン先生からも厳しく指摘を受けては手直しを繰り返す。けれどその指導の一つひとつが腑に落ち、恥ずかしさなどはとうに消し飛んでいる。

九月の半ばには新しい画に着手することになった。聖なる母子の像だ。優しく美しい生神女マリヤが右膝の上に裸の幼いハリストスを抱き、少年が隣から頬を寄せるようにして立っている。これも筆致からして西欧画、先生が教えてくれたことには伊太利のラハエロ作の宗教画であるらしい。生神女とハリストスの頭上の光の輪は水平に描かれているが、ふだん工房で描く画では顔を巡って半円にするのが決まりだ。

これは画架を立てて画板に厚紙を置き、薄い水彩絵具《カラスキ》で描くことになった。先生の女弟子が水場を案内してくれたり筆の扱いを指導してくれたりと、親切なのが有難い。それに比べてと、床几の上で居眠りをしている目付け役のババアを横目で睨んだ。

ロシヤ語でおばあさんをバーブシカと言う。日本語のババアに聞こえるので、りんは肚の中でそう呼んでいる。このババアときたら世話は何一つしてくれず、小言ばかりが多い。肖像画を描きにグレゴリイ氏の家を訪ねる際もそれは口やかましく、馬車の中でも煩《うるさ》いほどだ。そして院に帰っては、注進に及ぶ。

「イリナは昼食の際にも、まともに祈りを捧げない。いつまでも博物館に留《とど》まりたがって、院に帰りたがらない。一言注意したら三言を返してくる。グレゴリイ氏に金子をねだって、いやらしい」

そのつど、副院長やフェオファニヤ姉に呼ばれて叱られる。祈禱の文言がいまだうろ憶えであるのも院に帰りたくないのも、そしてババアとしばしば諍《いさか》うのも本当だが、わたしは断じて物乞いのような真似はしていない。先方が喜捨をくださるだけではないか。

そう申し開きたいのを、ぐっと我慢した。念願の修業ができているだけで満ち足りているのだ。この頃は、ロシヤのエゴオロフという画家の複製銅版画《どうばんが》を鉛筆や木炭で模写するという学びも始まった。

ヨルダン先生は一つ事を闇雲にさせるのではなく、さまざまな技術が身につくようにと段階を踏んで指導を組み立ててくれている。りんにはそれがわかる。ホンタネジー先生がそうであったからだ。しかもこの銅版画はヨルダン先生の作であるらしく、模写をすることで明暗表現の修練になると教えられた。女弟子に聞けば、先生は銅版画の大家であるらしい。

日によっては先生も女弟子もいないことがあって、すると最初の形取りに難儀をする。まだ手を貸してもらわないことには先へ進めず、そんなこともババアは見ていて鼻で嗤《わら》うのだ。

「お前さんは一人では何もできないくせに、要求が多いんだよ」

絵画のことなど何も知らないババアめと、りんも唇を突き出す。見てなさい、帰りにまた言い返してやる。日本のおなごが黙ってすっ込んでいると思ったら大間違いだ。

気を戻して、鉛筆を握り直した。手本は『ハリストスの鞭打ち』の銅版画だ。

ハリストスは後ろ手に縛られ、今、まさに人々から鞭打たれようとしている。足許には茨《いばら》の冠が落ちている。その躰の線を幾度も引くが、今日もなかなか形が摑めない。

ハリストスの顎は上がり、瞳もかなたの天に向けられている。この時、寸分たりとも絶望しなかったのだろうかと、ふと思った。かような仕打ちに遭《あ》っても、神を信じていたのだろうか。

しかしひたすらに鉛筆を動かすうち、何も考えなくなる。こうして描き続ければきっと、真実の線を見つけられる。その一本が現れる。鉛筆の芯が紙の表面で微かな音を立て続け、ハリストスの光背《こうはい》は明るさを増してゆく。

息をするのも忘れて、りんは描き続ける。

暖炉《ピユーチカ》の周りに集《つど》って皆でお茶を飲んでいると、ペアラスチワが博物館での様子を披露した。

「初めは泣きべそをかいていたけれど、今はもう先生の手助けがなくとも描けるようになったわ」

ウベラやアンナが声を上げ、「よくやった」とでも言うように、りんの腕や膝を叩いた。「勘弁して」と、顔の前で手を振った。

「有頂天になってしまうじゃないの」

　鳥が翼を動かして飛んでいく手ぶりをしておどけると、皆はまた騒いで、指先を嘴《くちばし》のように集めて突いてくる。こうして温かい茶を飲み、甘い菓子や果実の砂糖煮を口にする時間は寒さをしのぐために必要だ。そして仲間に囲まれていることは、こんなにも暖かい。

　この修道院から大学校《アカデミー》に通わせてもらえたら、どれほど倖《しあわ》せだろう。

　何日か前のこと、用があって日本公使館を訪ねて職員と話すうち、ペテルブルクには画の大学校があると知ったのだ。エルミタージョに通わせてもらっていると報告した時、職員がなにげなく「大学校《アカデミー》じゃなく、博物館に行ってるのかね」と言ったことが契機だった。建物の位置を話すうち、六月に見学した博物館はエルミタージョではなく、まさにその大学校であることが知れた。

「大学校にも附属の美術室があるからね。僕も公使のお供で見学したことがある」

　あそこが大学校だったとは。己の思い違いが滑稽で、唇が綻《ほころ》んでくる。エルミタージョだと思い込んで、ああも感激して。でも本物の伊太利画に出会えたのだ。愉快だった。

「君、大丈夫かい」

　職員が片眉を下げている。どうやら独り笑いをしていたらしい。

　大学校は今から百二十年以上も前の一七五七年に設立された帝立の美術学校で、西欧画を専一に学ぶ課程が組まれているらしい。しかも学長はあのヨルダン先生で、エルミタージョ博物館の銅版画や素描収集品群の保管責任者でもあるという。「大学校は聖像画制作の現場を監督指導すべし」との国の方針に基づいて修道院にも赴いているようだと、職員は語った。

事の次第を呑み込んで、胸の中が妙に毛羽立《けばだ》った。

「その大学校に、日本人のわたくしが入ることはできないのでしょうか」

職員は紙巻きの煙草をくゆらせながら、ウウンと咽喉《のど》を鳴らす。

「政府の許しを得なければ無理だろうね」

「わたくしは工部美術学校で学んでいました。成績は女子で常に一番でした。問い合わせてくだされればわかります」

「それは承知しているが、官費留学には相応の審査と手続きが必要だ」

そう言われて怯《ひる》んだものの、なんのことはない。この身はここにこうして、すでにあるではないか。

「わたくしはもはや渡航費用も要さず、西欧画を学んで帰朝した暁には日本の近代美術向上に必ずや貢献できます。日本人たるわたくしが西欧画の技術を習得すれば、学生への通弁の手間もかかりません。日本語で、西欧画を学びたい者に教授することができます」

「おいおい、先走らんでくれたまえ。君は教会から派遣されてこの地にいるのだろう。日本政府に相乗りしろというのかい。御一新前後ならともかく、今は国同士の交誼《こうぎ》が重要な時世だよ。無茶を言うな」

「修道院では学べません。あそこは働く場なのです。こちらに来てわかったことです。どうかわたくしの願いだけでも、日本のしかるべき筋にお伝えいただけませんか」

「しかし君、エルミタージョに通わせてもらってるんだろう?」

「それはそうですが、大学校ならもっと学べるはずです。理論や美術史の授業も受けられる」

あの恐ろしく腕のある女弟子は、大学校の学生なのではないか。そんなことに気がついた。きっとそうだ。ゆえにあれほど素描が精確で、色彩にも熟達している。「どうか」と、しまいには懇願の声音になった。職員は「まいったなあ」と煙草を灰皿に押し潰した。

「柳原公使にも相談しないと、僕の一存ではどうにもならん。だいいち、このところ行事が多くて公使もお忙しいんだよ。ロシヤ語に仏蘭西語も習得しなければならんときてるからね。いや、こちらの宮廷社会は仏蘭西語を用いるのが長年の流儀なんだ。確たることは請け合えんが、そのうち公使に話してはみよう」

礼を言ったが、「あてにはせんでくれたまえ」と立ち上がった。面談はもう終《しま》いだとの合図だ。

「ともかく問題は起こさんでくれたまえよ。正教会と揉め事を起こされたら困る。正教はロシヤの国教、つまり政府宗務院の管理下にあるんだ。信仰心は、我々日本人には及びもつかぬほど篤《あつ》い」

それから自身でも考えを重ね、この修道院から大学校に通わせてもらうのが最もよいのではないかと思い直した。本式の技を会得して帰国した方が教会にも尽くせることが多いはずだと顔を上げ、湯沸かし器《サモワール》から茶器に湯を注ぎ足す。卓の上に並んだ皆の茶碗にも注ぎ足してやり、咳払《せきばら》いをして「ご注目」と呼びかけた。

「わたし、発音の練習をします」

舌を転がすような音、カッと勇ましく咽喉を鳴らす音を立て、そして下唇をブルブルと震わせてみせた。途端に座が沸いた。

「イリナ、またおどけて」

笑い転げている。本気で発音したのにと頬を膨らませながら、りんもいつしか一緒に腹を抱えていた。


十月の五日から、『主十字架を負うノ画』の模写に着手した。

指先に息を吹きかけて温めてから、木炭で形を取る。エルミタージョに通う道はもう真白だ。小川や運河は凍り、丘も森も雪の白にうずまっている。画の修業も、進めば進むほどに己の才のなさを思い知らされる。果ての見えぬ道程だ。けれどいかに難儀しようが、胸に掲げた燈火は消えることがない。

手本の画には、衣の重なりが落とす翳や十字架の厚み、その十字架に楔《くさび》だけで磔《はりつけ》にされた躰の重みが真摯に描き出されている。肘や腋《わき》、あばら骨、宙に浮いた足の指先に至るまで、りんの胸に語りかけてくる。

信ずる道を行けよ、励めよ。

それは静かに、痛みを伴って胸の裡に広がるのだ。何かを摑んだと思えばまた扉に前を塞がれて、立ちすくむ。迷う。我が腕の未熟を嘆かぬ日はない。けれど逃げようとは思わない。

死なば死ね、生きなば生きよ。

船の上で自らの魂にそう誓った。この苦しみは自ら望んだものだ。唇をひき結び、扉を叩く。ギシリと、尊いほどに重い扉だ。

そして月の半ばからは、再び『使徒ノ画』に取り組んだ。どうにも気になって見返し、やはり一から形を取り直そうと決めた。ヨルダン先生はそれを許可し、教えてくれた。

「使徒とは、ハリストスの弟子や福音書の記録者を指して言うのだよ。このお方は、ヤコブという聖人だ」

りんが聞き間違えていなければの話だが、画家は伊太利の人であるらしい。

手を少しずつ描いていく。胸の前で組み合わされているこの手にはほとほと難儀をして、手にかかりきる日が続く。

日曜日にはマダム・リヨボフに招かれて馳走に与り、翌日には別の女性の信徒から外套《バルト》を頂戴した。ペテルブルクに到着する前、司祭の娘にもらった外套を今も着ていたのだが、それがあまりに古びているのを見かねたようだった。新しい外套はこれまでの数倍も軽く暖かい。古いものは修道院の中にある孤児院に譲った。あの日受けた情は忘れ難かったから、誰かに渡したかった。

ようやく手を終え、衣に移った。背景の光を描き、肩から顔にもとりかかる。頭を右肩に傾けるようにして俯《うつむ》き、祈っている顔だ。額にも目尻にも皺が寄り、けれど峻厳な表情ではない。りんには穏やかで、慈《いつく》しみに満ちた顔に見える。そうだ。この目は閉じているように思えていたが、うっすらと開いている。眼下を見ているのか。視線は天上の神に向かっているのではなく、地上に注がれている。

ああと、りんは手を止めた。

このお人は何を祈っているのだろう。誰のために。

十月の末、午後の二時を回れば天窓からの光も弱い。それでも夢中になって手を動かしていると、ふいに暗がりになった。顔を上げれば、アポローニヤ副院長が立っていた。

模写を黙って見つめている。エルミタージョにご用があったのですか。それともわたしの様子を見にいらしたのですか。

疑念を口にするのももどかしく、再び描き始めた。


十一月に入ってまもなくの日、エルミタージョから帰ると副院長に呼び出された。

部屋を訪ねると、おもむろに話し始めた。

「明日から工房は、マトシカの聖名祭《せいなまつり》の用意に入ります。あなたは聖ニコライの画を描くように」

静かな、けれど有無を言わさぬ口調だ。マトシカはロシヤ語で「お母さん」という意味で、女子修道院では院長を指すことはもう承知している。聖名祭は自分の聖名にちなんだ聖人の記憶日のことだが、なぜ画を描かされるのだろう。ウベラの部屋を訪ねて訊いてみれば、十一月二十二日が院長の聖名祭で、院長から修道女らに聖像画を一面ずつ贈る慣いがあるらしい。その画を用意するのが工房の画師で、りんには聖ニコライ像が割り当てられたということだ。

大ノ画、小ノ画をとり混ぜて相当な数を用意せねばならず、エルミタージョに通いながらでは間に合いそうにない。この季節、陽射しのある時間は至って短い。アポローニヤ副院長とフェオファニヤ姉は気がつけば背後に立っていて、執拗に命じてくる。

「祈りなさい。祈りを籠めて描くのです」

虚しいばかりだ。いかにたくさん描こうと、望まずして描く画の味気なさよ。いったいどうすれば、素人画の模写仕事から解放してもらえるのか。こんなもの、玄人《くろうと》の画師の業《わざ》ではない。わたしにも矜《ほこ》りがある。

毎夜、日記に「エルミ休」とだけ書きつける。

月の半ばには午後四時前に日が落ち、暗く寒い夜に囲まれる。かねてより公使館の職員に頼んであった日露辞典が届いて、ようやく思うことをロシヤ語にできると喜び、祭の日も無事に迎えた。しかし聖書の朗読でしくじって、また大恥をかいた。激しく落ち込んで、これより四十日間、寝ずに練習すると心に決めた。どのみち朝は三時に起きて祈禱がある。ずっと寝ずにロシヤ語を会得するのだ。しかし気がつけば寝入ってしまっている。情けないことに。不甲斐ないことに。

そのうえ、聖ニコライ像を描けという指示は祭の後も続いた。毎日、エルミタージョに行かせてくれと懇願するが、まったくとり合ってくれない。鬱屈が澱《おり》のように溜まっていく。小ノ画を描いていると、フェオファニヤ姉がまた後ろから覗き込んでいる。今ではそうと察するだけで鳩尾《みぞおち》がぎゅっと強張る。

「何かご用ですか」

手を動かしながら訊ねると、いつものお題目だ。「祈れ」と言う。

「人々はこの聖像画に頭《こうべ》を垂れ、祈り、接吻するのですよ」

その所作は日本でも目にしており、当地にきてからは皆に倣《なら》って同様にふるまってはいた。が、実際に唇をつけたことなどない。他人が接吻した画に己が唇をあてるなど、どうしてもできない。

「汚い」

思わず口走っていた。フェオファニヤ姉の顔がカッと血色に変じ、目を剝いている。

「敬虔な心によってなすことを、あなたは汚いと言いますか。ロシヤのみならず、遠くギリシヤから千年以上も行なわれてきた祈りを冒瀆《ぼうとく》するのですか」

顎をわななかせている。そして自身の顔を両手で蔽《おお》った。はっとして見返すと、黒衣に包まれた躰が心細げに揺れている。

「わたくしは、どうして怒りを持ってしまうのか。この怒りを悔います」

胸前で何度も十字を切っている。

「主よ、大慈悲の神よ。わたしの罪を赦したまえ。どうか善《よ》き心に導きたまえ」

そのまま目を伏せ、足早に出て行ってしまった。工房の中は静まり返っている。周囲の誰も声をかけてこず、宵闇の気配だけが重く垂れこめてくる。だんだんいたたまれなくなって、皆が片づけを終えた後も立ち上がれない。

聖堂の鐘が鳴る。

何列も画架だけが並んだ工房で、油や絵具の匂いを嗅ぐ。わたしは「接吻」の持つ意味など、深く考えたことがなかった。嫌悪を抱いたまま形だけをとり繕い、意味など知ろうとも思わなかった。

フェオファニヤ姉を傷つけた。

六

「なぜあなた方はこんな浅ましい、稚《おさな》い画を描けと強《し》いるのですか」

「イリナ、何度言えばわかる。これが聖像画の正統なるギリシャ様式です。決まり通りに描きなさい。好き勝手は許されません」

「決まり、決まり、決まり。描き手の感ずる心をないがしろにして、手本通り、様式に従えと求められる。承服しかねます。まったく理不尽です」

反省すれども、いざとなれば激しくやり合い、後で言い過ぎたと悔やむ。それを繰り返している。判で捺《お》すかのような工房仕事を命じられると、どうしても抑えがきかないのだ。しかも朋輩らが旧式のギリシャ画を、陰で「地獄画」などと罰当たりな名で呼んでいるのを耳にした。最初は言葉がわからなかったが、あとでウベラに確かめてみたので間違いない。模写する古い画は表面に聖人が描かれていても、爪でひっ搔くと一皮剝がれ、その下の生地にちっぽけな悪魔が描いてあったりする。尾の生えた醜悪な悪魔だ。りんが最初に嫌悪を感じたのも、あながち見当外れではなかった。

それで指導法を考えたのか、りんの描く画を時々褒めたりする。

「あなたには才がある」

むろん懐柔《かいじゅう》しにかかっているだけだ。よけいに癇に障る。

「わたしはこの画のどこにも、納得していません」

この頃はちょっとしたことで昂ぶり、苛立ち、腹を立ててしまう。皆とお茶を飲んで笑っていても、ふいに泣き出してしまう日もある。己でもわけがわからない。朝、目覚めて、今日も工房で仕事かと思うだけで吐き気がこみ上げる。水っぽいものが出るだけだ。

エルミタージョに行けさえすれば。

嘆きながら、工房への階段を上る。

十二月六日には、とうとうあるまじき醜態を演じた。修道院を訪れた府主教の前で所作を間違い、祈禱の言葉にも詰まって棒立ちになったのだ。その後、アポローニヤ副院長の部屋に呼ばれた。

「向後は一切、エルミタージョ通いを禁じます」

躰の中で、ぷつりと糸の切れる音がした。望みは断ち切られた。

一言も返せず、部屋を辞した。白く寒い石廊下をふやふやと生きた心地もせずに進み、自室に戻るや窓際の机に突っ伏した。

六日ほどののち、フェオファニヤ姉が珍しくりんの部屋を訪れた。工房の中だけでは飽き足らず、説教に念を入れにきたかと身がまえた。鉛筆や絵筆を手にしていても力が入らないのだ。吐き気が絶えず、しばしば便所に駈け込まねばならない。夜は寝られず、食事も進まない。ぼんやりと、瞼も重い。胸の中に黒々と湿った真綿が詰まったような心地だ。

フェオファニヤ姉はりんを一瞥し、そのまま窓際に向かった。硬く重い音がして、見れば机の上に布袋のようなものが置いてある。顔だけでこちらを見返った。

「画料ですよ。あなたが描いた肖像画の」

何日か前、グレゴリイ氏からの画料がまだであることを、間に立っているフェオファニヤ姉に抗議したのだ。「自分で督促状を書きなさい」と、すげなかった。辞書を引きながら手紙を綴った。

「画料」

大金が入っている。日本円にして四百円ほどだろうか。兄が一年かけても得られぬほどの報酬だ。肖像画に満足してくれていることが身に沁みるほどにわかって、手紙の文意が通じたことも嬉しかった。それに、こうして約束を果たしてくれたことも。

「これを証書に替えて預金するがいいです。その利息を日々の費えにしなさい。そうすれば元金は減らない」

生家から財産を渡されて修道院に入る娘らは、皆、そうしているのだという。なるほどと思い、勧めに従うことにした。フェオファニヤ姉を見送って、椅子に腰を下ろした。

この地で稼いだ。画師として。

それもこれもマダム・リヨボフが目をかけ、可愛がってくれるおかげだと、胸の青い十字架に指を置く。マダムはりんがエルミタージョ通いを禁止されたことを教会で聞き及んだらしく、日曜日に日帰りの小旅行に連れて行ってくれたことがある。マダムの姪と三十分ほど汽車に乗り、聖堂巡りをした。雪道は橇《そり》で行き、けれど道が悪くて三人とも橇から滑り落ちてしまった。雪まみれになりながら三人で笑った。

そうだと思いつき、近くの店で菓子を購《あがな》い、食堂で皆に馳走した。

「画料が入ったのよ。日本ではこれを、お福分けというの。ウベラ、あなたの好きな飴菓子よ。

マリヤ、このお店のナナカマドのお菓子はおいしいと言っていたでしょう。召し上がれ」

幸せそうににっこりと笑う顔を思い泛べていたのに、誰もが黙って目配せをし合っている。

「どうしたの」と見回せば、お茶に誘っていないはずのババアが顔を突き出した。皺深い顔を意地悪く歪ませ、囁くように言った。

「工房の画業には不平不満を言い立てて、ちっとも身を入れない。で、ちゃっかりと画料稼ぎかえ。お前さんには恐れ入る」

誰もが白々として、ババアを窘《たしな》めようともしない。話も弾まぬまま順に立ち上がり、別の卓へと移っていく。菓子を山と盛った卓の前に、りんは独りで坐していた。


二日後、フェオファニヤ姉に工房で直談判に及んだ。

「エルミタージョ通いの禁止を解いてください」

姉は「またですか」とりんの言葉を遮《さえぎ》り、強く頭を振った。

「聖像画を学びに来ているにもかかわらず、なんたる自儘《じまま》。このままでは、あなたは聖像画の画師には育たない。我々は西欧画の画師を育てるために、あなたの面倒を見ているわけではない。事あるごとに自身の望みと違うと言うが、こちらもあなたのような者が来るとは思ってもみなかった。信心も人柄も、なにもなっていない」

腰に手をあて、右腕を激しく動かしている。

「聞いていた話と違う。ニコライ主教が自前の日本人聖像画師を望むゆえ協力しているのに、あなたはふさわしくない。別の者をよこしてもらいたい。外で学びたがったり稼ぎたがったりしない、ちゃんと己の金子を持っている、真っ当な、裕福なる信者を」

貧しさを詰《なじ》られて、骨身に沁みた。夜になっても、日記には「心悪シ」としか記せないほどに。どうしてこうも行き違うのだろう。ここで衣食と自室を与えられている以上、何も望むな、逆らうなということなのか。そんな話、わたしこそ聞いていない。

次の日、またエルミタージョ通いを交渉した。フェオファニヤ姉は聞こえぬふりをして昨日の画の続きを顎で命じ、脇を通り抜ける。頭に血が昇って筆を手にしたまま追いかけた。前に回り込み、立ち塞がる。

「あなたの腕では、わたくしを指導できません」

「愚弄《ぐろう》するのですか」

嚙みつくような目をした。りんは怯《ひる》まず、足を踏み鳴らす。

「エルミタージョ通いをこうも嫌うのは、わたくしがあなたを師として尊ばぬからでしょう。博物館の絵画を模写されたのでは、己の画才のほどが露見するからです。でもわたくしはとうにあなたの正体を知っています。しょせんは素人ではありませんか」

フェオファニヤ姉はしばらく啞然として見下ろし、そしてりんの鼻先に人差し指を突き立てるようにしてわめいた。

「あなたなんぞ、もう消えてしまうがよろしい」

耳を疑う言葉だ。けれど朋輩らは何も聞こえておらぬがごとき面持ちで、手を止めもしない。フェオファニヤ姉は真っ蒼な顔をして工房を出て行った。りんは画架の前に戻り、筆を持ち直す。

負けるものか、逃げるものか。

歯を喰いしばり、天使の光輪を描いた。

夕方にマダム・リヨボフからの遣いがあって、靴下の贈物だった。小脇に抱えて自室に向かうと、何人かが廊下で群れて談笑している。ウベラやマリヤだと気づいたが、なにやら陰険な目つきでこちらに歩いてくる。素知らぬ顔をしたが、すれ違いざまにいきなり突き飛ばされた。たたらを踏み、贈物の箱が石廊下に落ちて滑っていく。

いつしか囲まれていた。

「エルミタージョ、エルミタージョ、エルミタージョ」

囃《はや》し立て、りんの躰を小突き回す。

「ここは修道院なのよ。あれほど通わせてもらって、有難いと思いなさいよ」

「画才を鼻にかけるのもたいがいにしてもらいたいわ。うんざりよ」

「信者には上手に取り入って肖像画で稼いで、マーチ・フェオファニヤには盾突いてばかり」

「あなたの言う素人画って何なの。祈禱一つまともにできないくせに、偉そうに」

左右、前後に足が縺《もつ》れ、躰がぶざまに回る。その輪から離れたところで、ウベラの姿が目の端にひっかかった。手出しはしないものの、腕を組んで高みの見物だ。せせら嗤っている。ウベラはロシヤ語を親身に教えてくれる師であり、友だった。りんはそのつもりでいた。

まるで戦さながらの攻防だと、頭の片隅で思った。攻めかかっては退けられ、味方と信じていた朋輩までがいつしか敵方に回っている。

あなたなんぞ、もう消えてしまうがよろしい。

今になって、その言葉に胸を突き刺された。

独りで聖堂に入り、甘い乳香の匂いを嗅いだ途端、石の床にくずおれた。

何もかも、滑り落ちるようにうまくいかない。

先だって、久しぶりに工房に現れたヨルダン先生は人が変わったように厳しい態度で、「気もそぞろの画ではないか」と叱りつけ、そのまま二度と声をかけてくれなかった。おそらくフェオファニヤ姉の注進によるものだ。ヨルダン先生とフョードル司祭の所に行ってりんの所業を打ち明けたと、姉自身が言ったのだ。勝ち誇ったような口吻《こうふん》にりんはまた腹を立て、結句、痛罵《つうば》の応酬になった。

以前のように、皆と一緒にお茶を飲む日はある。体調を崩して寝ていれば、ババアが心配して部屋に泊まり込んでもくれる。けれど誰も彼も肚の底が知れない。ひとたび気を緩めれば、またグサリとやられそうだ。マダム・リヨボフを訪ねて相談しようかと幾度も思ったが、外との交際も朋輩らの嫉《そね》みを招いているような気がした。身の置き所がない。かくなるうえは公使館に行ってみようか。逡巡《しゆんじゆん》で頭が占められていると、ロシヤ語の修練もまったく進まなくなった。ウベラに教えてもらう気にはなれず、向こうも引き受けてくれないだろう。気のいいソヤはモスコーに帰ったままだ。そんな状態で、今日はアポローニヤ副院長にロシヤ語の発音の試験をされた。とんでもなく不出来だった。日本では学問で引けを取ったことなどなかったのに、よほど頭が悪いと思われたに違いない。恥ずかしくてたまらない。

ああ、いやだ。いやだ、いやだと、額《ぬか》ずいた床に額を打ちつける。嗚咽《おえつ》が洩《も》れ、噴くように泣いていた。

数えれば、エルミタージョに通ったのはたった三十七日だ。このまま通わせてもらえないのだろうかと思うと、本当に消えてしまいたくなる。その方が皆も歓ぶ。

わたしなんぞ、ここにくるべき人間ではなかったのだ。

己の泣声が響いて、また身を揉んだ。清い石床の、何と冷たいことだろう。顔だけを上げれば、ハリストスや生神女や聖人らがこなたを見下ろしている。蠟燭の灯が揺れて、十字架を照らしている。けれど何も感じない。誰もこのつらさから救ってくれない。手をつき、肘で躰を支えながら立ち上がった。扉を押して外階段に出れば、また雪だ。この頃は午後二時になれば辺りが暗くなる。しんしんと降り積む音だけがする。

日本はもうすぐ大晦日《おおみそか》だと、りんは目尻を拭った。

また黒々と、長い夜が始まる。

七

露暦十二月二十四日は降誕祭を明日に控えた日で、一日じゅう祈禱に次ぐ祈禱だと聞いている。

朝は九時から十時、昼は十一時から一時、そして日没から夜を徹して祈りを捧げる。昼の祈禱を終え、今日は朝の茶もまだ喫していないと思いつつ聖堂から石廊へと出ると、小間使いの老女が近づいてきた。黒ずんだ皺深い手で封筒をさし出している。日本語が併記してある上書きを一瞥し、すぐさま足を止めた。

「先に行っていて」

ウベラやマリヤは目配せをし合い、黙って黒衣の裾を翻した。その後ろ姿を見やると、冷え冷えとしてくる。こうして誘い合って聖堂に赴き、工房や食堂でも共に過ごしている。が、ふとした拍子に角立《かどだ》って不機嫌を露わにする。肚に一物《いちもつ》あるのだ。それはりんも同じこと、皆に小突き回されて嬲《なぶ》られた屈辱は忘れようにも忘れられない。「よせ」と止めてくれる者の一人とてなく、せせら笑っていた。

今でも時々眠る前にそれを思い出し、苦しくなる。頭を振り、掌をきつく握り締めて寝床に打ちつけても口惜しさは去ってくれない。寝返りを繰り返し、歯嚙みしながらいつしか眠りに落ちる。朝は瞼が腫《は》れ上がっている。わたしは寝ながら泣いているらしい。

りんは柱の陰へと身を移し、封筒の端に指をかけた。たちまち指先が凍てついて手間取るが、折り畳まれたそれを開くなり声が洩れた。

免状だ。日本政府から、大学校《アカデミー》への通学を許す旨の書面が出た。

公使館が動いてくれたのかと、冬空を仰ぐ。わたしはまだ天に見放されていなかった。胸の裡から背筋へと熱いものが駈け巡り、足を踏み鳴らす。

やっと、真の画術を会得できる。学べる。

だがつかのまだった。エルミタージョ通いを禁じられている身で、大学校への通学など許してもらえるだろうか。受験さえできれば合格する自信はある。あるけれども、そこまで辿り着くのにまたいかほど責め立てられ、機嫌を損じることだろう。フェオファニヤ姉の顔が目に泛ぶ。強張った頬と逆立つ眉、目つきの厳しさを思うだけで、総身がひやりと硬くなる。夕の祈りの最中も、気が塞いで仕方がなかった。

降誕祭の翌日、免状を見せて「試験なりとも受けさせてほしい」と直訴《じきそ》したが予想の通りだった。フェオファニヤ姉はまったく取り合ってくれない。

「あなたは祈禱も上の空で己のことばかりにかまけている。どこまで自儘なのです。恥を知りなさい」

夜、自室に引き上げてから筆を持ち、免状を書き写した。取り上げられぬとも限らない、後々のために写しを持っておこうと思った。

次の日はもう皆に知れ渡っていて、顔を合わすたび誰もが刺々《とげとげ》しい態度だ。日中はこらえるものの、夜は絶え間なく悲しみが襲ってくる。どうしようもなくて、日本から持ってきた聖書を開く。日本を出立する前に横浜で買い求めたものだ。背表紙は革製で、日本語で『新約全書』と金文字が刻印されている。亜米利加《アメリカ》の聖書会社が横浜で刊行したものであることは奥付《おくづけ》で知れ、価《あたい》は五十銭だった。

心を鎮めるためにたびたびこの聖書に触れているが、和文に訳されてあるものの内容はよく解せぬままだ。回りくどい文章で難解であるばかりか、かつてニコライ主教が説いた文言とは異なり、この地で僅かなりとも憶えた言い回しとも一致しない。同じ耶蘇教でも、国によって違いがあるのだろうか。いや、本当はこの心が悪いせいだ。読んでいても、いつも嘆きが渦巻いている。渡海を悔いる気持ちが湧けば、やるせなさがこみ上げてくる。文字が滲んで揺れ、一向に読み進められない。

蠟燭の灯も寒々とした闇の中で、りんはうなだれる。

新年は工房もしばらく休みとなる。

りんは自室の机の前に坐って、ぼんやりと窓外を眺めるのみだ。空は高く青く、陽射しも少しは伸びている。しかし一歩外に出れば息をするのも痛いほどだ。ロシヤの一月は「冬の王」と呼ばれるほどに、寒さが厳しい。

大学校への通学はやはり絶望的となった。院を訪れたヨルダン先生に呼ばれ、激しい口調で叱責を受けた。かたわらには妻女がいるので院長への新年の挨拶に訪れたところを、フェオファニヤ姉が次第を伝えたらしい。

「我々の許可なく日本政府から免状を取るとは、いったいどういう料簡かね」

りんは一言も返せぬまま、阿呆《あほう》のように突っ立つのみだ。

「物事には順序というものがある。日本人は規律を重んじる民だと聞いていたが、君は横紙破りばかりしてのける。些細《ささい》な才を鼻にかけて画業に身を入れず、マーチ・フェオファニヤをたびたび侮辱するのも看過しがたい。許さんぞ。君のような者は、断じて我が校に入学させん」

たぶんそんなことを言っている。妻女が時折、気の毒そうな視線を投げてくるのも惨めさをつのらせる。洋椅子の背後に立つフェオファニヤ姉はまた、ここぞとばかりにりんを詰《なじ》った。

「身勝手な要求もいい加減にしないと、今にひどい目に遭いますよ」

翌日、咽喉《のど》に痛みを覚え、祈禱にも出ずに寝た。次の日も、その翌日も躰が重くて仕方がない。いったんは起きて朝の祈禱に出ても気分が悪くなり、すぐに引き返して寝台に横たわる。

どうにも起き上がれない。ソヒヤが心配して部屋に泊まってくれ、ババアも副院長の命《めい》を受けてか泊まり込んだ。とうとうフェオファニヤ姉が医者を伴って訪れた。医者は口の中を覗いたり胸に小さな器具を当てて耳を傾けたりし、そして肩をすくめた。

「病ではない」

「どういうことですか」と、フェオファニヤ姉が訊き返す。医者が何やら説明しているが、りんは息を潜めて目を閉じる。医者の診立《みた》ての通りだ。咽喉の痛みはとうに消えている。けれど起きて動く気力がどうにも湧かない。呆れ声が聞こえたが寝入ったふりをした。

診察を受けた後も、具合は変わらなかった。工房で筆を持たねばと思うだけで胸が塞がる。足もふらつく。仲間が見舞いに訪れ、フェオファニヤ姉もたびたび覗く。そして溜息を吐く。たぶん皆も気づいているのだ。躰ではなく、心が弱っているということに。

実際、夜は鬱々《うつうつ》として眠れない。このまま皆に見守られて死ねれば、どんなに安穏だろうと思う日もある。けれど腹が空くようになった。日中はさすがに決まりが悪く、食堂へは行けない。りんは付き添いの者が寝息を立て始めたのを見澄ましてそっと寝台から下り、見舞いの林檎を貪《むさぼ》り喰う。林檎だけでは足りず、蜜柑にも皮ごと齧りついた。口から咽喉へと甘い果汁が落ちていく。こんな夜更けにムシャムシャと、死にたがっていたくせに食べたがる。なんという浅ましさよと気が咎めつつ、しかし躰が欲するのだからどうしようもない。林檎二つと蜜柑三つを平らげ、ようやく満足して唇の端を手の甲で拭い、ふうと息を吐いた。

やがて弱ったふりをするのもしんどくなり、工房に出ることにした。石版画《せきばんが》の聖像を板に模写するという板《いた》画《え》の誂《あつら》え注文が入っていたようで、夜の七時半過ぎまで手伝った。次の日も神妙に画業に従事したが、十日は休みを取って公使館に出向いた。日本から訪れた者の歓迎会と正月祝を兼ねた食事会の招待状が数日前に届いており、出席する返事を出してあった。

副院長やフェオファニヤ姉は揃って面白くない顔つきで、仲間には皮肉を投げられた。

「一週間も臥したくせに、元気になったこと」

そうだ。わたしは復調した。それの何が悪い。りんは笑いながら睨み返した。日本人が集う会に招かれるなど、めったとないことだ。どうしても行きたい。嬉しさを隠しもせず用意をして、お目付け役のババアを引き連れて公使館へ向かった。

内玄関の正面には見上げるほど大きな松竹梅の盆栽が飾られていて、梅林図を描いた屏風《びょうぶ》も立て回してある。食堂に入れば洋装や羽織袴の紳士がすでに賑やかで、夫人らは着物姿だ。綾《あや》錦《にしき》が動くかのような豪奢さにババアは気を呑まれてか、鳩のように首を動かしている。食卓には黒漆《くろうるし》に金箔の紋入りの重箱、白い杉箸と色鍋島の小皿が並べられている。大皿には幾種もの刺身や煮魚、立派な大海老だ。蒟蒻《こんにゃく》の煮つけや黒豆の含め煮、伊達巻《だてまき》が盛られた大鉢もある。日本の樽酒まで据えられていて、思わず目尻が下がった。

食事の後は居間に移り、談笑の輪がそこかしこにできている。りんが盃を手にしたまま窓辺の洋椅子に移ろうとすると、カイゼル髭の紳士に呼び止められた。

「修道院で画師を務めている山下君だね」

話をするうち、マダム・リヨボフと懇意にしていることが知れた。

「こちらの貴族の間で君の腕は大した評判だよ。肖像画を拝見したが素晴らしかった。同朋として僕も鼻が高かったよ。そういえば、君は日本画も能《よ》くするのかね」

「ええ、画材が日本のものではありませんが、お望みがあればお引き受けしています。皆さんには本当によくしていただいておりますから」

そして、いい実入りになる。

「日本画の習得はどなたについておられた」

「中丸精十郎先生に南画《なんが》の教えを受けました。その前は、浮世絵師に弟子入りしておりました」

「それで今は異国で西洋画か。大したものだ。今度、僕の肖像画もお願いしよう」

いつしか七、八人ほどに囲まれており、誰もが友好的に話しかけてくる。りんと親しくなることを望んでいる節も窺え、面映《おもは》ゆい。横浜で乗り込んだ船の中では、りんの身形を目にするなり恥じるような素振りを見せた階級の人々だ。誰も助けてくれなかった。けれど今はもう許して進ぜよう。酒は途方もなく美味で、日本人との会話はともかく楽だ。相手の言葉を解し、こなたの意思や気持ちを伝えることの困難から解き放たれれば、愉快にならぬわけがない。懐かしい日本の歌を披露する者もいて、上座の柳原公使も寛《くつろ》いだ面持ちで耳を傾けている。

りんは注がれるまま呑みに呑む。

「やあ」と声をかけてきたのは、大学校への通学許可を政府に願い出てくれた公使館の職員だ。礼を述べると、

「試験はいつ受ける。それとも君は試験も免除されるのかな」

この男も酒好きであるらしく顔は熟柿《じゅくし》のごとく、呂律《ろれつ》も少々怪しい。

「それが修道院の考えもありまして、今年は受験を認めてもらえそうにありません」

「なんだって。公使が急いで免状をと、格別に骨折ってくださったんだぞ」

「さようでしたか」と、また上座に目を向けた。ロシヤ人の客の相手をして、手には葡萄酒の洋盃だ。「でも」と、りんは肩をそびやかしてみせた。

「来年もまだあります。来年は必ず大学校に入ってみせます」

「おお、その意気だ」

帰りは四時頃になって、外はすっかりと暮れていた。しかしババアはいつになく上機嫌だ。馳走の相伴《しょうばん》に与っただけでなく、日本の慣いであるお年玉を一円ももらったからだ。りんは五円頂戴した。夜は吹雪になって窓硝子を打ちつけたが心地よい酔いは醒《さ》めやらず、浮き浮きとして眠りについた。

その翌朝、痰《たん》がらみの咳が出て止まらなくなった。医者が再訪して、今度は「病だ」と告げる。フェオファニヤ姉が訪れて、手ずから湿布《コンプレス》をしてくれた。その親切には感謝した。


露暦の一月二十日、フェオファニヤ姉と共に馬車に乗った。

雪道を行く目的はエルミタージョ博物館だ。りんはまた交渉したのである。

「大学校の受験、入学を認めてくださらないなら、せめてエルミタージョ通いの禁止を解いてください。以前のようにとは申しません。週に一日でもいい。心を入れ替えて工房の画業にも励みます。ですからどうか、なにとぞご慈悲をもっておとり計らいください」

フェオファニヤ姉はアポローニヤ副院長に相談し、「そこまで言うのなら」と小鳥の声で判断を下した。

「先方の許可が要りますから、一度、博物館に足を運んでおあげなさい」

しかしエルミタージョで待ち構えていたヨルダン先生は、りんを見もしない。フェオファニヤ姉に対して渋面極まりなく、両腕を左右に激しく揺らして捲《まく》し立てた。

「聖像画の画師として修業させる計画がある、順序があるとあなたたちが言うからエルミタージョでの模写の禁止にも賛成したのだ。それを今さら方針を変えるとはどういうことだ。わたしも忙しい身だ。留学生一人のためにこうも振り回されてはたまらん。あなたも毅然たる態度を保って、しっかり舵取りしたまえ。当人の好き放題にさせていては他の画師らにも示しがつかんのじゃないのかね」

不首尾に終わり、帰りの馬車の中でりんは沈み込んだ。ヨルダン先生には才を認められていたのに、もはや疎《うと》まれている。フェオファニヤ姉も黙して叱言《こごと》すら発しない。夕六時の祈りには姿を見せなかった。体調が悪いと聞いた。心痛をかけていると思い、夜はまた寝られなかった。

翌日、アポローニヤ副院長の部屋に呼ばれた。フェオファニヤ姉も壁際に控えている。

「お具合はもうよいのですか」と訊ねると、フェオファニヤ姉は目を剝いた。

「朝の祈禱になにゆえ出なかったのです」

起きられなかったのだ。目を覚ました時はもう祈禱の時間を過ぎていた。

「許しも得ずに、なんということを。どうせ、いぎたなく眠りこけていたのでしょう。あなたは心を入れ替えると誓ったのではないのですか。そういう料簡だから、誰もあなたの味方をしてくれないのですよ。身から出た錆《さび》です」

延々と説教を受けた。ヨルダン先生に詰責《きっせき》されたことを根に持っているに違いない。

工房で坐っていても、前屈みになるばかりだ。胸が重い。翌日の朝の祈りをまた無断で欠席し、仲間に何か言われれば頭に血が昇って言い返し、「具合が悪い」と言い捨てて自室に引き籠もった。フェオファニヤ姉が医者を連れてきて、診察を受けさせられた。医者は頭を振る。

「どこも悪くない。肉でも食べさせてはどうかな。精がつく」

「肉は嫌いです」

すぐさま言い立て、するとフェオファニヤ姉は恐ろしい形相《ぎょうそう》でこなたを睨んでくる。りんも睨み返した。けれど独りで横になっていると涙が出てくる。

病と称して子供じみた我儘《わがまま》をして、わたしはなんと不実な人間になってしまったことだろう。

胸が本当に痛くて、拳で何度もさすらねばならない。

それからというもの、与えられた牛乳と薬を飲んで工房に出るもすぐに気分が悪くなり、自室に引き返すことを繰り返すようになった。仲間が数人で見舞いにきてくれたがもう心配顔ではなく、棘《とげ》を含んだ言葉を置いていくだけだ。

「寝て暮らせて、大したご身分だこと」

「でも忘れないで。あなたのすべき仕事は、誰かが代わって受け持っているのよ」

やがて日に何度も腹を下《くだ》し、お茶を飲んだだけで吐くようになった。背中が痛い。ソヒヤが工房の若い弟子を連れてきて、医者のように脈を取り、額にも手をあてた。

「熱もないし、病気ではないでしょう」

それでも起きられないのだ。以前も同じような症があったので、自分でもわかっている。これは心に障りがあるせいだ。望み通り画業さえ学べれば、すぐにでも元気になれる。しかし副院長に命じられて、一筆入れねばならぬことになった。

向後、エルミタージョには参りません。

姉の部屋から自室までどう戻ったのか、憶えていない。枕に顔を押しつけて嗚咽《おえつ》した。


二月も末になった日の朝、起きれば窓の外が光り輝いていた。

前日の雨によって雪が解け、方々に水溜まりができている。もうすぐ春だ。

下痢も落ち着いて、日に二度くらいになった。工房に出て、黙々と命じられた仕事をする。フェオファニヤ姉と衝突する気力が残っていない。でも部屋に戻ればまた鬱々としてしまう。

仕事を済ませた後は卵ノ画、すなわちテンペラ画に取り組んでみた。卵の黄身と顔料を丁寧に混ぜ合わせる。油絵具が発明されるまでは、これが主に使われていたらしい。工房の中ではウベラがこの画の妙手で、背後から見てコツは何となく摑んでいた。

卵ノ画の指導はフェオファニヤ姉とは別の修道女が担当していて、工房が休みの日曜日、我流でやってみた画を見てもらいに室を訪ねた。りんの画を念入りに眺め、顔を上げた時は目を細めていた。

「フパスヌブノシチ」

久しぶりに胸のすく思いがした。「才能があります」と評されたのだ。

それからのめりこむように、卵ノ画に励んだ。夕方、ウベラの部屋を訪ねて教えを請えば、それには応えてくれる。下地作りも一から熱心に教えてくれるようになった。菩提樹や白樺、樅《もみ》などの板の上に麻布を張り、それに石膏《レフカス》を塗る。よく乾いたのを見定めてから磨けば下地の完成だ。白い地塗りの上に黒絵具で下絵の線を描いてゆく。余白や背景は金箔などで埋めるのが尋常だが、それにも技の修練が必要で、許可なく金箔を使うわけにはいかない。薄紙をちぎって埋め、残りの部分を卵の絵具で彩色した。乾いてから仮漆《ワニス》をかけて仕上げる。板には反《そ》りを防ぐために、裏に二本の桟《スポンスキ》を嵌《は》め込んでおく。

生神女の像、天神の像と続けて手がけている最中、日本のニコライ主教から手紙が届いた。一月二十七日の日付で、りんが昨年の十二月に出した手紙への返信だ。

書き出しは「親愛なるイリナ・ペトロヴナ様」だ。

神の祝福があなたの上にありますように。

近況のお知らせ、有難う。ご上達のことは嬉しい限りだ。こちらでは皆、いつもあなたについてのよき評判を聞いて歓び、神に感謝しておるよ。そのうち教会のために大いに働いてくれることと、誰もが期待している。

新報の表紙絵、お前《め》さんがロシヤに出立する前に描いた絵に毎号出会えるのは、さぞ愉快なことだろう。最初の銅板はもう磨り減って、最近二枚目を彫りました。

もし新しい絵を描いたら、こちらへの手紙に同封してくれたら有難く思うよ。

穏やかで素朴な、あの訛《なま》りでもって語りかけてくる。

りんは辞書を引きながら、おおよその意を解した。新報とは、日本から欠かさず送られてくる『正教新報』のことだ。ちょうど横浜を発った年、明治十三年の十二月十五日付で発行されたものには、りんの渡露についての記事も掲載された。その目的は「油絵の修業のため」、そして「其業の巧みなるは論より証拠、新報の表紙の画は正しく氏の手跡なり」と記されていた。

再び、手紙に目を落とす。

今、こちらでは救世主と生神女の御像《イコン》がまたなくなってしまったよ。ロシヤから送ってもらってもほんのつかのま要望が満たされるだけで、すぐになくなる。日本で印刷したら、ごったら事態は変わるはずだ。お前さんが帰国したら、聖者たちの御像も印刷しよう。日本では絶えず要望があるのに手に入らぬし、ロシヤからは少しずつしか取り寄せられないから。どうか、いろいろな聖者の、見本になる絵を少しでも多く取っておいておくれ。

神があなたをお助けくださるように。

八

陽の光が日ごとに増していく。

軒には雫《しずく》が垂れ、氷柱《つらら》が並ぶ。中庭では四十雀《しじゅうから》の鳴声も聞かれるようになった。けれど夜は真冬に戻り、急激な寒さに襲われる。日中も晴れ渡っているかと思えば吹雪になり、何もかもが瞬く間に白に埋まってしまう。

りんはまたも、小競り合いに明け暮れている。躰が復調すると望みを禁じられることへの怒りまでぶり返し、それがためにフェオファニヤ姉と衝突する。けれど工房の若い弟子らに図学を教えろなどと命じられると、ついカッとなるのだ。少しは役に立てと言われているような気がして、真っ向から盾突いてしまう。先だってなど腹立ちのあまり「日本に帰ります」と口にしてしまい、また激怒させた。

「なんということを言い出すのです」

「いっそ消えてしまえとおっしゃったのは、あなたではありませんか。わたくしのような不心得者《ふこころえもの》がいなくなれば、さぞご安泰でしょう」

反撃しつつ、目尻が濡れてくる。姉の顔も赤く変じ、今にも泣き出しそうだった。周囲の仲間とも気持ちが行き違うばかりで、つくづくと独りだ。

ただ、この頃は首を傾げることがある。ヨルダン先生の家に招かれた時のこと、先生はなぜかしきりと日本の話をした。外国人を何人か伴って日本に渡る予定を持っている人があるらしく、しかしあまりにもだしぬけの話柄《わへい》だ。りんは銀髪の下の顔つきを盗み見て訝った。わたしがフェオファニヤ姉に「帰る」と言い放ってしまったことを、ご存じなのに違いない。

本人がそう言うのなら、帰してしまうがよい。

ええ、わたくしどもも為す術《すべ》を持ちませんわ。うんざりです。

そんなやりとりが交わされたのではないかと疑う。気をつけて見回せば、皆の言葉、行動の逐一が怪しく思える。

わたしをここから追っ払おうとしている。そうに違いない。

やがて川の氷が割れ、そこかしこで水音が聞こえるようになった。森にはまだ雪が残っているけれども丘の雪は消え、蒲公英《たんぽぽ》が花を開いたと思ったら一面が黄色に染まる。復活大祭《パスハ》が済んで五月になれば桜や梨、林檎、李《すもも》の木々が花をつけ、院の庭ではリラの香りが風を染める。

我らのなつかしい聖像画家、イリナ様
神の御恵《おんめぐみ》がとこしえにあなたと共にあるように。

我々は皆、お前さんが立派な聖像画家になってくれることを大いに期待しているよ。すなわち帰国後、みごとな聖像を描くだけでなく、多くの人にその技術を教えてもらいたい。日本正教会のために充分な画を供すここに聖像画のアトリエをつくって男や女の弟子を集め、日本正教会のために充分な画を供する人になってもらいたいのだ。さすれば、この点においては他国に援助を仰ぐ必要がなくなる。今は距離があるだけに、その援助を受けるだけでも並大抵ではないからね。

この大切な仕事のために、主があなたを力づけてくれますように。

おそらくお前さん、時折、故郷が恋しくなるのではないか。それはごく自然なことで仕方がないことだ。外国にあれば周りの人がいかほど親切にしてくれても、誰でもそんな気持ちになる。あなたが目指している偉大な目的、本国の教会に尽くすという目的のために、淋《さび》しさや退屈は我慢しなされ。そちらに今、アレクサンドル・イワノヴィチ・マツイが行っている。彼も故郷が恋しくなっているだろう。院長の許可を得て、時々訪ねてもらうといい。

あと一年経てば、そちらへさらにあなたの同国人を派遣するつもりだ。その次の年にはもっと送れるだろう（神学大学に入れるのだ）。そちらに日本人の小さな居住地を作って、祖国と教会のために励んでもらいたいのだよ。

ただ、どうか病気にはならないように。長い間北国に暮らして健康に別状を生ずることがなければよいが、万一、そんなことになれば健康を台無しにする前に、すぐに帰国しなさい。なるべく頻繁に便りをよこしなされ。

神があなたを祝福されんことを。


静かな声で手紙を読み上げたアレクサンドル・イワノヴィチ・マツイこと松井寿郎《じゅろう》は、手の中で便箋の天地を回してからりんに返した。

ニコライ主教からの手紙は十月二十日の日付が記されており、りんの手許には十二月に入ってまもなく届いた。師の勧めに従ってフョードル司祭の家に寄宿している松井に宛てて手紙を書くと、さっそく訪ねてきてくれたのだ。

暖炉《ピューチカ》の赤々と燃える接客室で、洋椅子に向かい合って坐している。付き添いはアポローニヤ副院長で、穏やかな物腰で松井を迎え、松井もそれは見事なロシヤ語で挨拶をした。

聡明そうな額と眉の秀でた青年だ。副院長は同席をせず、廊下側の長椅子に腰を下ろして書物を読み始めた。

「助かりました」と、りんは松井に頭を下げた。

「辞書を引いてもよくわからない単語があって、ここは居住地という意味だったのですね」

りんは便箋の中の一ヵ所を指で示す。松井は「はい」と首肯する。

「ラテン語でコロニア、英語ではコロニーと言います」

「松井さんはお国はどちらです。東北ですか」

「仙台です」

「やはりさようですか」

言葉の抑揚《よくよう》が独特で、時々、鼻の中で音が籠って濁るような感じがある。

「東京に出てから訛りを克服したつもりでしたが、まだわかりますか」

松井は少し俯いた。口許に手をあてて咳をする。

「いいえ。わかりませんよ。神学校は東北の方が多いですから、当てずっぽうです。ただ、なんとなく主教様の物言いを思い出して懐かしくなりました」

「主教様は函館から東北へと布教しながら下ってこられたお方ですからね。秋田久保田藩の儒学者に函館で日本語の手ほどきを受けられたと聞いたことがありますが、南部弁や会津弁も交じって、じつに独特の言語として完成していますね」

互いに顔を見合わせて笑った。

ニコライ主教が東京で開いた神学校には、東北の若者が多い。

御一新前、最後まで徳川方についた東北の諸藩は新政府に参画することがかなわなかった。親や兄の世代が仕官の伝手を持たぬため、子弟は外国に留学するか外国語を身につけるか、この二つしか立身の道がない。りんが日本を発った頃も、政府の要職は薩摩、長州など西国出身者が占めていたのだ。ゆえに縋るような思いで神学校の門を敲《たた》くのだろう。

師は彼らのそんな事情も知った上で受け容れ、信仰を伝えてきたのだと、松井は語った。

「滅びゆく武士への郷愁もあるのかもしれません。正教会の聖職者になった侍は少なくありませんから」

「それにしても、松井さんはロシヤ語がさすがによくおできになる。わたくしは言葉が拙《まず》くて、難渋しております」

「神学校の授業はすべてロシヤ語ですからね」

松井が言うには、数学や地理、物理、心理学などもすべて外国人教師のロシヤ語による授業であるらしい。そういえば修学年限の七年を待たず、中途退学する者も多いと耳にしたことがあった。経済的、あるいは家の事情で故郷に帰るものと捉えていたが、授業についていけずに脱落する場合も少なからずあったのかもしれない。

「和学や漢学だけは日本語でしたが」

「漢学の授業もあるのですか」

「主教様は日本語を非常に重んじられ、しっかりとした日本語を心得ていなければ外国語を勉強しても意味がないとのお考えです。そしてなにより日本人の精神、家族のありようや村の仕組みは儒教によって支えられていると話してくださったことがあります。昔、信徒が迫害を受けた時、儒教者や仏教者はなにゆえ助けないのかと憤慨されたようです」

また咳をして、「失礼」と断った。

「大丈夫ですか。風邪をひかれているのではありませんか」

「いいえ、今朝の麵麭《パン》が咽喉に痞《つか》えただけです」と答えるので、黙って先を促した。

「外国人は日本が神仏の両方を大切にすることを不思議がったり批判することさえありますが、主教様の理解はとても深い。土着の稲荷《いなり》信仰にも日本人の心のありようを見て、大切にされる。ですから、この手紙にも書かれているように、聖像画も日本人の手で描かれるべきだとのお考えに至られたのでしょう。そのために、山下さんをこの地にお遣わしになった。日本人信徒たちも、あなたを大変に誇りに思っていますよ。わたしもあなたに倣《なら》い、勉学に励みます」

松井の目を見ていられなくなって、手の甲を掻いた。大学校もエルミタージョも遠ざかるばかりで、この頃は躰じゅうに痒《かゆ》みが出て四肢もだるい。りんは爪を立ててさらに掻いた。

以前、病でもないのに工房に出るのがいやさに寝て過ごしたことを、今になって悔いていた。こうも体調が悪くても、申し出るのが怖い。イリナはまた仮病を使っている。仕事を休みたいだけだ。遊ぶ時は活気を漲《みなぎ》らせて、なんという怠《なま》け者だろう。いったい、誰のおかげでここに暮らしているのか。

顔を上げると、怪訝そうなまなざしと目が合った。りんは笑顔を繕い、「松井さん、試験は」と訊く。

「済みました。合格との通知を受けました。主教様にも手紙を書いたばかりです」

「それはおめでとう」

立ち上がり、「マーチ・アポローニヤ」と呼んだ。

「アレクサンドル・マツイは、サンクトペテルブルク神学大学への入学が認められたそうです」

副院長は書物を置き、弾むように近づいてきた。小鳥の声で「おめでとう」と祝福する。

松井は嬉しそうに礼を述べたが、また咳をした。もともと痩身であるのかもしれないが肩が細く、そういえば顔色も蒼白い。神学校からの留学生であるのだから、よほど敬虔で謹直なのだろう。寝る暇も惜しんで受験に備えたのかもしれない。血の滲むような刻苦がしのばれて、また我身が切なくなる。

別れ際に松井が羽織った外套《バルト》は薄く古く、この地の冬はとても越せぬ代物《しろもの》だ。グレゴリイ氏か公使館に訊ねて、真っ当な外套を譲ってもらえないか頼んでみようと考えを巡らせながら、後ろ姿を見送った。

その翌日から雪まじりの北風が吹き荒れ、木々の先で凍てついていたわずかな枯葉も舞い散った。


明治十六年が明け、りんは二十七歳になった。

躰の痒みが癒えず、食欲も落ちるばかりだ。時々、発熱する。けれど重い躰を引きずってでも寝台から下り、祈禱に出る。姉らにも逆らうまいと心に決め、命じられるまま油画や墨画、卯ノ画の制作に勤しむ。神妙に励んでいれば、いつかまたエルミタージョに、そして大学校《アカデミー》に通わせてもらえるかもしれない。それまでは辛抱だと、与えられた聖像画を忠実に模写していく。ニコライ主教からの手紙にあった、聖像画が不足しているという事情が胸の片隅にあるのだ。これが日本に送られて各地の信徒の役に立つかもしれぬと思えば、一枚でも多く作ろうと思う。

やがてフェオファニヤ姉も、りんの描いた物に手出しをしなくなった。吐言《こごと》も減り、降誕祭を終えた頃には目も合わさなくなった。おかしい。これは妙だ。

気になって夕の祈りの後、声をかけてみた。

「マーチ・フェオファニヤ、体調がお悪いのではありませんか」

「具合が悪いのはあなたの方でしょう。医者を呼んでいます。診察をお受けなさい」

「いいえ、わたくしはどこも悪くありません」

「この頃、あまり食べないと聞いているし、しじゅうふらついているではありませんか。筆運びも以前とはまるで違う」

「筆運び」と訊き返せば、ふと息を吐いた。

「不出来を責めているわけではありません。あなたは気づいていないでしょうけれど、わたくしにはわかるのです。躰に力が入っていない、そういう線です。ともかく診《み》てもらいなさい」

医務室に連れて行かれた。消毒液の臭いが鼻を突く。寝台に寝かされ、躰のあちこちに触れられる。耳の後ろでドクンドクンと脈が速くなっている。どうしようと不安になって目を閉じる。深刻な病だと診立てを受けたらどうなるのだろう。遠くの病院に入れられでもしたら、本当に死んでしまう。

医者は器具を仕舞い、壁際で手を洗ってから姉に小声で何かを告げた。

「熱がある。おそらく相当な吐き気があるはずだ。それに躰じゅうを掻き毟《むし》って傷だらけだ。薬を出しておこう」

医者を見送って戻ってきたフェオファニヤ姉が寝台の脇に立った。

「イリナ」

久しぶりに聞く、厳しい声だ。

「あなた、やはり我慢していましたね」

「いいえ」と、首筋を掻く。

「お医者様は肝臓を悪くしているとおっしゃっていますよ。その痒みも、肝臓からきているのよ」

指摘されて手を止め、指を丸めた。

「今夜はここにお泊りなさい。誰かを付き添わせます」

「マーチ・フェオファニヤ」と口にした時は、涙が噴き出していた。

「お願いします。ここに置いてください。どこにもやらないで。わたくしはもう従順です。祈禱や工房の仕事も疎《おろそ》かにしていません。どうか」

繰りうる限りのロシヤ語をつなぎ合わせ、懇願した。いつしか胸の前で手を合わせていた。

「お黙りなさい。今は安静が必要です」

りんを見下ろして命じた。


数日間、医務室で過ごした。薬が効いたのか、躰のだるさや痒みがだんだんに引いた。

朝の祈りの後、仲間とお茶を飲み、「今日からしっかり励むわ」と皆に宣言する。

「でも、あまり無理をしては駄目よ」

「そうよ。留学期間はまだ三年もあるのだから、腕を磨く機会はまた巡ってくる。うんざりするほど描ける」

ソヒヤがおどけて上半身を揺らしたので、りんは苦笑した。ウベラやアンナ、ペアラスチワも揃い、皆で菓子を分け合って食べる。さあ、工房に上がろうと椅子を後ろに引いた時、ババアに呼ばれた。

「イリナ、院長様がお呼びだよ」

なんだろうと目瞬きをして、ともかく向かった。厚い木の扉に声をかけ、応答を聞いてから入る。面々の顔色を見るなり、ただごとではないと息を詰めた。高窓を背にした机の前には院長が坐っており、壁際にはアポローニヤ副院長とフェオファニヤ姉だ。そして机の前の洋椅子にはフョードル司祭がいる。

アポローニヤ副院長の指図によって、りんは院長の前に進んだ。

「イリナ・ペトロヴナ・リン・ヤマシタ」

重々しい声の響きに、「はい」と畏《かしこ》まる。

「あなたの帰国が決まりました。来月、二月中に出立しなさい」

肌が粟立った。

「なにゆえです」

前のめりになって机にとりつきそうになった時、背後から「イリナ」と制された。フョードル司祭の声だ。ふり返る。

「ニコライ主教、決定されました」

噛んで含めるような言い方だ。けれど俄《にわ》かには信じがたい。

「なぜです。なにゆえ、かような決定を」

「あなたは体調が悪い。日本のおなごにはロシヤの寒さ、厳し過ぎるのではないか。命を落とすようなことがあれば、取り返しつかない」

「わたくしは快癒しました。ご覧の通りです」

りんは両腕を大きく開いてみせる。

「公使館にも連絡しました。今、いつの船に乗れるか、調べてもらっています」

手筈《てはず》は整っていると聞かされて、しばしば抱いた疑念がまたぞろ立ち上がって鎌首を擡《もた》げた。

「いつなのです。主教様はいつ、その決定を下されたのです」

手紙にはそのようなことは一言も書いていなかったと言い継ぎそうになって、それを呑み込んだ。違う。たしかに触れられていた。

帰国。故郷。健康を台無しにする前にすぐに帰国しなさい。

この件は、修道院とニコライ主教との間でずいぶんと前から検討されていたのではないか。おそらくわたしの行状と体調は、わたしが想像する以上に日本に報告されていたのだ。

りんは後退《あとじさ》り、院長室を見回した。

三月上旬の船に乗ることが決まり、工房内で帰国する旨が発表された。

アポローニヤ副院長とフェオファニヤ姉が並んで立ち、副院長が皆を見回した。

「修業半ばのことで当人はもとより、わたくしたちも残念でなりませんが、皆さんも知っての通り、イリナの体調が優れません。よって、暖かい母国で養生することになりました。わたくしどもは、イリナの平癒を祈りましょう」

りんの立場を配慮してくれてのことか、日本からの指示ではなく、りん自身の意思によるものとも捉えられる言い方をした。たちまち皆に囲まれた。

「淋しくなるわ」

「でも病が癒えたら戻ってくるのでしょう?」

「そうよ。イリナはロシヤ女もたじろぐ強者《つわもの》だもの。ちゃんと治して、必ずここに帰ってくる」

意外だった。清々すると言わぬばかりの態度を取られるかと身がまえていたのに、肩を寄せ、背をさすってくれる掌は柔らかい。りんは恥じ入って、頭を下げたまま顔を上げられなくなった。フェオファニヤ姉は平静な態度を崩さず、仕事を差配し始めた。

やがて外出が増えた。方々に挨拶に回らねばならず、そのほとんどの付き添いはフョードル司祭だ。マダム・リヨボフは晩餐会を開いて名残りを惜しんでくれた。ヨルダン先生は穏やかな表情に戻っており、西洋画の銅版画を餞別にくれて「修練を」と告げた。

フェオファニヤ姉とはすれ違いが続き、たまに姿を見かけて近づいても、すっと身を躱《かわ》すように離れてしまう。口をききたくもないのだろうと落胆しつつ、自分のしたことを考えれば仕方がないと諦めをつけた。

外出の合間には画帖を開き、皆の様子を写生する。長机の前に並んでくつろぎ、共にお茶を飲み、笑いさざめく姿を描いた。この地で過ごした記念が欲しかった。

最後の夜、荷をまとめ終えると胸の裡がすうすうとする。穴が空いたみたいだ。寝台に坐して窓外をぼんやりと眺めていると訪《おとな》いの声がして、フェオファニヤ姉だった。

「片づきましたか」

「ええ」と立ち上がり、居ずまいを改めた。

「明日の朝、ご挨拶に上がろうと思っていました」

「いいのよ。それはいいの」と言い、まっすぐ窓辺に向かう。両手に盆を持っており、机の上にそれを置く。茶を注ぐ音がして、茶碗を手渡された。姉も椅子を引いて腰を下ろしている。

りんは一口飲み、「おいしい」と呟いた。フェオファニヤ姉も茶碗を皿ごと持ち上げ、おもむろに口を開いた。

「東京十字架聖堂の聖障《イコノスタス》の画は、わたくしが描きました」

聖障はいわばこの世とあの世を隔てており、壁の手前は信徒が祈る聖所《せいじょ》、壁の向こうは最も聖なる至聖所《しせいじょ》である。そこは聖堂内の深奥部で、神の国を象った場であるらしい。ゆえに聖障はたくさんのイコンで飾られる。

「それは存じませんでした」と、りんはたじろいだ。

「描き上げて送ったのはあなたが日本を発った後ですから、目にしていなくて当然ですよ。ニコライ主教はモスコーの府主教のご紹介でわたくしのことをお知りになり、依頼してこられました。ロシヤに帰国された折にはここにも足を運ばれて、聖像画の出来栄えをご覧になりました。とても歓んでくださって、日本の信徒たちのこともお話しになった。だからわたくしは」

しばし黙り込み、「わたくしは」と繰り返した。

「日本にとても親しみを感じていた。あなたの到着を心待ちにしていました」

机の上で蠟燭の小さな炎が揺れる。指が震えて、手の中の茶碗が音を立てた。なにかを伝えたいと思うのに、この想いをどうロシヤ語にすればよいのかわからない。相手を非難する言葉ばかり身につけた。

フェオファニヤ姉は静かに茶を飲み干し、立ち上がった。

「神があなたのゆく道を祝福してくれるように。照らしてくれるように」

胸の前で十字を描いた。

フョードル司祭と松井が迎えに来てくれて、門外へと出た。

今日、午後一時半の汽車でペテルブルクを発つことになっている。駅では日本公使館の職員が待っており、汽車にも同乗してくれるそうだ。

馬車に乗り込む前、りんは後ろを見返った。

ノヴォデーヴィチ女子修道院。

その名を胸中で呼べば、こうも美しい優雅な姿だっただろうかと、目を瞠る。大聖堂が聳え、左右それぞれの建物の中央には教会堂がある。葱の花の形をした五つの屋根を見上げ、その頂《いただき》に掲げられた十字架を仰いだ。地上からは十二丈ほどもあり、春を待つ空に届かんばかりだ。

りんは右の建物へと目を移した。二階の工房はここからは見えない位置だけれども、あの窓辺の景色はすぐに目に泛ぶ。画架がずらりと何列も並び、皆はその前に坐って筆を揮《ふる》っているだろう。フェオファニヤ姉はいつものように、その列の間を静かに巡っている。アポローニヤ副院長が訪れて、囀るように喋る。朝の陽射しの中で油絵具が匂い、板画の裏に桟を取りつける音がする。

りんは爪先を揃え、深々と頭を下げた。

ダスヴィダーニヤ。さようなら。

馬車に乗り込んでからは、二度とふり返らなかった。

四章　分かれ道

一

光の春が始まっていた。

延々と続く雪白の土地にも、少しずつ土の色が萌《きざ》している。楓《かえで》や白樺《しらかば》の林、名も知らぬ針葉樹の森や川も陽を受けて輝き、雪解け水の流れる音が聞こえるような気がする。

りんは車窓の外を眺めながら、またヴォトカの小杯を傾けた。汽車の中は瓶売りなので鞄に小杯をしのばせておいたのだ。帰国までに買い集めた聖像画の小額や印刷物、皆からもらった餞別《せんべつ》の品々は別便にしてある。

ペテルブルクを出立したのは明治十六年三月七日の午後一時半、汽車はまず独逸《ドイツ》の伯林《ベルリン》に向かい、九日の朝には着く予定と聞いている。帰路は誰の差配によるものか、任期を終えて帰国の途につく公使、柳原前光《やなぎわらさきみつ》伯爵の一行に随行する形で、書記官がりんの世話もしてくれる。与えられた部屋は一行とは異なる中等室だが、往《い》きの船中とは雲泥《うんでい》の差だ。食堂で供される食事も澄んだソップにカツレツ、豆と香草の煮物などがつき、こうして汽車に揺られながら呑んでいれば別世界の旅に思える。

「あなたは修道院の方ですか」

同室の、四十がらみの婦人に話しかけられた。大きな荷をいくつも座席に置き、贅沢ではないがこざっぱりとした身形《みなり》であるので商人の女房だろうか。さっきから何度も目を合わせてきていた。黒い筒服に胸許には青い十字架の首飾りというこの姿は、やはり目につくらしい。

「ええ。ノヴォデーヴィチ女子修道院で学んでおりました」

りん自身は修道女ではないけれども、僧衣の者に対して格別の礼をとるお国柄だ。正教はロシヤの国教であり、その権勢は大聖堂や僧院の絢爛《けんらん》が物語っている。ただ、貴族や知識階級の人々よりも、むしろ町の商人や農民、仕立て屋といった民衆の方が敬虔《けいけん》な正教徒であるように感じたことがある。

「あなた、ロシヤ人ではないわよね」

「この平べったい顔がロシヤ人に見えますか」

片言《かたこと》の戯言《ざれごと》が気に入ったのか、頬を林檎ほどに紅潮させている。半巾《ハンケチ》を広げて胡桃《くるみ》の砂糖菓子を「いかが」と勧めてくれたので遠慮なくいただき、手の中の小杯にヴォトカを注いで「どうぞ」とお返しをする。

「ご親切に有難う。汽車の中で買うお酒はやたらと高いので、我慢していたの」

豊かな胸の前で十字を描いてから、一口で口の中に放り込んだ。「ヴォトカにも種類があるのですよ」と、婦人は小杯を返す。

「果実を漬けたものは家ごとの流儀があって、味も違います。苺や木の実、香草を大瓶に漬け込んでずらりと並べるのは一家の女主人の仕事、わたしはいつも惚《ほ》れ惚《ぼ》れと台所を見渡すの」

「日本にも梅酒というものがありますわ」

だが婦人は日本という国の名を知らぬようで、肩を少しばかり上下させた。

「わたしはね、野や森に出て果実を摘《つ》むのが子供の頃から大好きなの。あれほどの愉《たの》しみは他にありません」

これから到来する季節に目を輝かせている。瞳は艶《つや》を帯びた碧《みどり》だ。小杯を渡せば、また一息で呑んでしまう。

「ロシヤは冬が厳しいから、一年の幸福が春と夏に集まっているのですよ」

「ええ」と相槌《あいづち》を打てば、「でも秋には茸狩《きのこがり》があるわね。そうだわ、わたし、秋も大好きなのだった」と小さく笑う。

「わたしも修道院の仲間と茸狩に出かけたことがあります。森に入る前に、こんな小さな笛を持たされて」

「森で迷うと骨も出てきませんからね」

婦人は大事な秘密を打ち明けるように重々しく言い、通りがかった売り子を「ちょいと」と呼び止めた。一瓶を買い求め、今度は奢《おご》ってくれるつもりらしい。ロシヤ人がお喋《しゃべ》り好きであるのは階級にかかわりなく、言葉が通じていようが通じていまいがおかまいなしだ。

――語らいは道中を短くし、歌は仕事を短くする。

ロシヤの諺《ことわざ》だ。ヴォトカで大いに話が弾《はず》むうちに荷物を手にして立ち上がるので、りんも慌てて外套《バルト》と鞄を引き寄せ、後に続いた。出口に向かう最中も話が途切れず、駅に降り立てば「楽しかった」と握手を交わす。

「ダスヴィダーニヤ」

さよならを告げ合い、婦人の丸く大きな背中を見送った。さてと人心地《ひとごこち》をつけて周囲を見渡せば、上等室に乗っていた一行の姿がない。

「どういうこと。まさか、ここで降りるのではなかったの」

心地よい酔いなど吹っ飛んで、狼狽《ろうばい》した。箒《ほうき》を手にした駅員をようよう探して訊《たず》ねれば「ナイン」と首を振るばかりだ。どうやら伯林の一つ手前の駅であるらしい。婦人につられて、降りるべき駅を間違えたのだ。

「この、粗忽者《そこつもの》め」

頭を拳《こぶし》で二度叩いた。往路でもシンガポオルの市中で写生に夢中になり、もう少しで船に乗り損ねるというへまをやった。またやってしまった。

「次の汽車に乗るしかない。そうだ、そうするしかない」

気を鎮《しず》めようと木の長椅子に腰を下ろした。晴天であるけれども、駅舎の軒からは氷柱《つらら》が下がっている。待てど暮らせど汽笛は聞こえず、鳥も啼《な》かない。風の冷たさに首をすくめ、外套の前を合わせ直した。

「しゃあんめえ」

呟き、ヴォトカを瓶ごと傾けて呑んだ。胃ノ腑の温もりが戻ってくる。

「線路がある限り、着くべき地には着くのだ。なんとかなる」

鼻唄まじりで、聖歌の旋律をなぞってみる。なかなかいい声だ。幼い頃、母に教えられた童《わらべ》歌《うた》も口ずさむが、詞はほとんど忘れている。思い出そうとしても、ロシヤ語がまず泛《うか》ぶのだ。

花はツヴィトーク、菫《すみれ》はフィアールカ、花束はブキェート。春はなんだったか、ヴィ、そう、ヴィスナーだ。絵画はカルチーナ。

「そして聖像画は、イコン」

顔を動かし、ペテルブルクの方角を見やった。錆《さび》色の線路が遥々《はるばる》と延びている。神があなたのゆく道を祝福してくれるように。照らしてくれるように。

フェオファニヤ姉の声が胸の十字架の奥で響く。

わたしは帰国命令に「ニエット」と抗《あらが》い、そして懇願するべきではなかったか。心から詫《わ》びて悔い改めれば赦《ゆる》されたのではなかったか。事の成らざればこの命、尽きてもよいと、思い決めていたはずなのに。

「いいえ」と、りんはきつく目を瞑《つむ》った。望まぬ画業、あの苦しみに再び耐えることなどできそうもない。毎日、天地の文目《あやめ》もわからぬほどに心が揺れて吐いて、熱にうなされて。そう、躰《からだ》じゅうが痒《かゆ》かった。ほんの一睡しただけで目が覚めて、爪の中には掻《か》き毟《むし》った皮膚が血の色をして残っていた。

仕方あるまい。肝臓をやられてしまったのだから。

心底ではほっとしていたのだ。そしてこうして嬉々として帰路についている。

でもと瞼《まぶた》を押し上げた。今、来た道をじっと見つめる。この名残り惜しさはなんだろう。わたしはなにか、取り返しのつかぬことをしたのではないか。この線路を辿《たど》れば修道院に戻れるのだと、長椅子から腰を浮かせた。

右はペテルブルク。左は伯林。

つと、伯林の方角で轟音がして、空に黒煙が見えた。黒い車体がだんだんと大きく迫ってきて向かいの乗降場に着き、黒煙を吐きながら行ってしまった。その煙幕越しに大きな声が届いた。

「山下君《やました》」

毛皮の洋帽をつけた眼鏡の日本人で、公使館の書記官だ。ややあって、こなたの乗降場へと駈け上がってきた。息を切らしている。

「ああ、いたいた。よかった。君が降りてこぬから大騒ぎをしたのだ」

「間違えました」

「終点で降りると何度も申しておいたではないか。公使が心配なさって、駅で待っていてくださるのだぞ」

「面目次第もございません。プラスチーチェ」

詫びているうち、伯林行きの列車が到着した。駅に着けば公使一行が待ちかね顔で、頭を下げ通しだ。

そしてやはり安堵《あんど》していた。帰路に戻れたことに。

主、憐れめよ。

公使一行はここから別の帰路を辿るとのことで、巴里《パリ》には単身で向かった。馬耳塞《マルセイユ》港から日本への船に乗るのである。歌倫《ケルン》という駅で汽車を乗り換えねばならなかったが、またしくじるのではないかと気が気でなかった。車内を見回しても独逸語や仏蘭西《フランス》語らしき言葉が行き交うばかりで、ロシヤ語が聞こえてこない。酒をやるのには懲《こ》りて、瓶ごと鞄の底に仕舞った。

十一日の朝、巴里の駅に着き、公使館の職員が出迎えて宿に案内してくれた。ほっと胸を撫で下ろした。仏蘭西公使もちょうど任期満了で帰国の途につくことになっており、りんはその井田譲《いだゆずる》夫妻に随行して船に乗せてもらうらしい。出発まで数日あったので、市中を見物しようと宿の外へ出た。

石畳の道はペテルブルクよりも細く複雑で、しかし町の建物や店の様子は遥かに洗練されている。これには驚いた。ペテルブルクは西欧に近いだけあってひときわ美しい都であると聞いていたし、りん自身もそう思っていた。けれど巴里の町を行き交う人々の様子は段違いに垢抜《あかぬ》けている。ただ、歩いていても、ロシヤ人のように親しげに話しかけてくる者は一人とていない。それでも夢中で、前のめりになって方々を歩き回り、念願の凱旋門《がいせんもん》も見物した。女子修道院のあった町外れにも凱旋門が築かれていたが、これも巴里の方が数段、壮麗だ。

手帖と鉛筆を取り出して写生すれば、いつしか夢中になる。蜂蜜色を帯びた石造りの館から出てきて馬車に乗り込むのは青衣《しょうえ》の貴婦人で、羽根や花飾りのついた帽子のつばから金髪が溢れている。頬はうっすらと薔薇色で、いつかエルミタージョで見た絵画の貴婦人そのものではないか。麵麭《パン》屋の店先や花屋、茶店の前を行き交う人々も素早く写生してゆく。

およそ九十年前、この国で血塗られた革命が起きたと、ペテルブルクの貴族の宴で耳にしたことがある。けれどこの町は血煙を浴びたことなどないかのように、とり澄ました表情だ。むろん美しいばかりではない。角を曲がれば不潔極まりない枝道で、犬の糞や尿、得体の知れない塵芥《ちりあくた》がそこかしこに落ちている。酔っ払いが蹲《うずくま》って呪いのような言葉を吐き続け、貧しさから這い上がれそうもない少年が萎《しな》びた花を売る。

それでも歩き回った。路地から明るい広場に出れば、エルミタージョで見た絵が立ち昇ってくる。若い騎士と姫君の政略結婚、その婚礼の宴で繰り広げられる両家の思惑を秤《はかり》にかける僧侶。次の絵はいかさま師を騙《だま》す娼婦だ。次は、生真面目な料理人の盗み喰い、そして腕利きの靴職人の履くボロ靴。「さあて、さてさてお立合い」と、絵の中の者らが目配せをよこす。りんはクスリと笑い、語りかけてやる。

「あなた方はとても愉快そうね」

若い女がふり返り、「ウヰ」と片手を上げた。袖を肘までめくっており、手には絵筆だ。

「わたしたちは俗世を楽しんでいるのだもの。自由と平等と友愛に満ちた、この世界をね」

自由と平等と友愛。それも宴で誰かが口にしていた言葉の端切《はしき》れだ。現実に置き換えて解するのは難しいけれども、たぶんそれこそが神の思召《おぼしめ》しなのだろう。

真実を写せ。

りんは「ダー」と、右腕を突き上げた。

写生に没頭するうちいつしか日が傾いており、そろそろ引き揚げようと思えど、帰り道に迷った。ぐるぐると渦巻《うずまき》を描く道は方角を目くらませにする。道行く人に訊ねても聞こえぬふりをして、露骨に顔をそむける者もある。宿の名もまったく通じない。途方に暮れた。

「日本公使館、そう、日本公使館はどこですか。どなたか、お助けください」

ようやく犬を連れた老夫婦が足を止めて案内してくれたものの、そこは清国《しん》の大使館だった。仏蘭西の者には日本人と清人の見分けがつかないらしく、しかも後で考えればりんの黒い筒服は清服と似ていなくもない。這《ほ》う這《ほ》うの体《てい》で日本公使館に辿り着いた。

もはや一人歩きはさせられないと、翌日は新朝野新聞《しんちょうや》の婦人記者が同道してくれた。

「仏蘭西人は気位の高い人間を尊重するのです。山下さん、堂々としていらっしゃい」

馬耳塞港から乗り込んだ船の中でも、その記者と一緒だ。ソヱヅ運河を抜けて紅海《こうかい》に入った頃には、日本人男性の乗客とも話をするようになった。やがて印度洋《インド》に出れば、海と空の境目もつかぬ日々が続く。退屈しのぎに上甲板《じょうかんぱん》で彼らの顔を写生すれば「こいつぁ似てる」と感心され、いつしか人の輪ができて大賑わいだ。婦人記者は大仰《おおぎょう》なほど持ち上げる。

「あなた、大変な絵描きだったのねえ。巴里ならルウヴル美術館もあるのに、なぜロシヤに留学なさったの。ああ、なるほど。正教信徒の家のお生まれなのね」

記者だというのに独り合点をして、りんも経緯を説明するのが面倒で訂正しなかった。そんな話をする時は決まって麦酒《ビール》を酌み交わし、酩酊しているからだ。コロンボでは男女数人で連れ立ち、寺院を見物して回る。やがて昼の一時から麦酒でお喋りをするようになった。夕方の湯上がりにまた麦酒、夕餉《ゆうげ》で呑み、その後、誰かの室《へや》や上甲板に集まって呑み直す。夜が更けても話柄《わへい》は尽きることがなく、元公使には「早く寝るように」などと注意を受けたが、かほどに愉しい時間を放るなど野暮の骨頂というものだ。皆、並ならぬ志《こころざし》を持って異国に渡り、仕事を成したり、学問を修めて帰国する面々である。他人には言えぬ苦労をしたであろうことは我が身をふり返っても察せられるだけに、仲間のごとき気持ちを持ってしまう。

「それにしても物価の違いには参ったね。日本からの送金が遅れた時には毎日、鳥の餌を舐《な》めて過ごしたよ」

「あら、手許《てもと》不如意《によい》なのに鳥を飼っていらっしゃったの」と婦人記者が揶揄《やゆ》するように言えば、男の友人が「そうだよ。巴里の鳥屋で買ったペルッシュに日本語を教えてんだから、言葉が上達しないわけさ」

「ペルッシュってインコのことでしょう？　餌を舐めるくらいなら焼き鳥にすればよかったのに」

「婦人は残酷だなあ。だいいち、不味《まず》いに決まってるよ」

真顔で主張するので、また皆で腹を抱えて笑った。無事に帰国の途につく安堵と帰朝者としての誇り、野心に似た希望。そんなさまざまを胸に抱きながら馬鹿な話をして騒ぐのだ。夜の上甲板で、りんも愉快きわまりない。

この美酒、仲間、そして満天の星々。誰にも気をかねずに言いたいことを言い、したいことをする倖《しあわ》せよ。これぞ仏蘭西人の掲げる「自由」なるものなのだろうか。

ただ、記者の言うルウヴル美術館には行ってみたかった。あのエルミタージョの本家本元のような美術館であるらしい。惜しいことをした。


四月も半ばを過ぎた十七日、船は横浜港に着いた。

仲間たちと別れを惜しんで桟橋に出れば、何人も出迎えにきてくれている。

「山下姉、お帰りなさい」

「ご無事でなにより」

「主教様が待ちかねておいでですよ」

教会の事務方や信徒にとり囲まれ、ほとんどは顔もよく憶えておらぬ人たちなのだが、瞼の中が熱くなってくる。

帰ってきたのだ。およそ二年と五ヵ月ぶりに、母国、日本の土を踏んだ。

「りん」と呼ばれて顔を動かせば、兄の重房《しげふさ》だ。

「兄上」

頑丈な顎が「ん」とうなずく。駈け寄れば、思いもよらぬことに母も立っていた。躰は一回りも小さくなっていて、海風に吹き寄せられてしまいそうだ。髷《まげ》にも白いものが増えている。

「申し訳ありませんでした」と、深々と頭を下げた。

「生きてこうして会えたのです。詫びることなどありませぬよ」

気丈さは変わらない。母のかたわらには政子《まさこ》もいて、握手を交わした。目尻が濡れてしまいそうになるのをごまかしがてら、唇をぷるぷると震わせて鳴らす。

「五年の予定だったのに、中途で帰ってきてしまった」

「いいえ。よくやったわ。あなたは頑張り抜いた」

事情を少しは承知しているのだろう、励ますような声音だ。汽車の中では母と隣り合わせに坐り、向かいに兄と政子が並んだ。

「兄上、わざわざ笠間《かさま》からお越しくださったのですか」

「手紙で知らせたではないか。東京に住んでるよ」

大仰に顔を顰《しか》めてみせる。そうだった。先年、明治十五年に再び東京に出てきていたのだ。此度《このたび》は母の多免《ため》と妻子を連れての上京だ。爺《じい》や夫婦は兄が笠間に帰った際に向こうから申し出て、隠居したらしい。二人とも在所で息災に暮らしていると聞いて、ほっとする。先祖代々の墓所は笠間に残したままだが、小田《おだ》家に養子に入っている峯次郎《みねじろう》が墓の世話を引き受けてくれたようだ。

「して、兄上は今、何を」

兄ではなく、かたわらの政子が「不思議な縁なのよ」と口を開いた。

「山下さんは今、石版《せきばん》印刷の技手をなさってるの」

兄は勇ましげに「そうよ」と、胸高に腕を組む。

「まだ修業中だが、玄々堂《げんげんどう》なる社に入らせてもらったのだ。お前が出立した後、上京した折に中丸《なかまる》先生をお訪ね申したのが契機でな」

「兄上が中丸先生を。何用で」

「何用でとはご挨拶よの。他でもない、お前が世話になった礼を申し上げに参じたのではないか。話の流れで、中丸先生が玄々堂を紹介してくださることになった」

「話の流れで」

「さよう。また上京して出直したいが慣れぬ商いはもう真っ平《まっぴら》、巡査や役人仕事も性に合わぬ、なれど母と妻子を喰わせねばならぬここが正念場、いっそ手に職をつけるべきかと肚《はら》を括《くく》りおる次第と打ち明けたらば、すぐさま紹介状を認《したた》めてくださったのよ」

手に職などと、またも思いつきだ。不器用で堪《こら》え性《しょう》のない兄に、職人仕事などできるはずがない。だいいち、兄の絵の拙《まず》いことといったら。犬と烏《からす》の区別もつかなかった。

「兄上、絵をお描きになれるんですか」

「画工ではない、技手だ。印刷機を扱う技手。なかなか筋が良いと言われておるのだ。なんだ、知りもせんくせに決めつけおって。かような不行儀、ロシヤでは叱られんのか」
「中丸先生にご迷惑をかけぬよう、神妙にお励みくださいまし」
「お前に言われとうない」と、兄は鼻を鳴らした。
母は口数が少なく、孫の重幸《しげゆき》の様子を訊けば「いい子ですよ」と頰を緩めはする。政子が
「四歳は可愛い盛りですもの」と気を引き立てるように言葉を添える。兄とも重幸の話をし、
また石版印刷の話をしているので、ずいぶんと交誼《つきあい》があるようだ。
そういえば政子がロシヤによこした手紙には、夫の岡村竹四郎《おかむらたけしろう》と共に信陽堂《しんようどう》という石版印刷
所を始めたと書いてあった。結婚してまもなく娘を産んだので「赤子を背負って絵筆を揮《ふる》う毎
日にて、わたくしも大奮闘」と、活気を漲《みなぎ》らせていた。いざ会ってみれば、想像していた以上
の貫禄だ。木蘭色《もくらんいろ》の地に微細な十字を織り込んだ紬《つむぎ》を身につけ、しかし髪は根下がりのひっつ
め、そこはやはり女画師らしさを失っていない。足許も左右が不揃いの下駄ではなく、ちゃん
と揃っているばかりか鼻緒が艶光りしている草履《ぞうり》だ。
「政子さんは大したものだ」と、兄も感心を隠さない。
「子供を産み育てながら、男でもこなしきれぬほどの作画と製版を引き受けてなさる」
「いいえ、もう手一杯ですわ。りんさんの帰国がいかほど待ち遠しかったか」
よくわからぬことを言い添えたが、列車が新橋駅に着いた。そこで三人とは別れ、教会の人
たちと共に駿河台《するがだい》に向かった。
ニコライ主教に挨拶をするのは、少しばかり気が引けた。伝道館の入口で何度も背筋を立て
て息を整えていると、主教が先に出てきてくれた。

「お帰り。無事で何よりだったべな」

「プリヴィェート」

ロシヤ語で「ただいま」を告げると、主教は青い目を瞠《みは》り、両腕を大きく広げた。

「よろしい。大変によろしい」

目尻にたくさん皺《しわ》を寄せている。そのまま感に堪えぬ面持ちでりんの手を取り、両の掌で包み込んでしまう。掌は大きく寛《ひろ》やかだ。りんの行状、そのなにもかもを承知のうえで責めもせず、ただ我が身を案じてくれていたと思えば、途端に目の前が滲《にじ》んだ。これまでこらえていたものが一気に溢れ、手の甲で拭えども拭えども頬を濡らした。

二

伝道館の一室で、ひとまず荷を解いた。

来月には新しい学舎に入ることになっている。これまでの家屋は老朽化して、職人が修繕を嫌がるほどだったのだ。部屋数も足りず、年々増える女生徒を収容しきれなくなっていたらしい。主教は道を隔てた西手の北甲賀町に家屋を購入してあったので、そこを女子教育のための新たな学《まな》び舎《や》とし、名称も「女子神学校」とするという。りんはその学舎のいずこかに住まう予定だ。校長はアンナ菅野《かんの》秀子で、これまで通り舎監も兼ねているので帰国後、なにかと親切に世話をしてくれる。

日曜日の奉神礼《ほうしんれい》に出れば、信徒や神学校の生徒、女生徒、教師らにもとり囲まれる。

「ロシヤのお話を聞かせてくださいまし」

りんの帰国を『正教新報』が詳細に報じてくれたので、ちょっとした有名人だ。幾重もの人垣となって坐した中には主教までがいて、にこにことしている。

「イリナ。ロシヤというお国は、どんなだったべか。教えてけろ」

主教はどこで仕入れてきたのかよくわからぬ訛《なま》りで囃《はや》し、皆を笑わせる。「口が下手ですから」と辞退しても堪忍してもらえず、おずおずと膝の上に手を重ねた。

「ロシヤの一年は、春の三月から始まります」

そこで小さく咳払《せきばら》いをして、そうだ、季節の話をしようと思った。

「暦《こよみ》は皆さんもお使いになっているロシヤの旧暦で、日本では旧暦をまったく放擲《ほうてき》してしまいましたけれども、かの国では西洋の暦と旧暦の両方を用い、正教の祭、儀礼も旧暦で行なわれています。長く厳しい冬は畑の作物もほとんど穫《と》れず、修道院でもジャガタラ芋ばかりをいただいておりました。死んだように静かで何もかもが閉ざされる季節が明けると、まさに復活の時を迎えます。草木が芽生え、農民は種を播《ま》きます」

そこでもう言葉が尽き、けれど信徒衆は目を輝かせたままだ。

「一年三百六十五日、どの日にもその日を記念する聖者がおられますでしょう?」

問いかければ、各々にうなずいてくれる。言葉が通じるというのは、つくづくと有難い。

「農民たちにとって暦に記された聖者の名前は、畑ですべきことを教えてくれる目星なのです。初めての種播きの日、農夫は大切な種籾《たねもみ》を籠に入れて胸にかけ、まず裸足で畑を踏んで土の温もり加減や水加減を確かめます。祈りの言葉を口にしつつ、一握りの種を播きます」

「祈りは、いかなる言葉をお使いになるだか」と、一人の青年が訊ねた。継ぎの目立つ紺絣《こんがすり》の着物で裾を端折《はしょ》り、肌は渋皮色に灼《や》けている。

「わかりません。ロシヤ語は難解で、畦道《あぜみち》に立って写生するわたくしの耳ではとても理解できませんでした」

主教にまなざしを投げたが助け舟は出てこない。「おそらく」と、続けた。

「豊作を祈る言葉であったと思います。ロシヤにハリストスの教えが入ってきた時、土地の古い農耕儀礼や風習が結びついて広まったのだと聞きましたから」

それは意地悪なお目付け役、ババアが教えてくれたのだ。エルミタージョへの馬車の中だった。今から思えば、ババアは農民の生まれだったのかもしれない。修道院の中にも厳然たる位階が存在し、高位の修道女は裕福な貴族の出身で占められている。

「最初に播くのは燕麦《えんばく》という麦で、そう、ロシヤの麦は小麦、大麦、ライ麦と、とても種類が多いのです。その燕麦は四月二十一日の聖ルフの日に播くのがよいとされていて、ちょうど白樺が芽を吹き、蛙が鳴き始める頃です。播き時の盛りは五月二十三日の聖ニコライの日で、ニコライは農民が最も慕う守護聖者です。この頃にはもう寒《かん》の戻りもなく、緑の色が一面に萌《きざ》しています。ちなみにわたくしの聖名《せいな》であるイリナの日は四月十九日と五月十八日ですが、この日はキャベイジの苗を畑に移す日とされています」

「きゃべいじとは、蔬菜《そさい》でござりましょうか」と、中年の女信徒が遠慮がちに訊く。

「さようです。日本にもあるのですよ。旧幕時代は阿蘭陀《オランダ》菜と呼ばれていたのをご存じの方もおられるでしょう。つまりは観賞用の葉牡丹《はぼたん》です。西洋人はあれを煮てソップにしたり挽肉を包んで煮たりと、とてもよく食べます。いずれ日本でも栽培する農家が増えるかもしれません」

ほうと、声が上がる。神学校の学生が若々しい眉をすいと上げた。

「ロシヤと日本はいかばかり違うかと思うておりましたが、なぜか近しくなりましたよ。日本の旧暦もいわば農暦であったでしょう？　生家でも、田植えや稲刈りの目安でした」

主教が茶目な目をして、「さよう」と口を開いた。

「わたし、初めて日本を訪れた時、農作業に勤《いそ》しむ百姓らの姿、とても懐かしく思うたよ」

皆は嬉しげに顔を見合わせている。りんも緊張が解けてきて、「一年だけではなく、一週間も農作業とかかわっています」と、うろ憶えの歌詞の断片を日本語で披露する。

「月曜日はらくな日、一日じゅう寝て過ごしたよ。火曜日は、小麦を四十束刈り取ってなァ。水曜日はそれを運んで、木曜日は脱穀だ。金曜日に風で飛ばして乾かして、土曜日に秤にかけて、日曜日に売った」

そこでいったん声を落とし、両の肘を持ち上げた。

「あたしゃ、お金を稼いだよ」

拍子《ひょうし》のよい旋律だが小麦の収穫は骨の折れる仕事で、農民の手はマメだらけであるらしい。けれどその苦労を小気味よく笑い飛ばす。陽気なソヒヤが教えてくれた農耕の民の歌だ。

皆も気に入ってくれたのか、手を打ち鳴らして笑っている。

「イリナの話、とてもよかったです。皆さん、感謝を」

拍手に包まれ、ニコライ主教はやはり格別のお人だと思った。ロシヤの司祭たちはいつも謹厳で真冬のごとくだが、主教は春のごとく暖かく、夏のごとく明るい。

「聖像工房、近いうち、必ず建てます。お前《め》さん、そこで存分に腕を揮うがよろしい。皆さん、長い間、手に入りにくうて気の毒なことだったが、これからイリナが聖像画、たくさん描いてくれます。弟子もとります。志願者、出てきなさい」

立ち上がって大袈裟《おおげさ》に手招きをしたので、また笑声が沸き立った。

主教はロシヤへの手紙でも、同様の計画に触れていた。

——我々は皆、お前さんが立派な聖像画家になってくれることを大いに期待してるよ。みごとな聖像を描くだけでなく、多くの人にその技術を教えてもらいたい。すなわち帰国後、ここに聖像画のアトリエをつくって男や女の弟子を集め、日本正教会のために充分な画を供する人になってもらいたいのだ。さすれば、この点においては他国に援助を仰ぐ必要がなくなる。今は距離があるだけに、その援助を受けるだけでも並大抵ではないからね。

りんの帰国を報じた『正教新報』にも、「絵画を以て教会に務むるの志ある者には、画法を教授さるる」と書かれていた。

修業半ばで帰ってきたわたしに、教授などできるだろうか。

期待に満ちたまなざしに包まれて、ふと不安になった。


女子神学校が新しい学舎に移った。

木造の洋館で、総二階建てだ。庭には梅樹の数本が植わり、夏には実がたくさんついた。草《くさ》叢《むら》では白い百合《ゆり》も咲いていたが、やがて蔦《つた》や秋草が生い始めた。今は彼岸花《ひがんばな》が群れて赤を吹いている。

二階には小さな部屋がたくさん設《しつら》えられており、りんはその南端の一室を住居として与えられた。東京の中でも駿河台は高台であるので、窓を開ければそれは遠くまで見晴るかせる。ロシヤに比べれば何ともささやかな森と林だが、その合間を川が幾筋も流れ、小舟が行き交う。政府がかかわる建物は洋館の大屋根で、日本の近代化はかくも急速に進んだかとりんは感嘆する。けれど昔ながらの家々もひっそりと甍《いらか》を連ね、軒を寄せ合っている。さらに南には深緑に包まれた宮城《きゅうじょう》、晴れた日には遠くに品川の海が望める。

聖像画工房は庭の片隅に建てられた。八畳ほどの掘立《ほったて》小屋で、採光のための窓は大きい。夏は煉獄《れんごく》のごとき暑さに苦しんだけれども、毎日、木の床に立てた画架に向かい続けている。

急務は日本じゅうの信徒が求めている聖像画で、ともかく数が必要だ。

ロシヤから持ち帰った聖像画を横に掲げ、模写してゆく。

聖像画はあの気味の悪い旧式の画ではなく、エルミタージョに飾られていたような西欧画ばかりだ。それについては誰も何も言わず、頓着もしていない。伝道館の一階にある主教の執務室には記憶の通り、ラハエロの『サンシストの生神女《しょうしんじょ》』の複製画が今も掛かっていた。『正教新報』にはその写しの頒布広告さえ出ている。

フェオファニヤ姉らはなにゆえ新しい西欧画を忌《い》み嫌い、わたしに描くことを禁じたのだろう。

今は傷みを伴う謎になっている。

形を取る際は慎重に、彩色《さいしき》も手間暇を厭《いと》わない。油で絵具を溶き、何度も克明に重ねてゆく。もはや誰に咎《とが》められることもないので、己の思うように筆を運んでいる。ただ、教えてもらうこともできない。教えてくれるのは目の前の画群だけだ。

いずれも複製で、原画ではない。聖像画においては、原画と複製画に区別はないのである。理由はよくわからない。ただ、原画を邸宅に飾れるのは限られた富裕者のみで、明日の麵麭《パン》にも困る農民がそれを手に入れられるはずもない。ゆえにたとえ印刷物であっても原画と同等に扱われる。りんも複製画を手本に模写し、複製の複製を作り続けているのだ。せめてこの手で描くハリストスや生神女マリヤ、使徒、天使、聖人の一人ひとりを丹念に、よりよく描こうと思う。


返す返すも惜しいのは、ロシヤから別便で送った荷物のうち一つが行方不明になったことだ。船会社に問い合わせても捗々《はかばか》しい返事はなく、どこかの港で間違って降ろされてしまったらしい。エルミタージョでの模写、馬車を止めて畑の畦道で素描《そびょう》した農民の種播きや麦踏み、森の茸狩や春夏秋冬の景もたくさん描いて詰めてあった。今でもどうかして発見されぬものかと望みを捨てきれない。幸いにしてヨルダン先生に指導を受けた『聖母子とヨハネ』と『使徒ノ画』の模写は手持ちの鞄に入れていたので助かった。

「こんにちは」

戸口から政子が顔を覗かせている。今も信徒であるので、しばしば駿河台を訪れるのだ。ただ、礼拝にはさほど熱心ではなく、教会の印刷物のさまざまを請け負っているようだ。それによって得た稼ぎを熱心に献金するので、主教の覚えは至ってめでたい。献金できぬ者を蔑《さげす》んだり排除したりはしないが、献金には神の恵みと祝福が伴うのだと主教は称揚《しょうよう》する。喜捨の心はロシヤでも行き渡っていてりんはずいぶんと助けられたが、こうして教会の中に身を置けば布教にも事業という側面があるのだと気がついた。

「りんさん、少しいいかしら」

「今、手が離せない」

「じゃ、お待ちするわ」と入ってきて、土瓶の紅茶を勝手に茶碗に注ぐ音がする。

「ああ、おいしい。ロシヤの紅茶はなんておいしいのかしら。このあいだ、岡村が英国の紅茶をいただいてきたのだけれど、黴臭《かびくさ》くって飲めやしなかったわ」

手を動かしながら、「それは国の違いじゃないでしょう」と言ってやる。

茶葉はロシヤで購《あがな》って帰ったもので、工房を訪ねてきた者に時々振る舞っている。向こうではサモワールという湯沸かし器があって、清貧の司祭の自邸にも必ず備えられていたものだ。一度に大量の茶を濃く煮出しておき、サモワールのお湯をつど注ぎ足して飲む。そうでもしないと、いちいち茶葉で淹《い》れたりしていては日の大半をお茶の用意に費《つい》やすことになる。ロシヤ人は息継ぎのようにお茶を喫する。けれどこの工房ではりんが一人、たまに舎監のアンナ菅野秀子が訪ねてくるくらいだ。ゆえに茶葉を倹約《しまつ》して薄く煮出し、土瓶に入れておく。

「ねえ、ロシヤ語で紅茶って、なんというのよ」

「だから、もう少しなの。待って」

生神女マリヤの瞳に細筆で白い点を入れ終えると、ようやく息をつく。政子は背後まで近づいてきて、「これは『生神女福音《ふくいん》』ね」とさらに顔を寄せた。

政子が口にしたのは今取り組んでいる画の題で、大天使ガウリイルがマリヤに神の子を宿したことを告げる場面だ。ガウリイルは神の意思を伝える天使である。

「さすが、ロシヤ留学も伊達《だて》でない出来栄え」

「褒《ほ》めないで。これは模写だもの」

政子は身を回し、茶碗をさし出した。受け取って口に含む。

「模写だからなんだっていうの？」

真っ向から問われたら、口にするのもおっくうだ。

模写は模写であって、修練には欠かせぬものだが、一個の芸術とはいえない。信徒らの顔を思い泛べれば重要な務めなのだと思い甲斐も感じるのだが、ふと割り引いてしまう。

これは題材も絵組みも手本通りのもの。わたしの作品ではない。だから褒めてもらっても困る。

「チャーイよ」

「なに？」

「紅茶のこと」

「ああ、ロシヤ語ね。なんですって？」

「チャーイ」

わざわざ訊いたくせにさほど感心もせず、壁際の机に凭《もた》れている。「そうそう」と茶碗を置き、手提《てさ》げ袋から何かを取り出した。

「ねえ。これを見てほしいのよ」

手に取れば、洋書だ。表紙を繰《く》れば絵が入っている。

「ジュールス・ベルネという作家の、『亜非利加《アフリカ》内地三十五日間空中旅行』なの。この翻訳本を絵入自由出版社が出すんだけど、あなた、挿画の版下絵を描いてくれない？」

唐突な申し出で、黙って政子を見返すのみだ。

「あなたの腕が必要なの。お願い」

「そんな、よその賃仕事を引き受けるなど、とんでもない」

聖像画の複製作りに朝から夜遅くまでかかりきりであるし、いずれ弟子がくれば画教師として指導もしなくてはならない。口ごもりながらもそれを言ったが、政子は「それで」と尻上がりに切り返してくる。

「お弟子志願者、もうあったの」

「まだ」

「じゃあ、お弟子がつくまでの間でけっこうだから、ね、助けてちょうだいよ。原書の挿画を版下用に模写してくれるだけでいいのよ」

また模写だ。

「あなたが描けばいいじゃないの」

「わたしでは無理なのよ」

自分は手一杯だとの言葉が続くのかと思いきや、「あなたの腕でないと駄目」と、声に力を籠める。「でも」と、顎に手をあてた。

「主教様のお許しなら、頂戴していてよ。工房の仕事もあんべよう頼むよっておっしゃるから、大丈夫です、イリナはわたくしと違って生真面目でございますから一に教会の務め、二と三も教会、飛んで五あたりで手前のものを少しばかり助《す》けていただければよいのです。それに、あの方は描くのが滅法速《はよ》うございますから、決して本業の障《さわ》りになることはありますまいってね」

「早手回しねえ」

呆《あき》れつつも、もう一度原書に目を落とした。表紙は天空の設定で、浮いた気球が中心に描かれている。ペテルブルクの市中でも、空をゆっくりと横切る気球の姿を見上げたことがあった。その気球に手を伸ばし、まとわりついているのが翼を持った天神だ。しかし顔はいかにも禍々《まがまが》しく、躰の筋肉のつき方も恐ろしげだ。そうか、これは悪魔だ。おそらく気球の旅の困難を悪魔で表して、読者の興味を誘っている。

翻訳原稿にもさっと目を通せば、子供の頃に飽かず見た読本《よみほん》の挿画を思い出した。母が好きだったのだ。父が亡くなった後も、江戸に上る人があると聞けば浮世絵や読本を頼んでいた。あれは慎ましい母の、ただ一つの心慰めであったのだろう。

そのうえ気が利《き》いていると、りんは口許を綻《ほころ》ばせた。気球を地球に見立て、海や大陸を描いてある。本編に入れば、やはり気球を上げる際に失敗する場面が現れ、今にも爆発しそうな様子は真に迫っている。さらに頁《ページ》を繰れば、ナイルという大河が出てきた。たしか、阿非利加で有名な河だ。音を立てて飛沫《しぶき》を上げる描写から目が離せない。

「りんさん。模写は気が進まないなら、ご自分なりの工夫をしていただいていいのよ。内容と矛盾さえしなければかまわない」

引き受けることにした。物語に誘われ、気がつけば夢中で手を動かしていた。基本は原書に忠実に描き、細部で工夫を凝らすに留めた。だが無性に楽しくて、ああ、久しぶりだと思った。務めではなく、己の情熱にまかせて筆を遣う、この心地たるや。

さほど日数を要さずに十数枚もの挿画を揃え、加賀町《かがちょう》の信陽堂に持参した。明るい窓に面して画架がずらりと並び、画工らが黙々と手を動かしている。開け放した扉の向こうは土間で、水の音や薬剤らしき匂いが漂ってくる。

事務所は畳敷きで、洋装の竹四郎も顔を出した。挨拶はごくあっさりとしているが、絵を見るなり唸《うな》った。

「政子から聞いてはいましたが、いやあ、大変な精度ですね。驚いた」

竹四郎は政子よりいくつか歳下のようで、物言いや所作もどことなく若々しい。

政子が言うには、信陽堂も創業時はなかなかの苦労であったようだ。が、竹四郎が慶應義塾《けいおうぎじゅく》の福沢諭吉《ふくざわゆきち》という学者に師事していた縁で、福沢氏が発行した『時事新報《じじしんぽう》』という日刊紙の付録の印刷を請け負ったらしい。それを機に事業が軌道に乗り、今は順調そのものだ。政子はいつか宣言したことを、夫妻でしてのけた。

「そうでしょう。わたしの言った通りでしょう?」

「やはり留学していた人は違うなあ。日本人の洋画家の描く物はいかに巧くても、どことなく味噌臭くてね。原書の挿画と並べたら、まったく見劣りがするんですよ。これなら出版社にも堂々と出せます」

「お気に召していただけるとよいのですが」

肩をすぼめると、「自信なさげね」と政子が苦笑する。

「りんさんらしくもない」

「こういう仕事は初めてだもの」

留学前に『正教新報』の表紙絵を描いた経験はあるが、いわば身内仕事だ。版元があると聞けば、その評価が気になる。女中が茶を運んできた。政子は茶碗を持ち上げ、「向こうでは、聖像画以外はやってなかったの」と訊いた。

「肖像画は引き受けていたけれど」

「あら、肖像画もぜひお願いしたいわ」

「日本でも肖像画を飾るようになったの」と、りんは意外を隠せない。

「今、ちょっとした流行よ。功成り名遂げた末は画家に肖像画を描かせて、それを子々孫々に残すってのが。でも十一会《じゅういちかい》の連中はいかにもむさくるしいし、モデルに気難しい注文をつけるからイザコザになりやすいのよ。おなごの画家には先方もうるさいことを言わないだろうしね」

小山正太郎《こやましょうたろう》ら工部美術学校の退学者らが中心となって興《おこ》した洋画研鑽《けんさん》の集まりが、十一会だ。りんも本当は美術学校を辞めて、その会に移りたかった。けれど日々の米代にも事欠く暮らしだったのだ。迷い、行き暮れている時に政子から教会へ誘われた。

工部美術学校はもう存在していない。今年の一月に廃校されたようで、帰国して最も衝撃を受けたのがその事実だった。政府が学校を作っては廃したり他と一緒にしたりするのは珍しいことではないらしいが、洋画を学ぶ者には厳しい時世なのだという。中丸家に挨拶に赴いた時も、「日本の洋画の前途は真っ暗、暗雲低迷の体《てい》たらくだ」と中丸は嘆いていた。

ホンタネジー先生が母国で亡くなったことを聞いたのも、中丸家であった。昨明治十五年の四月だというから、慣れぬロシヤの地で希望と不安の間を彷徨《さまよ》っていた頃だ。日本からの手紙では誰もそのことに触れていなかった。留学中の身を慮《おもんぱか》ってくれたのだろう。

政子に「りんさん」と促され、「そうねえ」と宇治《うじ》を一口含んだ。

「糸子《いとこ》さんがいらっしゃるじゃないの」

帰国後、神中《じんなか》糸子も教会を訪ねてきてくれたのだ。りんがロシヤに発ったのとちょうど同じ頃、十一会に参加したらしい。

「頼んだことはあるんだけど、あのひと、ご実家が名家でしょう。どこへでも気軽に伺うというわけにはいかないのよ。仕上げまでそれは日数をおかけになるし。ねえ、りんさん、時々は引き受けてよ。ご承知の通り、肖像画はいい修業になるわ」

片眉を上げ、言外に謝礼の多さも匂わせている。それから日を経ずに邸宅に招かれて下絵を描き、そうこうするうちに『亜非利加内地三十五日間空中旅行』の試し刷りを駿河台に運んできた。

「出版社は大気に入りよ。おかげで、手前どもも面目が立ちました」

珍しく殊勝に頭を下げる。

「洋画が厳しい時代だけど、こうして翻訳物の挿画で成功を収めていけば後進に道を残すことができるわ。うちの画工らもほとんどが、いずれ洋画家として世に出たい子たちなの」

政子の顔をつくづくと見つめた。強引さに辟易《へきえき》とさせられることもあるが、信念は通っている。そして画業の苦楽を忘れていない。

「でも、日本はまだまだ洋画についての理解がないのよ。好事家《こうずか》の間でも油画は脂臭《やに》い、無雅《むが》だって蔑む人がいて。そのうえ発表の場がなければ作品も売れない。今、洋画を志す者はいかなる才に恵まれようとも浮浪、乞食の身になる覚悟が要ると言われているわ。こんな状態が続いたら、日本の洋画は欧米にさらに遅れを取る。百年の損失よ」

こうして政子や糸子、中丸と会ううち、洋画を取り巻く事情も追々とわかってきた。昨年頃から、国粋《こくすい》めいた風潮が高まりつつあるらしい。急激な近代化、西洋化に反発した波で、神国日本の伝統を重んじ、日本人としての誇りを取り戻せとの気運だ。

絵画については、東京帝国大学で教鞭を執《と》っていたフェノロサという学者が『美術真説』との講演で、日本画の復興を訴えたらしい。外国人が日本伝統の絵画の真価を力説したのであるから、国民の感動はいかばかりであっただろう。それは中丸と政子も同感であったし、りんも身が熱くなるほど嬉しい。洋画をするからといって日本画を否定してきたわけではないし、浮世絵と南画も学んだ身だ。

だが日本画の再評価はいつしか国粋主義と合流し、美術にかかわる省庁をも巻き込む大波になった。昨年十月、農商務省主催で開かれた第一回内国絵画共進会では洋画の出陳が拒否されたという。洋画家は発表の機会を失いつつある。工部美術学校を設立した政府は度外れた俸給でもって外国人画家を招聘《しょうへい》したというのに、ほんの二年ほどでこうも変わってしまった。

「りんさん、うちの工房にも通ってくれないかしら。主教様も聖像画の複製印刷を早くとおっしゃっているし、その版下画を描くのは誰でもない、あなたでしょう。以前、ロシヤ製の石版画を原画に用いて刷ってみたことがあるんだけど、黒々とお化けみたいになっちゃったのよ。どうしてもうまくいかなかった。それでも何とか仕上げて主教様に届けたら、そのうち出来のいいのを五、六枚だったかしら、選んでお受け取りになったわ。でも代金は印刷したすべての枚数分を払ってくださったの。あの頃は資金繰りも大変だったから、本当に有難かった」

そう言い、胸の前で十字を切る。

「だからどうしても、主教様が満足される聖像画複製を刷りたいの。石版印刷はね、版下絵が大事なのよ。錦絵《にしきえ》のような多色刷りはうちではまだできないし、白黒だけの絵は色でごまかしがきかない。素描《そびょう》がしっかりしていて、明暗を線で表せる腕がないと駄目なのよ」

「そういえば、ペテルブルクでも同じことを教えられたわ」

りんはぽつりと呟いた。

「帝立美術大学校《アカデミー》の学長、ヨルダンという先生。銅版画《どうばんが》の大家であったの。銅版画は明暗を摑《つか》む修業になると教えられた」

竹四郎が「また、大変な大物に教えを受けられたんですなあ」と、顔を左右に何度も振る。

政子はニヤリと口の端を上げる。

「なら、りんさんはおわかりね。石版画印刷を知っておいても画業に損はない」

「銅版画と石版画は何が違うの。材料の違いだけなの？」

「興味があるんなら玄々堂にご案内するわよ。あそこは両方やっておられるし、印刷の工程はともかく自身で手を動かして会得《えとく》するに限るわ。それに、兄上がいらっしゃるじゃないの。あなたが乗り出したらお歓《よろこ》びになるわ。いずれ兄上が独り立ちをなさった暁《あかつき》には手助けもできるでしょう」

「政子さん、兄に限ってそれはないと思うわ。いつまで続くものか、わたしはヒヤヒヤし通しだもの」

「ずいぶんねえ。山下さんがお気の毒」

そして九月、『亜非利加内地三十五日間空中旅行』は無事に刊行され、大変な好評を博した。

さっと梳《くしけず》った髪を一束に結わえ、着物の襟《えり》を整えて階下に下りた。修道院で着ていた黒い筒服は大切に畳んで仕舞ってある。祈禱《きとう》に出るのも工房で仕事をするのも着物で通しており、その方が市中に出ても人目に立ちにくい。

りんが信徒であることを兄一家はもう承知しているが、どうやら嫂《あによめ》の実家《さと》には秘しているらしい。嫂は物腰の優しい人だが、正教や教会、ロシヤ留学の件も口にしにくく、向こうも一度たりとも訊ねてこない。その点がひっかかり、気も引ける。しかも兄はこの頃、用があれば自身が勤める呉服橋《ごふくばし》の玄々堂に呼び出すのだ。近くの加賀町には政子の信陽堂があって、おかげで週に二度ならず京橋界隈《かいわい》へ外出している。

今日も信陽堂に向かう。肖像画の依頼がまた舞い込んだとかで、最初の挨拶に出向くのに政子も同道すると言い、帰りには玄々堂に寄ることになっている。その途中でお汁粉屋に寄り、蕎麦屋で一杯やることもある。

工房に籠もって独りで黙々と手を動かしていると、気が内へ内へと入ってしまう。

主教は絵画に対する眼力にも優れており、仕上げた聖像画を何枚かまとめて出せば出来のよいものだけを褒めてくれる。出来の悪いものについても、描き直せとは言わない。そしてそれらは荷作りされ、地方の教会へと送られる。信者たちが待ちかねていて、「家の祭壇にやっと飾ることができる」と涙ぐむ者もあるという。教会が気に入れば額装し、壁に掲げることもあるようだ。誇らしいけれど、たじろいでもいる。

修業半ばの腕で描いたものなのに。なにもかも、足りていないのに。

敷地外の通りに出ると、客待ちの人力車がずらりと並んでいる。雨も降っていないのに洋傘を差した娘らが行き過ぎ、桶屋からは木槌《きづち》の音が響く。子供らがなにやら叫んで走り回り、犬が尾を立てて一緒に駈ける。

家々の屋根から秋空へと高く届いているのは、伝道館の十字架だ。その二階の東京十字架聖堂の中で朝夕の祈禱や儀式などの奉神礼が行なわれるので、女子神学校の教師や生徒と同様、りんもこの道の土を踏んで聖堂に向かうのが日常だ。

堂内の聖障《イコノスタス》は未だに正視できないでいる。掲げられているのは、フェオファニヤ姉が描いたという聖像画だ。祈禱の際も伏目《ふしめ》のままで、顔をほとんど上げぬまま階段を下りる。

聖像画師として、わたしはふさわしいのか。常にそんな疑念がつきまとっている。その一方で、模写はしょせん模写に過ぎぬのだと思っている。ならば芸術への欲求をどうすればいいと、自問する。わからない。そして怖くなる。複製画を作り続けていたら、画家として駄目になってしまうのではないか。何の考えもなくふと手が動く、手が先に描いている、そんな創意の湧く瞬間はもう訪れないのではないか。

政子や糸子、中丸にも打ち明けられない。誰も聖像画師の経験など持たぬからだ。

この頃また、しきりと修道院を思い出している。彼女たちには己の感情を、醜さも何もかもをさらけ出した。同胞の友人や母、兄にもあれほど己を見せたことはない。ああまで他人と激しくぶつかり合うことなど、もう二度とないような気がする。

辞書を引きながら、手紙を書いた夜がある。

皆さんのことを思えばとても淋《さび》しく、会いたくてたまりません。早く帰ってきたのは、間違いだったかもしれません。

すると昨日、返事が届いた。

イリナ、躰を大切に。

皆であなたのことを祈っていますよ。


明治十七年が明け、二月一日付で発行された『正教新報』に黒枠の記事が出た。

〈吾国正教会の三大恩人が水寝の訃音〉

工房の火鉢に手をかざし、記事に目を走らせた。昨年、露暦の十月二十八日、エフィミイ・プウチャーチン氏がパリで客死したとある。ふと目を上げた。氏の邸宅に挨拶に赴いた記憶がある。そうだ、令嬢に頭巾と手袋をいただいた。

記事によればプウチャーチン氏は日露和親条約を結んだ、ロシヤの提督だ。その後、政界に入ったという。そしてニコライ主教の日本宣教事業の後援者であり、伝道館や神学校建設のために募金の労をとられたと書いてある。親日派だったのだ。そういえば、日本語で挨拶を返してくれた。そうか、氏が主教の後ろ盾であれば、日本が初めて送り込んだ聖像画師見習の娘を引き合わせてもおかしくはない。

とつおいつ考えるうち、さまざまが腑に落ちてくる。

往路は別にして、わたしは特別の待遇で迎えられたのだ。ペテルブルクのイサーキイ大聖堂では、大主教三人による祈禱に参列を許された。土地の貴族の館や日本公使館にも出入りした。

すべては、ニコライ主教を重んじての計らいだったのだろう。修道院も、主教が送ってきた小娘を五年間預かり、立派な聖画師として育て上げて帰さねばならなかった。それが使命であったのだ。ゆえにフェオファニヤ姉がつききりで指導にあたり、外出の際には必ず随行者をつけた。破格の待遇だった。

また新聞に目を落とし、そして息を呑んだ。訃報の二人目の名が、「露国工芸大学校の総理フェオドル・イヲルダン氏」となっている。

〈油絵と彫刻を以ては高名なる人にて、常に我が国教会のため尽力せられた〉

嗄《しわが》れ声で矍鑠《かくしゃく》とした、フロックコートの老紳士の姿が過《よぎ》る。

ヨルダン先生が亡くなった。

新聞を胸にかき抱いた。油絵と彫刻で有名だと説明されているが銅版画の名手で、彫板《ちょうばん》が専門だった。エルミタージョでは『使徒ノ画』の模写を指導してくれ、最初の頃は顔の下地など先生がほとんどを描いてくれた。たくさん叱られた。何一つ揺るがせにしない指導だった。先生が餞別にくれた銅版画は、船で失くされた荷の中だ。

梅が紅に白にと咲き匂う頃、聖堂が新築されるとの告知があった。

場所は敷地内の広場で、しかし此度は十字架形の広壮なる大聖堂が計画されているので地面が足りないらしい。周辺の崖地を築出《ちくしゅつ》して地均《じなら》しする必要があるとのことで、相当な時日を費やすだろうと目されている。工房に菅野校長が訪れ、話はやはり新しい聖堂に向く。

「今の聖堂はいかがなさるのですか」

今は伝道館の二階が聖堂だ。

「残されるようですよ。おそらく、主教様がご自分の礼拝堂としてお使いになるのではないでしょうか。あの聖堂には思い入れもお深いでしょうから」

工房の板壁は隙間が多く、窓枠からも風が吹き込んでいる。画業にはともかく陽の光が必要であるので窓を大きく穿《うが》ってもらったのだが、真冬は板間に霜《しも》が立つほどだ。これからは日ごとに陽脚が伸びてしのぎやすくなるが、今朝は寒が戻っている。

火鉢を校長の足許に近づけ、土瓶の紅茶をさし出した。

「おいしい。やはりあちらのものは香りが違いますね」

「牛乳を足しても乙《おつ》ですよ。お入れしましょうか」

「いいえ、このままでけっこう」

りんは目頭を揉みほぐす。このところ根《こん》を詰め通しだ。聖人の顔がどうにも拙い。何度も描き直すうちにご不浄に立つのも面倒になり、つい我慢してしまう。それでこの頃は食堂で麺麭と乳酪《にゆうらく》を受け取り、工房で咀嚼《そしやく》しながら手を動かしている。自身の茶碗を掌で抱えるように持つと、指先がようやく温まってくる。

「十字架聖堂の聖障は、わたしが留学する頃はまだありませんでした」

なんとはなしに呟いていた。「そういえばそうでしたか」と、校長は窓外に目をやる。

「主教様が駿河台のあの地に居を構えられたのが明治五年、それから伝道館と二階に聖堂を建築され始めて、初めて祈禱が行なわれたのが明治七年も末頃だったでしょうかね。聖堂のだいたいが落成したのがその翌年で、主日祭日の公祈禱もやっと本式に行なわれるようになりました。でも聖障はまだなくて、今のような美妙なる聖障のでき上がったのは、そう、明治十四年ですね。それまでは一面、二面と聖像画を招来して祈禱されていました。今は大小で三十一面ありますから、昔はまったく質素なものでしたよ」

りんも紅茶を啜《すす》り、窓外の十字架を見やった。

「あなたもご承知のように、ここの聖堂に献架された聖像画は銅板に厚く純良の鍍金《ときん》を施したものです。その料だけでも四、五百円を要したと聞いたことがありますよ。主教様は初めモスコーの尊師に依頼して、そのお方が信頼する修道女に一切を託されたそうです。その方は有名な女画師で、自ら土地の敬虔家を訪ね歩いて、日本の教会のために寄付を募ってね、聖物も調《ととの》えて献じてくださったようですよ。むろんご自身が絵筆を揮い、聖像画を揃えられたと伺いました」

ええ、知っています。わたしはそのひとに教えを受けたのです。

「その方の姉上が女子修道院の副院長で、やはり日本に厚意を表されて、白の祭服をたくさん作って献じてくださったそうです。わたくしたちは彼女らに感謝し、祈らねばなりません」

その祭服を縫い、刺繡《ししゆう》を施したひとたちのことも知っている。針で神に仕える修道女たちだ。金糸銀糸、鮮やかな色糸で布を彩る。留学してまもない頃、あの工房も見学させてもらった。不安で胸を硬くしながらも、西洋画を学べる歓びで総身が膨れ上がりそうだった。希望に満ちていた。

けれどりんは黙したまま、寒空の十字架を見つめ続ける。

ロシヤはまだ雪に閉ざされているだろう。

菅野校長を送り出した後、りんも工房を出た。垣根から通りへと出て、家々の塀沿いに歩いて教会の敷地へと入る。広場には黒衣の司祭と外国人、洋装の日本人や法被《はっぴ》姿の男も立っている。大聖堂の新築にかかわる人たちだろうか。

小さく頭を下げ、聖堂へ向かった。階段を上る。動悸が高鳴って苦しいほどだ。けれど背筋を立て、薄暗がりの堂内へと身を入れた。

聖堂には大きく、二つの世界がある。信者が祈りを捧げる聖所《せいじょ》はいわばこの世、主教や司祭らが祈禱を行なう至聖所《しせいじょ》は天界、神の国だ。その二つの世界を区切るのが、正面の聖障である。その聖障の中央に構えられているのは天門《てんもん》と呼ばれる両開きの門で、奉神礼の最中にこの天門を閉じたり開いたりすることで、神の世界との交わりが顕《あらわ》される。ゆえにここを通ることができるのは聖職者に限られる。

蠟燭《ろうそく》を献じ、仰ぎ見た。しかと目を見開く。天門には、六面の小さな聖画が献架されている。天門の向かってすぐ右側に救世主ハリストス、天門の向かってすぐ左側に至聖生神女、すなわちマリヤの像だ。天門の聖像は左右が常に対《つい》を成し、救世主の右手には大天使ミハイル、生神女の左手には大天使ガウリイルが並ぶ。他にも福音書記者の聖像画やハリストスの『復活』、『機密の晩餐《ばんさん》図』が献架されていた。

息をするのも忘れそうだ。主ハリストスの崇高さ、マリヤの慈愛があらん限りの線と色と鍍金で伝えられている。

フェオファニヤ姉は、いかほどの丹精を込めたのだろう。

けれどたちまち、胸が澄んでくる。画師の苦労や巧さ拙さなど微塵《みじん》も感じさせないのだ。それを超えて響いてくる。日本の信者たちへの祈りだ。

神があなたがたを祝福されんことを。

りんは跪《ひざまず》き、額を床に押しつけた。顔も頭も胸も、手足も蠟燭の灯に溶けてしまいそうだ。

イリナ、あなたはまた泣いているのですか。

フェオファニヤ姉の声が聞こえた。

何をそうも泣くことがある。

「わかってしまったからです」

己がわかって、おののいている。わたしには神を想う心がない。修道女たちはそれを感じ取ったのだ。見抜かれた。わたしにとって、聖像画は芸術の一分野に過ぎなかった。けれど彼女たちにはすべてであった。

芸術と信仰。

最大の行き違いはそこにあった。それがこうも、悲しいなんて。


十月に入って、職人や人足らの数が一気に増えた。

地鳴りのような音が絶えず、敷地の周囲でも土煙《つちけむり》が舞い上がっている。

十三日、りんは伝道館の一階にある執務室を訪ねた。あらかじめ訪問の申し出をしてあったので、訪《おとな》いを入れるとすぐに返事があった。

「イリナか」

「はい」

「お入り」

主教は机に向かって羽根ペンを動かし、「しばし待っておぐれよ。すぐに仕上げるから」と呟く。りんは一礼をして、窓辺の洋椅子に坐した。

大聖堂の建築に着手しても、この部屋の様子は変わらない。壁にはあのラハエロの画と聖像画が十数枚、ロシヤや日本各地の写真、そして夥《おびただ》しいほどの書物が机に積まれている。背表紙に目を這わせれば洋書のみならず、漢書や和書のたぐいも多い。壁際には古い木の寝台が据えられているが、脚を伸ばして寝ておられるのかと不思議になるほど小さな寝台だ。身の丈六尺もの偉丈夫で、しかもこの頃は恰幅《かっぷく》が増している。

顔をめぐらせ、窓の外を見る。土埃《つちぼこり》で硝子《ガラス》も曇っている。目を閉じ、狐の耳の形を思案する。首筋や背、四本の肢《あし》、尾っぽ。また翻訳本の版下絵を政子に頼まれ、今度は春陽堂書房という版元だ。りんを指名してきて、迷うことなく引き受けた。ゲーテという作家が著した童話で、『狐乃裁判《きつねのさいばん》』という邦題になるらしい。

蠟を溶かす匂いがするので、封書に封印をしたようだ。椅子を引く音がして主教が立ち上がり、向かいの洋椅子に腰を下ろした。

「今日は秋晴れだなあ。いい天気だ」

陽射しを受けると瞳はさらに青く見える。頬から顎にかけて鬚《ひげ》におおわれ、産毛《うぶげ》が光る。

「どうした」

促されて、すっと息を吸った。

「教会を出ようと思います。絵のことがよくわからないのです。わたくしは勉強いたさねばなりません」

ひと思いに述べた。主教の両眉がゆっくりと持ち上がった。何も発さず、りんを見つめる。

「銅版画を習おうと思っています」

ヨルダン先生の御作は失くなってしまったけれど、明暗を学び直そうと思っている。

主教は長い息を吐き、「わかった」と零《こぼ》した。目を上げれば、心なしか頰が強張《こわば》っている。

大馬鹿者が。

吐き捨てる声が聞こえたような気がした。けれど実際には、一言たりとも説得しようとしなかった。

「お世話になりました」

頭を下げて扉の外へと出た。唇を嚙みしめ、敷地を渡る。

あの聖障を見て打ちのめされ、そして考えを尽くした。誰にも、政子や兄にも相談せず、一人で決めたことだ。

わたしはここで世話になっていてはいけない人間だ。わたしが聖像画師など、土台が無理な話だったのだ。フェオファニヤ姉のような聖なる画など、描けるわけがない。巧くなりたい、才を伸ばしたい。この身は、我執《がしゅう》の一念でできているのだから。

わたしには絵しかない。物心ついてから、ずっとそうだった。美術学校でも、ロシヤでも。

この我執を糧《かて》にして描き続けよう。

不屈の心を高く掲げよう。

職人らが声をかけ合い、大槌を持つ腕を一斉にふり上げる。崖がどうと音を立てて崩れた。

三

画工が二人がかりで、そろそろと石を運んできた。

横は一尺、縦は八寸ほどの長方形で、厚みは三寸ほどあろうか。大机の上に置かれたそれは白く、巨《おお》きな豆腐のごとくだ。石灰石《せっかいせき》であるのでむろん硬いのだけれども手触りは滑《なめ》らかで、叩けばペチペチと子供の裸の尻のような音がする。

「山下先生、よろしくお願いします」

先生はやめてくれと言っているのに、若い画工らは面白半分でその呼び名を変えようとしない。りんは袂《たもと》を帯に入れ、椅子に腰を下ろした。原画はすでに用意してあって、南瓜《かぼちゃ》を写生してきている。画工の一人が机の脇に留まり、画に覆いかぶさるように顔を近づけた。咽喉《のど》の奥をふうんと鳴らし、腕を組む。

「ぼこぼことした隆起といい、皮の感じもよう出てますなあ。線画でも、手にした時の重みがわかる。先生、どないなコツでこんなふうに描けるんですか」

十八歳だという青年は絵画術の修練にひときわ熱心なようで、りんがこの信陽堂に通うようになってからもよく話しかけてくる。

「コツなんてありませんよ。手を動かすのみ」

「身も蓋もない教え方やな」

上方者《かみがたもの》らしく剽《ひょう》げ、自席へと向かう。その後ろ姿を見送りながら苦笑を零し、椅子を前に引いて坐り直した。

硯《すずり》の海に筆の穂先を下ろす。一瞥《いちべつ》では墨にしか見えない黒だが、泥ほどに粘りがある。石版印刷用の解墨《ときずみ》で、蜜蠟《みつろう》と牛脂、石鹼と油煙《ゆえん》も混ぜてあるらしい。初めはその粘りに筆が引っ張られて線に肥瘦《ひそう》ができてしまったが、油画や卵ノ画の要領を取り戻せばよいだけのことだった。筆捌《ふでさば》きや力加減はこの躰が憶えている。ただし濃淡は塗り潰すのではなく、点描で表す。色濃くすべきところは大きな点でみっちりと点を打ち、淡くしたいところは小さな点をまばらに入れる。点描法は工部美術学校でも教えを受けたので、根気は要るが苦労ではない。丹念に点を重ねて樹影を描き、ホンタネジー先生に褒められたこともある。

そうして直《じか》に筆で描いたこの石が、印刷の原版になる。これが平版《へいはん》印刷と呼ばれる技術の利点で、すなわち浮世絵のように彫《ほ》りを必要としない。

「以前は濃淡を出す方法も手探りだったし解墨やインキの按配もよくわからなくて、失敗に継ぐ失敗よ。でも技術さえ習得したならば、これほど画期的な方法は他にないわ。だって、彫らなくていいんだもの」

政子に最初にそう教えられた時は、つくづくと驚いたものだ。

浮世絵の版木の場合、髪の一筋も小刀で彫り残して表現する。ただし彫り師や摺《す》り師によって腕が異なるし、作品の評判を左右する初刷りでは名手を使っても、後刷りでは手間賃の安い職人を使うことが多い。つまり一人の浮世絵師が描いた画であっても、世の中に出回る刷物《すりもの》には出来、不出来があるということだ。

「石版印刷はいったん原版を作りさえすれば、精確に速く大量に刷れるわ。仕上がりの質が均一なのよ。これが近代技術よ」

早口で主張するが、いちどきには理解できない。りんは曖昧《あいまい》にうなずいて、石置き場を肩越しにふり返った。三十畳ほどもある土間には大小の石灰石が列をなして保管されている。石は頑丈な木架に支えられて立ててあり、大きなものは半畳ほどもある。

「重そうね」と呟くと、政子は「そりゃあ石だもの」と顎を跳ね上げるように笑った。わざわざ欧羅巴《ヨーロッパ》から輸入しているらしい。

「板木《はんぎ》ならこうも重くないし、日本で手に入るのに」

浮世絵では朴《ほお》や桂《かつら》、梨の板がよく使われていた。最高の材とされたのは伊豆の山桜で、木目が緻密《ちみつ》で彫刀が入りやすいからだ。

「石版印刷はこの石でないとどうしても駄目なのよ。石の組成が特別らしいんだけど、いいえ、おそらく逆ね。この石があったればこそ、この画期的な技術が生まれたんでしょう。今じゃ日本にも輸入商店が増えたし、解墨も仏蘭西から輸入してるのよ。これからはじゃんじゃん刷れるわ。政府の刊行物に新聞雑誌の付録、読物の挿画に引札《ひきふだ》、商標ラベル。近代国家日本の建設にはね、鹿鳴館《ろくめいかん》外交だけじゃ足りないの。まずは国民の目を啓《ひら》かなきゃ。そのためには大量の印刷物が不可欠よ」

政子の口調が熱を帯びる。

鹿鳴館という社交場は一年半ほど前であったたか、そう、りんが帰国した明治十六年のことだ。その年の冬に開かれ、国賓《こくひん》や外国の外交官を接遇しているらしい。そして政子が言うように、洋化が進むごとに石版印刷業も日の出の勢いとなり、市中には『石版技手人名鏡《じんめいかがみ》』なる番付《ばんづけ》まで出回っている。それを見せられて驚いた。

玄々堂に勤めている兄、山下重房の名が前頭《まえがしら》として登場していたのだ。兄は画工が用意した原版を使って紙に刷り上げるまでを担う技手らしい。石版印刷においても分業がもっぱらで、そこは浮世絵と同じだ。画工としては政子の雅号である岡村コト女《じょ》も番付に入っており、製版会社の項には竹四郎と政子夫妻が経営するここ信陽堂が名を連ねていた。

竹四郎は政府の筋から贔屓《ひいき》に与《あずか》っているようで、文部省の認可を受けて『普通小学画学楷《かい》梯《てい》』という指南書を発行した。りんが今、描いているのはその続編として刊行を目論んでいるもので、小学校の生徒向けの手本画だ。

「あなたには原画の制作を受け持ってもらいたいのよ。それに時間が許すなら、石への転写もやってみないこと？　画工たちでも転写はできるけれど、この際だからあなたも工程にお慣れなさいな。いずれ役に立ってよ」

政子は独り決めをしてりんの肩を叩き、画工らに何か指図を飛ばしていた。やはり早口だ。為《ため》を思って勧めてくれていることはわかるし、この近くの借間を借りているので、ここで仕事をさせてもらいながら肖像画もひき受けてやっと暮らしが立つ。食べるものに事欠く月もあるが、兄の厄介にはなれない。

「彩色は今のところ、画工諸君の手作業よ。あなたも手伝ってくれたら有難いわ。そのうち、多色刷りも手がけるからよろしく」

こうして信陽堂に通ううち、画工らに請われて西洋画法を教えることも増えた。休憩時間に誰かをモデルにして一緒に鉛筆を動かしながら、画板を覗いて気がついたことを指摘する。

「頬の筋肉のつき方をもっとよく見て。骨格も歪《ゆが》んでいますよ」

工部美術学校でもわずかな期間だが助手に任じられていたので教えるのは初めてではないが、今ほど確信を持って話すことはできなかった。

「色に頼っちゃいけない。線画だけですべてを正しく、明るさと暗さも写し取るの。素描の修練がすべての基本です」

指導をすると、自身の戒《いまし》めにもなるから不思議だ。つい熱心に教えていると、事務部屋から出てきた政子と目が合ったりする。彼女は「やってるわね」とばかりに口角を上げる。画工たちの教師役も兼ねさせるつもりでわたしを引き入れたかと、恐れ入るばかりだ。

政子はいつも強引で、そして剛腕だ。常に先を見て挑む。

南瓜の線を半分ほど描き終えて筆を置き、首と肩を回した。根を詰めてしまうのは相変わらずで、目頭を揉んで肩肘を緩める。窓外に視線を投げると、白い可憐な花びらが風に吹かれては流れていく。花はいくつかが手鞠《てまり》のように群れて枝につき、蕾《つぼみ》は紅を含んだような鮮やかさだ。

休憩がてら頬杖をついて空を眺めると、あの庭の匂いを思い出す。

修道院の裏庭で、こんな花を咲かせる木がたくさん自生していた。日本の林檎によく似た花で、ロシヤ語の名前は忘れてしまった。初夏には木が真白に見えるほどの咲きようで、それは甘い香りを漂わせる。工房の仲間と庭を巡れば、あちこちの木の下で誰もが爪先立って顎を上げ、胸を上下に膨らませた。秋になれば桜桃に似た実が真っ赤に熟すので、それを摘んで果実酒や甘煮《ヴァリエーニエ》を作る。紅茶を飲みながらその甘煮を小匙《こさじ》で舐め、また紅茶を飲んだ。

りんは溜息を一つ落とし、石灰石を指で撫《な》でる。側面はガシガシとして、表面の滑らかさとはまるで違う手触りだ。

駿河台の教会を出てから、早や半年を過ごした。母も兄も多くを訊かず、嫂は珍しく「夕餉《ゆうげ》を一緒に」と誘ってくれた。甥の重幸は珍しいものでも見るような目でりんを見て、母親の袂を摑んでいた。こうして信陽堂に出入りするようになったことを、兄は歓んでいる。

「銅版画をやるなら玄々堂にくるがいいぜ。銅板と道具、薬剤は揃ってるから、僕が口をきいてやる」

東京者の顔をして胸を叩き、頼もしかった。技手として名を知られる身になって自信を取り戻したのかもしれない。さっそく訪ねて銅版画に挑ませてもらったのは昨年の暮れだった。二月までかかって、ロシヤの婦人像を制作した。

そうやって時々玄々堂に出入りし、信陽堂で仕事をさせてもらい、発表するあてのない絵を描き続けている。濠端《ほりばた》の菖蒲《しょうぶ》や鞘豌豆《さやえんどう》、川沿いの柳に燕《つばめ》、この頃増えた洋館も写生する。駿河台の近くには近寄らない。

朝に夕に思い出すのは、ロシヤでの日々だ。

窓辺を照らす陽射しを見ながら、六月は昼が長かったと思い返す。赤々と空が染まったかと思ったら、もう朝焼けを見る。ちょうどこの季節、皆と籠を抱えて野苺摘みに出かけたことがある。川辺には野薔薇が咲き、蛙が鳴き、空では郭公《かっこう》の声が響いていた。肥《ふと》ったソヒヤも明るい声で歌う。草を踏んで踊るのはウベラとアンナだ。

あの風景を写生しておけばよかった。

りんは頬杖を解き、南瓜の点描に戻る。けれど胸の裡《うち》にはまだ歌の旋律が流れていて、草履の足で拍子を取る。歌の詞はわからぬままだ。たぶん短い夏を迎えたロシヤの大地の、祝歌であろうと推している。光と風の匂い、森の恵みを全身で歓び、天に感謝していたのだろう。

聖書と十字架の首飾りは、押入れの行李《こうり》に仕舞ったままだ。フェオファニヤ姉とアポローニヤ副院長、そしてニコライ主教のことも努めて考えぬことにした。今度ばかりは逃げ出したのではない。己に見切りをつけたのだ。聖像画工房にふさわしくない人間だと、気づいてしまったのだから。

そしてわたしはあの三人から遠ざかり、まるで違う世界で生きている。

頭を素早く振った。

うしろを忘れ、前に進む。

夕方までかかって点描を仕上げ、今日の仕事を切り上げた。道具を仕舞い、皆に「お先に」と告げる。

「先生、また明日」

「ご機嫌よう」

呉服橋の家へ帰る途中、西空の雲が野苺のように赤かった。

四

盆が過ぎ、朝夕は涼しい風が吹くようになった。

正教会を出たのは昨年の十月だからもう十月《とつき》になるのかと思いながら、りんは足早に歩く。東京の町は想像以上に気忙《きぜわ》しい。昨夜も玄々堂を訪ねるようにと兄に言われていたので、信陽堂に向かう途中で立ち寄ることにした。兄の用件はわからない。

玄々堂の主は京都出身の銅版画家で、御一新まもない頃は太政官札《だじょうかんさつ》や民部省札の印刷を明治政府から請け負い、切手や証券印紙なども製造していたようだ。当時は技術が今ほどではなく偽札が出回ったそうだが、その主が上京して銅版と石版の印刷所を興した。そして中丸はここで試行錯誤をさせてもらっていたのだ。陸軍兵学寮に奉職していた頃、明治九年に日本で初めて石版印刷機を用い、『西洋画式』という画学教科書の制作にかかわったこともある。

寺のような構えの門を潜って踏石を辿ると、五段ほどの石段がある。玄関には西洋風の両扉がついており、把手《とって》を回して扉を押す。薄暗い内土間には二階に伸びる階段と、正面奥には縦長の窓がある。秋の陽射しでぼんやりと明るい。左手にいくつもの扉が連なり、その手前をノックしてから中に身を入れた。

「おはようございます」

広い板間で三十畳ほどはある。画工らが窓際に並んだ洋机に取りついていて、信陽堂よりも人数が多く、二十人ほどは働いている。そのうちの一人が顔を上げ、「やあ、山下さん」と立ち上がった。背後の壁に、例の婦人像が目についた。立派な額入りだ。

「飾ってくださっているんですか」

「毎日、これを見上げて僕らも修業に励んでいます」

初めて挑んだ銅版画だ。いざ銅板に向かうと、思った以上に難物だった。先端が針のごとく鋭い鉄筆《ニードル》で銅板に直に描くのだが、石版印刷の平版ではなく浮世絵の凸面でもなく、凹面の溝を刻まねばならない。そこにインクを入れて刷り出すのだ。相手が銅であるから、少し力を入れるだけで鉄筆がひっかかって線が描きにくかった。苦心を重ねてどうにか彫り上げ、兄が刷ってくれた。

思い描いたのはマダム・リヨボフで、ただしもっと若く描いた。マダムが若かりし頃はこんな面貌を持っていただろう、と。気位の高さを表す眉と鼻筋、ぽってりと艶《あで》やかな唇を描くうち、誰でもない、りんが出会った婦人たちの印象を束ねた貴婦人になった。羽根つきの帽子を斜めにつけ、顔も向かって斜め右に傾《かし》げている。彼女は何かを見ている。少し物憂げな表情になったのは、考えごとをしているからだ。何を考えているのか。きっと大したことではない。

ほんのちょっと風邪ぎみで、まだだるさがあるけれど、せっかくのお招きだからお誘いに乗ったのよ。わたくしのお喋りがなけりゃ昼餐《ちゅうさん》が盛り上がらないなんて、男爵が手紙をよこすから。あら、あの犬。また肥ったわね。わたくしも今日は食べ過ぎないようにするわ。だってこの屋敷の料理人が作るチイズ入りのピロークときたら、絶品なんだもの。

刷り上がりの下端に、ロシヤ語で書き記した。

——一八八五年二月十三日　りん山下が彫れり。

聖像画には画師の名を入れぬのが慣《なら》いであるので、珍しいことをした。玄々堂の画工らが唸ったり感嘆の声を上げたりしたので、少し昂奮してしまったのだ。

「この羽根、髪の波打ち方。首飾りも洋服も、まさに本物だ」

「この指先を見な。帽子に触れた部分がちゃんと影になってる」

「さすがはロシヤ帰り」

兄は腕組みをしたまま、「だろう、うちの妹は大した画師だと言ったじゃねえか」と角ばった歯を見せた。りんのことを何かと吹聴《ふいちょう》していたらしい。

背後から「山下さん」と声をかけられてふり向くと、さっきの画工が中扉を目で示している。「お邪魔します」と頭を下げれば、「お手を煩《わずら》わせます」と頭を搔く。同時に何人もが小さく頭を下げる。何のことかわからぬまま会釈《えしゃく》を返し、扉を押し開いた。ここはさらに広い。二方に大きな窓が穿たれ、土間には石版印刷機や紙を切る断裁台がいくつも並び、技手らが立ち働いている。窓を開け放してあるものの、薬剤や亜剌比亜《アラビヤ》ゴム、インキの臭いが鼻をつく。奥の窓際に兄の背中が見えて、りんは技手らに挨拶をしながら近づいた。

兄は前屈みになって大机に両手をつき、幾枚もの紙をためつすがめつしているようだ。声をかけると、首だけで見返った。

「遅かったじゃねえか」

それには答えず、大机に近づくなり広げた紙に目を落とした。三十枚ほどはある。

「原画ですか」

「何の植物か、わかるか」

「萩《はぎ》に見えるけれど萩にしては葉の形が違うし、葛《くず》ですか」

「葛だとわかるか」

「なんとなく」

郷里の山野ではよく繁茂《はんも》していたし、新芽や葉の裏側に白い毛がたくさん生えていたのも手が憶えている。花は七月頃から今時分までで、東京の土堤でも時折見かける。

「横浜の植木商が亜米利加《アメリカ》に葛の種を輸出するらしい。それで注文用の冊子を頼まれた」

「亜米利加人が葛粉《くずこ》を食するんですか」

「いや、観賞用らしい。まさか秋の七草の一つだと言っても通じねえだろうし、葉は家畜の飼《し》料《りょう》にもなるってのが触れ込みらしい。しかしこの葛の画がどうにもいけねえんだ。何か違う。だが、どこを直せばいいかがわからねえ。お前が見て、どうだ」

頭の中で葛の姿を思い出しながら紙の一枚を手に取った。葛の花は赤紫色を帯びた穂状で、まっすぐ天に向かって咲く。

「花弁が違いますね。豆の花のように蝶々《ちょうちょう》形にしないと。こちらの画は葉の形がおかしい。切れ込みがこんなに鋭くなかったような気がしますよ。それに、この画では蔓《つる》で伸びることがわからない」

「そうだろう？　なあ、やっぱりそうだよな。駄目だあ、これじゃ」

りんは背後の中扉を見やり、「兄上、声をお控えになって」と宥《なだ》めたが、「いや、いいんだ」と気に留めるふうもない。

「皆、お前に見てもらいたいと言ってるんだよ。草花を描くのがどうにも苦手だって言うし、写生に出る時間もねえから音《ね》を上げちまった」

そういうことかと合点《がてん》した。

「つまり、わたしに描けと」

「信陽堂の仕事も忙しいだろうが、頼まれてくれねえか。竹四郎さんには僕から話を通しておく。今夜、顔を見せるって言ってたから」

「いつまでにご入用です」

「急ぐ。原画に手こずって納期までの日数を喰っちまった。画料は弾むぜ」

「わたしは高うございますよ」

「ばかやろう」と、兄は肩を揺すって笑った。

信陽堂に向かう道すがらで葛の花を探し、その場で懐《ふところ》から画帖と鉛筆を取り出して写生をした。ほとんどが記憶の通りであったが、花は赤紫だけでなく花弁の芯に白がある。三十分ほどで腰を上げ、小走りになって加賀町の信陽堂に入った。住居《すまい》と玄々堂、そして信陽堂の近いのが有難い。

その日は原画を何点か仕上げるだけであったので夕暮れ前に仕事を仕舞い、しかし政子は朝から外出したとかで戻ってこない。皆に「お先に」と言うと、画工らが顔を見合わせる。

「先生、今日も風神《ふうじん》みたいな勢いですね」

「あなたたちも手を速くすることを心がけないと、画は陽射しのあるうちに描かねば陰影が狂いますよ。洋燈に頼るべからず」

手を上げて「パカー」と告げると、皆も嬉しそうに「パカー」と声を揃えて応える。ロシヤ語で「ではね」という意で、親しい間柄でのみ用いる挨拶語だ。正式な「さようなら」は「ダスヴィダーニヤ」だが、皆は短く発語できる「パカー」だけを憶えてしまった。教会でも、ロシヤ語を教えてくれと工房を訪ねてくる神学校の学生がいた。文法は教授できないが発音を正すくらいのことはしてやれる。だがまさか、信陽堂の画工らとこんな挨拶を交わすようになるとはと、内心で苦笑する。

ロシヤ帰り。

画工らにとってその肩書は、りんの想像以上に眩《まぶ》しいものらしい。ロシヤは仏蘭西や英吉利《イギリス》、伊太利と同じ、憧れてやまぬ西洋なのだ。

小走りで玄々堂に駈け込む。画室には画工の数人と兄が待ちかまえていて、りんは水を一杯だけ所望してさっそく取りかかることにした。しかし机の上に石灰石が置かれていない。

「兄上、石をお願いします」

「いきなり原版にかかるつもりか」

画工らも目を白黒とさせている。

「写生は済ませてきました。この通り」と画帖を見せ、袂を帯に押し込んだ。

「納期が迫っているのでしょう」

「急《せ》いてはいるが、実は線画ではのうて、色つきの原画が要る」

「色つきですか」

「多色刷りでやるつもりなのだ。二千枚も手で彩色したんじゃ、それこそ間に合わねえからな」

「わたしが石に直に描くつもりでしたからこの写生画で充分でしたが、原画を起こした方がよいのですね」

「ん。彩色も済ませてくれたら、後は皆で手分けできる」

多色刷りの工程はまだ知らない。ともかく椅子を引いて腰を据えた。机の上を見回せば、画用紙と鉛筆、筆、水彩画の道具と絵具も揃えられている。

「では、一時間ください」

「一時間でできるのか」

「やります」短く答え、後はひたすら手を動かした。

紙は縦が五寸、横が九寸ほどの小ささだ。手前に五つの花と葉を大きく配し、葉つきの蔓は縦長の空間を伸びやかに使うことにした。横文字を記した紙が用意されており、それを絵の上部に入れなければならないらしい。文字の中に「Ｋｕｄｚｕ」とあるので、葛の名称は英語でもそのままのようだ。線画は十五分ほどで終え、すぐさま絵具を溶《と》いて彩色にかかる。葉は緑を主にして葉先に黄緑、葉脈は薄緑を挿《さ》して表現した。茎は黄緑、そして花穂《かすい》の一つひとつの蝶々形に赤紫をまず施し、中心部に白、そして花穂の先端部の蕾《つぼみ》は白の量を多くする。

絵具が乾《かわ》くのを待つのももどかしく、紙を縦横に回しながら筆を入れられる箇所にはどんどんと色を挿《さ》していく。文字を入れ終えて隅々を点検し、りんは顔を上げた。息を吐くと、プウと笛のような音がした。よほど息を詰めて描いていたらしい。

「きっかり一時間だ」と、誰かが言った。

「感心してる暇はねえぞ。藍版《あいはん》にかかれ」

画工の一人が薄紙を取り出して、原画の上に重ねた。葉の部分を薄紙に写し取り、それを石に転写して藍だけの原版を作るらしい。その後、同じ葉の部分で黄版《きはん》を作るという。すなわち藍版と黄版の二枚をかけあわせて緑色を表現し、赤紫色は赤版《あかはん》と藍版で作る。

「色の表現は浮世絵と同じなんですね。色の数だけ版を作って、それを刷り重ねていく」

「そうだ。この黄緑の茎は緑を薄くするために、藍版の点を大きくまばらに打つ。黄版の点は緻密に」

「この作業、一晩では無理でしょう」

「当たり前だ。ま、この小ささで複雑な絵ではねえから二月《ふたつき》ってとこか」

「そんなに」

夜を徹してやれば何とか目鼻がつくだろうと推していたので、原画も一時間を目指したのだ。とんでもなかった。商業印刷の規模と手間を思い知り、拍子抜けがした。水彩に用いた道具を片づけようとすると「それはおまかせください」と画工が言う。

「信陽堂のご夫妻がお待ちですから、どうぞ」

「政子さんも」と訊ねると、「来てたぜ」と兄が顎をしゃくる。

「お前が描いてる途中にやってきたんだが声をかけられる状態じゃなさそうだと言って、先に向かったんだ。さ、行こう」

兄はよくわからないことを言い、大股で廊下へと出た。


政子が葡萄酒の洋杯を傾けながら、またからかってくる。

「りんさんの形相《ぎょうそう》の凄かったこと。美術学校の頃からあなたの熱情は余人の及ばざるところだったけれど、今日は一心不乱の体《てい》だったわね」

「今日の葛の画は特別。まさか多色刷りでやるとは思ってなかったから、急いて損をした」

「聞き捨てならねえな。せっかく洋食を馳走《ちそう》してやってるのに」

隣席の兄は牛肉のローストをナイフとフォークで切りながら、鼻を鳴らす。

「洋食だけではごまかされませんよ」

りんは葡萄酒を呑み干し、給仕が近づいてきたのでまた注いでもらった。

四角い食卓を囲んでいるのは四人で、りんの正面に政子、兄に相対しているのは竹四郎だ。二人ともめかし込んでいて、竹四郎は今宵《こよい》も洋装、口髭も綺麗に整えられている。政子の着物は匂うような紫地に流水模様と菊が描かれ、帯留《おびどめ》は真珠をあしらった鴛鴦《おしどり》だ。

「今日はどちらかへお出かけだったんですか」

訊ねると、牛肉に添えられている人参の艶煮《つやに》を口に入れかけていた竹四郎が顔を上げた。咀嚼してから膝上の白布で口を拭い、「そうなんですよ」と答える。

「文部省に罷《まか》り越したんですよ。その帰り、福沢先生にもご無沙汰していたんでご挨拶に伺ったというわけです」

「盛んだなあ」と、兄が声を大きくした。

「あれでしょう。福沢先生は諸学校の設立も支援されたらしいから、その教本の印刷を請け合おうってえ寸法でしょう」

あけすけな物言いだが竹四郎は気を損じた様子もなく、専修学校や東京専門学校、英吉利法律学校の設立も支援したのだと、りんに説明した。

「そういえば今日、福沢先生のお宅でニコライ主教のことが話題に出たのよ」

政子がその名を口にした途端、頰が強張った。

「夏に『聖詠経《せいえいきょう》』を刷らせていただいたから、それを福沢先生にもお見せしたいと思って」

政子は給仕を呼び、手持ちの風呂敷包みを持ってこさせた。膝の上で包みを解き、洋杯を動かして卓の上にのせる。縦は七寸半ほど、横は五寸ほどの祈禱書だ。日本人の信徒が信仰生活を送るためには、日本語による聖書や祈禱書がなくてはならない。主教はその翻訳のために大阪から懐徳堂《かいとくどう》出身の漢学者、パウェル中井《なかい》木菟麿《つくまろ》を招聘《しょうへい》し、訳業の協力を仰いできた。

二人が執務室でその業に取り組んでいる後ろ姿を、りんは見たことがある。大柄な主教にはただでさえ小さな木机であるのに並んで椅子に坐し、まさに肩を寄せ合っていた。ところが立ち上がると中井は主教の胸ほどの背丈しかなく、大人と子供ほどに見えるのだった。

昨明治十七年に『八調経略《はっちょうきようりやく》』と『小祈禱書《しょうきとうしょ》』、『時課経《じかきょう》』が出たことは、りんも承知している。そして今年、政子が扉絵を担当した『聖詠経』の刊行に漕ぎ着けた。

りんは書物を引き寄せ、その表紙に指をかけた。最初の扉には経名が中心に大きく書かれ、その周囲に飾り罫、その真上に聖堂、周囲には西洋琴や西洋笛が緻密な筆致で描かれている。さらに頁を繰れば、聖王預言者ダワィドの像だ。預言の書を執筆中の画だけあって、ダワィドの右手は洋筆を持ち、左手は掌《てのひら》を見せて立てている。

本来ならと、りんは息を呑み下す。

わたしがこの画を描くべき人間だった。日本正教会の画師として。

政子が扉絵を引き受けたことは知っていて、信陽堂の事務部屋でも表紙を目にしたことはあった。でも繙《ひもと》いてみる気になれなかった。政子もりんの気持ちを慮《おもんぱか》ってくれてか強《し》いて見せなかったし、主教の話題にも触れてこなかった。いや、一度だけ訊ねたことがある。教会を出てまもない頃だ。政子が印刷の打合せで主教に会ってきた。

「わたしのこと、主教様はなにかおっしゃっていて?」

たしか、そう訊いた。政子は安心なさいとばかりに頰笑んだ。

「あなたのことを一言も非難なさらなかったわ。教団はただ一人の聖像画師を失った。そうおっしゃっただけ」

その時以来、政子の口から主教の名が出たのは今夜が初めてだ。政子は目の端に皺を寄せる。

りんさん、もういいでしょう。あなた、もう大丈夫でしょう?

そんな目配せに思える。りんは葡萄酒を呷《あお》り、流し込んだ。

「そういえば松井《まつい》さんという方、ご存じ? ペテルブルクの神学大学に留学なさっていた方」

「アレクサンドル松井寿郎《じゅろう》さんなら存じ上げているわ。修道院に会いにきてくださった」

「亡くなったらしいわよ。向こうで」

表紙を閉じ、政子を見つめた。

「亡くなった? いつ?」

「七月のようよ。チフスに罹《かか》られて、あちらの墓地に葬られたみたい。わたしも先だって教会で聞いたばかりなのよ。神学校の同級だったという輔祭《ほさい》さんたちが話していて、惜しんでおられたわ。素晴らしい頭脳の持ち主で、善良な方だったらしいわね。主教様もたいそう気を落とされているみたい」

竹四郎が「向こうは気候が厳しいというから、体力が衰えていたんだろうな」と同情に堪えぬ面持ちで呟き、りんに顔を向けた。

「山下さんはよくぞ無事に帰ってこられたものですよ」

薄い後ろ姿を思い出した。古い外套一枚きりであったので、真っ当な物を手に入れてやろうと思ったのだ。けれど忘れていた。今の今まで。ニコライ主教からの手紙を読んでくれ、見送りにも来てくれたのに、わたしは松井さんに何をしただろう。己のことだけにかまけていた。

ニコライ主教も松井に期待をかけていたはずだ。主教には夢があった。

ロシヤ仕込みの聖職者、聖像画師を増やす。本国に頼らずとも、日本の正教会が自らの足で立っていられるように。

「主教様は息災にお過ごしでしょうか」

やっとの思いで、竹四郎に顔を向けた。「それが、お大変のようよ」と政子が答える。

「聖堂建設のための献金がなかなか集まらないみたい」

思わぬ話に、また眉間が硬くなる。

「でも、わたしが教会にいる頃すでに工事は始まっていたわ」

「竣工《しゅんこう》まで時がかかるんじゃないかしら。地方に教会を建てて布教しているのはいいけれど、その活動を維持するにもお金がかかるでしょう。東京から各地に伝教者を派遣するにも汽車賃がかかるし、飲まず食わずというわけにはいかないもの。そもそも聖堂建設については、古い信者との間で軋轢《あつれき》があったらしいのよ。何十万円もの金子《きんす》を建設にかけるなら、そのぶん地方の教会に回してやってほしいと嘆願する一派があったのですって。でも主教様は、聖堂建設のための献金を他の用途に用いるのは筋が違うと、斥《しりぞ》けなすったようよ」

「頑固なところがおありのようですからなあ」と、竹四郎が皿の上にナイフとフォークを並べて置いた。

「キリスト教にはロシヤの正教の他に、カトリックとプロテスタントがあるでしょう。彼らは日本政府と実に巧《うま》くやってますよ。ですがニコライ氏は」と、洋卓に肘をのせた。

「今年に入ってまもなくと聞きましたが、滞欧中の陸軍卿《きょう》がニコライ氏に書簡を送ったということがあったらしいんですな。福沢先生も、どなたからかお聞きになった話のようですが」

「滞欧中の陸軍卿ってのは、大山巌《おおやまいわお》卿かい」と兄が問えば竹四郎は目でうなずき、給仕を呼んで葉巻を持ってこさせた。

「大山卿は独逸の軍隊を見学して、我が国の軍隊にもキリスト教を採り入れねばならんと強くお思いになったようです。キリスト教がなければ軍隊を維持できん、と。すなわち軍隊を文明化するためにキリスト教を導入するという発想ですよ。いや、むしろ教養としてかな。ところがニコライ氏は信仰が第一のお方らしく、せっかくのお声がかりにも色よい返事を返さない。カトリックとプロテスタントの宣教団なら、こんな好機は逃しませんよ。必ずものにして陸軍に喰い込むでしょう」

煙を旨そうにくゆらせる。

「福沢先生も、軍隊のみならず、日本にキリスト教を導入すべきだという考えにはお賛成でね。大隈《おおくま》さんも同意見らしいですよ。あと、板垣《いたがき》氏も。この面々は現政府の対抗勢力ですから、ニコライ氏は政争に利用されるのではないかと用心しておられるんでしょう。その影響か、ロシヤ公使も日本の政治家にかかわるのを避けておられるらしいですな。御一新の際、反幕勢力は英吉利公使であったパークス氏を利用したと見做《みな》しているんですよ。実際は利用されたのかもしれませんがね」

同意を得ようとばかりに皆を見回したが、誰も口を開こうとしない。竹四郎は「いずれにしても」と言葉を継いだ。

「かれこれ二十年も前のことですよ。ゆえに、ニコライ氏の宣教は時代遅れだと言う人もいますね。そもそもロシヤは大国とはいえ、西洋の中では田舎ですからなあ。今はロシヤ正教の信徒数が最も多いらしいですが、そのうちカトリックとプロテスタントが逆転するんじゃありませんかね」

りんは他のキリスト教を知らない。まだ何もかもが耶蘇《やそ》教として一括《ひとくく》りであった頃に、しかも深い考えもなく洗礼を受けた身だ。竹四郎の披露した論に意見など繰り出せない。だが我知らず背筋を立てていた。

「日本人は、とりわけ上層部の方々は、西欧文明ばかりを追いかけ過ぎです。ニコライ主教は、日本人が己を見失い、土着の信仰心までむざと捨てるのを見ていられないのではないでしょうか。残念にお思いなのです」

「りん、それはおかしな理屈だろう」と、隣席の兄が顎を斜めにしている。

「ロシヤの宗教を日本で布教していること自体、日本人に生来の信仰心を捨てさせようってことだろう」

「違うのよ。ニコライ主教はそんなことをお望みになっていない。神道も仏教も儒教も否定なさらないし、地蔵に手を合わせる百姓らの姿は尊いとおっしゃる」

礼拝の後、信徒に囲まれてそんな話をするのを聞いたことがある。楽しそうに、嬉しそうに。

「じゃあ、近代文明に逆行する教えなわけか。僕たちは印刷技術の近代化に命懸けで取り組んでるんだぜ」

兄は竹四郎と視線を交わし、肩をすくめている。

「いいえ、そんなことを言っておるのではありません。主教様は文明化や教養化の手段としてキリスト教を採り入れんとすることは、本来の信仰からかけ離れるとお考えになっているのだとわたしは思うのです。それだけです」

指先が微《かす》かに震えて止まらない。顎も唇も震えて、奥歯が鳴っている。

主教が途方もなく孤独に思えてならない。その姿を思い泛べれば、胸の中が波立つ。

三人は気を取り直すかのように、別の話に興じ始めた。やがて水菓子と洋菓子、珈琲が運ばれてきたがりんは手をつける気にならず、葡萄酒を呑み続けた。

帰りは四台の人力車に乗り込んだが、途中で気分が悪くなった。車夫に俥《くるま》を止めさせて柳の下で吐いた。

——教団は、ただ一人の聖像画師を失った。

主教が受け容れた事実が、頭の中をぐるぐると回っている。


窓外で虫が鳴いている。松虫《まつむし》だ。

九月も末のことで、ロシヤではもう草の上に霜が降りているだろう。白樺は黄金色に染まり、灌木《かんぼく》の葉は真赤に色づく。大気は澄み渡っている。朝晩は暖炉《ピューチカ》の周りに集まらないと、寒くていられない。

りんはぼんやりと窓外を見つめ、下唇をプルルと鳴らした。発音の練習をするのによくこんなことをしたが、結句、一向に巧くならなかった。顔を動かし、押入れを見た。膝を回し、襖に手をかける。行李《こうり》を出して、上蓋を持ち上げてかたわらに置く。

黒い筒服を引っ張り出し、胸にあててみる。ロシヤからの手紙、自身の日記も出して畳の上に並べた。こんな秋に虫干しでもあるまいにと己を奇妙に思いながら、でも手を止められない。

布包みを取り出して開けば、チョトキだ。修道院の朋輩らがくれた餞別で、木の実を長い布紐でつなぎ合わせてある。木の実は白く彩色されているが、形状は日本の数珠《じゅず》にそっくりだ。これを手首に幾重にも巻いた修道女も多く、珠を繰って祈りを捧げていた。りんも指で珠を繰り、手首に巻きつける。次に細長い箱を取り出した。マダム・リヨボフがくれた、青い十字架の首飾りだ。頭《こうべ》を垂れ、それを首に掛けた。最も底から聖書が出てきた。これに触れなくなってもうすぐ一年だ。けれど十年ぶりのような気がする。膝の上にのせて俯《うつむ》けば、胸の前で十字架が揺れる。

扉絵は、ハリストスの姿だ。

ハリストスは真っ直ぐこなたを見つめていて、福音書をさし出している。そこに書かれている文言を、りんは憶えていた。

疲れているひとや重荷を背負っているひとは、誰でもわたしのもとに来るがよい。休ませてあげよう。

顔を上げ、目をしばたたかせた。

主教様が背負っておられる重荷は、誰が分かち合っているのだろう。主教様はお勁《つよ》いから、お独りでも大丈夫なのか。神がいてくださるから。でもずっと、休んでおられないのではないか。心の休息は一日たりともないのではないか。

我知らず右手の指をつぼめ、十字を切っていた。

主よ。どうか、あのお方をお守りください。

目の中が滲んで、頬が冷たくなった。わたしはなぜ泣いているのだ。愚かな所業ばかりを重ねて、期待を裏切って、今さらまた何を泣いている。

信仰心がなくても、聖像画は描けるだろうか。

洟《はな》を啜りながら、そんな胡乱《うろん》なことを考えた。

それは許されないだろうか。わたしが主教様のお役に立つことはできないだろうか。

せめて、この手に握る筆で。


夜、兄の家を訪ねた。

嫂が茶を出してくれたがすぐにひき取り、兄と母だけが並んで坐した。決心を打ち明けると、兄は懐に手を入れて長息した。

「暮らしが立たねえのか。それでまた、教会を頼るのか」

「さようではありません。ゆとりはありませんが、今の暮らしに不足はないのです」

「にもかかわらず戻るのですか」

母は膝の上で両手をきっかりと組んでいる。声は細い。おそらく落胆しているのだ。やっと「娘が耶蘇」という引け目が晴れたのに、また逆戻りだ。

「信陽堂の仕事はどうする」と、今度は兄だ。

「うちもお前に頼みたいことが山とあるんだぞ。お前なら必ず独り立ちできる。いや、僕は構わんのだ。お前の面倒は一生見る」

最後は襖の向こうを憚《はばか》ってか、声を潜めた。「かたじけのうございます」と辞儀をした。

「ですが教会は、わたしが商業印刷の仕事をすることをお止めにはならないと思います。お許しがでなければ無理にいたす気はありませんが、主教様はおそらく禁じたりなさらない」

「なら、なんで教会に戻る。今のままでいいじゃねえか。戻りたい理由がわからねえ」

兄は心の奥底まで覗き込むような目をして、じっとりんの返答を待っている。

「やりたいことができました」

「教会でか」

「はい」

「教会で何をする」

「聖像画師として生きます」

己でも驚くほど静かな、揺るぎのない声だ。

「でも、ああいう形で、後ろ肢で砂をかけるようにして教会を出ました。受け容れていただけるかどうかは心許ありません。主教様が駄目だとおっしゃったら、あきらめます」

すると兄は「わかった」と、胡坐《あぐら》を掌で叩いた。

「僕がついてってやる。洋食屋でお前が言ってた通りのお方なら、門前払いはなさるまい」

「重房殿」と、母は頰を震わせている。

「本当に教会に戻してよいのですか。今の暮らしを続けておれば、後妻の口でもかからぬとも限らぬのですよ」

母はまだあきらめていなかったのだ。人並みのおなごの幸せを、わが娘にも。

その親心が申し訳なく、顔を上げられなくなった。

「いいや、こいつは止めたって行きますよ。昔っから、そうだったじゃありませんか」

翌朝、兄がやってきて、行李を包んで背負ってくれた。駿河台が近づくにつれ、動悸が速くなってくる。

今さら、どの面を下げて舞い戻ってきた。

そんな言葉を浴びせられたら。不安ばかりが湧いて足取りが重くなる。それでも一歩ずつ近づくのだ。坂を上り続ければ、見憶えのある大木が赤や黄に変じ始めていた。塀囲いの中へと、足を踏み入れる。敷地の地均しはもう済んだか、方々が深く掘られて城の空堀《からぼり》のごとくだ。

「広いなあ。ここに建てるのか、聖堂を」

兄は腰に手を当てて見回している。伝道館の入口に入って、誰かが通りがかるのを待ちかまえた。背後から「イリナ」と呼ばれた。ふり向くと、ニコライ主教だ。

「久しぶりでござんしたなあ」

背後には外国人が一人と、日本人の司祭が数人立っている。顔見知りの司祭らは怪訝《けげん》そうな面持ちでりんと兄を見るが、主教は兄にも笑みを向け、そしてりんの肩に手を置いた。

「元気でおったか」

そう言われるだけで鼻の奥が熱くなる。懸命にこらえ、「はい」と辞儀をした。

「お茶でも飲んでいくがいいよ。アンナを呼ぼう」と、菅野校長の名を司祭に命じかける。りんは一歩近づいた。

「主教様、今日は折り入ってのお願いに上がりました。こちらは兄です」

兄は背中から行李を下ろし、居ずまいを正してから辞儀をした。

「山下重房にございます。妹が大変お世話になりましたのにご挨拶が遅れまして、ご無礼申しました」

「お兄上ですか。ニコライと申します。よろしぐ」

握手を交わしている。

「ここでは、なんだから」と、主教は背後の数人に目を向けた。外国人には短く外国語で告げ、司祭らにも「先に」と言いつけた。

「イリナたち、わたしの部屋にお出《で》って」

手で指し示されたので、「とんでもないことです」と辞退した。

「ここでお待ちしますので、ご用をお済ませになってください」

「いいのいいの。聖堂設計の打合せ。今日の本題、ほとんど済んでますね。一服しに、ここに戻ってきただけです。司祭らでも、応接できます」

主教の執務室に通されて、兄と共に窓辺の洋椅子に坐した。主教は机の椅子を引いて、こなたに躰を向ける。さっきとは打って変わって、思案げな面持ちだ。

「なんじょした。何事が出来《しゅったい》した」

「じつは」と、立ち上がった。

「教会に戻りとうございます」

主教は何度も目瞬きをして、「そうか」と呟いた。突然破顔して、笑い出す。

「いや、すっかり勘違いばした。てっきり、急を要する用件かと」

もしかしたら、金子を借りにきたと想像したのかもしれない。それで先にここへ通してくれたのかと思い当たれば、またも熱いものがこみ上げてくる。

昔から、行き暮れている者にこそまなざしを注ぐひとだった。

「今さら、こんな身勝手は許されることではありません。でもどうしても戻りたく存じます。主教様、どうかお許しを」

再び頭を下げる。兄も立ち上がる気配がして、「主教様」と大声を出した。

「不埒《ふらち》な願いであるとは、手前も重々承知しております。ですが、妹は聖像画師として生きたいと申してききませぬ。おなごでありながら画業のことしか考えられぬ一徹者《いってつもの》、石より硬い頑固者ゆえ、思い留まらせることなどできんのです。どうか、教会に戻らせてやってくださいませぬか」

小さな部屋に、「どうか」と兄の声が響いた。

「二人とも、頭上げて」

恐る恐る躰を立てると、主教も立ち上がっていた。

「工房、あのままにしてあるよ。お前《め》さんの後釜《あとがま》、誰も来てくれねえんだから」

見上げると、懐かしい微笑が降ってくる。

「イリナ。よく帰ってきた」

さし出された掌に向けて、りんもゆっくりと手を出す。

「バリショウエ、ゴスポヂ」

有難うございますと、繰り返していた。

胸の中に、あの錆色の線路が延びている。

五章　名も無き者は

一

工房の周囲の木々も、すっかりと葉を落とした。

冬晴れの日など枝々の線は細く黒く冴え渡り、惚《ほ》れ惚《ぼ》れと見上げることがある。樹木がありのままの姿を見せる季節だ。そして工房の中には、窓越しにやわらかな光が流れて満ちる。

窓際の小椅子に坐した五子《いね》の手を見ながら、りんは鉛筆を動かす。胸の前で合わせた手は小さいながらも白く瑞々《みずみず》しい。いつだったか、生神女《しょうしんじょ》の御手を描くのに難儀をして、手のモデルを頼んでみたのだ。それからはこうして時々、授業のない日を選んで工房を訪れてくれる。

「力を抜いて。もっと柔らかく」

「こうですか」と、指の関節が動く。

「悪くなりましたよ。そうね、なにか柔らかなものを包んでいるような心持ちで」

「柔らかな」と胸許を見下ろしながら、「雛鳥を包んでいるような?」と合わせた手を膨らませる。

「あなたは察しがいい」

「おそれいります」

数え二十歳であるらしいのに、まだ稚気《ちき》の抜けない顔つきで声を弾《はず》ませる。身形《みなり》にもかまわぬ性質《たち》らしく、髪の結い方など無雑作なものだ。もっとも、りんも同じ手合いのご同類、画《え》に描く生神女や婦人の衣、装飾品はあれこれと工夫するけれども、自身を飾ろうとは思ったことがない。十字架の首飾りは着物の中、左の手首に白珠《しろたま》のチョトキを巻いているのみだ。

ナデジダ高橋《たかはし》五子は今年の七月に東京女子神学校を卒業し、教師の任に就《つ》いたばかりだ。教会に戻って再び聖像画師になったりんに真っ先に声をかけてきて、寄宿舎の生徒らにもひき合わせてくれた。

山下《やました》先生、お帰りなさい。

四十人近い、さまざまな高低の声に迎えられた。二十歳前後の女もいれば十歳に満たないような女児もいて、上級生の袂《たもと》を摑《つか》んで怖々とこちらを見ていた。教会を出る前はほとんど気にも留めていなかった面々で、あの頃のわたしはさぞ難しい顔をしていたのだろう。口をきくのは舎監であったアンナ菅野《かんの》秀子くらいのものだった。

後で気がついたことには、出戻りのりんに気まずい思いをさせまいと五子が心を配ってくれたらしい。菅野校長に話すと、さもありなんと皺《しわ》深い目許を細めた。

「五子さんは任俠《にんきょう》ですから」

世俗めいた言いようをするのは珍しい。校長の温顔には苦笑が泛《うか》んでいる。

「入学したのは明治十四年の九月だから、あなたはちょうど留学中でしたね。福島からいらしたのよ。弟と一緒にね。それは小柄な愛らしい女の子で、でも男勝りでねえ。元々頭のいい子で負け嫌いですから成績も二番を下ることはありませんでしたが、ともかく曲がったことが大嫌い、男子生徒が女子を泣かせようものなら数人を向こうに回してとっちめてしまうのですよ。たちまち皆を統率するようになって、あれぞ任侠だと、我々も感心するやら可笑《おか》しいやら」

なるほどそれで女任侠かと、笑みを誘われた。九月の末に教会に戻っておよそ二月《ふたつき》、ほとんどの日を工房で暮らしているので、女子神学校のしくみや生徒についてはまだ心得ぬことが多い。

「ともかく、彼女がここに残ってくれて良かったですよ。いい教師になるでしょう」

五子の語学と音楽の才は群を抜いており、ニコライ主教も一目置くほどであるらしい。

女子神学校では他の女学校と同様、国語に算術、図画、音楽、習字、簿記に裁縫、割烹《かっぽう》などの教科が男女の教師によって教授され、そのうえで正教の教理や旧新約聖書の解釈、聖歴史などを学ぶらしい。本科四年、予備科三年の七年制であるが、高等小学校を卒業した者や優秀な者は学力に応じて上級に入学できるので、生徒の年齢はまちまちだ。本科の四年だけで卒業する者もあり、その大勢は郷里に帰って伝教者や司祭の妻になる。

「そういえば」と、五子に視線を戻した。

「あなたには弟さんがあるんですって？」

「はい。神学校で学んでおります。父は弟をいずれ教役《きょうえき》に就かせたいと願っておりましたゆえ」

教会に務める者を教役者という。

「ただ、生徒が大変に増えて受け容れが難しいと聞き及んでおりました。そんな頃に主教様が福島巡回においでになって、わたしと弟も大人にまじって聖歌を歌ったのです。そしたら声が揃っていると、たいそう褒《ほ》めてくださいました。それで入学をお許しいただけたのかもしれません」

日本人には合唱の習慣がないので、声を揃えて歌うことそのものが至難の業だ。主教は姉弟《きょうだい》の才に感激したのだろう。

「学校はとくに、音楽の教育に力を入れていらっしゃいますから」と、五子は言い継いだ。

そもそも教会が女子に教育を施《ほどこ》すようになったのは、聖歌者の養成が急務であったからだとは聞いたことがある。詠隊《えいたい》がいなくては礼拝そのものが成り立たないからだ。聖歌は祈禱《きとう》の添えものではなく、祈禱の連なりの中にある。ゆえに主教は歌が下手でも叱らないが、声が揃わなかったり歌が奉神礼《ほうしんれい》を滞《とどこお》らせたりすると、後で指揮者を叱責《しっせき》することがある。生徒は授業、そして日々の生活の中で聖歌のあるべきようを会得《えとく》し、やがて各地の詠隊の指導者になる。

初期の詠隊の指導にあたったのは、ロシヤ行きで同行したチハイ師だ。兄のアナトーリイ司祭はまた日本に戻ってきていて伝道館や普請中の聖堂の前でたまに顔を合わせるが、目礼を交わす程度に留まっている。

「女子神学校では漢学と刺繡《ししゅう》にも重きが置かれています。漢学は聖書や祈禱書を読めるようになるため、刺繡は聖具の掛布や祭服に施すためです」

石造りの堅牢な廊下に響く靴音が、ふいによみがえる。

修道女たちの行列、衣擦《きぬず》れの音。繡金《しゅうきん》の工房は息遣いが聞こえそうなほど静かだった。聖像画工房の漆喰《しっくい》壁は白くて、夏には窓外の枝々が緑の模様を描いた。窓際には画架の列、木の床の陽溜《ひだ》まり、油絵具の匂い。女画師たちのあのまなざしの真剣さ。

「先生、お邪魔になりますか。黙っていましょうか」

「邪魔なものですか。続けて」

わたしのことはもういいのだ。この若く賢い女任俠の話に耳を傾けよう。

「弟の手をひいて、福島から歩いて上京しました。八月も末でしたけれど、とても暑うございました」

「父上はお武家でしたか」

「さようです。代々板倉藩の家臣で、父は江戸詰めの組目付《くみめつけ》を務めておりました。わたしは江戸麴町《こうじまち》にあった、板倉藩邸内の組屋敷で生まれたそうです」

「なら、御一新後はご苦労なさったでしょう」

五子は率直に「はい」と応えた。

「母や姉たちと一緒に、わたしも賃仕事に励みました。水引《みずひき》を撚《よ》ったり凧《たこ》の紙を張ったり。父は臥《ふ》せってしまいましたが、夏に吊る蚊帳《かや》がありません。母など着物を解《ほど》いて洗い張りをする暇もないほどで、夜のうちに井戸でざぶりと洗って、朝、そのままを着るのです。肌にじっとりと気持ちが悪いのですが、立ち働くうちにいつのまにか乾いております。父は具合のよい時は床の中で身を起こして、もう乾いたかとからかってよこしました。書も絵も達者で、わたしが幼い時分には凧にそれは立派な武将を描いて親戚に配ったりしておりました」

そうか、絵に親しみがあってモデルを引き受けてくれているのか。

「ですが赤貧に喘《あえ》ぎ続け、やがて神の教えに触れて入信いたしました。小学校に参りますと男子が耶蘇《やそ》、耶蘇と揶揄《やゆ》いたすのです。もう口惜しくて、耶蘇とはハリストス様のことぞ、神様と一緒にしてもらって有難うよと、肩を突いて溝に落としてやりました」

福島は仏教徒が多く、寺の勢力も強い地だ。正教徒に対しての狼藉《ろうぜき》、迫害も尋常ではなかったと菅野校長が話したことがある。校長も東北の生まれであるらしい。

「それからわたしの顔を見ると怖がって、コソコソと逃げるようになりました。先に攻めるが勝ちでございます」

五子は手柄顔をして、アハハと笑った。

「わたしと弟が上京した翌年には一家も上京いたしましたが貧しいことに変わりませんから、校費生としてここに残していただいたのです」

りんが黙っているので、五子は「私費生と校費生があるのです」と説明を加えた。

「司祭や伝教者の娘は宣教団が、つまり主教様が学費と生活費を全額出してくださいます。わたしが入学した頃は校費生がほとんどでした。昔風に申せば口減らしです。暮らしの立たぬ信徒が主教様に我が子を託《たく》すも同然で、しかも教育もつけていただけるのですから、わたしなどはその有難さがわかっておりましたけれども、今も幼い子らは夜になるとしくしくと、よく泣いておりますよ。不安で心細くて、親が恋しくてたまらぬのです」

五子が姿勢を整え直したが、「今日はもう仕舞いにしましょう。有難う」と止め、立ち上がった。紅茶を淹《い》れてビスケットを振る舞うと、「おいしゅうございます」と無邪気に歓《よろこ》ぶ。缶から何枚かを懐紙に包んでやると、とまどっている。

「いいのよ。オリガ姉にいただいたのだから、遠慮なく」

亡きプウチャーチン伯爵の令嬢であるオリガ姉が来日しており、この女学校の寄宿舎の一室に住まっている。りんがいったん教会を出た頃のことであったので、再会して驚いた。よくいらっしゃいましたとロシヤ語で挨拶し、天に召された伯爵への悔やみを伝えた。するとオリガ姉は面長の頬をなごませた。

父がよく日本の話をしたので、ずっと憧れていたのです。やっと来日を果たせました。

日本を開国に導いた国の一つであるロシヤの元提督は、日本のことを折に触れて懐かしみ、娘に語っていたらしい。オリガ姉は生まれつき蒲柳《ほりゅう》の質で、胸の病もあって結婚は諦め、神に仕える仕事に就きたいと望んでいたようだ。そして看護婦を伴って来日した。片言《かたこと》ではあるが日本語も習得してきており、けれどりんの顔を見ればロシヤ語で話しかけてくる。りんも忘れかけていた言葉を取り戻す。

「わたしどもも、オリガ姉からお菓子を頂戴したのです。子供たちはたいそう歓んで、それは大切に少しずつ、膝の上に零《こぼ》した屑も大事そうに指で摘《つま》み上げて」

りんは立ち上がり、いったん棚に仕舞ったビスケット缶を取り出した。白地にロシヤの鳥や花を描いた可愛い絵柄だ。

「お持ちなさい」

「よいのですか」と、白い頬を赫《あか》らめる。

「子供たちに」

五子はぺこりと頭を下げた。

「手のモデル、またお申しつけくださいI」

「ええ」と答えた時には、もう扉を開いて外に飛び出している。寄宿舎の洋館に弾むように向かう後ろ姿が見えた。

教会に戻ってから一年と少しを経て、明治十九年も師走《しわす》となった。

明日は十二月二十五日だ。カトリックやプロテスタントの教会では「主の降誕祭」を祝う日だが、正教会ではロシヤの旧暦に従っている。日本の新暦より十二日遅れで、まだ十二月の中旬だ。この駿河台《するがだい》を始めとする日本の正教会では、降誕祭を正月六日に祝う。

「山下先生、おやすみなさい」

女生徒らが、夜の挨拶に訪れた。

寄宿舎では一部屋に七人ほどが一緒に暮らしている。幼い女児は自身で髪を結うことができず、蒲団《ふとん》を持ち上げる力も足りない。それで同室の上級生が面倒をみる。朝は授業の始まり、夜は就寝前に広間に集まって当番が小祈禱書《しょうきとうしょ》を読み、教師と生徒一同で祈禱する。オリガ姉とりんもその場に参加しており、上級生が下級生を引率して順に、おはようございます、おやすみなさいと挨拶して回るのを受ける。

「スパコーナイ、ノーチ」

ロシヤ語で「おやすみなさい」と応えてやると、子供らは照れたように躰《からだ》をもじもじとさせる。

広間から階段を上がって自室にひき取り、蒲団を敷きのべて洋燈の灯りを消した。躰を横たえて目を閉じると、窓障子が揺れてガタガタと音を立てている。今夜は風が強いようだ。蒲団を顎まで引き上げた。この頃は苦しい夢を見なくなった。うつらうつらとしているうちに眠りに落ち、目を覚ませば窓障子の色が新しい朝を告げている。

今日は土曜日《スボタ》、聖なる日だ。

正教では一週七つの曜日も神聖として、大切にしている。月曜日は天使を記憶する日、火曜日は前駆授洗《ぜんくじゆせん》イオアンを記憶する日、水曜日はイウダの裏切りが行なわれた日だ。木曜日は機密の晩餐《ばんさん》が行なわれたので、聖使徒たちを記憶する。金曜日はハリストスの受難と十字架、土曜日はハリストスが墓の中に安息した日、そして明日の日曜日は「主日《しゆじつ》」、ハリストスが復活した日である。

りんは聖堂に赴き、聖体礼儀に参加した。聖体礼儀は奉神礼のまさに中心である儀式で、ハリストスの躰である麵麭《パン》と血である葡萄酒《ぶどうしゆ》をいただいて日々を感謝する。信徒たちと少し話をしてから、いったん自室に戻った。行李《こうり》から襟巻《えりまき》を取り出す。工房の建屋は隙間風が多いので首が冷える。土曜日と日曜日は安息日だが、りんはほとんどの時間を工房で過ごしている。一枚でも多く聖像の複製画を作って各地に送りたい。

やけに騒がしいような気がして、首に襟巻を巻きつつ襖《ふすま》に手をかけた。すると荒い音を立てて襖が動き、上級生の一人が叫んでよこした。

「火事です、燃えています」

すぐさま部屋を出た。廊下の向こうで、看護婦に伴われたオリガ姉が出てくるのが見える。ロシヤ語で「火事」と伝えると、頰を強張《こわば》らせながらもしっかりとうなずく。

「生徒たちを」

「ええ。でもマーチ・オリガは外へ。避難なさって」

その間にも、生徒らの泣き声で廊下が埋め尽くされた。

「落ち着いて。さあ、順に避難しますよ」

菅野校長が宥《なだ》めて回っている。大小さまざまな人影の中に五子の姿があった。幼い子を背負い、片手で別の子の手をひいている。

「大丈夫、気をしっかりとお持ちなさい」

大声で皆を励ましている。りんは後尾で蹲《うずくま》っている子に声をかけて手をひき、そのかたわらで泣きじゃくる子の背に掌を置いた。

「お姉様、五子お姉様」

躰に火の粉を浴びたかのような泣き方で、しかし十二、三歳ほどに見える背丈だ。同じ歳恰《かっ》好《こう》の子は下級生の面倒をみているというのに、ただただ五子を追おうとしている。名前を訊《たず》ねれば、「山田《やまだ》いく」としゃくり上げた。聖名《せいな》を口にしないところからすると、入学してまもないのかもしれない。その子の背を押して「慌てずに階段を下りなさい」と言い含め、りんは幼い子のそばに屈《かが》んで片手で抱き上げた。階段が細いので、下り口に人溜まりができてしまう。それが余計に恐怖心を煽《あお》り、生徒らの泣き声は甲高《かんだか》くなるばかりだ。ふと、山田いくと名乗った子が他の者を押しのけて強引に前へ進むのが見えた。「怖い、怖い」と、五子に縋《すが》りついている。

その横顔に驚いた。日本人ばなれした、たいそう華やかな顔立ちだ。

ようようのことで階段を下り始めると、ニコライ主教や司祭、男性の教師らが駆け上がってきた。主教は幼い生徒を二人ずつ腰から摑むようにして抱き上げ、外へ避難させるや、また戻ってくる。

「皆、無事か。誰ぞ、残っておらぬか」

強風に煽《あお》られて、階下のそこかしこで炎が大きくなる。柱に火が移り、階段をも呑み込みそうだ。どこから火の手が上がっているのかがわからぬまま、火の粉と煙に行く手を阻《はば》まれる。りんも息を詰め、半眼にしながらようやく外へ出た。主教がまたも建屋に向かおうとするので、「わたくしが最後尾です」と告げた。校長も「生徒たちは無事です。人数を確認いたしました」と報告している。

「そうか。それはよがった」

男性教師が生徒らを先導して庭の榎《えのき》の下にかたまらせ、通りへと向かっていく。伝道館に避難させるのだろう。

主教は誰が促しても動かず、仁王立ちしたままだ。冬の朝の中で、女子神学校が炎に焼け落ちてゆく、そのさまを見届けんとしているようだ。大きな背中越しに、りんも焔《ほのお》を見る。額が焼かれそうなほど熱いのに、どこか、現実《うつつ》のこととは思えないでいる。校長と女教師たち、五子もかたわらに並び、共に立ち尽くした。

神学校の男子生徒や町の消防によって火消しが始まったが、大きく見えていた建屋はあえなく頽《くずお》れ、暖炉《ピユーチカ》の焦げた薪《まき》のごとく折り重なった。

後で知れたことには、火元は寄宿舎一階の湯殿で、鉄製の管が老朽化していたことが因《もと》であったらしい。寄宿舎の周囲には古い日本家屋が何軒もあってそこも教場として使われていたが焼失し、学校の聖書と教本も焼けた。工房も焼けた。焼け跡には革の洋鞄が灰燼《かいじん》に埋もれて残っていた。自室が手狭であったので、古い聖像画や日記、エルミタージョで模写した『聖母子とヨハネ』と『使徒ノ画』は鞄に移してあったのだ。青い十字架とチョトキはこの身につけている。

けれどロシヤで購《あがな》って帰った聖像画《イコン》のほとんどは、工房の中で灰と化した。

火事のあったその日のうちに、オリガ姉が主教に助力を申し出てくれたらしい。本国の知友に電報を打って義援金を募り、自身も寄進をして、ほどなく数千円という大金を用意してくれた。工師が呼ばれて設計の図面が引かれることになったと聞いたのは、無残な焼跡がまだ残っている頃のことだ。女生徒と校長、教師は伝道館の中に分かれ住み、りんは書庫の一隅を工房にするようにと命じられた。そこで寝起きをして聖像画を描き続けている。

兄と母、そして政子《まさこ》が連れだって見舞いに訪れてくれた時、思い切って事情を話してみた。

「母上、古布がありましたら頂戴できませんか」

女生徒らは着替えの着物はおろか蒲団もない。そういうことなら手持ちの古布で仕立てようと、母は請け合ってくれた。

「他に何か要るものはあるか」

兄が訊ねてくれたので、「仕事をください」と頼んだ。使い途《みち》は話さなかったが、すぐさま「心得た」と胸を叩いた。政子も申し出てくれた。

「あなたに画材と紙を、学校にも必要なものを寄付させていただく」

それからというもの、玄々堂や信陽堂の仕事を能《あた》う限り、引札《ひきふだ》や商業ラベルもがむしゃらに引き受けた。謝礼金の高い肖像画もだ。得た金子《きんす》は学校の再建に献じた。オリガ姉に比べれば微々たる額であるけれども、ロシヤの人々にばかり頼っているのは申し訳がないような気がした。

多少なりとも、わたしには稼ぐ腕がある。

翌明治二十年、東京女子神学校は再建された。

新しい校舎は二階建の洋館で、立派な檜造《ひのきづく》りだ。以前よりも遥かに大きく、形は南北に長方形をなしている。長辺の中央が玄関で、玄関を入った左手に二十畳が二室、そこが講堂だ。さらに西側に教場として二室、東側は六室ある。厨房と湯殿、雪隠《せっちん》も付設された。階上は生徒や教師の寄宿舎で、東西に広さの異なる部屋が七室、八室と並んでいる。一階二階とも、半間《はんげん》の廊下を巡らせてある。

りんは二階の東端の六畳を与えられた。そこを工房としても使うことになったので、床には畳を入れず板張りにしてもらった。画架を平衡《へいこう》に立てるためだ。今は床に蒲団を敷いて寝ているが、いずれ寝台を大工に注文して造ってもらおうと考えている。

八月二十七日には校舎の成聖式《せいせいしき》、すなわち竣工式《しゅんこうしき》が行なわれることになっているが、オリガ姉はそれを待たずに昨日、六月十一日に帰国の途についた。横浜から桑港《サンフランシスコ》行きの船に乗って訪米した後、ロシヤへ帰るという。

出発の前日、オリガ姉の部屋を訪れて別れを惜しんだ。

「二年と八ヵ月、日本で過ごしました。けれどほとんどの日、療養に費やしました。教会のお役に立てぬまま去る、残念に思います」

蒼白い頬に手をあて、自嘲《じちょう》めいた溜息を落とす。

元々病気がちで、在日ロシヤ人ともほとんど交際していないようだった。本人が言った通り、しばしば体調を崩し、箱根の塔ノ沢《とうのさわ》にある正教会の避暑寮で療養した。医者の強い勧めがあり、ついに帰国を決めたらしかった。このところは歯痛にも苦しんでいたらしい。

「いいえ、わたくしたちは生涯、あなたのくださったお志と温情を忘れないことでしょう」

生徒らが毎日、雑巾がけを懸命にするので、廊下など鏡のように光っている。

「わたくしも日本を忘れません」とオリガ姉は微笑《ほほえ》み、「あなたに、これを」と布包みを渡された。

包みを開けば、厚い額に納まった聖像画だ。掌ほどに小さいが重い。板画だ。

「我が家に古くから伝わるものです」

聖像画は有難い。手持ちのものは焼失したので、模写の手本に事欠いている。そう礼を述べねばと思うのに困惑して、口ごもってしまった。

表情に乏《とぼ》しく、ぺったりと平板な聖母子像だ。修道院の工房でかくも悩ませられ、自らも嫌悪してきたあのギリシャの黒い画。主教の部屋や伝道館の壁にも小品の何点かは掲げられているが、もう気にならなくなっていた。伊太利《イタリー》画の流麗な線や鮮やかな色が圧倒的で、おどろおどろしい黒画は翳《かげ》に沈んでいたのだ。

それが今、卒然と姿を現した。我が掌の中で。

オリガ姉も聖母子像を見つめ、細い息を吐く。

「ロシヤの聖像画が世俗的な芸術に翻弄《ほんろう》されてしまう前の、崇高なる画です。わたくしはその源流を辿《たど》りたくて、ギリシャ語も学びました」

混乱した。

「世俗的な芸術に翻弄された。ロシヤの聖像画が？」

「さようです。聖書の物語を題材にしていても、それが聖なる画だとは限りません。ルネサンスの伊太利画を無闇に追うと信仰から遠ざかります。ルネサンスは人間性を謳歌《おうか》する芸術至上主義。大変に魅力的です。でもわたくしは信仰者として懐疑します。聖像画は芸術であってはなりません」

オリガ姉の口から、かほどに強い言葉が発せられるのは初めてだ。聞き間違いではないかと訝《いぶか》しみ、確かめた。オリガ姉は迷いも見せずに首肯《しゅこう》する。狼狽《うろた》えた。オリガ姉はたびたび工房を訪れて目にしていたはずなのだ。描いている最中の、りんの聖像画を。

もう誰に遠慮することも咎《とが》められることもなく、信徒の求めに一点でも多く応えることのみに意を注いでいた。己の思うままに一心に描いていた。ニコライ主教の役に少しでも立ちたかった。その画を、オリガ姉は批判的なまなざしで見つめていたのだろうか。けれど鳶色《とびいろ》の瞳には非難の色は見て取れず、いつもの疲れたような笑みを湛《たた》えるばかりだ。

まもなく五子らが挨拶に訪れたので、入れ違いに部屋を出た。自室に戻って小椅子に坐し、掌中の画を見つめ続けた。

わからない。オリガ姉は何を言いたかったのか。

赤子のハリストスを抱いた生神女マリヤの顔は、悲哀が露《あら》わに表現されている。我が子のその後の運命を知っているかのような悲しい目だ。伊太利画とはそこが違う。伊太利画ではより美しく慈愛が表現され、画師によっては偉大なる母性が優美に礼讃《らいさん》されている。

これは画の技術の差だと思っていた。ギリシャの聖像画は時代が相当に古いから、そのぶん画の技術も未熟であったのだろう、と。

考えに考えて、気がつけば夕暮れになっていた。贈られた聖像画は自室の隅の壁に掲げることにした。蠟燭《ろうそく》に火をともし、画を照らす。背景の金箔も母子の顔も、黒い煤《すす》にまみれて薄汚れている。綺麗に修復する方法は知っているが、手を入れてはいけないような気がした。煤は蠟燭の炎によるものだ。聖堂でも信徒の家でも、聖像画に灯を捧げて祈る。

毎日、朝な夕なに画を見上げるうち、画の来《こ》し方を感ずるようになった。

ギリシャの聖像画師によって描かれたこの画は、正教が伝えられた道筋を通ってさまざまな国の家々を旅してきたのだろう。それがペテルブルクのプウチャーチン家に行き着き、そしてまた海を渡って日本の女画師の許を訪れた。

この画は二百年、あるいは三百年もの間、人々の祈りと共にあったのだ。


翌明治二十一年も真夏になり、神中糸子《じんなかいとこ》と連れ立って写生旅行に出かけた。行先は箱根だ。塔ノ沢には教会の聖堂、避暑寮があり、学校の教師らもそこで過ごすのが毎夏の慣《なら》いになっている。だが主教が避暑に出かけることはない。酷《むご》いほど暑い東京に残って聖書翻訳に勤《いそ》しむ。

「主教様、行かせていただきます」

糸子と二人で挨拶に伺うと、主教はこめかみに汗を浮かべながら目を瞠《みは》った。

「お遍路《へんろ》さんだね。よろしい、よろしい」

白麻の着物に菅笠《すげがさ》、杖といった、昔ながらの旅装束が気に入ったようだった。

「たくさん描いてきなされ」

わずかな荷は寮に置き、毎日、床几《しょうぎ》と画帖、水彩絵具の一式を手に散策して写生ざんまいだ。二人で日照り道をてくてくと歩き、木蔭《こかげ》や水辺を見つけては床几を立てる。寮への帰り道も美しく、りんは描かずにはいられない。

古い木の根が瘤《こぶ》のように隆起した小道で、うかと歩けばすぐに足を取られる。視界は暗い。高木、巨木が左右から枝を大きく張り出し、深い木下闇《このしたやみ》を作っているからだ。木々はさながら緑の門、小道は苦難に満ちた人生にも思える。けれど蟬《せみ》しぐれは聞こえていて、時折、風が颯《さっ》と吹く。梢《こずえ》の葉が揺れれば行手に澄んだ蒼穹《そうきゅう》が広がり、聖堂の柿色の屋根、白壁も垣間見える。

「りんさん」

糸子が呼ぶので手を止めぬまま「なに」と応えれば、「あなた、ずっと風景画もおやりになっていたの」と訊く。絵筆の先を水洗の筒で洗い、「いいえ」と頭を振った。

「帰国してからは久しぶりよ。ロシヤでも風景は素描《そびょう》どまり、彩色にはなかなか至れなかった」

糸子はしばし黙し、「洋画壇に戻る気はありませんか」と言う。

「わたしは教会の画師ですよ」

柔らかく返したが、糸子は「でも」と継いだ。

「あなたほどの風景画を描ける人は、そうそういらっしゃらないわ。ホンタネジー先生が生きておられたら、きっとお褒《ほ》めになります」

ふと何かを思い出しそうになって、けれどそれはたちまち蟬の声に紛れてしまった。糸子は遠慮がちに話を続ける。

「洋画家にはまだ冬の時代が続いているから、迂闊《うかつ》にお誘いすることはできません。来年の二月に東京美術学校がようやく開校されると聞いていますけれども、西洋画科は設けられないというのですもの。口惜しい限りです。わたくしたちはいつまで迫害されねばならないのでしょう。でも、いいえ、なればこそ、あなたがいらしたら、日本の西洋画壇は活気を取り戻せると思うのです」

それには胸が詰まった。学びたいのに学べないつらさは我が身がまだ憶えている。けれどりんは糸子を見上げ、微笑んだ。

「わたしはこうして絵筆を持てているだけで充分」

聖像画師として生きてゆく。その決意はもう揺らがない。

夜、湯浴みをした後、また二人で外へ出た。十五夜の月が草地の露を光らせ、虫の音が涼やかだ。光が滴《したた》るほどの満月を眺めながら、りんは「思い出した」と呟いた。

「なんのことです」

「ホンタネジー先生の教え。美麗であるかどうかに心を砕いてはいけません。まず、真《まこと》を写すことです」

そうだ。先生はそう教えてくれた。それはどこか、オリガ姉の言葉と通底する。

聖像画は芸術であってはならないのです。

難しい。ならばどうすればよいのか、かいもく見当がつかない。けれどわたしはたぶん、この教えを忘れてはいけないのだ。そのことだけはわかる。

「糸子さん、いい夜ね」

「本当に」

遠くの松林を渡る松籟《しょうらい》に耳を澄ませた。

二

明治二十二年二月十一日、大日本帝国憲法が発布された。

宮中では天皇が憲法を国民に下賜《かし》する儀式があり、アナトーリイ師がロシヤ公使館の一員として出席するらしい。新聞では何日も前から奉祝記事を連ね、日本じゅうが祝祭の気運で沸き立っている。東京市中にも緑の奉祝門が建ち並んだ。形は凱旋門《がいせんもん》に似ており、ただし骨組みは木材で、全体は緑の杉葉で覆われたものだ。通りに面した建物や家々は日の丸の旗を高々と掲げ、神田祭に山王祭《さんのう》、深川祭などの山車《だし》が百基以上も市中を練り歩くという。

教会では朝の八時から、聖体礼儀と感謝祈禱を献じた。感謝祈禱では、スラブ語で「ムノーガヤ・レータ」と繰り返し歌う祈りの部分で初めて「幾歳《いくとせ》も」と、日本語が用いられた。「神の恩寵《おんちょう》がいつまでもありますように」という意味で、日本の天皇とその一族、政府高官、国民のために歌ったのである。

「天皇、統治権の大部分を国民に委譲されなすった。ほとんどの国、さようなこと、できませんでした。かような憲法、血によって獲得されました。河のように血を流した国も、あります。

ですが日本、自発的に穏やかに、憲法が臣民に与えられました。受ける臣民、同じく穏やかに頂戴しました。まこと稀有《けう》なことです」

祈禱の後、ニコライ主教は感激を隠さずに語った。

そして奉祝として、詠隊が合唱を市民に披露する。これはもう何ヵ月も前から準備されてきたことで、詠隊として組まれた人数は三百名だ。歌うのは聖歌ではなく、日本の「君が代」という唱歌が選ばれた。

大聖堂は未《いま》だ建設中で、組まれた足場が大きな鳥の巣のごとくだが、あと半年で外観の目処《めど》がつくところまでは漕ぎつけている。信徒と教師、神学校と女子神学校の生徒が門前に静粛に居並んだ。五子、そして山田いくという名の美少女の顔も見えた。いくの聖名はエレナで、誇らしげに澄ましている。

見物衆は「何やらここでも面白そうな演《だ》し物があるらしい」と、浮かれ気分で集まってきた様子だ。りんは兄と母、甥の重幸を招いた。重幸は今年十歳になっており、小学校に通っている。顔形に躰つきも兄の子供時分に瓜二つだ。ただし兄ほど声が大きくなく、おとなしい母親に似たのか、りんが「大きくなったねえ」と声をかけても曖昧《あいまい》にうなずくのみだ。

「大変な人出だなあ」

兄は呆《あき》れ半分に感心している。四人で伝道館の前に移ったが、酒に酔って顔を赤くした者や赤子をあやしながら覗き見をする子守りの姿もある。いつしか人波に埋め尽くされて身動きがつかなくなった。合唱の最中に濁声《だみごえ》を挙げたり赤子に泣かれでもしたら事だと案じたが、人々は詠隊の人数にまず度肝を抜かれたようで、歌が始まるや、口を半開きにして聴き入っている。

複数の人数で歌う場合であっても、皆が同じ旋律で歌う斉唱しか日本人は聴いたことがないはずだ。それを伴奏の楽器を入れず、混声四部合唱で歌っている。

——君が代は　千代に八千代に　さざれ石の

早春の空に響く幾層もの旋律に、りんもいつしか聞き惚れていた。声は見事に揃い、伸び、どこまでも広がってゆく。歌が終わっても、見物衆はしばらく立ち去らなかった。しんと静まり返り、その後、大喝采《だいかっさい》が起きた。

りんの右側に立っている兄が、「ようやく」と大きく胸を動かした。

「ようやく、ここまで来た。東アジアで初めて、近代憲法を持つ立憲君主国家となった」

幕末の動乱を経た者として、兄の感慨も日本という国に向かうのだろう。

一方、左隣に立つ母は詠隊に感心しきりだ。

「子供たちも背筋を伸ばして堂々と、まことに立派でした。感服しましたよ」

合唱の後、神学校と女子神学校の寄宿舎それぞれで親睦会が開かれるので、兄たちとは別れ、二階の広間に上がった。政子が歩き回って世話をしている。胡桃《くるみ》にビスケット、糖蜜菓子、寿司と熱いお茶が振る舞われ、演説大会も予定されている。

「凮月堂《ふうげつどう》があやかって、憲法おこしなるお菓子を発売したのよ。たくさん買い込んできたわ。いくさんに会ったから渡しておいた」

信陽堂の女経営者は女子神学校の出世頭、女生徒らの憧れであり、政子も後輩を可愛がってなにくれとなく面倒をみている。幼い生徒ははしゃいだり駈け回ったり、お祭騒ぎで笑い声が絶えない。合唱の成功を見物衆の歓声でしかと感じ、甲斐にもなったのだろう。

政子を見送って自室に引き取ってからも、キャアキャアと明るい声が響く。紅茶を飲みながら新聞を広げた。早くも、憲法の一部分が紹介されている。第二章の臣民権利義務の第二八条で、日本臣民は「信教ノ自由ヲ有ス」と記されていた。「安寧秩序ヲ妨ケス及臣民タルノ義務ニ背カサル限ニ於テ」という条件付きながらも、信仰の自由が正式に認められたのである。

ニコライ主教と正教会にとって、憲法発布は重要な意味を持っている。

政府は諸外国の抗議と外交上の駆け引きを経て、切支丹宗門を禁ずる高札を撤去した。たしか明治六年頃のはずだ。だが地方によっては仏教や神道、あるいは町や村の人々によって耶蘇教は排除され、差別され続けてきた。今ようやく憲法によって、信仰は迫害してはならないものになった。

廊下の向こうはまだ賑《にぎ》やかだ。りんも少し不行儀してやろうと、おこしの一枚を指で摘んで立ち上がり、窓際に近づいた。窓障子を引いて外を見渡せば、いつもは夜闇に沈む谷に橙《だいだい》色の小さな灯がうねっている。人声が風に乗って届き、市民による提灯《ちょうちん》行列だと気がついた。口の中で、おこしがサクリと音を立てた。

五月になって新聞の紙面を飾ったのは、独逸《ドイツ》留学中の北里柴三郎《きたざとしばさぶろう》という医学者が破傷風菌《はしょうふうきん》の純粋培養に成功したとの標題だった。記事を読んでもその成功が何に役立つのか、見当がつかない。だが教師らによって「日本人が世界で活躍している」との記事が紹介されると、女生徒らはまたも沸いた。

「北里先生は日本人の誇りです」

博物と算術、習字、読書と書き取りを教えている五子は、胸を張って食堂の皆を見回した。妹分のようにいつもくっついている山田いくも「ええ、そうですわ。誇りです」と甘ったるい声で繰り返す。政子のかたわらにもしばしば彼女の姿を見かけ、政子も可愛がっているようだ。だがりんには近づいてこないし、こちらも声をかけない。上目遣いで話をする女子はどうも苦手だ。

七月、東海道線が開通した。関東と関西が汽車で結ばれたと、またも日本じゅうが賑やかだ。一月には水戸鉄道も開業したので、りんは母と共に郷里へ墓参りに帰ることにした。兄は仕事を抜けられないと、餞別《せんべつ》に三円を弾んでくれた。教会からは毎月、八円の支給を受けている。玄々堂や信陽堂、肖像画の仕事も時間があれば引き受けているので、一月におよそ十五円前後の収入だ。

駿河台から上野駅まで人力車を使い、上野からは汽車だ。駅には弟の峯次郎《みねじろう》が迎えに来てくれていて、小田《おだ》家で世話になった。あくる朝、墓参りから帰ると妻女が心尽くしの膳を拵《こしら》えてくれており、母は峯次郎と孫に囲まれてにこにことしている。

「多免《ため》さん、お懐かしゅうございます」

近所の者も集まって母と話が途切れないが、りんは十年ぶりの故郷だというのに手持ち無沙汰だ。「お姉《あね》さん」と声をかけられ、肩越しに見上げれば峯次郎だ。二人で縁に出て庭を眺めた。互いに黙っている。幼い時分に養子に出された弟であるので、一緒に遊んだ思い出も持たない。

「峯次郎さん、仕事は?」

ぽつりと訊ねると、「勤めております」と、これまた短い答え方だ。

「どんな」

「銀行のようなものです」

その名は時折耳にするが、どんな稼業であるのか判然としない。また黙って庭を見上げる。

「ここは静かですね」

かつて山下家があった界隈《かいわい》もまだ武家屋敷の面影を残しており、刈り込まれた生垣の足許には細いせせらぎが巡り、水音が懐かしかった。この庭も五葉の松に、赤松は十本ほども見え、庭の背後には空を覆うほどの竹藪が広がっている。風が吹くたび、サワサワと波のように鳴る。手前の池では鳥が舞い降りては水を飲み、小さな羽を上下に震わせて水浴びをしている。

気配がして顔をめぐらせば、峯次郎が縁の隅から何かを運んでくる。竹ひごで組んだ鳥籠だ。

「鳥がお好きなら、ちょっくら城山に登って獲ってきますよ」

「いいえ、飼いませんよ」と小さく笑い、峯次郎を見た。

「これ、あなたが作ったの」

なにげなく訊いたのだが、峯次郎は「はあ」と首に手をやる。へえと、声が洩《も》れた。それは緻密《ちみつ》な作りで、餌や水をやる小さな扉には把手《とって》まで付いている。

「お見事」

「芸術家に褒めてもらうと嬉しゅうございます」

畏《かしこ》まりつつも顔は笑っている。兄の笑い方に似ているような気がした。

「兄さんも器用ですよ。いえ、元は不器用な人だけれど、おそらく口にできぬほどの努力を積みなさった。今は大した技手におなりです」

「お姉さんも」

照れ臭いが、謙遜はしないことにした。

「三人きょうだい、皆、器用。そして頑固で強情っぱり」

「僕は、ロシヤから生きて帰って画家になったお姉さんを誇りに思うておりますよ」

声を潜めたので、座敷の耳を憚《はばか》っているらしい。近所にはおそらく耶蘇であることも伏せているのだろう。それでいいと思う。憲法で信仰の自由が認められ、こなたもなんら恥じることはないけれど、人心はそうすぐに塗り替えられるものではない。

「躰の具合はよいのですか」

母が手紙で知らせていたのか、帰国することになった顚末《てんまつ》は多少は知っているようだ。鳥籠のすべすべとした柱を指先でなぞりながら「元気よ」とうなずき、竹藪の向こうの空を見た。雲が白い。

そうだと、りんはふいに腰を上げた。

「いかがなさいました」

「大事な人に会ってくる」

門の外に出た。日盛りの道をまた歩き、線香も花も手にしていないことに途中で気がついたがそのまま足を運び、菩提寺《ぼだいじ》に入った。箒《ほうき》を手にした下男が気づいて「お忘れ物ですか」と訊くので「ええ」と頭を下げ、墓地に入る。生垣沿いの石段を上がり下りしてようやく目当ての墓所を見つけた。中にそっと足を踏み入れる。

山下家同様、先祖代々の墓石がずらりと並んでいて、だが戒名《かいみょう》も知らないままだ。墓所の一隅に小さな石を見つけて、りんは顔を近づけた。他の墓石とは違い、野面石《のづらいし》をそのまま立てたような佇まいだ。むろん文字も刻まれていない。けれど、ここに違いないような気がした。屈んで居ずまいを改め、手を合わせる。

可枝《かえ》どの。お久しゅうございます。

笠間の空があまりに美しいので、あなたを想い出したのですよ。

こんな夏の昼下がりを、あなたはどうお詠みになる？

壮大な伽藍《がらん》に組まれた足場の上で、画筆を揮《ふる》い続ける。

聖障《イコノスタス》は五層に及ぶという計画で、高さ約七間《けん》、幅は八間半、大小六十七枚の聖像画が三段に組み込まれた壮麗なものになる予定だ。

大聖堂は明治十七年の起工後しばしば資金難に陥《おち》い、工事も遅れに遅れてきた。基本の設計はモスコーの美術教授であるシチユールポフ氏で、実施設計は工部大学校造家学科の教授を務め、鹿鳴館も手がけたというジョサイア・コンドル氏だ。

昨年、りんが笠間《かさま》に帰郷した八月、大聖堂の頂《いただき》に十字架がやっと立てられ、鐘楼《しょうろう》に八個の鐘が取り付けられた。外観がほぼ整い、内部の工事に入ったのである。竣工まであと一年ほどだ。

「イリーナ」

下から声がする。赤ら顔のペシェホーノフ師が手を上げて見上げている。ロシヤから招聘《しょうへい》された宮廷付きの聖像画家で、聖障のために五十枚にも及ぶ聖像画を描いている。助手も何人かつれてきていて、彼らに交じってりんも手伝うことになった。

今、取り組んでいるのは蒼穹に見立てた天井部で、ペシェホーノフ師が用意した下書きに合わせて助手が基本線を引き、りんは彩色を命じられた。

「雲の色には灰色を混ぜるように」

ペシェホーノフ師は口の横に掌を立てて指図を飛ばしてくる。二階建の屋根に上っているほどの高さなので声が届かないと思っているのか、いつも大声だ。大伽藍《だいがらん》では音が響くので小声でもよく届くのだと言っても、改めない。そればかりか助手らの中には高所が苦手な者がいて、この頃は壁の画に数人でかかりきり、天井部はりん一人だ。己でも驚くほど身が軽く、いかなる足場の上でも足がすくまない。むしろ、高い所で働くのは胸がすく。

師がまた同じことを下から叫んだので、「ダー」と叫び返した。

「灰色を混ぜて、陰影をつけます」

足場に渡した板の上に片膝をつき、板パレットで色を作る。また立ち上がる。

天上の雲もこんな色だろうかと思いながら、筆を持つ手をぐんと伸ばした。


窓外を見下ろせば、ニコライ主教の姿が見えた。

今日は小春日和だ。髪が藁色《わらいろ》に光っている。かつては金色を帯びた栗色だったが、今は少し褪《あ》せたようだ。衣はいつもの黒、毛織の筒服で、夏になれば明るい黄色の木綿《もめん》服になる。りんが教会に戻ってから五年が過ぎたが主教は判で捺《お》したように同じものを召していて、首許は高さのある立襟《たてえり》だ。いかにも硬く首が窮屈そうだが、あれは主教様の唯一のこだわり、お洒落であるらしいと、女子神学校の面々はこっそりと微笑む。

いつものお散歩にしては時間が早いと、机上の時計を見た。午後三時にまだなっていない。

主教は毎日、夕暮れ前に散歩をするのが習慣だ。聖堂で奉神礼を執《と》り行なう他はほとんどの時間を伝道館の執務室で過ごし、パウェル中井木菟麿《なかいつくまろ》と共に翻訳事業に臨んでいる。散歩はつかのま机から離れるひとときで三十分ほど、しかも気散じのためのそぞろ歩きではなく、説教の腹案を練ったり練習をするのが目的であるらしい。説教は必ず日本語で行なわれるので、いったん稿を起こして推敲《すいこう》し、それを歩きながら暗記するのだという。

——主イイススは、人に解せしむる為に何でも例《たと》えをもって教えた。我らもまた、例えを用いてこれを明かさん。人は生まれざる時、即《すなわ》ち母の胎内に在《あ》る時にもその子に生命がある。これは母の生命と同一である。母の生にて生き、母の食べ物にて養われておる。ゆえにその生命は母の生命と同一である。これは即ちこの世の人の例である。我らは、天のことに関係せず、ただこの世の人たるのみではいけない。我らは自由の霊をもち、而《しこう》して我らは聖神のこと、神のことを考えなければ。我らの望《のぞみ》は、この世の望である。

ふだんの話し方よりも擬古的な言い回しで、正直に言えば内容も難解だ。けれども声は朗々として、誠実なる熱を籠めて語られる。すぐさま理解できずとも、語句の一つ二つが胸に留まり、沁《し》みてゆく。

我らの望は、この世の望である。

女子神学校内の敷地ですれ違っても女生徒らは足を止めて辞儀をするのみで、迂闊《うかつ》に話しかけぬのが慣いだ。主教様のお邪魔をしてはいけない。

りんは首を伸ばし、手にしていた鉛筆を机の上に置いた。

足場の取れた大聖堂は東京のどこからも眺められるほど壮大だ。主教の長年の念願であった、祈りの家がようやく成った。しかし五月の半ばであったか、教会の門前に詰襟の巡査が立つようになった。皆が不思議がったが、やがて宣教団の書記が警察署に呼ばれて事の次第が明らかになった。麻布《あざぶ》のカナダ・メソジスト教会の宣教師が泥棒に殺され、その下手人の捜索中、ニコライ主教の殺害を企《たくら》む輩《やから》のいることが発覚したのだという。

大聖堂に対して、一部の日本人は眉を顰《ひそ》めたのである。幕末、ロシヤに対して抱いた不信、嫌悪の念は根強い。駿河台から帝のおわす宮城《きゅうじょう》を見下ろすとは不敬極まりないとの批判が起き、あの巨大な聖堂の高殿《たかどの》には砲台が仕込まれているらしいとの流言にも見舞われている。そしてとうとう、主教の命を狙う者が現れた。

主教は葉を落とした梅樹のかたわらを通り過ぎ、校舎へと歩いてくる。二階を見上げるそのまなざしと、ふと目が合った。目尻に柔らかな皺が波打っている。わたしにご用だろうかと階下に下りる途中、主教が階段を上ってきた。

「今、少しいいか」

わざわざ訪ねてきたようだ。「ええ」と共に引き返し、中に招じ入れた。卓の上の筆筒や画板、紙束を脇に寄せ、窓際の小椅子へと案内する。

「精を出しておるようだなあ」

主教は工房兼自室を見回し、画架にひっかけぬように衣の裾を捌《さば》きながら腰を下ろした。椅子の背凭《せもた》れも脚もたちまち見えなくなる。

まるで、鵞瑯皤児《がりばるす》さんだ。四年ほど前に引き受けた挿画仕事に『鵞瑯皤児回島記《しまめぐり》』という翻訳本があり、その絵柄を思い出した。

「なンじょした。にやにやと可笑《おか》しそうに」

「笑うてなどおりません」と口を結べば、かえってこみ上げてくる。主教は両の眉を下げ、苦笑めいた顔つきだ。りんは咳払《せきばら》いをして、「お茶はいかがですか。もうお済みですか」と訊ねる。

「まンだだ」

主教の暮らしぶりも至って簡素で、食事は日に一度きり、お茶も朝夕のみと決まっている。書記はいるが料理人や下僕は置かず、身の回りのことはすべて自身でしているようだ。自分の用のために誰かを使役《しえき》することを好まないのだろう。茶碗を取り出し、火鉢にかけた土瓶の紅茶を注ぐ。机の端に茶碗をさし出すと、主教は黒袖をゆるりと動かした。りんも静かに飲みながら、主教の訪《おとな》いの目的は聖像画の注文なのだろうと察しを巡らせる。

東京復活大聖堂はついに完成し、足場もすでに解体された。成聖式は今年行なわれるはずであったが、大聖堂の写真を入れた冊子を編んで一万部印刷するという案が持ち上がるなどして、来年、花の盛りの三月に執り行なわれることになっている。

大聖堂建設に伴い、日本各地の教会建設も進んだ。昨明治二十二年の足利《あしかが》正教会を皮切りに岡崎正教会も竣工し、聖障《イコノスタス》に掲げる聖像画はロシヤから随分と送ってもらったが、堂内に掲げるべき聖像画の一部はりんも制作を受け持った。信徒らから家に飾るための聖像画も請われているので、その注文数は膨大だ。

夜を日に継いで描いてもまた注文がきて、時が足りない。眠気で躰が傾くのを防ぐために、着物のしごき紐で躰を椅子の背に括《くく》りつけて描いたりもする。今後は宮城の仙台生神女《しょうしんじょ》福音聖堂や秋田の曲田《まがた》福音会堂も建設が予定されているらしいので、おそらくその相談だろう。

「イリナ、大切な仕事」

やはりそうかと、茶碗を机に戻した。

「いずこの教会ですか」

いかほど忙しい目をしても、教会や会堂が増えるのは嬉しい。甲斐もある。

「いいや、此度《こたび》は教会用ではねえ。捧呈《ほうてい》する聖像画、用意してほしい」

戸惑って、「どなたに捧呈なさるのですか」と訊き返した。

「ロシヤ皇太子ニコライ殿下と、ギリシャ親王ゲオルギオス殿下にさし上げるのす。わたしからではねぐ、日本正教会の全信徒から、来日記念お贈りする」

ニコライ殿下はヴラヂヴォストークで行なわれるシベリア鉄道起工式に臨む予定で、その航路の途中で日本にも寄られるのだと、主教は説明した。

「では、成聖式にご来臨があるのですか」

「来日は四月、あるいは五月にかかるかもしれない。三月の成聖式にご来臨を賜《たまわ》るのは無理だな。だども大聖堂への訪問、とても楽しみにしておられる」

となれば、三月中には完成させておかねばならないだろう。しかも捧呈画を二点となれば、悠長に構えていられる話ではなさそうだ。

「絵柄は何にいたしましょう」

「ニコライ殿下には『ハリストスの復活』。ゲオルギオス殿下には『至聖生神女進堂《しせいしょうしんじょしんどう》』。どうだね」

有名な題材であるから何度も模写してきたし、手許にはロシヤから寄進された複製画や版画がようやく蓄えられるようになってきた。「かしこまりました」とうなずいた。

「板材は菩提樹でよろしいですか」

「それだが、よい檜《ひのき》、譲ってもらえそうなのす。芝増上寺《ぞうじょうじ》の遺材ね」

「増上寺」と、目を見開いた。そんな名刹《めいさつ》の材を使うのかと驚き、いや、当然のことかと思い直す。ロシヤの皇太子とギリシャの親王に献呈するのだ。しかも日本じゅうの信徒が、東方正教の国の王子たちに捧げる絵だ。今になって、畏《おそ》れ多さに気がついた。とんでもない大仕事だ。

「わたくしでよいのですか。ロシヤの高名な聖像画師にご依頼になった方がよろしいのではありませんか」

「もちろん、イリナが描かねば」と、主教は茶を飲みながら安気な声だ。

「日本人が制作する、それが大事。そして日本人の聖像画師、お前《め》さん、ただ一人だ」

りんは思わず肩をすぼめた。「イリナ」と、主教は茶碗を机の上に戻した。

「いっつも言ってるだろう。わたし、ロシヤの正教、広めたいわけじゃね。ロシヤ正教会の助け借りているが、回し者ではないのす。わたし、文明も実利も利用したくない。なぜなら、近代文明、餌にして異国を征服せんとする態度、正教の真理に反します。わたし、日本人が持つ宗教的な心、好きでたまらね。だから日本人による正教、大切」

「宗教的な心」

「聖なるもの、求めてやまぬ心さ。ロシヤやギリシャにも、そんたな日本人、もっと知ってもらいたい。んだから献呈する聖像画、日本人の手で描かれねばならない。イリナ、わかるか」

理解はできるけれども、その任は重過ぎる。

「仏教も日本が発祥ではねえ。が、その心、日本人に沁み渡っているだろう」

春秋の彼岸《ひがん》に信徒が墓参りをして先祖供養することを、主教は禁じない。むしろ「よい風習だ」と奨励し、自身も僧侶らと交誼《こうぎ》があるほどだ。

「日本人とロシヤ人、似ているのす。素朴で敬虔《けいけん》で、森や草、小さき儚《はかな》き生きもの、聖なるものに親しむ。よく笑うところも似ている。お前《め》さん、留学していたからわかるだろう」

窓外では女生徒たちの歌声が流れている。詠隊の練習だ。火鉢の鉄瓶も音を立て、蓋を鳴らす。主教は半身をよじり、窓の外へと顔をめぐらせた。耳を澄ませているような横顔だ。日本の少女たちが聖歌を唄うことをいつも歓び、歌声を愛でている。

このお方は怖くないのだろうかと、横顔を見つめた。日本人の非難や悪意、殺意にすら晒《さら》されながらも、「日本人とロシヤ人は似ている」と、なぜ言えるのだろう。

父と子と聖霊の御名《みな》により、祝福を。

ただ、そう祈っておられるのだろうか。にわかに、主教がさきほど口にした言葉が胸に戻った。芝増上寺の遺材。口の中で繰り返せば、木々の光と翳を思い出す。工部美術学校で学んでいた頃、ホンタネジー先生の引率で増上寺の門前を写生したことがある。絵を学べるのが嬉しくて嬉しくて、夢中だった。

りんは主教にまなざしを戻した。

「謹《つつし》んでお引き受けいたします」

ゆるりと顔を戻した主教は、「よろしい」と笑みを広げる。

「増上寺の遺材を用いるのであれば、装飾も日本らしいものにしてはいかがですか」

ロシヤの貴族の邸宅では、壁という壁にそれは豪奢《ごうしゃ》な聖像画が掲げられていた。金箔を貼るだけでなく、金細工や貴石でモザイクにし、額縁にも見事な彫刻を施したものも多い。大切なもの、尊いものを美しく飾りたい心は正教も仏教も同じだ。

「たとえば？」と、主教は小首を傾《かし》げる。

「たとえば、漆《うるし》塗りの蒔絵《まきえ》など」

「あれは素晴らしい美術。仏壇、お寺の須弥壇《しゅみだん》、とても美しい。イリナ、蒔絵、できるのすか」

「わたくしにはできません。漆で文様を描いて、さらにその上に金銀の粉を蒔いて装飾します。それは高度な手技です。漆の扱いだけでも相当な修業を要しますし、蒔絵は蒔絵師でないとやれません」

「んだば頼もう。そのマキエシに」

主教の頬に赤みが差し、奮い立つような面持ちだ。「よろしぐ頼むよ」と言い置き、工房を出た。

『ハリストス復活』の図柄は、ロシヤ人画家による版画を源泉とすることに決めた。

伝道館の二階の十字架聖堂には、今もその複製の聖像画が掲げられている。制作されたのはりんが留学する前で、修道院のフェオファニヤ姉が引き受けて日本に送ってきたもののうちの一点だ。これらの画を目の当たりにして、りんはこの教会を去った。打ちのめされたのだ。けれどこうしてまた、向き合っている。かつて手ほどきを受け、さんざんに逆らい、憎みもしたひとの線を辿り、その腕に感服しながら手を動かす。

わたしはようやく、弟子になった。

この頃は模写すべき版画や油画に薄紙をあて、途切れ途切れの薄い線で形を取るのをもっぱらとしてきた。その方が早く多く制作できる。だが捧呈画については、自身の目と手で下絵を描く。原画のイイススの裸体は筋肉も正確に描き込まれ、神の加護が光輝で表現されている。主の復活の場に立ち会った生神女と女弟子の背には、陰影をなした天使の翼だ。

何枚も何枚も、納得がいくまで描く。自らの手で克明にしてゆく。

年の瀬いっぱいまで日を使って二点の下絵を準備し、明治二十四年が明けてまもなくの今日、いよいよ本番に取りかかる。

画架に据えた一枚の板に向かって合掌し、胸の前で十字を描いた。制作を始める際は必ず、生神女マリヤへの祈りを唱えるようにしている。

今日も迷うことなく描かせてください。この頼りない聖像画師の心をお守りください。

修道院の工房で習い憶えた音の連なりに、自分なりの日本語をのせている。

「アミン」

鬱金《うこん》染めの黄袋を開き、手を合わせてから板を取り出す。

十八年前の放火によって消失した増上寺の大殿《だいでん》、その際に焼け残った木材の一部がこの板だ。指物師《さしものし》の信者に頼んで、画面にする箇所をすでに長方形の凹に彫ってある。ロシヤ語ではここをカフチョークと呼ぶ。彫り残した周縁部はポーリェといい、いわば額縁だ。

修道院の工房にはこの下準備ともいうべき工程のみを専門とする修道女たちがいて、鋸《のこ》で板を切り分け、彫刻刀を手にして彫り続けていた。ロシヤは森の国だ。材は菩提樹に松、楓、白樺、糸杉や樅《もみ》もあった。それらの板が産地から何十枚と運び込まれて壁に立てかけられる日があって、雪の朝も深い森の香気を溜息のように放つのだった。

りんは画を描く窪《くぼ》み部分をまず小刀で、こそげるようにして表面を荒らした。麻布《パーバラカ》の喰いつきをよくするためだ。膠水《にかわすい》を塗布し、皺が寄らぬよう注意深く麻布を貼る。その上に、地塗りを施す。石膏《レフカース》に半透明の石の粉末を混ぜたものを塗る工程で、これによって白い下地ができ上がる。よく乾《かわ》かしてからさらに磨くので、しばらく時をおかねばならない。

板の上に覆いかぶさるようにしていた身を起こし、椅子に凭《もた》れた。天井を仰ぎ、ふうと息を吐く。何度やっても張りつめる作業で、しかもここまで本式の板画を制作する機会は滅多とない。紙や麻布を貼ったカンバスに描いたものも聖像画であり、版画や印刷物も同様に聖像画だ。

首を回し、肩も回してから椅子に坐り直した。頭には、幾度も下描きを重ねたあの絵柄しか存在していない。黒の絵具で、まずは主要な線を引く。彩色すれば絵具の層に覆われて見えなくなる線だ。けれど心を澄ませ、丹念に手を動かす。

主イイスス・ハリストスの復活。

鞭打たれ、髑髏《ゴルゴタ》と呼ばれる丘で十字架に架けられた。両の掌に釘を打たれ、自らの躰の重みに耐えながら息絶えるまで苦しまねばならなかった。十字架の上でとうとう果てたイイススの亡骸《なきがら》は取り下ろされ、老いた母マリヤに引き取られた。

日本ではニコライ主教によって「生神女」と訳されたが、オリガ姉が教えてくれたことには「神を生んだ者」というギリシャ語に由来するらしい。生神女マリヤがイイススの亡骸を膝の上に抱いて泣き、嘆き悲しむ姿を描いた聖母子像も見たことがある。

イイススの亡骸は亜麻布《あまぬの》で包まれ、埋葬された。岩を穿《うが》った洞窟状の墓だ。しかしある日、生神女が女弟子に伴われて墓参りに訪れると、墓の蓋の巨石が動いていた。亡骸が消えている。女二人は驚愕した。

だが現れたのだ。白い衣に身を包んだ、その人が。

マルコの書いた福音書では、生神女マリヤと女弟子マリヤ・マグダリナはその奇跡を「誰にも一言も言わなかった。恐ろしかったからである」と結んでいる。主教が二年前に念願であった訓点付きの新約聖書を刊行したので、りんはそれを読んでかえって真実味を感じたものだ。この世ならぬ奇跡を目の当たりにすれば、誰しも腰を抜かして石のごとく動けなくなるだろう。そしてきっと口を噤《つぐ》む。けれど奇跡はやがて人の口の端《は》に上り、長い時をかけて言祝《ことほ》がれ、より美しく洗練されてきた。文字で、あるいは絵画で。

ハリストス死より復活し、死をもつて死を滅ぼし、墓にある者に生命《いのち》を賜へり。

復活祭で歌う文言だ。

ハリストス復活。ハリストトス、ヴォスクレセ。

実に復活。ヴァイスチヌ、ヴォスクレセ。

彩色は油絵具を使うことにした。卵黄と顔料を混ぜて作るテンペラ絵具よりも、油絵具の方が慣れている。こういう、失敗を許されない作に挑む際は、いつも通りを守るに限る。

イイススの衣の純白を際立たせるために灰色、黒、青も挿《さ》す。衣は右腕から長く流麗に、墓穴の外へと清く流れている。生神女マリヤは白の内着に青衣《しょうえ》を纏《まと》い、女弟子マリヤ・マグダリナも白に薄紅だ。画面全体は明るく照っているように彩色し、復活したハリストスの背後にはまばゆいほどの光を描く。しかし影は作らず、この世ならぬ奇跡であることを示した。

絵具が乾いてから仮漆《ワニス》をかけて仕上げる。板の反《そ》りを防ぐため、裏面に二本の桟《スポンスキ》を嵌《は》め込む。

蒔絵は高井安治《たかいやすじ》という蒔絵師に依頼することとなり、高井と相談して裏面には別の板を用い、表裏二枚を蝶番《ちょうつがい》で合わせることにした。重く厚みのある、硯箱《すずりばこ》のごとき聖像画になる。裏面には東京復活大聖堂の図を描くことにした。下絵をりんが描いて渡し、それが蒔絵として制作される。

ギリシャのゲオルギオス親王に捧呈する聖像画は『至聖生神女進堂』で、まだ幼い三歳のマリヤを両親が神殿に連れていったところ、十五の階段を一人で上り、神殿の中で最も神聖な場である至聖所に入ったという場面だ。露暦の十一月二十一日はこの「生神女進堂祭」を祝う祝日で、十二大祭の一つになっている。

言い伝えによれば、マリヤは本来はおなごが立ち入ることを許されぬ至聖所に初めて入った女性であるらしい。その画を、日本でただ一人の女聖像画師が描き、捧呈する。日本特有の美で装飾したものを。

三

聖堂の大伽藍は春の空に高く聳《そび》え、頂には金色の十字架が輝いている。

本堂の土台の石から十字架の先端までは百十五尺を超えるらしい。隣の鐘楼《しょうろう》は百三十尺強の細長い建物で、角ばっている。両堂は敷地がつながって十字形をなし、東西の長さは総じて百四十尺、南北の幅は百二十尺、総坪数は四百坪だ。クーポルと呼ばれる丸屋根は銅《あかがね》の延板で葺《ふ》かれ、壁は煉瓦《れんが》積み、床は石敷きだ。上塗りは内外共に白、窓の鉄格子と扉、樋《とい》には代赭色《たいしやいろ》が塗られ、優美極まりない。まして七日も降り続けた雨が上がり、金色と白、代赭色がしっとりと落ち着いている。

今日、三月八日、東京復活大聖堂の成聖式が行なわれる。

着工から竣工まで七年の歳月を費やした聖堂だ。教会は昨年から準備に忙殺されたけれども、誰もが生き生きと立ち働いたものだ。主教が発行したいと願った写真冊子は費えがかかり過ぎ、ひとまずは聖堂の由来を記した記念写真を配布することで結着し、これは一万枚用意された。予想より遥かに多い参禱者が訪れそうなのだ。混乱を避けるために入場券まで準備した。

朝の八時を迎えた瞬間、頭上で大鐘が鳴り始めた。

成聖式のために昨年のうちにロシヤの司祭が二人来日しており、彼らは打鐘《だしょう》の腕に優れた男を伴っていた。紐を引っ張って鐘の内側を叩き、さまざまな音色を綾なす。高音は清く澄んで東京の空に響き渡り、低音は駿河台の丘下、府内の家々にも遍《あまね》く届くだろう。

目を閉じれば、鐘の音は静寂さえも連れてくる。
ペテルブルクの町の、河の匂いが過《よぎ》る。馬の鈴の音、雪の野山、どこまでも続く白樺の林、冷たい沈黙。

掌院《アルヒマンドル》アナトーリイ師は昨年、病を得て、母国に帰ってしまった。それを知ったのは帰国した後で、最後まで通じ合えぬ人であったと思う。けれど師はニコライ主教の長年の片腕であったのだ。それは揺るぎない事実だ。函館に入ってから三十年、ついにこの大聖堂を建立《こんりゅう》し、成聖式を執り行なう主教の晴れ姿を師もきっと見たかったであろう、この成聖式に自身もさぞ参加したかっただろうと、鐘楼の十字架が光る空を見上げる。

弟のチハイ師は母国で没した。三年以上も前、明治二十年であったらしい。妻の量《りょう》は子をつれて日本に帰ってきていると聞いたけれども、消息を知らぬままだ。泣き坊のイワンはどうしているだろう。

そして昨年、オリガ・プウチャーチナ姉が永眠したとの訃報が入った。まだ四十二歳だった。
わたしはいつもこうして、彼方《かなた》を想っている。

鐘は八連の連打に変わり、軽やかに打ち鳴らされている。
誘導があって、女学校の教師、生徒らと共に堂内に入った。心配された混乱はなく誰もが静粛に整列し、しわぶき一つ落とす者がない。燭台《しょくだい》に灯はともっていないので、石の床から高い丸天井まで仄《ほの》かな闇で満たされている。

やがて丸天井の窓から朝の陽光が差し込み、りんは目を上げた。自身が彩色を手伝った箇所を見て取れば、ふいに目頭が熱くなってくる。

天上世界を表した大伽藍の何と青く、荘厳なことか。

入口に近い啓蒙所の前で主教を出迎えるのは、全国から集まった司祭や輔祭《ほさい》たちだ。主教がいよいよ入堂する。純白の祭服だ。権杖《ジエーズル》を手にし、司祭らを従えて堂内の中央を進む。聖所を通って目指すのは、天門の向こうにある至聖所だ。天門は石の扉でできている。

至聖所の中央には、聖堂の中で最も重要な宝座《ほうざ》という台が置かれている。聖体礼儀はこの宝座で行なわれるので、いわば神の国の食卓であり、主の復活を讃揚《さんよう》するものだ。天の御座を象《かたど》るものでもあり、つまり神が臨在する場である。宝座の左右には分座があり、右側の台は生神女マリヤの進堂を、左側は聖使徒ペトル・パウェルを讃揚する。三座とも茨城産の寒水石《かんすいせき》で造られたと聞いた。名山の多い茨城は石の名産地でもある。

儀式は宝座を聖と成す祈りから始まり、やがて至聖所内から再び聖障を通って聖所へと戻った。芳《かぐわ》しい乳香が堂内に漂い始める。

司祭たちによって聖水が撒《ま》かれ、真新しい白壁の各所に聖膏《せいこう》が十字の形につけられた。「ハリストス」はヘブライ語では「メシア」、「油を塗られた者」を意味し、神が人間に力を授ける際、その者の頭に油を塗るように命じたという伝承に由来するらしい。

主教と司祭たちが聖堂内をくまなく回った後、すべての燭台に次々と灯が点じられた。昨夜の前晩禱《ばんとう》ではハリストスの聖像の前と四つの燭台に灯が献じられただけであったが、今、百二十本の蠟燭が頭上の大燈具《シャンデリア》でともされた。

雲が動いてか、窓からも陽の光が入ってくる。五層の聖障が色を持ち、形を現し、いくつもの聖像画と共に燦然《さんぜん》と語り始めた。

主と使徒と、それを信じる者たちの物語だ。

五月十一日、教会は「全死者の記憶日」を迎え、死者のために祈る儀式であるパニヒダを献じた。連禱と聖歌によって、永眠した人々の霊《みたま》の安息を祈る。

永遠の記憶。

聖歌はこの文言を三度繰り返して、締めくくられる。

礼拝の後、聖堂から女子神学校へと歩く。午後も仕事が山積している。信徒らから頼まれる聖像画は増えるばかり、曲田福音会堂の聖障に掲げる画を先に仕上げておかねば間に合わなくなりそうだ。中央の玄関に向かって廊下を足早に進むと、声が聞こえた。

「明日、わたしがお当番なの」

「また大変な参拝者でしょうね」

「ニコライ堂は東京の名所だもの。でも殿方より、婦人の参拝者が多いわね」

成聖落成した東京復活大聖堂はたちまち朝野の注目を集め、今日までで男性でおよそ千人、女性で二千人もの参拝があった。とくに今年は五月三日が復活大祭《パスハ》であったので、信徒の参禱も多かった。そこで祈禱時間以外でも当番を置き、便宜を図ることになった。実際には用心のためでもある。信徒でない者は聖障をべたべたと手で触ったり、聖職者しか足を踏み入れられぬ至聖所の中にも入ろうとする。神社の御神体を見ようとする日本人はいないだろうが、至聖所の神聖さはやはり一般人にはわかりにくいようだ。

とりもなおさず大聖堂は大変な賑わいぶりで、女子神学校内も弾《はず》まんばかりの活気だ。

になっている。

「主教様のお名も、日本じゅうに広まったみたいね」

誰が言い出したものやら、大聖堂にも主教の聖名が冠されて「ニコライ堂」と呼ばれるようになっている。

「ロシヤの皇太子とギリシャの親王がおでましになれば、ますます有名になるわ」

捧呈する聖像画はすでに用意ができ、主教に渡してある。蒔絵師、高井安治の額装は素晴らしい出来で、金蒔絵で草花模様が緻密に描かれ、ギリシャ十字が施されている。聖像画と蒔絵の組み合わせはまさに日本とロシヤ、そして正教の源流たるギリシャの文化を一つにしたものになった。

「軍艦七隻でお越しになっているのですって」

若い生徒らでなくとも、この胸も高鳴る。大国ロシヤの皇太子とギリシャの親王を歓迎する準備は東京でも着々と進み、京都では季節外れの五山の送り火まで行なったらしい。日本にとっては、国を挙げての大行事なのだ。

ここ復活大聖堂には二十五日に来臨されると聞いている。聖像画はお気に召すだろうかと、りんは額を掻く。妙に落ち着かないのだ。まったく、三十も半ばというのに女生徒と変わらないと苦笑しながら女子神学校の敷地に入り、大きく息を吐いた。

木々はいずれも瑞々《みずみず》しい葉を広げ、風は初夏の水の匂いがする。

さあて、仕事だ。今はただ、ムンムンと草が芽を擡《もた》げるような力がわたしは欲しいのだ。

聖像画の数々を模写するうち、その画が何を語らんとする場面かを少しずつではあるが学ぶようになった。宗教画は文字を読めぬ者にも教え諭《さと》し、魂を救済するために描かれてきたものだ。ただ、赤子の間に洗礼を受ける国に生まれれば絵を目にするだけで福音書の一節が思い泛ぶだろうが、日本人には聖人や使徒の名も馴染みが薄い。

今は菅野校長に教えを乞い、時に書庫の書物を借りて繙《ひもと》いている。辞書を繰りながらではあるが、この一節があの場面になっているのかと絵柄が泛ぶ。物語と場面の辻褄《つじつま》が合うのだ。たとえ半人前でもこうして学び、識《し》り、腕を揮い続ければ、いつか真に聖なるものが描けるかもしれないではないか。

いつかは、本物になれるかもしれない。

己を奮い立たせて、玄関へと入る。

「イリナさん」「山下先生」

校長が廊下を小走りに駈け寄ってくる。五子もその後ろにいて、二人とも珍しいことに血相を変えている。

「どうなさったの。なにごと」

校長が胸に手を置き、息を整えている。

「先ほどロシヤ公使館から電報が届いて、殿下が暴漢に襲われなすったらしいのです」

意味がわからず、五子へと目をやった。

「暴漢とは、どこの」

「日本人ですわ。日本人が殿下に斬りつけたらしいのです」

息を呑み下し、「お命は」と訊いた。

「詳しいことはわかりませんが、主教様は負傷平癒の祈禱を献じに公使館に赴かれました」

五子の声が震えている。

ニコライ皇太子とゲオルギオス親王は京都に滞在し、琵琶湖遊覧の日帰り観光に出かけた。日本政府の接待によるもので、有栖川宮威仁《ありすがわのみやたけひと》親王も同行していた。その道中、事もあろうに警護の者がサーベルで斬りつけたという。皇太子はこめかみを負傷した。一行はすぐさま京都の宿所である常盤《ときわ》ホテルまで引き返したらしい。皇太子が乗ってきた軍艦を含む七隻は、神戸港に投錨《とうびょう》している。

命に別状はないと聞いたが、この後、傷が悪化しないとも限らない。なにしろ、頭部に一太刀を受けている。その日のうちに信徒有志が集まり、大聖堂で平癒の祈禱を捧げた。公使館から戻った主教も参禱したが、慌ただしく人力車に乗り込むことになった。京都へ見舞いに赴いてもらいたいと政府から要請があったゆえで、新橋から臨時列車を出すらしい。外務大臣と内務大臣も同行するという。

夜、菅野校長の自室を五子と共に訪ねた。互いに目礼だけを交わし、膝を寄せ合って坐した。

「列車は九時半発だと聞いていますから、主教はもう乗り込まれたでしょう」

校長の声は落ち着いている。五子は眉間に皺を刻み、憤慨と口惜しさを露わにする。

「ロシヤ側は、さぞお怒りに違いありません」

犯人は滋賀県警察部の巡査であるらしい。

「まさか、報復の攻撃があるのでしょうか」

五子は己の言葉に刺激されたかのように、口吻《こうふん》を激しくする。

「日本の皇太子が他国で凶刃《きょうじん》を振るわれなどしたら、ええ、相手がいかな大国でも日本は黙っていませんもの。ましてロシヤは強大国、そして日本は国際社会に御目見得《おめみえ》して間もない小国ですわ」

校長は目を伏せたまま、「およしなさい」と制した。

「主教様はそうならないよう、なんとしてでもそれだけは勘弁していただけるよう願い上げを行なわれるおつもりだと思いますよ。戦にだけはならぬように」

窓を透《す》かしてあるのか、夜風が入ってくる。五月も半ばだというのに冷たい風だ。

「殿下の傷が平癒されますように、わたしどもも祈りを捧げましょう」

胸にかけた十字架の下端に、指先で触れている。

自室に引き取って寝床に身を横たえても、胸が騒いで仕方がない。起きて蠟燭に灯をともし、黒い聖像画を見つめた。

いつもながら黒い、平板な顔をした生神女だ。けれどこんな夜は、薔薇色の頰をしたマリヤよりも気持ちが添うような気がした。哀しい、険しい瞳に慰められる。


事件の翌日の五月十二日、天皇の京都行幸《ぎょうこう》が発表された。自ら、皇太子が滞在するホテルへお見舞いに赴かれるという。

新聞の記事によれば、犯人が凶行に及んだ理由は曖昧だ。日本の北方の領土に対するロシヤの強硬な姿勢に以前から反感を抱いていたこと、皇太子を殺すつもりはなかったことなどが報じられた。暗殺未遂事件は世間を慄然《りつぜん》とさせ、「ロシヤが攻めてくる」「賠償として北海道が割《かつ》譲《じょう》される」などの憶測が行き交っている。教会にも陳情に訪れる者がいるのだ。中には門前に坐り込む老人がいて、「犯人の首はお渡しする、大臣らにも腹を切らせてお詫《わ》びいたす」と、白い蓬髪《ほうはつ》を振り立てて叫び続ける。

諸学校は謹慎の意を表して休校となり、この教会といわず神社や寺でも平癒の祈りが捧げられている。

主教は東京に戻ってきて、司祭や教師らを伝道館の講堂に集めた。

「殿下にお見舞いを申し上げてきた。日本人、いかほど殿下を歓迎し奉《たてまつ》っていることか、しかし一兇漢がかような蛮行に及びしこと、かえすがえすも痛嘆の至りにござると申し上げた」

「さぞお怒りであったでしょう」と、司祭の一人が訊く。

「殿下は日本の風趣を愛するお方と聞いていたが、ホテルでも日本座敷の部屋にご滞在だった。屏風《びょうぶ》のかたわらで、日本の着物を召して立っておられたよ」

かほどの凶事に見舞われれば、日本への嫌悪を示すのが尋常であろうに。隣に立つ五子は洟《はな》をすすっている。

「では、ご快癒次第、東京へお出ましいただけそうですか」と、教師が訊ねた。

「それは無理だ」

落胆の溜息が広がった。

「捧呈する予定であったもの、神戸に運ぶよ。港を出られる前にお渡しする」

その後、皇太子一行はやはり東京訪問を中止し、艦隊を率いて神戸から直接ヴラヂヴォストークへ向かうとの発表があった。五月十九日、天皇はその軍艦をも訪問した。他国の軍艦に天皇が乗り込むなど、前代未聞の仕儀だ。しかもロシヤとの外交関係は危機に瀕《ひん》している。そのまま拉致《らち》される恐れもあると重臣からは強硬な反対があったらしいが、天皇は見舞いを決行した。

主教の指図で、教会と信徒が用意していた捧呈品のすべてが司祭らによって神戸港へと運ばれた。蒔絵を施した聖像画の二点、『ハリストスの復活』と『至聖生神女進堂』も、軍艦の上で捧呈された。

四

いきなり扉が開いて、顔を上げれば岡村政子だ。

「お久しぶり」

着物の裾を鮮やかに捌きながら、つかつかと入ってくる。今日も金目のかかっていそうな装いで、黒の縮《ちぢみ》に白縞を細く織り出してあり、下前の裾には大きな桐《きり》の葉が描いてある。帯は更紗《さらさ》だ。安政五年生まれでりんより一つ歳下であるから、三十八歳のはずだ。しかし政子は年々、若々しくなる。

「少しは広くなったわね」

無遠慮に辺りを見回しながら、洋椅子に腰を下ろす。従前の自室兼工房が手狭になったこともあり、聖堂の北側に新しい工房が建てられたのである。「正教会聖像描写館」と呼ばれ、画師も増えた。高橋マスといい、今も窓際に画架を立てて筆を遣っている。

りんはロシヤ公使館に出向いて模写をさせてもらった幾点かの下絵を整理している最中で、この頃はそれらを絵柄別に分類している。『ハリストスの復活』一つにしても画家や時代によって絵柄は何種もあり、油画にテンペラ画、版画という技法の違いもある。ハリストスや生神女、聖人たちの姿、聖書の中の物語の場面や歴史的出来事など画題も多く、その元となる原画、手本を系統立てておかねばマスに指図できない。

「ボンボンを買ってきたのよ。ちょいと、お弟子さん、お茶を淹れてちょうだいな」

政子がマスに向かって首を伸ばした。しかし少しふり向くだけで、返事もしない。

「政子さん、高橋さんは弟子じゃないのよ」

りんは小声で注意した。「あら、そうなの。でも、お茶」と、平気な顔で包みを解き始めている。仕方なく、手にしていた版画を机の上に重ね直した。と同時にマスが椅子の音を立て、立ち上がった。

「女子神学校に行ってまいります」

足早に室内を横切り、政子には軽く会釈《えしゃく》をしただけで出て行った。

「なんなの、あの態度。りんさん、よくあんな弟子に我慢してるわね。礼儀も何もあったものじゃない」

「だから、弟子じゃないのよ」と、腰に両手を置いて政子を見下ろした。

「じゃあ、何者よ」

「聖像画師よ」

「なら、あなたの弟子でしょうに」

「違う、違う。彼女は一人前の画家で、シカゴの万国博覧会にも出品した人なの」

「ああ、農商務省の役人が選んだ人たちね。日本画の跡見《あとみ》さん以外は、博覧会で褒状《ほうじょう》を授与された人たちばかりでしょう。あんなの、お手盛りよ」

政子の言う通り、明治二十六年のシカゴ万国博覧会への女性出品者のほとんどは、その三年前に開かれた第三回内国勧業博覧会で褒状を受けた面々だ。その中の一人、渡辺幽香《わたなべゆうこう》は五姓田《ごせだ》義松《よしまつ》の妹で、りんは義松とは工部美術学校で一緒だった時期がある。

高橋マスは誰の縁故があってか、五年ほど前から教会に出入りするようになり、しかし信仰によってではなく、あくまでも新進気鋭の女性画家としての訪問だ。シカゴへの出品前には女子神学校で作品を披露したことがあり、りんはちょうど工房の助手を探していた頃だった。誰かいないかと訊ねてみれば、本人が「来てもいい」と言う。ただし助手や弟子ではなく画師としてで、つまり安定した収入を得たいということらしかった。

西洋画の排斥はいくぶんかはやわらいだようだが、筆一本で暮らしを立てるにはまだ覚束《おぼつか》ない世の中だ。くだんの博覧会への出品数も日本画は十一点であったのに対して油彩画は三点、しかも日本の情緒をわかりやすく欧米人に訴える画題に限られた。

マスは信徒になるつもりはないと明言し、今も洗礼を受けていないので聖名も持たない。工房へ通ってくるのも毎日ではなく、無断で休む日もある。それでもりんとしては手が欲しかった。描けども描けども追いつかないのだ。背景の彩色などは原画を示せばまかせられるし、一から素人に指導して育てるよりはましというものだ。原則として、画師は自らの署名を行なわない。聖像画は信徒の祈りのためにあるので、その画を誰が描いたかを明らかにする必要などないからだ。すなわち画師に求められるのは正確さであると、この頃は考えを定めている。ゆえにマスにも、渡した原画を忠実に再現するようにだけ求めている。

勝手な創意工夫は邪魔になりますから、それだけは慎んでください。

かつて、フェオファニヤ姉らにそう指導された時には憤慨し、嘆きもしたが、マスは生計《たつき》のためだと割り切っているのだろう、なんでも「承知しました」と引き受ける。機織《はたお》り機の前の職人のように、淡々とこなす。ただ一点譲らないことといえば、この工房での立場だ。政子のように誰かがりんの弟子扱いをすると、今日のように姿を消して抗議を示す。世故《せこ》に長けているなあと、りんはいつも感心する。

わたしならまともにぶつかって、血みどろになってでも抗議するだろう。その結果、事態はなお悪くなっていつも痛い目を見てきた。

「文明国である日本は、婦人もかほどに洗練された教養を備えるものなりって、いわば宣伝に使われているだけのことじゃないの」

政子の話に気を戻し、小さく笑った。

「商い上手の政子さんが言うと、説得力がある」

「あら、褒められたのかしら」と両の眉を上げ、まんざらでもない顔つきをする。

信陽堂は天皇と皇后に肖像画を献上し、これを印刷して頒布《はんぷ》する許可を得て大成功を収めているのだ。教会の印刷物は附属の印刷局である愛々社《あいあいしや》が順調に技術向上させたので信陽堂は徐々に手を引き、しかし今もワルワラ岡村政子だ。教会への恩義も信仰も忘れず、献金も滞らせていないらしい。

こうして二人きりで顔を合わせるのは久しぶりだ。兄、重房《しげふさ》も独立を果たし、芝区の桜田伏《さくらだふし》見町《みちょう》に蓬莱堂《ほうらいどう》という社を開いた。同じ石版《せきばん》印刷業同士、兄から政子の消息を聞くこともある。

誰も彼もが忙しい。世の中も忙《せわ》しなく、時に剣呑《けんのん》だ。

昨明治二十七年には朝鮮半島の支配権を巡り、清《しん》国と戦になった。明治国家として初めての本格的な対外戦争であり、戦勝の報が届くたびに祝賀会が開かれ、今年の四月にその勝利に沸くや、杉の葉で飾られた緑門《りょくもん》が日比谷に出現した。戦で国民が一つになって熱狂するのも緑門が巨大化していくのも、りんの眼には奇妙な光景だ。けれどそれ以上は深く考える暇もなく、負けるよりは勝つ方がよいに決まっていると、ひとまず胸を撫《な》で下ろす。

政子は自ら立ち、茶の用意を始めた。入れ替わるようにしてりんが洋椅子に腰を下ろし、箱の中のボンボンを摘み上げた。甘い。奥歯で噛むと、洋酒の香りがたちまち口中に広がる。

「そういえば、いくちゃん、面白い連載を始めたわね」

エレナ山田いくのことだ。明治二十五年七月に女子神学校を卒業し、その年の秋から教理担当の助教員として奉職している。縹緻《きりょう》よしで歌声に張りがありながら、歌唱教師の助手にはなれなかった。力のある者から引き立ててもらうのは得意だが、歳下の者らへの指導力は持ち合わせていないからだろうと、りんは推している。いくは生家が貧しく、継母との折り合いも悪いという事情を教会が考慮して学校に残したのが、本当のところだ。しかし食堂で「主教様のおかげ」と吹聴《ふいちょう》しているのを何度も耳にした。同じ級の中で自分がただ一人学校に残って助教員となった、それは主教様のお気に入りであるからだと自慢して憚《はばか》らない。あの、美しい声で。

「読んだ。『みなしご』でしょう」

「あの物語、ロシヤで有名なの？」
「さあ、わたしは知らない」と、りんは茶碗を持ち上げる。口の中がすっかり甘くなってしまった。

くだんの物語が掲載されているのは「裏錦《うらにしき》」で、三年前に女子神学校の尚絅社《しょうけいしゃ》から創刊された雑誌だ。主な寄稿者は神学校の教師と生徒で、いくは昨年一月から『みなしご』を不定期に発表し始めた。ペテルブルクを舞台とし、主人公は早くに父を喪《うしな》い、また母をも亡くしたオリガとカーチャの幼い姉妹だ。亡き母の教えや司祭の親切を頼りに成長していく信仰生活の物語で、冒頭にはこんな但し書きがあった。

——此《こ》の篇は、嘗《かつ》て某氏の口訳せられしを筆記せしものなり。

つまり、ロシヤ語のできる誰かが翻訳して口述し、それを彼女が筆記して発表したものだ。いくはロシヤ語を解さない。男子神学校の授業はロシヤ語で行なわれるが、女子神学校では日本語だ。速記の授業はあるので、書き取るのは得意であるだろう。

「いくちゃんの言う某氏って、誰なのよ」
「さあ」と肩をすくめたが、グレゴリイ高橋門三九《もんさく》ではないかとりんは推している。五子の弟で、非常に優れた歌い手として主教にも評価されている。神学校を卒業後は各地で伝教者として働いていた。ただ、人は好いが柔弱なところがあり、しかも教会の中で世間を知らずに育った。たちまち誘惑に負けて遊び歩き、借金まで作って姉を悩ませた。今は横浜で通訳として働いている。

りんは大聖堂の裏手で、何度か二人を見かけたことがある。門三九といくが交際しているのは確かで、五子も認めている間柄のようだ。主教にとっても学校の卒業生同士の結婚は歓迎すべき慶事だ、この日本にまた一つ、信仰に満ちた敬虔なる家が増えることになる。

「いずれ、樋口一葉《ひぐちいちよう》のような小説家になるんじゃなくて？」

樋口一葉という女流が『たけくらべ』と『にごりえ』を相次いで発表し、注目を集めている。

「さあ、どうかしら」

「なによ、りんさん。素っ気ないこと」

いくについてとなると、なにかが胸にひっかかるのだ。五子がなぜああも可愛がるのか、主教や政子がなぜ引き立てるのか、まったくわからない。

「あなた、彼女のことが苦手なのね」

「苦手じゃないわ。嫌いなの」

政子はニヤリと口の端を上げた。

「白状しやがった」

「あなたが誘導したんでしょう」

呆れて、互いに噴き出した。茶碗はもう空だ。仕事に戻ろうと腰を上げかけると、政子が「待って」と止めにかかる。

「話があるのよ。坐って」

「よして。さんざんどうでもいい話をしておいて、これからが本題だなんて回りくどい手口よ」

けれど政子は真顔だ。急に厭《いや》な予感が差した。また誰かが凶事に遭ったのではないかと、膝の上に手を重ねる。

「昨日、中丸《なかまる》先生がお亡くなりになったのよ。甲府にお墓参りに帰っておられて、突然、お具合が悪くなられて、そのまま」

政子はひと思いに、吐き出すように告げた。このことを告げるためにボンボンを買い求め、取るに足らぬ話をしたのだろうか。こんなに気丈な人でも、すぐには口にできなかった。

「先生、おいくつだったかしら」

声が潤まぬように、訊くともなしに呟いた。

「五十代半ばのはずよ。お元気だったのに」

政子は両手で顔を摑み、肩を震わせている。

一昨年、アナトーリイ師が母国で水寝した。

そしてわが師、中丸精十郎《せいじゅうろう》だ。

いつもふざけて雀《すずめ》みたいな顔をして、「逃げの山下」などと揶揄した。工部美術学校への扉を開き、助手になるにも尽力してくれたひとだ。

永遠の記憶、永遠の記憶、永遠の記憶。

あの聖歌が耳の底で聞こえる。窓を仰ぎ、ぶるると唇を震わせた。

先生、わたしはもう逃げずに描いているのに。


婚礼を祝する鐘が鳴り響く。

やれ、神父の花嫁《ニヴィエースタ》のご登場だと誰かが立ち上がり、講堂の窓をぴしゃりと閉めた。他の女教師らも一斉に苦々しく息を吐く。ことに五子は頰を硬くして、刺繡針を持つ手も一向に動かない。

今日、エレナ山田いくが嫁《とつ》ぐ。相手は五子の弟、高橋門三九のはずだった。婚約していたからだ。五子はじつに嬉しそうだった。痩《や》せた雛鳥のようだったいくの面倒を親身にみて、大切に可愛がってきた妹分だ。本当の姉妹になれると、羽を膨らませていた。

りんはもとより、周囲の者は懐疑的であった。「不遇を装って、その間に爪を研《と》ぐ女です」との評まであったが、五子は情に篤《あつ》い。こうと思い決めたら突き進む一本気でもある。誰かが意見しても取り合わず、いくを庇《かば》い続けた。いかなる生い立ちであっても人は倖《しあわ》せになれる、鶏でも飛べることを証明せんと、一途になっていたのかもしれない。

ところが二年前の明治二十九年、イオアン河本恪三郎《かわもとかくさぶろう》が帰朝した。元はここの神学校の学生でロシヤのキエフ神学大学に派遣され、五年間の留学を全うして駿河台に帰ってきた折紙つきの英才だ。主教の期待は大きく、三十歳にもならぬというのに男子神学校の新しい校長に抜擢《ばってき》された。河本は養子であったのだが、生家の瀬沼《せぬま》に復姓した。その瀬沼がいくに求婚したのだ。いくはあっさりと門三九との婚約を破棄し、瀬沼校長と婚約した。女教師たちは陰で囁《ささや》き合った。

自ら策を弄《ろう》して、求婚されるように仕向けたのですよ。一介の通訳夫人よりも校長夫人。将来性のある殿方《とのがた》に乗り換えたのです。

品のよい推測ではないが、りんもその通りだろうと感じていた。子供時分から裏表のある娘だったのだ。立ち回りが巧《うま》く、己の美貌の使い途に気づくのも早かっただろう。頼るべき身内のない境遇は不憫《ふびん》と言わねばならぬだろうが、相手の地位や力によって態度を変えるさまは成長するにつれて露骨になった。媚上手《コケートカ》な女なのだ。いくに言い寄った男が片手で足りぬほどいたことを、りんは知っていた。工房の裏で男教師と逢引《あいびき》のような真似をして、けれど見かけるたび相手が違っていた。誰にでも靡《なび》くと見せかけて、手玉に取るのを楽しんでいるようだった。

いくの行状を耳にした時、女教師らは血相を変えたけれども、いったんは皆、ならぬ堪忍をした。女教師同士が諍《いさか》いを起こすのを菅野校長が強く戒《いまし》めたからだ。五子も歯を喰いしばるようにして耐えていた。しかしいくは食堂で、誰彼なしに言い訳をして回った。

門三九さんとの結婚を、親が許してくれなかったのよ。家に養子を迎えるからお前はその者と結婚せよと父が言うので、仕方なく婚約を解いていただいたのだわ。

貧しい親に見捨てられてこの世のどこにも寄辺《よるべ》のない孤児《みなしご》の物語を組み立てて五子の庇護を得てきたというのに、突如、旧家の慣いを持ち出したのだ。むろん、瀬沼が山田家に入婿するはずもなく、下手な嘘はすぐに綻《ほころ》びを見せた。皆は怒った。それまで堪《こら》えに堪えていた五子も、ついに憤激した。

あんな娘に欺《あざむ》かれていたとは、わたしはなんという馬鹿者であったのでしょう。

そしてすぐさま、門三九に女子神学校の卒業生を娶《めあ》わせた。傷心の弟が案じられたのだろうが、いくへの意趣返しにも見えた。それで肚《はら》の虫が治まるはずもなく、雑誌の「裏錦」にまで書いた。『美人の境遇』『世渡りの二道』『感情に制せらるる弊害』などを寄稿し、いくの不実と瀬沼の不見識を非難した。いくがどうしたかといえば、主教と瀬沼の背中に隠れて頰かむりを決め込んだ。わたしにはかかわりのないことと言わぬばかりに。その態度が五子をさらに激昂させた。瀬沼への攻撃もいや増し、すると男子神学校の面々にとっては面白かろうはずがない。我が校長を侮辱されたと感じた男子神学校と、五子の肩を持つ女子神学校の対立に至ったのだ。非難の応酬が続き、まるで代理の戦のごとくだ。私事が学校全体の争いに発展した。

りんはそこで初めて、五子に言った。

「事を大きくしては、いくの思う壺ですよ」

主教もいくの不実に気づいているようだが、瀬沼を辞めさせるわけにはいかないのだ。本国ロシヤで神学を修めてきた日本人は、松井寿郎《まついじゅろう》を喪った主教の長年の念願であった。しかも瀬沼は至って能弁で、神学校の生徒たちをたちまち掌握《しょうあく》してしまっていた。

瀬沼といくの婚配《こんぱい》に主教は正式な許しを、すなわち「祝福」を与えることにしたらしかった。主教は書記を通じて、女学校へ申し入れをよこした。

「腹に据えかねること、いろいろあろう。だがそれを忘れない、いけません。神の下で学ぶ場では、よろしからぬことだ」

菅野校長は「仰せの通りです」と、答えた。

「エレナについての存念はすべて忘れましょう」

五子も、校長が和解したとあっては矛《ほこ》を収めるしかない。

しかし校長は、今日の聖堂での婚配儀礼に詠隊を出さないことを決めた。齢《よわい》七十に近い校長はいついかなる時も穏和で、冷静を崩したことがない。けれど此度《こたび》は敢然と決定を下した。詠隊がいなければ礼拝は成立しない。難渋した主教からまた申し入れがあり、二年生と三年生のうち歌える者は出した。だがそれ以外の者は参列させていない。生徒らは教場で粛々と自習し、女教師らはこの講堂に集まっている。手紙を書く者があれば手習いの手本を作る者、五子のように針を持つ者もある。

これが女子神学校の、せめてもの抗議だ。

しかし皆、どこかうんざりとした面持ちだ。いくは明日から、隣の男子神学校の二階にある教員宿舎で暮らすことになる。向後、顔を合わせずに済む者はいない。彼女は正教神学校校長夫人、エレナ瀬沼郁子《いくこ》になったのだから。

思い直したように五子が背を立て、くるりと首を回してから手を動かし始めた。深紅の糸を布に刺している。鶏だ。羽を大きく広げている。

りんは「五子」と、声をかけた。

「負けるんじゃありませんよ」

門三九はあんな女に搦《から》め取られたのだ。しかし「こんなもの」とばかりに抛《ほう》られた。庭に戻されたと思えばよい。罠の痕《あと》から血はまだ流れていようが、季節が巡ればいずれは癒《い》える。

五子は「ええ」とうなずき、「恥ずべきは、こんなことで萎《しお》れてしまうことですもの」と勝気を見せる。皆も口々に「そうですとも」と発した。

「生神女マリヤが見ていてくださいます」

校長は静かに頭《こうべ》を垂れた。皆も同様に居ずまいを正し、祈りを表信する。胸の前で三本の指を合わせ、額から胸、右肩から左肩へと十字を切る。

「我等《われら》の神や」

校長がいつもの、練絹《ねりぎぬ》のごとくなめらかな声を響かせた。

「光栄は爾《なんじ》に帰す、光栄は爾に帰す。天の王、慰むる者や、真実の神《しん》、在《あ》らざる所なき者、満たざる所なき者や、万善の宝蔵なる者、生命を賜《たも》う主や、来たりて我等の中に居り」

それぞれの声が歌うように唱える。あるいは、唱えるように歌う。

「我等を諸《もろもろ》の穢《けがれ》より潔《いさぎよ》くせよ。至善者や、我等の霊を救い給え」

窓硝子《ガラス》が微《かす》かに響き、共に鳴る。そしてまた、それぞれの為すべきことに戻った。

りんも画帖を開き、鉛筆を持つ。女子神学校の女教師たち、「我等を諸の穢より潔くせよ」と祈る、その横顔を写してゆく。


翌明治三十二年四月十六日の午後、アンナ菅野秀子校長は永遠の眠りについた。

病に臥《ふ》したのは一年ほど、りんは女教師や生徒たちと輪番で介抱をした。息を引き取った時、微かに笑んでいた。満ち足りた顔であった。生徒たちは廊下に静粛し、祈りを歌い続けた。

正教では、魂においては生きている者と死んだ者に区別を置かない。

祈りは続くのだ。誰が永眠しても。

五

明治三十四年夏、ナデジダ高橋五子はニコライ主教から特別の仕事を任された。

主教は数年前、京都の能楽堂の土地を購入していたようだ。京都での布教は明治十年代には始まっていたが、聖堂の建立にようやく漕ぎ着けたのである。併せて京都正教女学校を開設すべく、その任を命じられたのが五子であった。とはいえ、ニコライ主教の言いようは誰に対しても命令ではない。「頼むよ」という言葉を用いる。

五子は小柄な躰に活気を漲《みなぎ》らせて校舎を出た。

「水に気をつけるのですよ。掏摸《すり》や落とし物にも気をつけて」

「山下先生、ご案じくださいますな。わたくし一人ではないのですから」

若い助教を伴っての出張だ。主教はすでに上洛し、京都の司祭であるシメオン三井《みい》道郎《みちろう》師もいる。

ただ、五子の京都行きにはどうにも割り切れぬ思いが残る。いずれはこの駿河台の女子神学校の校長になるべき器と周囲から目され、本人もその道を思い描いていたはずだ。人望、統率力、学識と指導力も図抜けていた。だが瀬沼校長率いる神学校と、ああまで反目し合ってしまった。主教の本心はりんには計り知れぬが、すべての騒動の責任を五子一人が詰腹《つめばら》を切らされた図に見えなくもない。

京都ではこれから校舎を建て、生徒を募らねばならない。何年もかかる重い任務だ。しかも主教が購《あがな》った土地は京都の中心地で、御所《ごしょ》にも近いという。聖堂建立への反発がなければよいがと、心配の種は尽きない。正教会への風当たりは年々強まっている。日露関係が悪化しており、戦争になるのではないかとの噂もかまびすしい。まさか正教徒であるというだけで暴漢に襲われることもなかろうが、ニコライ殿下に巡査が斬りつけた事件もあった。

りんが描いて捧呈した聖像画はロシヤの教会から主教に連絡が入り、殿下はあの『ハリストスの復活』を大変お気に召して宮中の一室に掲げ、賞翫《しょうがん》されているという。感激よりも安堵《あんど》が先だった。日本での痛ましい記憶と対《つい》になってしまった画だ。国交の危うきを政府も国民も案じた。ロシヤに攻められたら日本は壊滅すると国じゅうが動転し、天皇自ら見舞いに出御《しゆつぎよ》されたほどの事件だったのだ。あれから十年ほど経とうか。

しかし今は、「ロシヤごとき、なにものぞ」との風潮に変わってきている。契機は清国遼東《りようとう》半島に位置する旅順《りよじゆん》であるらしい。ロシヤは太平洋への出口として、獅子口という古称を持つこの港を租借《そしやく》、極東に進出してきた。朝鮮を領土としたいのだ。だが日本はすでに朝鮮で多くの利権を持っている。大陸進出への足がかりとしても重要な拠点で、奪われるわけにはいかない。そこで着々と軍備を増強し、ロシヤに対する敵意を高めている。

ロシヤ人は白い肌の下に黄色い心を隠し持っているが、我々日本人は肌は黄色いが心は白いのだ。そんな世迷言《よまいごと》まで流布している。日本人はいったい何を勘違いしているのだろう。

いつだったかニコライ主教が工房に訪れて、ふと話したことがある。

わたしが来た頃の日本人、貧しくとも朗《ほが》らかで素朴で、それは幸福そうに笑う人々であったのす。今はいっつも真剣、思い詰めているように見える。

ことに欧羅巴《ヨーロッパ》に留学して帰ってきた知識人のもたらしたものは功罪が大きいと、主教は見做《みな》しているようだった。

功利主義、覇権主義、上昇主義。日本人は常に発展成長し、欧米人に比肩する民族だ。遅れを取るな、ひとたび手中に収めた利権を手放すな。進め、進め。

出立《しゆつたつ》する五子たちを門外まで見送り、りんはそのまま坂をてくてくと下りて神田の下町へ向かった。

日傘も差さずに歩くのですっかり陽に灼《や》けてしまい、今やいつの季節も渋皮色の肌だ。皺も増えた。四十半ばであるのに五十過ぎに間違われることもしばしばで、幼い女生徒らの眼にはさぞ年寄りに映っているだろう。しかもこの頃、子供の機嫌を窺《うかが》うのが面倒になった。好奇心で工房を覗く者もあるが、作り笑いをすればかえって怖がられる。中に入ってもじもじとしている子には「持ってみますか」と筆を渡してやるが、まあ、そんな殊勝な子は滅多といやしない。

高橋マスという画師はいつのまにやら来なくなり、りんはまた一人で描いている。今も描かねばならぬ聖像画の点数は多いが、結句は独りが気楽だ。

もともと、いざ描き出せば気の途切れぬ性質《たち》であり、二、三日は寝食を忘れて没頭してしまう。しかしもう若くはない。この春に一度工房で倒れてしまい、大変な騒ぎになった。どうやら筆を手にしたまま死んだと思われたようで、菅野校長の後を継いで二代目になったエリザヴェタ児玉菊子《こだまきくこ》が医者を呼んでくれたが大恥をかいたらしい。空腹と寝不足が因だったのだ。りん自身は朦朧《もうろう》としていたので、医者の叱責も上の空で聞いていた。

それからというもの、大仕事の前は外の一膳飯屋に出向いて大食するようにしている。銚子を一本頼んで手酌でやり、玉子焼きと蒲鉾《かまぼこ》が肴《さかな》だ。蕎麦をたぐって腹を埋め、それから本格的に食べる。煮魚や煮物、稲荷《いなり》寿司を五つ六つは平らげるだろうか。飯屋の親爺と女房はりんを女人足のたぐいと思い込んでいるようで、「郷里《くに》はどこだい」などと訊いてくる。東京は常に建築現場が多く、土均《なら》しのモッコ担ぎに女たちが田舎から出てくるのだ。農閑期の出稼ぎであるらしい。「茨城の笠間です」と答えると、なるほど、そういう面構えだなどと妙に感心して、冷奴の一皿をおまけしてくれたりする。茨城の女をどんな面構えだと思っているのかふと首を傾げるが、面倒なので聞き流している。

今日もその飯屋に行くつもりであったが、気を変えて兄の蓬萊堂に行くことにした。桜田伏見町まで馬車鉄道を使えば五十分もかからない。馬糞の臭いは暑気で猛烈だが、母の多免にしばらく無沙汰しているし、一家の肖像画を頼まれて下図の状態のまま蓬萊堂に置いてある。あれも持って帰って仕上げておこうと心組む。甥の重幸が大学に入学した記念に描いてくれと兄に頼まれて始めた画だが、そろそろ卒業の時分だ。

いや、と、目玉を車輛の天井に向けた。今は八月だ。ということは、もう卒業したのか。

あの小さかった重ちゃんがと、頰が緩《ゆる》む。

「降ります」

車掌に声をかければどこででも停まってくれる。乗る時も手を挙げるだけだ。たまに見過ごされて、大声で叫んで追いかけねばならない時もあるけれども。

蓬萊堂の看板が見えてきた。この季節であるので入口の硝子戸は開け放たれ、薬剤やインキの独特の匂いが道にまで漂っている。「こんにちは」と声をかければ職人らが次々と頭を下げる。諸肌《もろはだ》脱ぎだが、下町では男も女も半裸でうろうろするのが当たり前だ。しかも工部美術学校では全裸の男のモデルを前にして一心に素描したし、エルミタージョでは裸婦像を模写した。

「旦那、りん先生がお見えですよ」と声を発するのが聞こえ、兄の重房が下駄の音を鳴らしながら出てきた。

「りん先生とやら、また飯を喰いに来たのか。しかも手ぶらか。たまには西瓜《すいか》でも提《さ》げてこねえか」

いつもこうだ。奉公人の前でりんに接する時、少しばかり偉そうにする。

「皆、飯にしろ。支度ができたってよ」

義姉と母はいつもてんてこ舞いだ。住み込みの弟子も二人ほどいるので、襷《たすき》を外す暇もない。

「お邪魔しますよ」と断りを入れながら印刷機の間を通り抜けると、刷り上がって乾燥させている最中の紙が見えた。海外への船旅の宣伝ビラのようで、上流貴顕向けらしく華やかな多色刷りだ。日清戦争後、日本は本格的に遠洋航路に進出し、日本郵船は欧州航路に北米航路、濠太剌利《オーストラリア》航路を持っている。清国人向けの冊子も積んであり、漢画めいた派手な王と後宮の夫人らの絵だ。富裕な清国人は日本の海運会社にとっては上客なのだと、兄に聞いたことがある。

土間で下駄を脱いで上がれば板間だ。職人らの箱膳がすでに並べてあり、鯵《あじ》の干物の皿が銘々に置かれている。香ばしい匂いがして腹の虫が鳴る。続きの板間の先がまた土間で、竈《かまど》の大鍋の前で母の多免と義姉が立ち働き、二人とも姉さんかぶりで襷がけだ。りんが挨拶をする前に義姉が「あら」とばかりに顔を上げた。「いらっしゃい。お久しぶりね」と言いながらも玉杓子《たまじゃくし》を持つ手は止めず、椀に味噌汁を注いでいる。

兄が独立を果たした頃からだろうか、義姉は物言いに淀みがなくなり、りんへの当たりも柔らかくなった。

「兄さんにはまた来たのかと言われましたけどね」と肩をすくめながら義姉から椀を受け取り、盆の上に並べていく。母はようやく気づいてか、顔だけでふり向いた。この頃、少し動作が緩慢だ。

「りん、手伝っておくれ」「もうやってますよ」と、ずっしりと重くなった盆を板間に運ぶ。

大きな飯櫃《めしびつ》も置くと、坐り始めた職人の一人が「あとは手前らでやりますんで」と言う。「なら」と任せ、胡瓜《きゅうり》の酢の物と芋の煮転がしの大鉢を渡した。

台所に戻って「兄さんは」と見回しても、姿が見えない。「板間にいるでしょう。いつもの一番に坐ってますよ」と母は言う。いないので、奥に続く廊下に出てみた。角を折れると座敷が二つ並んでいるが、その前の縁に坐っていた。

重幸もいる。白絣《しろがすり》の着物に、下は濃紺の夏袴《なつばかま》だ。二人で並んで庭に向かい、兄は団扇《うちわ》を遣いながら煙草をくゆらせている。

風鈴が鳴って、重幸が会釈をした。

「叔母さん。いらっしゃい」

「元気そうね。ごはんですよ」

告げるも、二人とも腰を上げようとしない。りんは縁を進んで、重幸の隣に坐った。

「暑い盛りに、何の相談?」

訊いたが、重幸は曖昧に目を伏せる。

「そういえば、大学、卒業したのね。おめでとう。うっかりしてお祝いを忘れてしまったけれど、そのうち必ず。そうだ、涼しくなったら洋食を奢《おご》りましょうか」

「りん、こいつにはしばらく会えそうもないぜ」

兄は言い捨て、盛大に煙を吐く。

「ああ、そう。どこか違う店で修業するのかな。まあ、そうだね。いきなり親父の下でやるより、その方がいいかもしれない」

中丸先生の息子、蓮一《れんいち》のことを思い出した。政子の話によると、東京美術学校に進んで画家になったという。先生の没後、精十郎の名を継ぎ、今は渡欧しているようだ。りんの膝の上にちょこんと座っていた、あの子雀も飛び立った。

「いんや。重幸は家業を継がねえらしい」

「え」と、間抜けな息が洩れた。「そう。継がないの」と口の中で繰り返せば、二人の重苦しさが腑に落ちてくる。それは兄にとっては残念な、淋《さび》しいことであるに違いない。

「どこか、勤め先を決めてあるの」

「軍人になりたいんだとよ。海軍に入るらしい」

「軍人。重ちゃん、軍人になるの」

思いも寄らぬ将来で、しばし二の句が継げない。おとなしい子供だったのだ。りんが知る限り、外で暴れ回るよりも家の中で金魚鉢の世話をしている方が好きな子だ。

重幸は腿《もも》の上にしかと拳を置き、りんに向かってきっぱりと頭を下げる。

「僕は国家の役に立ちたいんです」

「立派な志《こころざし》だけど」と、息を吸い込む。

他にも役に立つ方法はあるよ。蓬萊堂の石版印刷事業だって、立派な仕事ですよ。

そんな言葉を胸の中で繰ったけれど口にできない。若者の志がいかほど一途なものか。まして、誰に止められようが突き進んできたのがこの叔母だ。

「簡単なことじゃねえぞ。戦場《いくさば》に出るってことは」

兄は戊辰《ぼしん》戦争や西南の役《えき》を経験している。しかしりんや母には血腥《ちなまぐさ》い話をしたことがない。

おそらく、妻や我が子に対しても同じであっただろう。それは兄の性《しょう》の明るさゆえだと思ってきたが、ひょっとしたらそうではなかったのかもしれない。戦場ではきっと、生涯口にしたくない経験をするのだろう。

「しゃあんめい」と、兄は大きく息を吐いた。

膝を立て、「元は笠間藩士の子、軍人になるのも血筋というものか」

「さ、飯だ飯だ」と立ち上がった。倅《せがれ》の意志を認めることにしたようだ。荒い足音が廊下を行くが、重幸は動かない。うなだれている。

「重ちゃん。兄さんは、蓬萊堂を継ぐ継がないで反対したんじゃありませんよ。きっとそうだよ」

「僕もそう思います。でも、僕の友人たちは親に海軍に入ると告げれば、それは歓ばれたと言っていました。誇りに思う、と」

日本が軍備を強化するにつれ、軍人は花形の職業になった。

「兄さんはちょいと驚いただけ。それで拍子が狂っただけ」

重幸の背中に手をあて、ゴシと撫でさすった。

蟬の声がいきなり響き始めた。それを機にして、二人で腰を上げる。ふり向くと、団扇《うちわ》がぽつりと縁側に残っている。下手な七草の絵だ。浮世絵師の腕も落ちたものだと、目をすがめた。

皆が避暑に出ている間、女子神学校は昼も夜も静まり返っている。

この夏を費やして、自身のための画を描こうと思いついた。ゆえに画題は何でもよい。花でも魚でも、いつか銅版画《どうばんが》でやったロシヤの貴婦人でも。

けれど選んだのは聖像画だった。生神女マリヤが幼いハリストスを抱いた画で『ウラディミルの生神女』とも呼ばれる。手許にはその石版画があり、りんは祈りを捧げてから模写を始めた。

近頃、りんが描いた聖像画のハリストスや生神女は「日本人のような顔立ちだ」と言われる。ニコライ主教の許を訪れたロシヤの提督や公使がそんな評を口にしたそうで、そういえばこの頃、在日のロシヤ人が聖堂の礼拝に参加している姿が増えた。日本人より多い日もあって、そんな時は日露の間で戦など起きるはずがないと確信できる。

模写であっても、日本人が描けば日本人の顔貌《がんぼう》になる。伊太利人が描けば伊太利人の、仏蘭西《フランス》人が描けば仏蘭西人の顔になるのだろうか。であれば、それはいかんともしがたい民族の表象なのだろう。

けれどハリストスの教えは今の世界地図とはまるで異なる頃の地で生まれた。その源流を昔ながらに受け継いでいるのが、ギリシャとロシヤなのだという。

時々、教会の書庫に入って書物を繰り、ようやくそんなことを知った。違いは他にもある。西方教会、とくにプロテスタントでは人間を罪深く堕落した存在と捉えるが、正教では人間の弱さを認めつつも堕落しきったとは考えないらしい。罪深さを病、痛みと捉え、それを癒《いや》そうとする。生まれ変われる可能性、希望を見出すのだ。そのことを一度、主教に訊ねたことがある。すると白まじりの眉を下げ、「そうだよ」と首肯した。

「正教は性善説を取ってるのです。同じ考え、仏教にもあるだろう」

その言葉を聞いて、少し気が晴れた。生まれながらにして罪深い人間が常に神に許しを請い続けるなど、つらいような気がした。

自室に掲げたギリシャ画の生神女は、嘆きの母だ。いずれ我が子に訪れる運命を予感し、陰《いん》鬱《うつ》に沈んでいる。稚拙に思えた画が、今は現実をそのまま写し取ったものに見える。

ルネサンスで写実的に描かれた宗教画こそ、人間が望んでやまぬ虚構だったのかもしれない。何一つ、己の思うように生きられぬのが現世だ。ならばほんのつかのまであっても、生命の輝きに触れたい、と。もしくは、願いだ。我が子の運命がいかに苦渋に満ちたものであっても、悲惨な最期を遂げようとも、神の祝福あれ。

そんなことを考えながら下描きに心を傾け続け、数日後、彩色に入った。

生神女の衣は赤だ。青に次いで高貴の色とされるが、そもそも顔料の材とする石が稀少であったからだ。背景は落ち着いたセピア、幼いハリストスは純白の衣に青い帯を締める。

母子は互いの頰と頰を寄せている。生神女の顔に瞳を入れると、覚悟のような色が宿った。そう描こうと思ったのではない。手を動かすうち、自然とそうなった。

重幸が軍人になったら。もしもロシヤとの間で戦になったら。

母に抱かれたハリストスの瞳は母ではなく、天を見つめる。己の為すべきことを知っているかのように。二人の頭の周りに、光背を描いた。

窓の外に目をやれば、明るみ始めている。眠いのか腹が空いているのかもわからない。ひとまず筆を擱《お》き、工房の外に出た。朝霧はひんやりとして、足許の夏草は露を含んでいる。木々の間にはまだ夜の群青《ぐんじょう》が漂い、聖堂の十字架も朧《おぼろ》だ。境内を歩くうち、東の空が青み始めた。

薄く溶《と》いたコバルトブルーをさっと刷《は》いたような色で、朝焼けはレモンヱルローと野苺のごときクレムソンレーキだ。

やがて今朝の光が空を照らし始めた。

六

明治三十七年が明けて一月も半ばを過ぎた頃、グレゴリイ高橋門三九が逮捕された。

門三九は横浜に住むロシヤの武官に奉公して、通訳を務めている。その武官が海軍情報担当であったことから、露探《ろたん》の嫌疑をかけられて投獄されたのだ。露探はロシヤの間者《かんじゃ》という意味で、世間では教会や信者に対する疑念が濃くなっている。昨年の十月には新聞の「萬朝報《よろずちょうほう》」にこんな記事が出た。

——露国正教会のニコライ氏は露国の利を図らんとして日本人を買収し、露探をやらせるために二万円を投じた。

主教は「ひどいものだ」と、顔を真赤にした。

「仮に日本人、わたしを訪れて、露探になる、ロシヤのために働いてやる、申し出ても、わたしはその者追っ払う。金は要らねえと言っても、祖国日本を裏切らせない」

しかし新聞相手にいかほど怒ろうが反論は載せてくれない。中には、主教を「日本における露探の元締め」だと決めつけた記事もある。

りんは主教の書記から読み終えた新聞をもらい、画の枠取りに使っている。ある一点を描きたい時、あるいは肖像画を頼まれる際は写真を渡されることが多いので、紙面の一部を四角く切り取って背景を隠すのだ。けれど最近はつい文字を追ってしまう。露探についてのみならず、主戦派の論調も杜撰《ずさん》なものだ。日本がアジアの平和のために押さえた朝鮮をロシヤは脇から欲しがり、満州からロシヤ兵を撤退させるという約束も果たさないらしい。そして世間では、ロシヤと一戦交《まじ》えてやるという機運が高まるばかりだ。日本は偉大なる強国であると、世界に示すために。彼らはロシヤに勝つと信じて疑っていない。少し冷静な論があるかと思えば、「たとえ勝てずとも、大国の一つと戦ったという評判を勝ち取ることができる」と、幼稚な楽観主義だ。楽観は時に必要だろうが、国の舵《かじ》取りにおいては下手をすれば命取りになる。そんなことはわたしでもわかると、腹立ちまぎれに紙面を切り刻む。

京都正教女学校の寄宿舎舎監を務める五子は気の毒に、弟のことで心痛を極めていると聞いた。りんは手紙を送って励ましたが、一文書いては呻吟《しんぎん》した。下手に慰めたとて何の解決にもならない。そうとわかっていて書く手紙はやけに短くなる。

まもなく、主教の殺害を目論《もくろ》んでいた男が逮捕された。ロシヤ宣教団を潰して主教を殺そうと企む結社まであるらしく、十人が捕縛されるという事件も起きた。

二月に入って号外が出た。天皇がロシヤ公使、ローゼン男爵に対して国外退去を命じたという。つまり、日本とロシヤの戦争が現実になるということだ。教会内は騒然となった。すぐさま公使館から遣いが訪れ、「日本に残るロシヤ人はその身の安全を保障する。希望する者は日本に残ってよい」と、外務大臣である小村寿太郎《こむらじゅたろう》男爵が公使に伝えたという。

瀬沼校長を始めとする教役者《きょうえきしゃ》四十五名が会議を持ち、総意をとりまとめて主教に告げた。

主教が日本に留まられることを、我ら全員が望みます。

りんは教役者ではないのでその場にいなかったが、後に児玉校長から詳細を聞いた。主教は「お前《め》さん方《がた》の要望は嬉しい」と答えたらしい。

「その要望、わたしの願いと完全に一致している。だども戦が終わるまで、皆と一緒の聖体礼儀に加わること、遠慮しておこう。だから、お前さん方だけで行なうといい。そしてお前さん方の天皇、国の勝利のために祈りなされ。祖国愛する、当たり前のこと。その愛は神聖なものだ。ハリストスも地上にあった祖国を愛し、エルサレムの不幸な運命に涙された」

そして鐘を鳴らすのを中止することになった。これも主教の発案のようだ。

「ここにあるのはロシヤの教会ではねえ。日本の信徒のための、日本の教会だ。だどもそれをわかろうとしない人々、いる。愚かな行動をしでかさねえとも限らねえから、当分、鳴らさずにおこう」

鳴らさずとも朝九時から聖体礼儀があり、宵《よい》の六時から晩禱があることを信徒たちは知っている。そして神学校と伝教学校、女子神学校はいつもの通り、規則に従って授業を続けることになった。主教が生徒たちに影響を及ぼすのを厭《いと》い、「平常通り」を望んだからだ。

「生徒たちが戦争のこと考える、それは早過ぎる。彼らの時代、まだ先にござる」

二月十日、日本はロシヤに宣戦布告した。

そして二月二十三日、横浜地方裁判所はグレゴリイ高橋門三九に懲役八年の判決を下した。主教が在日ロシヤ人に質《ただ》したところ、やはり門三九は何もしていないらしかった。つまり見せしめ、他の者への脅しなのだろう。ロシヤに対する憎悪は凄まじくなるばかりで、函館では教会の持つ建物に住む者らが露探だとして追い出された。各地の伝教者には私服の警官がまとわりつき、怯《おび》えた信徒の中には教会を脱《ぬ》ける者も相次いでいる。

正教徒はどうしても、ロシヤと結びつくのだ。聖公会の信徒は英吉利《イギリス》、カトリックは仏蘭西、メソジストといえば亜米利加《アメリカ》だというふうに。

ニコライ堂と呼ばれて東京の人々に親しまれた大聖堂に、今は訪れる人もない。


鐘の音が響かぬ空は何と淋しいことかと、りんは工房の窓を見やる。

五月の夕暮れの中、主教の姿が見えた。いつもの散歩だ。しかしあれほど威風に満ちていた足取りに、明らかな老いが見える。藁色に輝いていた髪と髭も白茶け、瞳は淡い青が灰色に近くなった。長年の刻苦、そして日露の戦争が始まってからの心労が降り積もっているのだろう。

りんは扉の外に出て呼びかけた。しかし聞こえないのか、俯《うつむ》いたまま黙々と歩いている。小走りになって近づき、「主教様」と声を大きくした。やっと気づいてか目を上げ、「イリナか」と呟いた。おかしい。そういえば児玉校長も、耳が遠くなっておられるような気がすると言っていた。

「お茶、いかがですか」

主教は両の眉を上げ、「そんなた大きな声を出さずとも、聞こえてるさ」と口を尖《とが》らせる。

「年寄り扱いしねでけろ」

「六十九におなりでしょう。充分にお年寄りです」

「そっちも、婆さん」

「お茶」

「わかってる。馳走《ちそう》に与《あずか》るよ」

わざとのように肩を怒らせて、りんより先に工房に入ってしまった。窓際の椅子に腰かけ、中を見回している。相変わらずの散らかりようで、書庫から借りてきた書物や古新聞も山積している。茶碗を持って運ぶと主教はまた立っていて、カンバスを手にしていた。

「これは」と訊かれたので兄一家の肖像画だと説明し、紅茶を勧めた。

「描いては放置してを繰り返したので、なかなか完成しません」

後列の兄だけは彩色を済ませたが、その隣の重幸、手前に坐る母と義姉の顔は線画のままだ。学生服や着物には色を施したので、三人の顔だけが白っぽい。

「この若者は」と主教は腰を下ろし、紅茶を飲みながら訊く。「甥です。海軍の」とまで言って、口を噤んだ。「イリナ」と呼ばれて顔を上げると、たるんだ目の下に翳が差している。

「わたし、ロシヤに仕える者ではねえ。ハリストスに仕える者だ」

はいと頭を下げ、「海軍の少機関士として軍艦に乗っています」と打ち明けた。誰にも、他の女教師や五子への手紙にも記さずにきたことだ。

「そうか」と主教の胸が上下に動き、長い息を吐いた。今日は曇っていて、窓辺も暗い。主教の面持ちもいつにもまして疲れているように見える。と、主教が顔を傾げた。茶碗を机の上に戻し、大きな掌で右耳を蔽《おお》っている。眉間をしわめて目を閉じ、けれどそれはほんの数瞬のことで、また姿勢を立てた。

「ひょっとして、耳に病をお持ちなのではないですか」

主教はじっとこちらを見返して、「なんじょして、わかった」と言う。

「なんとなくです」

「耳鳴り、消えねえんだ。痛みもある」

「お医者様に診せられたのですか」

「日本初の耳鼻科医だという医者、何度か往診にきてもらった。だが一回の往診、十円もして、締めて二百五十円も払うことになった。魂消《たまげ》た。黙って払ったが、これからは死んでも医者にかからねえ」

主教は暗い顔をしながらも可笑しいことを言い、苦笑いを泛べている。けれど、のっぴきならないところまで来ているのではないか。

「主教様、気分が優れない日が続いておられるのでしょう」

聞こえているのかいないのか、主教はあらぬ方を見ている。だがりんは続けた。

「わたくしもロシヤにいる時、躰に変調を来《きた》したゆえわかるのです。簡単にわかるなどと申せばおこがましいでしょうが、僭越《せんえつ》を承知で申し上げます。わたくしは修道院で指導の修道女らと反目しました。仲間にも見放されました。ですから主教様とはまるで違うのです。わたくしの場合、わたくしが我儘《わがまま》、愚かでありました。今ならそれがわかりますし、いつかロシヤを訪ねて、彼女たちにお詫びが言いたい。そう思っております」

ああ、そうだ、そうしよう。戦争が終わったら、そしたら資金を蓄えてペテルブルクを訪ねよう。あの、ノヴォデーヴィチ女子修道院を。

「ですが向こうでは、鬱々《うつうつ》と気が滅入って塞《ふさ》いで、そのうち頭痛に悩まされるようになりました。熱を出して吐いて、お腹も下しました。躰じゅうが痛くて、でももっとここが痛くて重くてどうしようもなかった」

りんは己の胸に手をあてた。

「そんなふうになっては取り返しがつきません。どうぞ吐き出してください。あなたは教会だけでなく、あなた自身の躰をも守らねばなりません」

主教は険しい面持ちで、口の端を下げている。根は複雑な人ではない。感情が豊かで短気なところもある。今にも頭に血を昇らせて席を蹴るように立ち、工房を出ていきそうだ。

「お前さんに告解《こっかい》しろと？」

「わたくしは聖職者ではありませんから、告解にはならないでしょう。それともわたくしごときに吐き出すのは沽券《こけん》にかかわりますか。ならば、わたくしを影だとお思いになればいい。ましてわたくしはロシヤ語をほとんど忘れてしまいました。母国語でお話しになればよいのです。そう、ここにはあなた以外、他に誰もおりません」

言うだけを言い、りんは目を閉じた。

沈黙が続く。夕暮れの風が木々の間を渡り、葉を鳴らすばかりだ。

「耳の底が痛いのす。我慢できない」

葉擦《はず》れのような声だ。日本語だ。

「耳の病気ではねと言われた。イリナの言う通り、心だ。この心、千切れて、耳を傷めているらしい」

また沈黙が続いて、「パチムー」と聞こえた。ロシヤ語で、「どうして」という意だ。

「なにゆえ、こんなことになってしまったのか。公使は共に祖国へ帰ろうと勧めてくれた。最後は懇願に近かった。日本に残ってはあなたは危ないと言う。むろん、祖国が恋しくない者があろうか。わたしはもう二十年以上も帰っていない。東京に雪が降っていつまでも降りやまないでいると、ロシヤを想い出す。こんな初夏には野原の花々や水の匂い、想い出す。けれど、本国にいかほど頼んでも宣教師をよこさない。わたしがここからいなくなれば、誰が信徒らを守るのか。プロテスタントやカトリックの宣教師らはどんどんと送り込まれて、ニコライが死ねば正教は終わりだなどと陰で嗤《わら》っている。わたしが日本を捨てたら教会はどうなる」

りんは微動だにせずに、本当に影になったつもりで坐している。だが、主教の言葉が解せる。聞き間違いは多いだろう。むしろわからずともよいと思うのに、苦しさや悲しさがひたひたと胸に沁み入る。

「ロシヤは愚かだ。国内で暴動まで起きているというのに内政に努めず、日本を後進国だと侮《あなど》って充分に準備もせずに戦争に入った。この戦は負ける。だが、勝つ日本も愚かだ。大陸に進出して偉ぶり、他国を支配する甘い毒に酔えばもっと戦がしたくなるだろう。そしてわたしは誰にも胸の裡《うち》を明かせず、不安がつのるばかりの宣教師だ。なんの力もなく、生涯を懸けたこの事業も水泡《すいほう》に帰《き》しかけている」

薄く目を開けば、背を丸めた老人がそこにいた。

「独りだ。無力だ」

窓の外はもう昏《くら》い。工房の中はもっと暗い。けれど主教の木綿の服は明るい黄色で、そこだけが灯っている。りんは椅子から腰を上げ、主教の前に跪《ひざまず》いた。手をさし出し、主教の掌の上に重ねる。

誰よりも神を信頼し、神からも信頼されてきたはずのひとであるのに。このお方は信仰そのものだというのに。

主教が右手を動かして、りんの手の甲をぽんぽんと叩いた。慰めるような、励ますような所作だ。

「宣教師、持っている宝、他を憐れむ心だけなのす」

日本語で明瞭に言った。

「アリルイヤ」

声を重ねて詠じていた。互いに皺と染みの寄った手だけれども、温かい。


五月十五日、日本の戦艦が撃沈された。初瀬《はつせ》と八島《やしま》という軍艦で、第一艦隊の初瀬が旅順港外の沖を航行中、ロシヤ海軍の水雷に触れたようだ。その後、再び触雷し、後部の火薬庫が大爆発を起こして沈没した。八島は初瀬の救援の最中に触雷し、これも沈没したようだ。

二隻とも生存者はいたが、初瀬の少機関士であった重幸は戦死した。

白い布で覆われた祭壇には額縁の写真に香華《こうげ》が手向《たむ》けられているものの、遺骨はない。営舎から送られてきた重幸の遺品は洋鞄が一つきりで、綺麗に洗って畳まれていた着替えや手拭いの類《たぐい》が入っていたのみだ。大学の卒業祝いに兄が贈ったという懐中時計も義姉の手縫いの守り袋も見当たらず、初瀬乗船の際に身につけていたのだろうと、母は俯いた。

兄と義姉は悄然《しょうぜん》として、石膏のごとく坐したままだ。それぞれがあらぬ方を見て、顔は色を失っている。弔問客も言葉少なく、早々に引き上げる。その去り際、座敷の隅にりんの姿を認めると、身の上を知っているのか、数瞬で眉を顰《ひそ》める。そして場違いな異物に出くわしたかのごとく足早に、あるいは嫌悪も露わに立ち去る。

岡村竹四郎《たけしろう》と政子夫妻だけはりんの前にも膝を畳み、丁重に悼《いた》んでくれた。こなたは黙って礼を返すのみだ。通夜が始まる前から誰とも言葉を交わしていない。義姉はりんと目を合わせようとすらせず、総身で拒《こば》んでいる。読経《どきょう》と木魚の音を聴きながら、もっともだと目を閉じる。

わたしが泣いたり嘆いたりすることは許されない。神経を逆撫《さかな》でせぬように、気配を殺していなければならない。

夜も更け、義姉と母が隣室にひき取って横になることになった。兄と二人で残り、線香の一筋を見つめる。

「兄上、申し訳ありません」

ようやく絞り出した言葉だというのに、舌が縺《もつ》れた。

「お前が何を詫びる」

「わたしは正教会の画師でありますから」

甥がロシヤとの戦で死んだとは、女教師らにも話せないでいる。皆、世間の敵意から生徒たちを守るので精一杯だ。あれほど東京の人々の憧憬を受けたニコライ堂は「敵国ロシヤ」の巣窟《そうくつ》として憎悪され、信徒らは露探と白眼視されている。地方の教会には暴徒が押し入り、信者家族への迫害は深刻だ。聖堂はもう長いこと、鐘を鳴らしていない。

「馬鹿なことを言うな。重幸はロシヤに殺されたんじゃねえ。戦争に殺されたんだ。戦争とはそういうものだ」

兄は淡々と言い、息子の写真へと目をやった。

「まして、こいつは自ら望んで軍人になった。殺すことも殺されることも覚悟の上だっただろう」

が、ふいに顎をわななかせた。

「嫁取りくらい、させてやりたかったがな」

とうとう堰《せき》が切れ、りんは息ができぬほどに泣いた。


秋も深まったある日、兄がふいに工房を訪ねてきた。

眼窩《がんか》が落ち窪み、面窶《おもやつ》れが甚《はなは》だしい。足取りが弱々しく、杖まで突いている。政子からは、兄が山下家の後嗣《こうし》とすべく養子を取るつもりであること、蓬莱堂の仕事は弟子らに任せ、経営も番頭格の者に引き継ぎつつあると聞いていた。

体調を崩しておられるわ。お見舞いに行かれた方がよくってよ。

勧められたが、足を向けるわけにはいかなかった。葬儀の後、母の多免に命じられた。

しばらく遠慮なさい。

義姉の心情を慮《おもんぱか》っての指図だとわかっていたので、りんは抗《あらが》わなかった。聡明で、何にも動じなかった母も老いた。いや、母上自身もわたしと会うのはつらいのかもしれないと思った。

それほどに深い痛手だ。絵具の白では修復できない。何を塗布しようと、哀しみがどくどくと湧いて流れ続ける。

「どうした。この頃、てんで顔を見せねえじゃねえか」

痩せた頬骨が動くので、本人は笑みを拵えているつもりらしい。

「忙しくしていたのです」

「実家だぞ。遠慮なんぞしねえで、飯を喰いにこい」

胸が一杯になって、思わず顔をそむけた。陽射しの明るい窓辺へと招じ入れ、コツ、コツと硬い、緩慢な杖の音を聞く。

「今日の風は冷たいでしょう」

「いや、そうでもない」

ストオブに薪を足し、番茶を淹れた。物価が上がって紅茶は手に入りにくくなっている。数年前と比べれば味噌が二倍、塩が三倍で、一膳飯屋の親爺夫婦は「もう、やってけませんや」と肩をすぼめている。以前はノヴォーデヴィチ修道院の朋輩たちから季節ごとに紅茶や菓子が届いたものだったが、今は手紙を出しても返事が間遠《まどお》になった。日本との戦時下であるロシヤ国内も物価が高騰し、そのうえ学生による騒乱や農民一揆も頻発しているらしい。教会や修道院には何の影響もないと伝道館で聞いたが、日露間の郵便事情も悪くなっているようだ。

ロシヤがどんどん遠くなってゆく。

盆を持って引き返すと、兄は陽溜まりの椅子にひっそりと腰を下ろしていた。

壁には、模写用に夥《おびただ》しいほど聖画を架けてある。仕事の最中の画架は、『ゲフシマニヤの祈り』の模写だ。ハリストスが捕縛される前、ゲッセマネの園で天に祈る姿を描いた画で、線描をようやく終えつつある。

どんな思いで見ているのだろうと兄の視線を辿ってみても、表情がまったく動かない。足の間に杖を立ててそこに両手を重ねてのせ、番茶にも手をつけない。用向きも口にすることなく黙然と坐しているので、りんも訊かずに相対する。兄はなお静かに工房の中を見ている。

やがて、兄の視線が虚《うつ》ろに漂うばかりであることに気がついた。

ただひたすらに、遥かかなたの海で噴いた火柱を、黒々と人間を焼く劫火《ごうか》を見ているのだろうか。爆発の轟音を聴いているのだろうか。我が子の戦死の報が届いた日から、ずっと。

陽射しが傾いて、兄の肩先が冷たそうだ。ふいに「帰るとするか」と、立ち上がった。一緒に工房の外へ出る。門外の坂道で、兄は斜めに傾《かし》ぐ躰を杖で支えるようにしている。

「足許にお気をつけて」

兄はそれにはどうとも答えず、念を押すようにゆっくりとうなずいた。

「りん、達者で過ごせ」

羽織の後ろ姿がゆらゆらと、秋陽の坂道を下りてゆく。

翌明治三十八年の三月、日本軍が奉天《ほうてん》を占領した。市中では何日も盛大な祝捷会《しゆくしようかい》が催された。提灯行列や旗行列が練り歩き、空には花火だ。狂言や今様能《いまようのう》、神楽《かぐら》といった芸能も披露され、剣術試合や活動写真も人を集めて二十万人が熱狂したと、新聞に出た。

日本は勝つぞ。大国ロシヤを打ち負かす。

お祭り騒ぎが続く最中、蓬萊堂の番頭が伝道館に電話をかけてきた。

「社長に会いにいらしてください」

切迫していることが知れた。覚悟を決めて市電に乗り、桜田伏見町に向かった。

床の中の兄は衰弱を極めていた。元々内臓に持病を抱えていたらしく、竹四郎が名のある病院に手筈《てはず》をつけてくれたようだ。だが院長に手術を勧められても頑《かたく》なに受け容れず、自宅での療養を望んだ。

三月三十日、兄、山下重房は息を引き取った。享年五十三だ。

葬儀の後、りんは駿河台に帰っても絵筆を持たなかった。兄が坐した窓辺の椅子に何日も坐り続けた。

しゃあんめえと苦笑しながら、「前へ進めよ」と背中を押してくれた人はもういない。

窓の外では、桜が満開だというのに。

腫れ上がった瞼《まぶた》を押し開き、工房の中を見返った。大机の隅に、兄一家の肖像画を横にして置いてある。未完成のまま手をつけられずにいたものだ。近づいて、両手で持ち上げて窓辺に戻った。膝の上にのせ、見るのもつらかった重幸の顔の線を指でなぞる。義姉、母の顔の線にも指を添わせた。

兄だけは顔まで着彩を進めてあって、ほぼ完成している。着物は灰色で羽織と襟は黒、袴と伊達襟《だてえり》は樺色《かばいろ》だ。羽織紐は白で、ここだけがまだ中途だったと、りんは洟《すす》を啜る。

兄の断髪の頭はごつごつとして、頬や鼻筋、顎も逞《たくま》しい。切羽詰まれば居直る目をして、口許はどんな可笑しいことを言ってやろうかと準備している。

日本では、戦功のあった軍人は神として祀《まつ》られる。

では、名も無き兵は。庶民は。幕末の動乱を乗り越え、維新の波に揉まれ、石版印刷技師としてようやく一家を成した笠間藩士は。
わたしはいったい誰に、何を祈ればよいのか。
りん。そいつぁ、知れたことよと、兄の肖像が滲《にじ》んで揺れた。
名も無き者は、仏になる。
日本ではそうと決まってらあな。

六章　ニコライ堂の鐘の音

一

明治三十八年八月、亜米利加《アメリカ》のポーツマスという地で講和交渉が始まった。奉天での戦の後、日本の東郷《とうごう》艦隊はバルチック艦隊を撃滅、ロシヤの海軍力を失わせしめた。一方、日本側も陸軍の戦力が限界に達し、戦争はもはや継続困難となったらしい。日露両国は亜米利加のルーズヴェルト大統領の斡旋《あっせん》を受け容れることにしたのである。

結果、ロシヤは朝鮮に対する日本の指導と保護、監理措置を承認、清国の同意を条件として関東州租借《そしゃく》地の譲渡、長春《ちょうしゅん》から旅順《りょじゅん》までの鉄道の譲渡に同意した。しかし賠償金の支払いと樺《から》太《ふと》全土の割譲については頑強に抵抗し、結果、南樺太のみを日本に割譲、漁業権も沿海州沿岸のみが認められた。

戦争に勝ったはずであるのに、なぜ樺太の北半分はロシヤのものになり、賠償金も獲得できないのか。開戦するにあたって、政府は「自衛のための国民戦争」との名目を掲げたのだ。勝利の暁《あかつき》には重税や物価高、深刻な不況からも脱せると喧伝した。今となっては、根も葉もない幻影を国民に見せただけだ。二年前、明治三十六年度の国家財政の歳出は総額二億五千万円、対して日露戦争では十五億円が費やされたという。国は莫大な借金をして戦争を続けた。

戦勝の報に沸きに沸いた熱気はたちどころに冷え、政府批判の狼煙《のろし》が上がった。

——政府はいったい、国民を何だと思っておるのか。戦費を出させる時は議会だとか何だとか騒いで金を出させておいて、肝要なる講和条件となると独断だ。そして、ろくでもない結果を国民に押しつける。戦費と兵卒を、誰が出したと思っている。

工房で広げた新聞にそんな投書が載っていた。

日本が要求した賠償金は、戦死した国民や傷病兵への手当、遺族家族への救恤《きゆうじゆつ》、軍費手当などが目的で、正当なものであるらしい。だがロシヤは支払いを拒否した。日本は近代国家として国際法に則り、収容所に送られてきたロシヤ兵捕虜をも丁重に扱っている。今や収容所は全国二十七ヵ所に及び、捕虜は総勢七万人に上るという。

正教会は「俘虜《ふりよ》信仰慰安会」を結成した。信徒を総動員して病者を見舞い、ロシヤ語に習熟した司祭は収容所で奉神礼《ほうしんれい》を執《と》り行ない、永眠者を埋葬し、記憶している。復活祭ともなれば教役者《きようえきしや》総出で赤い卵を送った。

復活大祭《パスハ》では信者が持ち寄った赤い卵が成聖されるが、古くから卵は豊穣、そして復活の象徴であり、信者同士で贈り合う慣《なら》いもある。赤はハリストスの血の色だ。工房にもたくさんの固ゆで卵が持ち込まれ、りんは彩色卵を作り続けた。赤とは限らず鮮やかな青や黄、緑などに染めて細密な絵柄をほどこすのがロシヤの伝統だ。天使や鳩などの図柄に微細な文様を加えて仕上げてゆけば、女子神学校の教師や生徒、信徒らが周囲に集まってくる。

「卵によくもこれほど細かな絵をお描きになれること」

「しかもなんと手がお早いのでしょう。もう五十個はお作りになりましたよ」

「おや、今度は羊飼いですね」

図柄にも意味があって、鳩は聖霊、羊飼いはハリストスを表わしている。

ニコライ主教はさらに、捕虜一人ひとりにロシヤ語の小祈禱書《しょうきとうしょ》や福音書、聖像画、十字架を贈ることを発意した。ところが貧しい農村出身者の兵は読み書きのできぬ者が少なくなく、識字率は日本よりも遥かに低いようだ。彼らは小祈禱書や福音書を贈られたとて、それを読むことができない。そこで主教は、収容所で傷を癒《いや》す間に教育を施してやりたいと思い立った。本国から文字教本を取り寄せ、冊数が足りなくなると、日本で『初等読本』を印刷して配布した。文字の書けぬ息子が拙《つたな》いながらも自筆の手紙を送り、ロシヤの家族がたいそう驚いたという話がやがて伝わってきた。教会は日露間の手紙のやりとりや送金手続きに協力を惜しまず、ロシヤからの行方不明者の調査依頼にも対応して奔走している。

しかし日本政府の講和交渉は失敗したのだ。そしてロシヤが賠償金の支払いを拒否したのは、皇帝《ツァーリ》が強硬に反対したためだと新聞は書いている。皇太子時代、大津で凶刃事件に遭《あ》っても親日派であり続けたニコライ二世だ。りんが描いた『ハリストスの復活』を宮中に飾って賞翫《しょうがん》してくれている皇帝は、開戦時、日本人を「黄色い猿め」と罵《ののし》ったとも報じられていた。信じられない。読めば読むほど、胸の裡《うち》が暗くなる。

九月に入っても、気の滅入る話ばかりが続く。こんな時、五子《いね》がいてくれたらと思うが、今も京都の正教女学校で舎監を勤めている。

夜、いつものように黒い生神女像《しょうしんじょ》に祈りを捧げてから寝台に身を横たえた。大工に頼んでやっと作ってもらった簡素な木製で、こちらが頼んだわけでもないのに頭側の板に一輪の百合《ゆり》の花が彫ってある。決して巧くはない百合だが、職人が「どうだ」と気を入れたのがわかって目にするたびなごむ。

「山下《やました》先生、起きていらっしゃいますか」

襖《ふすま》越しに強い声だ。また変事かと飛び起き、畳の上へと足を下ろした。寝間着の胸許を整えながら襖を引くと、女子神学校の上級生だ。

「暴動が発生したようです」

「どこで」

「市中の方々で派出所を焼き討ちしているそうです」

すぐさま窓際にとって返し、硝子戸《ガラス》を引いた。夜空にいくつもの炎が上がっている。上級生に続いて何人もの生徒が連なって入ってきた。皆、窓に取りつく。

「校長は」

「伝道館に行かれました」と誰かが答えた。事の次第を確かめに行ったのだろう。女教師の一人が現れて、「皆さん、部屋にひき取りなさい。大丈夫です。巡査がいるのですから、安心してお寝《やす》みなさい」と皆を廊下に戻した。戦争終結後も大門の前には何人もの巡査が警護に立ち、主教の自室前にも護衛官がいる。教師は生徒の肩や背中を押しながら「決して外に出てはいけません」と命じている。

別の女教師が現れ、りんのかたわらに立った。

「日比谷公園に民衆が集まって、政府を非難する演説を行なったんだそうです。警察が集まりを解散させようとして揉み合いになり、巡査がサーベルを抜きました。それで皆が怒って、向かっていったようです。それが群れになって市中をのし歩き、警察署や派出所に火を放って回っています。ここにも押し寄せてくる可能性があると、瀬沼《せぬま》校長がおっしゃっています」

窓外で、まさにその怒号が聞こえた。身を乗り出せば、聖堂の周囲で聞こえる。人の波が門を襲い、押し入ろうとしているようだ。「下がれ、下がれぇ。従わねば逮捕するぞ」と命ずる声もする。絶叫に近い。

「主教様は」

「警護兵がついていてくれているはずですわ」

主教の無事を念じても、鋳鉄《ちゅうてつ》製の門が硬く不穏な音を立て続ける。ここまで聞こえてくるということは、一ヵ所の門だけではない。聖堂下手の大門、そして上の小門も破られようとしているのではないか。声がますます大きくなった。群衆が怒濤《どとう》のごとく塀沿いの道に回り込み、近づいてくる。神学校と女子神学校が標的だと気がつき、女教師の肩に手を回した。力ずくで屈み込む。やはりそうだ。門を敲《たた》き、乱暴に揺らし続ける。

「開門しろ。ぶっ壊すぞ」

「露助《ろすけ》の手先め、露探《ろたん》め」

「おいらの倅《せがれ》を返せ。生きて元通りにして返しやがれ」

そっと首を伸ばして下を見やれば、想像していたよりも遥かに多い。大群衆だ。巡査らが門を守り抜き、群衆は雪崩《なだれ》を打って横に動く。しかしまた新しい波が押し寄せてきた。

「働いて働いて、いつかは日の目を見ると信じて働いて。けど、いいことなど、これっぱかしもなかったじゃねえか」

「おれたちゃ騙《だま》されたんだ。政府と大資本家に、なにもかも取り上げられちまった」

その中で、「諸君」と甲高《かんだか》い声が響いた。

「耳があるならよっく聴きたまえ。君たちが拝んでいるキリストは、爾《なんじ》、殺すなかれと教えたのではないのか。日本人の兵は八万四千人も死んだのだぞ。この矛盾を信仰者はいかに説明する。心ある者は出てこい。出てきて説明したまえ」

若い声は、神学校の男子学生を相手に叫んでいるようだ。挑発だ。どうか誰も乗らぬようにと、りんは身をこごめて手を組み合わせた。

騒乱は一晩じゅう続いた。日付はとうに変わり、九月六日になっている。午前二時、戒厳令《かいげんれい》が敷かれて軍隊が出動した。朝まで一睡もせぬまま階下に下りてみると、児玉《こだま》校長が小走りに近づいてきた。

「昨日の八時にニコライ堂を炎上させると予告があったそうです」

「予告？」

「浅草の凌雲閣《りょううんかく》に大きな垂れ幕が下がっていたのです。同じ文言のビラが市中の至るところの電柱に貼られていたそうで、昨夜の暴徒の中には聖堂が燃えるのを見物しに集まった野次馬も多かったようです」

歯の根が合わぬような喋《しゃべ》り方だ。校長の背後に集まった女教師らも蒼白だ。

「主教様がすでに殺されたという噂まで出回っていると聞きました」

血祭に上げようというのか。

窓外を見ると、門前にはまだ途方もない人数が群れている。りんは顔を戻し、女教師らを見回した。

「生徒たちが戦争のことを考えるのはまだ早過ぎると、主教様はおっしゃいました。ええ、彼らの時代はまだ先なのです。我々はここを守らねばなりません」

噴くように言うや、階段を駈け下りていった。玄関口で足を踏みしめる。ここには武器になる物など何もない。素手を拳《こぶし》にして握りしめ、門外で膨れ上がる群衆の気配をひたすらに睨《にら》みつけた。

子供たちの将来を、暴徒なんぞに踏みにじられてなるものか。

傍《はた》から見ればさぞ滑稽なしわざだろうが、いざとなれば盾《たて》になろうと総身を震わせていた。

数日ののちの新聞記事によれば、五日から七日にかけて焼き討ちに遭ったのは東京市内の警察署が二、分署が六、派出所と駐在所は二百三にも及んだ。市電にまで火が投げ込まれ、ブレエキが効くまでの間、窓から炎を噴きながら走っていたという。ここ駿河台《するがだい》の正教会は軍の駐《ちゅう》屯地《とんち》のような場と化し、兵隊が市中に出動しては帰ってくる。その甲斐あってか不吉な予言は実行されることなく、市内各所の伝道所も焼き討ちの難を逃れた。

十一月二十九日、ようやく戒厳令が解かれた。


暮れも押し詰まった日、中年の婦人が工房を訪れた。

銀髪の頭を下げられたものの、誰かわからない。

「ヤーコフ・デミトリヴィチ・チハイの妻にござります」

何度か目をしばたたき、やっと思い当たった。

「量《りよう》さん」

「すっかり面変《おもが》わりいたしましたから」と、細い頰をなごませる。目許や鼻筋に昔の名残りを見つけて、「お懐かしい」と思わず声が弾《はず》んだ。ストオブの前に椅子を動かして坐らせ、残り少なくなっていた紅茶をすべて使って淹《い》れた。量は手土産の紙包みをくれる。互いに茶碗を持ち、りんはチハイ師の悔やみを述べた。

永遠の記憶。

量は工房の中を見回している。壁には隙間も見えぬほど聖像画を掛けてあり、机の上にも紙や麻布《あさぬの》、画材の類《たぐい》を山と積んである。絵具やテンペラ、仮漆《ワニス》の匂いの中でこの人と向き合う時間が訪れようとは、不思議な心地がする。量の羽織と着物は質素だが佇《たたず》まいに品があり、聖像画を見つめる横顔はしみじみとした風情《ふぜい》だ。

「山下さんは初志を貫かれたのですね」

初志は違うものだった。けれどそれを口に出そうとは思わない。

「まだまだ修業が足りません」

胸の前で十字を描き、量に問うた。

「日本にはいつお戻りになられたのですか」

顔を正面に戻し、「夫が亡くなりまして一年後です」と言う。驚いた。師が亡くなったのが明治二十年頃と聞いたから、かれこれ十七年になる。

「存じませんで、ご無沙汰をしてしまいました」

「いいえ、わたくしの方こそ。じつは何度かここを訪《おとな》ったことがあるのです。思い切って。ですがあいにくお留守の時が重なって、いつしかそのままになってしまいました」

言伝《ことづて》も残さぬまま帰ったようだ。

「東京にお住まいですか」

「ええ。近くに教会がありますので、奉神礼《ほうしんれい》はそちらに伺っております」

まだ信徒であるのだ。そのことになぜか安堵《あんど》した。

「イワン坊はお元気ですの」

量は目を伏せ、すうと頭《かぶり》を振った。

「ロシヤで永眠いたしました。元々、長くは生きられない子であろうと覚悟をしておりましたけれど、冬の朝に熱を出してその日のうちに天に召されました」

筋張るほどに痩せた躰《からだ》の感触が腕に甦《よみがえ》る。船の上甲板《じょうかんぱん》で泣いて泣いて、わたしも一緒に泣きたかった。

「山下さんにはよくしていただいて、あの子、時々、舌を縺《もつ》れさせながらもあなたの名を呼びましてね。まるでそこに姿が見えているかのように話しかけるのです。意味は不明です。でも楽しそうに笑ったり心配そうに眉を顰《ひそ》めたり、老人のような深い溜息を吐《つ》いたりして。修道院に伺う時、よほど一緒に馬車に乗せてやろうと思ったことがありましたけれど、夫に強く止められまして、それはかないませんでした」

息を吸い込み、窓外を見やった。

泣き坊のイワン。あなたはわたしを見守ってくれていたのか。

量は茶碗を脇の机に置き、手提《てさ》げ袋から半巾《ハンケチ》を取り出した。古い洗いざらしに見えるが、レエスの縁取りや刺繡《ししゅう》の美麗さからしてロシヤのものだ。

「あなたのことはずっと胸にありました。同じ日本人としてあなたを庇《かば》うべき立場でありましたのに、当然のように子守りを押しつけましたね。部屋も食事もわたくしたちの振る舞いも、まったく酷いものでした」

ロシヤへの往路のことを言っているのだと気がついて、たじろいだ。

「わたくしも生意気でした」

わざと軽い口調で返したが、量の手は半巾を握りしめている。

「わたくしが間違っていたと、今ならわかります。いえ、あの頃も心の隅ではわかっていたような気もいたします。ですがあの頃のわたくしは親兄弟がすでになく、ただ一人、夫だけが寄《よる》辺《べ》でした」

量はためらいがちに言葉を継ぐ。

「世間から洋妾《ようしょう》呼ばわりされ、親戚縁者から縁を切られ、夫の母国にさえ渡ればまともに扱われる、誇りを取り戻せる、ただその一念でした。ですからあなたに子守りをさせればよいのだと夫に言われればそれもそうだと思い、尻馬に乗りました。あなたを無下《むげ》に扱うことで気散じし、やがてあなたが不満顔で抗議したり逆らったりすることに苛立ちすら覚えるようになりました」

りんは黙ってうなずいた。互いに若かったのだ。どうしようもないほどに。

「ロシヤで暮らして、夫が紛《まご》うかたなき階級の中で生きていることを思い知りました。あなたもご承知の通り、あちらの教会にも世の中にも厳然たる階級、身分があります。富裕な者とそうでない者との区別は甚《はなは》だしく、支配関係もそれは厳しいものです。信仰心の篤《あつ》い高潔な方でも使用人に対しては冷酷極まりない権力者でありましたし、夫に言わせれば、それが一家の主人たる者の心得、使用人に甘い顔を見せればすぐに怠《なま》ける、盗む、逃げると申します。その裏側で、金子《きんす》の力もまた凄まじいものでした」

金も後ろ盾も持たぬ留学生に対する処遇、あれはチハイ師やアナトーリイ師にとっては当然のことであったのだろう。

「わたくしにもふだんは優しい人でしたが、いざとなれば有無を言わさぬ主《あるじ》にございました。でも彼は優れた音楽家であり指揮者であり、涙が出るほど心を揺さぶる聖歌を導くのです。そして親しい人々の間では思いやりのある、冗談の好きな人でした。夫は、チハイはロシヤ人そのものでした。人見知りで粗野なところがあって、けれどひとたび親しくなると親切で、押しつけがましいこともあるくらい情に篤いのです」

そうだ、ロシヤ人は実にそうだ。

耳を傾けるうち、つと思い出した言葉がある。それをロシヤ語で告げてみた。

「野に風を探せ」

量はすぐに察しがついたのか、ゆるりと愁眉《しゅうび》を開いた。ロシヤの諺《ことわざ》だ。今となっては探しようのないこと、人を指して言う。そう、すべてはもう時の彼方《かなた》にある。

「たしか、イワン坊の下に女の子がおありでしたね」

「ええ。あの子の下に男の子もありまして、一緒に日本に帰ってまいりました。なにしろああいう顔立ちですから。日本語はできますけれど、感情が嵩《こう》じればロシヤ語になります」

尋常でない苦労がしのばれ、まして日露の戦争時はさぞと、胸が塞《ふさ》がる。

「父親の血でしょうか、男の子は音楽の道に進みたいと申しまして、姉も教会で聖歌を教えております。それもこれも主教様のおかげにございます。教会に尽くした者の面倒は一生みるとおっしゃって、わたくしどもは当人ではなく妻子ですのに毎年欠かさず決まったものをくださいます。そのおかげをもちまして、今日まで生き延びてまいることができました」

そこで暈は暇《いとま》を告げ、立ち上がった。

「イリナさん、どうかお元気で」

なぜか、これが最初で最後の再会なのだろうと思った。

「暈さんも。ダスヴィダーニヤ」

さようならの握手を交わす。

あなた方に主の恵みがありますように。アミン。

羽織の後ろ姿を見送ったあと、手土産の包みを開ければ紅茶の茶葉であった。


朝の祈禱を終え、鐘の響きが残る空の下へと出た。

信徒らが続々と聖堂から出てくる。古馴染みに交じって新顔も少なくない。戦争中は教会を離れる者の続出が懸念されたが、今の信徒数は全国で三万五千人に上ると聞いている。なんとか踏み留まったらしい。全国の聖堂と会堂は数十を数え、伝道所は二百余、司祭ら聖職者、さらに伝教者も含めれば二百人を超えた。

そして四年前の明治三十九年、ニコライ主教は「大主教」に昇叙された。ロシヤの宗務院《シノド》から辞令が届いたのは、日本から本国へ収容所の捕虜の送還を完了した三ヵ月後のことであったらしい。

「山下先生」

声をかけられてふり向けば、年老いた母と娘の二人連れだ。しばし世間話をして「お気をつけてお帰りなさい」と見送り、踵《きびす》を返した。

工房に向かって足を運びながら、なんとはなしに母の多免《ため》を思い出す。兄の死後は蓬萊堂を訪問することもなく、たまに母を花見に誘うくらいであったけれど、二人で茶店の縁台に並べば嬉しそうに花の雲を見上げていた。酒を勧めると、「ではひとつ、ご相伴《しょうばん》に与《あずか》りましょうか」と断らなかった。母が酒を吞む姿など見たことがなかったので「お好きだったんですか」と訊けば、「どうかしら」と他人事のように首を傾《かし》げる。

「あなたの父上はお好きだったけどねえ」

けれど、兄と重幸については決して口にしないのだった。子や孫の死を認めるのは時がかかる。母が亡くなったのは一昨年だ。最期まで何も言わなかった。今ようやく安堵して、彼らと語らっているのかもしれない。

聖堂の北側に回り込めば、我が工房が佇んでいる。平屋の建屋は十五年ほどの風雨を受け、横に張られた板も古びて反《そ》りが目立つ。だが建物の角に植えた柳の若木は丈が伸び、枝も増えた。朝の光の中で薄緑の芽を吹いている。根際《ねぎわ》の周辺にもふわふわと柔らかな緑が広がり、杉《すぎ》菜《な》や薺《なずな》、そして菫《すみれ》だ。ノヴォデーヴィチ女子修道院の広大な庭には及ぶべくもないけれど、このささやかな春をりんは気に入っている。身を屈めて菫を摘《つ》み、工房に入った。小さな猪口《ちょこ》を選んで水を入れ、ついでに湯を沸かし、大机や画架の間を通り抜けた。

今は南窓の隅に自身が使う机を置いてあり、隣の机は神学校の生徒が使っている。パウェル牧島省三《まきしませいぞう》という生徒で、授業の後、ここに通って聖像画を学んでいる。栃木の生まれで、十六歳の秋に入学した当時は見るからに純朴《じゅんぼく》な丸顔の少年だったので、りんは「パーちゃん」と呼んで郵便局への遣いもよく頼んだものだ。だがこの頃は呼んでも聞こえないふりをする。もう十九であるので、子供じみた呼び名が気に入らないのだろう。

信徒は増えたのに、神学校の生徒は減る一方だ。カトリックやプロテスタントの学校も増えたためで、六年生など十名足らず、しかも卒業すれば徴兵される。伝教者も常に足りない。

机の上に菫を飾り、流しに戻って番茶を淹れる。茶碗を持って窓辺に坐り、机の抽斗《ひきだし》から小さな封筒を取り出した。

ロシヤはまだ厳寒が居坐っている時期だ。けれど陽射しは日ごとに明るくなり、深緑の針葉樹から落ちる雪片は光で輝く。やがて雪解けの音がし始める。便箋からも、きんと澄んだ水の匂いが立ち昇る。

昨日、いったんは辞書を引きながら読んだので内容はもうわかっている。それでもまた便箋に触れたい。久方ぶりにフェオファニヤ姉とアポローニヤ姉から届いた便りなのだ。目頭が熱くなるほどにりんは嬉しかった。

学生や民衆の暴動はまだ続いているらしいが、「心配は要りません」と書いてある。

——聖《サンクト》ペテルブルクの貴族たちは今も優雅に舞踏会や歌劇を愉しんでいるので、そのうち治まるでしょう。新しもの好きな学生が知識や哲学にかぶれて、いわば麻疹《はしか》のようなものです。ロシヤの内乱が治まらないと伝道館で囁《ささや》かれ、新聞にも同様の記事が出ていたので、胸を撫《な》で下ろした。現地の姉たちがそう言うのだから安心だ。杞憂《きゆう》に過ぎなかった。

——先日、日本からの留学生に会いましたよ。ロシヤ式のマナーを心得ておられるので、美術学校の教授方のみならず宗務院、貴族の間でも覚えがめでたく、彼女は人気者です。

去年の十月、名古屋の司祭の令嬢がペテルブルクへと発った。美術学校に絵画を学びに行ったのだ。後藤新平逓信《ごとうしんぺいていしん》大臣からロシヤに留学生を送りたいとの相談を受けたニコライ大主教が、令嬢を推薦したようだ。女子神学校でも盛大な送別会が開かれた。女教師らが噂するには、日本政府から旅費として四百円近くが支給され、さらに毎月百円の奨学金が給付されるという。りんは呆気に取られた。留学先とは物価が違い、何かと通信費用もかかる。それはよく知っているけれど、それでも途方もない額だ。地方を歩いて布教に努める伝教者の月給は二十円に満たない。とても家族を養っていけないとの不平が根強く、俸給の値上げを交渉しても大主教は悲しそうな目をするばかりで、なかなか改善されないという。

大主教は母国の正教会から受ける金子を一人でやりくりし、信仰の篤いロシヤ貴族や富裕者の寄付を募っては日本の教会運営を支えている。自身は金銭欲が皆無で、衣が古くなって袖口が擦り切れても糸を引っ張って抜くだけで新調しようとしない。なにかにつけて金のことを口にする者らの心情が情けない、もしくはわからないのかもしれない。これは大聖堂建立《こんりゅう》の計画が持ち上がった頃から燻《くすぶ》り続けている問題だ。「そんな金があるなら地方の教会や伝教所に配ってほしい」と強く主張する一派があり、一時は深刻な対立にまで発展した。

そういえば、りんはその風聞を岡村政子《おかむらまさこ》夫妻から聞き、教会に戻る決心をしたのだった。今にも反乱が起きるような気がしたのだ。己に何ができるわけでもないのに、ニコライ主教の役に立ちたいと願った。魂に火がついたほどに、帰ろうと思った。あれからもう二十五年になる。今から思えば教会を出ていた時期は一年に満たず、家出のようなものだ。

わたしはよくよく、家出をする性質《たち》に生まれついているらしい。

大主教は吝《しわ》いわけではなく、いざ遣うとなったら思い切りがよいほどだ。値段が高くても上質なものの方が長持ちして結局は経済だという考えを持ち、令嬢がロシヤへ出立する前にも立派な洋装を整えてやったらしい。しかも東京在住のロシヤ人学者の家に通わせて行儀見習いまでさせたと聞けば、胸中に微《かす》かに波立つものがある。三十年前のわたしと、なんと違うことか。当時とは事情も立場も異なるのだ。それはよくわかっている。戦勝国日本の留学生としてかの地に赴く令嬢と、とにもかくにも自前の聖像画師が要るのだと追われるように派遣された一介の画学生とは天地の開きがある。その証拠に大主教と令嬢も、りんに格別の指南を求めることはなかった。女生徒らの歌や朗読が始まって会もたけなわであったけれど、早々に自室に引き上げたものだ。

華やかに見送られる令嬢を妬《ねた》んでいるのではない。令嬢をひき連れて晴れがましく振る舞う大主教の姿が割り切れなかった。人生に行き暮れた人に迷わず手をさしのべる大主教は、若い才知や美しさを歓ぶひとでもある。周囲に敬されて独りそそり立つ大木だからこそ、懐《ふところ》に飛び込んでくる小鳥が可愛くてたまらないのだろうか。

そこまでを考えて、いや、わたしは結句は僻《ひが》んでいるのだと、己を笑った。五十をいくつも過ぎた婆さんが、みっともないことだ。

そう思い直しても、令嬢が留学先の美術学校で描いたという聖像画が日本に送られてきて、大主教はそれをまた大いに褒《ほ》め上げたりする。伝道館の二階の十字架聖堂はまだ残してあるので壁に飾らせ、信者や生徒たちにも披露した。

「イリナ、どうだね、素晴らしい出来ではねすか」

子供のようにはしゃぐではないか。聖像画のみならず美術そのものに造詣の深い人であるのに、この目の曇りっぷりはどうしたことだろう。美術学校で半年学んだくらいでこれほど描けたら苦労はない。手慣れた筆致から察するに、明らかに熟練者の手が入っている。りんもたびたびヨルダン先生やフェオファニヤ姉に筆を入れられたものだ。

あの時、こう言ってやればよかったと手紙を畳み、また抽斗に戻す。

このくらいなら、大騒ぎして留学せずとも描けますよ。うちのパーちゃんなら、もっと歓びに溢れたものを描くでしょう。

パウェル牧島省三を指導するうち、はっとさせられることがあるのだ。修業中の、しかも描くことが好きでたまらない者の筆先には独特の息吹《いぶき》が宿っている。

未完成で、無作為で、初々しい。

それは技巧を習得してしまった画師には二度と手に入らぬものだ。道を通り過ぎてから、あとふり向いて気がつく。

茶を飲み干して茶碗を洗い、中央の大机の前に腰を下ろした。十字を切って祈りを捧げ、模写すべき木版画を広げる。

来年の七月、ニコライ大主教の渡来五十年を記念して祝典が催される。全国の信徒が献金して祝いの品を用意することになり、『大福音経』の写本を制作することになった。「福音」とはイイスス・ハリストスの言行を四人の弟子が記したもので、マトフェイ、マルコ、ルカ、イオアンの四福音がある。そのギリシャ語の原典を大主教が日本語に翻訳した。それを墨の手書きで写本にし、表紙は金装するという。そして挿画はイリナ山下りんに任せる、との内示を受けた。

挿画は文字で語られる物語の理解を助けるものだ。観る者の印象に深く残る画は再現性にも富む。何十年もの時を経ても、人はありありとその場面を思い起こすだろう。

玄人《くろうと》は、玄人ならではの仕事をしなければならない。

パウェル牧島省三が工房に顔を見せるのは、授業を終えた夕方だ。

三月二十六日、教会の建物に電気の照明がついた。省三は「明るいですね」と天井を仰ぎ続けている。

模写すべき画の細部を確認したり文字を読むには確かに有難いが、筆を持つ際にはやはり自然の光が好ましい。だが省三は単に、夜の明るさを歓んでいるのだろう。

省三は美術学校などで専門の教育を受けていない。ゆえに何年もかけて素描《そびょう》をさせ、基礎理論も教えてきた。筋がいいことは、素描をやらせた時からわかっていた。訊けば、やはり幼い頃から描いていたそうだ。父親が節句の幟《のぼり》の絵を描く手内職をしていて、数をこなさねばならぬので息子に手本を与え、省三はそれをひき写して家計を助けていたという。長男であるが歳の離れた姉が婿を取った後に生まれたので家を継ぐことはならず、ゆえに神学校に入れられたらしい。将来は伝教者となって身を立てさせようとの親の考えで、省三は「絵を学ばせてくれるなら」と入学を承諾した。

模写させる聖像画を選んで渡した。省三は一瞥《いちべつ》するなり、頰を強張《こわば》らせる。

「先生、またこんな。今日も、こんなものを模写せよとおっしゃるのですか」

言いたいことはわかっているが、黙って若い弟子を見下ろした。「先生」と、なお気色ばむ。不満で顔じゅうを赤くして、見つめ返してくる。

渡した聖像画は、『使徒聖トマス』である。肌は黒く、頭も波打つ金髪ではなく黒の短髪で、頭の形がはっきりとわかるほどだ。躰に巻いた衣も栗色を帯びた黒で、幾重もの襞《ひだ》の山が薄茶色で表現されている。唯一の彩りが背後の金箔で、頭部の光背が突起のように盛り上がっているので裏から小槌《こづち》で打ち出したのだろう。

動きのない、薄暗い画だ。

「あなたの本望は伝教者でなく、聖像画師になることでしょう。なら、模写はここから始めねばならない」

「おっしゃることがわかりません。素描や構図、色彩の教えはとてもよく理解できたのに、模写を始めるようになってからこっち、つらくなるばかりです」

これまでになく激しい抗《あらが》い方だ。理由の見当はついている。こんな仏僧のオバケのような画を模写するのが厭《いや》なのだ。もっと西洋的な美と接したい。ルネサンスの、あの生を謳歌《おうか》してやまない伊太利《イタリー》画を模写して学びたい。

パーちゃん。わたしはその気持ちがわかりますよ。もう、痛いほどに。

りんは胸の中の言葉を口にはしない。師が千言を費やそうと、己の道は己の足でしか歩けない。

「わからなくても、やりなさい。それが修業です」

「ですが先生、古いギリシャ画は稚拙です。美術として成熟していません。遠近がなく平板で、表情も同じではありませんか。どれもこれも暗く苦しそうで、絶望している。こんな画を模写していたら気分が塞いでしまいます。この程度の画しか描けぬ画師になるのではないかと、僕は怖くてたまらない」

反発の仕方まで同じだ。面白いほどだ。いや、わたしは怪しいロシヤ語で姉らに喰ってかかった。

あなた方はなぜ、わざわざ人間性のぬくもりを消し去った画を模写させるのか。なぜ、芸術性をないがしろにするのだ。後生《ごしょう》だから、真っ当な芸術を学ばせてほしい。エルミタージョに行かせてほしい。大学校《アカデミー》で学ばせてほしい。

りんは省三の、ひしとした瞳を見つめ返した。

芸術性への希求を抑えろと命じられることがいかほど悲しいか、このわたしがいちばん知っている。芸術を志して正教の門を敲《たた》く者は、必ずこの泥濘《ぬかるみ》の道を渡ることになる。まして聖像画師は、聖像画以外の絵画に手を染めることを禁じられていない。いくらでも逸脱できる。なればこそ、最初の泥濘で充分に苦しんでおく必要がある。

「数多《あまた》の画師たちが忠実に写してきたものを、あなたも写しなさい」

今しか苦しめないのですよ。この理不尽に苦しんで、自らと向き合いなさい。

省三は唇を歪《ゆが》め、立ち上がった。

「僕は頑迷なる伝統を嫌悪します」

叫んで、工房を出ていった。荒い足音だ。このまま修業を放擲《ほうてき》するかもしれないと思うと、追いかけて優しい言葉の一つもかけたくなる。けれど顔を小刻みに振り、椅子に坐り直した。頭を垂れ、胸の前で何度も十字を描く。

聖像画は、単に宗教的主題を描いた絵画ではない。オリガ姉に教えられたのち、自身で調べ、考えを尽くしてきた。そう、聖像画は人々の信心、崇敬を媒介するものだ。窓だ。この窓を通して、祈る者は神と生神女、聖人たちと一体になる。ゆえに画師は独自の解釈を排し、古式を守らねばならない。

それが正教《オーソドックス》の画師で、皆、修道士であった。

ところが何百年か前、西欧から銅版《どうばんが》画や肖像画などの世俗芸術が入ってきた。十七世紀に今のロマノフ王朝が始まると、明暗法や遠近法を駆使した画法が聖像画にも取り入れられた。するとそこに作意が生まれる。聖なる感動を呼び覚まそうとする作意。

フェオファニヤ姉とアポローニヤ副院長も、そんなことをわたしに伝えたかったのではないかと、今は推している。

十日後、省三が現れた。黙って頭を下げる。こちらは心ノ臓が鳴るほど嬉しかったが、仏頂《ぶっちょ》面《うづら》を通した。画架の前におずおずと腰を下ろしたので、例の聖像画をずいとさし出した。省三は大仰に息を吐いて肩を落とす。

「パーちゃん、何を期待していたのです。わたしは曲げませんよ。引き下がるつもりはない」

省三は返事もせず、顔をそむけた。他に道はないとわかっているくせに、まだ折り合いをつけられないでいる。こうなれば根競べだと、りんも自席に戻った。

姉たちから受けた恩を、わたしは日本の若者に対して返さねばならない。そう思い決めている。


十一月、京都正教会の聖像画修復のため西行した。

京都は二度目だ。七年前の明治三十六年の春、生神女福音聖堂がまだ落成間近の頃に訪れ、その際も聖像画の修復を行なった。ロシヤから招来したほとんどの画は無事に届いたが、少しばかり傷があるとのことだった。大主教は旅費に過分のお小遣いも添えてくれたので、五子と会わせてやろうと思ってくれたのかもしれない。白壁に銅板葺きの屋根はペテルブルクの市中ではなく、麦畑の広がる村の教会に似ていた。五子は仕事の合間に方々の見物に連れて行ってくれ、りんは大阪にも足を延ばした。第五回内国勧業博覧会が今宮《いまみや》という地で開かれ、神中糸《じんなかいと》子《こ》が洋画を出品して褒状を受けたのだ。西洋画の排斥が続いた時期も糸子は教師を務めながら絵筆を手放すことはなかった。日本の西洋画はあの博覧会の頃から、ようやく復活をみたといえる。

此度《こたび》は京都に滞在しながら、伊勢と奈良にも旅をした。奈良は昔から墨が有名な地だ。寺が多いのとかかわりがあるのだろう。省三にも固形墨を購《あがな》って渡すと、久しぶりに笑顔を見せた。

「先生がお土産を下さるなど、思いも寄りませんでした」

わたしはよほど怖い婆さんだと思われているらしい。

十二月も半ば過ぎ、仕事を終えて自室への階段を上りかけている最中に呼び止められた。

「山下先生、少しお時間をちょうだいできますか」

女子神学校の児玉校長だ。辺りを窺《うかが》いながら声を潜めている。こういう時、十中八、九、縁起でもない話を聞かされる。今日はまた何が出来《しゅったい》したのやらと思いつつ同意した。校長はいったん外へ出て、神学校の建物へと入ってゆく。廊下を巡り、講堂の扉を押し開いた。

細長い洋卓には六人ほどが顔を並べていて、神学校と女子神学校の教師らだ。誰も彼も疲労の濃い顔つきで、なんとなく見当がついた。湯呑み茶碗が配られ、神学校の教師が口を開いた。

「瀬沼校長夫人が子供を産みました」

やはり郁子《いくこ》か。それにしてもこの面々が集まるとは、今度はいったい何をやらかした。

「何人目です」と訊くと、校長が「六人目ですわ」と酸っぱいような顔つきをした。

「瀬沼校長との間には、十一歳を頭《かしら》に五人の子があります」

「六人目が違うみたいじゃないの」

「違うのです。十ほども歳下のロシヤ人留学生の子です。生まれた赤子の髪や瞳からして、明らかだそうです」

まるで己の罪のように、語尾を吸い込んでしまった。

かつての美少女、エレナ郁子は正教会神学校校長夫人の座を手に入れるや、子供を次々と産んだ。子守り女を従えて聖堂の周囲を散歩する姿はまさに我が世の春を謳歌する貴婦人さながらだ。実際、すべてが順風満帆に見えた。郁子は女子神学校にいる頃から雑誌「裏錦《うらにしき》」に寄稿していたが、結婚後まもなく文学活動を再開し、いかなる伝手《つて》を辿《たど》ったものか、『金色夜叉《こんじきやしや》』で一世を風靡《ふうび》した尾崎紅葉《おざきこうよう》の弟子になったのだ。

そして明治四十一年の十月、瀬沼夏葉《かよう》なる筆名で、『露国文豪　チエホフ傑作集』という訳本を獅子吼《ししく》書房から出版した。女子神学校で郁子を知る者は首を傾げた。彼女がロシヤ語を解せないことを知っていたからだ。語学に堪能な瀬沼が下訳をしたのだろうと囁き合ったが、郁子はロシヤ文学を嗜《たしな》む日本女性の魁《さきがけ》になりおおせた。本人はもとより夫の瀬沼が得意満面で、女子神学校にも本を配りにきた。献呈ではなく、代金はしっかり徴収したらしい。りんにはなぜか売りにこなかった。

天井の上で騒がしい音がして電球が揺れている。神学校の教師が一斉に顎を上げた。

「瀬沼家の子供たちですよ。可哀想に常に放置されて、真っ当な躾《しつけ》も受けていません。夜更けでも騒いで足音を立てるので、生徒の中には不眠に悩まされる者も出ています」

「以前よりましですよ」と、隣に坐る教師が溜息まじりに言う。

「夫妻の罵《ののし》り合いが一晩じゅう続いて、夫人は金切り声で。生徒らにはとても聞かせられない話まで飛び出して、翌朝、教壇から生徒の顔を見渡すのがいたたまれぬほどでした」

郁子が新聞沙汰を起こしたのが去年の夏だ。かのロシヤ人留学生と欠落《かけおち》に及び、何紙もに書き立てられた。あとで判明したことには、敦賀《つるが》からヴラヂヴォストークへ向かったらしい。けれど九月のかかりに帰国して神学校内の住居に戻ったかと思えば、また姿を見なくなった。その後も芳《かんば》しからぬ噂が絶えなかったことは承知している。だが彼女の行状など知りたくもない。耳に入りそうになるつど席を立ってきた。

「欠落した相手とは切れたはずだったんですが、子まで産んだとなってはまた大醜聞です」

「瀬沼校長も、なぜ離婚しないのだろう」

正教では離婚を禁じていない。

それからはもう、次から次へと愚痴が出る。校長としての責務を果たさぬので、神学校の運営に支障を来《きた》している。誰にも告げずに行方をくらます日があり、何を考えているのか得体の知れぬところがある。言うことが緻密《ちみつ》かと思えば、やることは杜撰《ずさん》だ。生活も堅実さを欠き、一家で派手に遊ぶかと思えば何人もの伝教者に借金を申し込む。学校の金銭出納《すいとう》において不正の疑義もある。

瀬沼校長の人望のなさたるや、想像以上だ。

「まったく、大主教はなにゆえあんな校長を信任なさっているのか」

「大主教の前では、見事に演じてのける人物なんですよ。裏表が激しいんだ」

教師らはもう何年も前から、校長一家を神学校から追放するべきだと大主教に直訴してきたらしい。地方の伝教者たちも神学校の危機を憂慮して、公会の議題にも上げたという。公会は全国の教役者《きようえきしや》と信徒代表が集まる会議で、年に一度七月初めに開かれる。

「ですが校長の行状を訴えれば訴えるほど、大主教は機嫌を損ねられました。正当な根拠も思いやりもない非難だと仰せになるのです」

男教師がりんに説明した。なぜこんな話を聞かせられるのかがわからないので、りんは黙っている。すると女教師が、「そこなのです」とこめかみに指をあてた。

「大主教のおっしゃる正当な根拠、それを言えればここまで難渋しません。でも夫人があれほどふしだらであると大主教様に打ち明けたら、それは日本女性の恥になります」

皆、そこだけはどうしても口にできず、ゆえに大主教には理由のない誹謗中傷《ひぼうちゅうしょう》にしか聞こえなかったということらしい。確かに、それでは大主教は瀬沼を庇うだろう。

「欠落事件が新聞に出て大主教はようやく不貞をお知りになって、夫人を呼び、次には相手の留学生まで呼んで説得を試みてくださったようです」

「そこまでなさったのですか」と、りんは目を剝いた。

「ですが二人とも翻意《ほんい》しませんでした。その後で呼ばれた校長はといえば、自らの苦悶を切々と訴えて大主教の同情を買うことに成功しました。彼は経済的にも破綻《はたん》しかかっています。ここを追われたら行き場はないでしょう。ですから大主教にとり縋《すが》っているのです」

もう、たくさんだ。うんざりする。

「山下先生、お助けください」と、児玉校長が遠慮がちに言った。

「わたしに、何をしろと」

「皆で話し合ううちに、校長一家を追放してくださるよう、山下先生から大主教様にお口添えいただけないかとの意見が出ました。お願いできませんか」

「とんでもない。わたしはただの聖像画師ですよ」

はねつけると、神学校の教師らが目配せし合うのが見えた。「やはり」と口が動いている。

一方、児玉校長をはじめ女教師らは肩を落として俯《うつむ》いた。ここに五子がいなくてよかったと、思わずにはいられない。郁子の振り撒《ま》く毒は今も大勢を苛《さいな》み続けている。この敬虔《けいけん》な教師らまで苦悩させている。口惜しい。なんともいえず、業腹《ごうはら》だ。

「大主教様に口添えする力など持ち合わせておりません」と、りんは皆を見回した。「たとえ持っていたとしても、もはや右耳がほとんど聴こえておられないお方に何をお聞かせせよというのです」

この頃は左足の膝が痛むらしく、散歩姿も見かけなくなった。祈禱の後の説教も、時々、息が切れる様子だ。それでも昼夜を問わず働きづめだ。

「あなたが目をかけて庇護し続けた娘はロシヤ人との間に不義の子を産み、その夫は陰であなたを裏切って不正を働いています、その夫妻のせいで、あなたが心血を注いで建てて守ってきた神学校と女子神学校はまもなく大醜聞にまみれて崩壊するでしょう。我々は、虚栄と欺瞞《ぎまん》に満ちたあの夫妻に太刀打ちできません。ただ、無様《ぶざま》におののいて嘆くのみです。さあ、大主教様、どうかしてけりをつけてくださいな。さあ、さあ、さあ」

腰を上げ、洋卓の上に両手をついていた。

「あなた方は、大主教様に頼り過ぎです。もう七十を過ぎておられるのですよ」

沈黙しか返ってこない。洋卓に肘をついて額を押さえる者、目頭を揉む者、天井へと視線を投げたままの者もいる。

肘をついていた教師が腕を戻し、「もう一度」と背筋を立てた。

「瀬沼校長に、もう一度談判してみよう。校長の座から自ら退くというなら、我々は秘密を守る。退かないと言い張るなら、我々が大主教に報告に上がる。あなたにはもうこの二つしかないのだと、かけ合ってみよう」

「不正の件はどうする」

「今回は子供の件に絞った方がよいかもしれませんわ」

話し合いが始まった。りんは講堂を出た。女子神学校の寄宿舎に帰り、階段を上る。

瀬沼校長は罷免《ひめん》されない限り、自ら辞めたりはしないだろう。なぜなら、彼にとってその方が得だからだ。常に損得を考えて動く人間がいて、そのためには虚言も裏切りも平気な顔をしてやってのける。それを思い知ったのは、他ならぬエレナ郁子によってだった。似た者夫婦だ。

だが校長を罷免するには、やはり大主教の決断が要る。

二階の廊下の窓から、暮れきった冬空を見た。星々はためらいがちに瞬《またた》き、聖堂の十字架を微かに望むのみだ。


翌明治四十四年の七月十六日、ニコライ大主教渡来五十年の祝典が開催された。

奉神礼は朝七時半から始まった。聖体礼儀を執り行なったのは、大主教とセルギイ主教だ。

セルギイ主教は三年前、京都の主教として来日した。まだ四十になっていないが、ロシアでは三十四歳で神学大学の総長となり、皇帝ニコライ二世の告解司祭にも就任したという偉才だ。大主教が本国に幾度も頼んで、それでも誰も日本には来てくれず、来てもすぐに病を理由にして帰ってしまい、やっと来日したのがこの主教だ。ニコライ大主教が自身の後継者として招来したのは明らかで、どんな人物だろうと、りんと周囲の者も最初は戸惑いを隠せなかった。だがたった一年ほどで日本語を習得し、社交的で朗らかな人柄であることが知れた。黒々とした口髭《くちひげ》をたくわえ、顎からは縮れた鬚《ひげ》を胸まで垂らしている。そしてかつての大主教がそうであったように、颯爽《さっそう》と歩く。

祝典には朝野の名士が招待された。ヴラヂヴォストークから長司祭ブルガコフ師、朝鮮から掌院《アルヒマンドル》パウェル師が訪れ、ロシヤ公使館の館員のみならず亜米利加聖公会の主教と英吉利《イギリス》聖公会の主教代理も訪れて布教五十年を祝った。むろん日本の全聖職者と信徒も参集し、全国の正教徒から金装の『大福音経』と祭服一式が大主教に贈呈された。『大福音経』の挿画を大主教は気に入ってくださるだろうか。

大聖堂は久方ぶりに人で溢れ返った。午餐《ごさん》会は信徒の主催によって、上野《うえの》精養軒《せいようけん》で開かれた。逓信省の後藤大臣や外務省の次官も招いたらしい。夕方からは音楽会だ。聖堂の敷地内の広場に大きな天幕が張られ、ロシヤと日本の祝歌が駿河台に響き続ける。

りんは一人、工房の中で聴いていた。

大主教の姿は朝の奉神礼の際、人々の肩越しに垣間見ただけであるけれども、絢爛《けんらん》たる祭服に身を包んで進む横顔に喜色はなかった。むしろ疲れ切って苦しそうな面持ちで、目の下には重苦しい翳《かげ》がある。声は弱々しく、時々、咳《せき》が交じった。猫の子が鳴き騒いでいるような音だ。祝歌よりも、その咳の音が耳に残って消えなかった。

十二月、郁子が『東京より聖彼得堡《サンクトペテルブルク》まで』という文を雑誌に発表した。

彼女がロシヤに旅立ったことは、四月下旬の読売新聞で報じられていた。「瀬沼夏葉女史の渡露　瀬沼夏葉女史は近々出発して露国漫遊の途に上るよし」との記事であったが、実際には漫遊でも留学でもなく、帰国したロシヤ青年との結婚を夢見て後を追ったのである。

生まれて四ヵ月足らずの赤ん坊を背負って、ねんねこ半纏《ばんてん》で、足は下駄履きで。

彼女自身がそう書いている。決して優雅でない様子から察するに、珍しく嘘偽りを含んでいない文章に思えた。

——丸窓より大海原を見送りつつ、自分は叫んだ。さらば余が日本よ！　いざさらばわが故郷よ！　さらば。さらば。と、次第に遠ざかる港の山々をながめて、覚えず涙に噎《むせ》びて了《しま》った。

五人の子と夫を捨て、日本に戻らぬ覚悟をしていたのだ。だが不思議なことに、夜、品川停車場から敦賀行きの列車に乗る前、見送りにきた子供たちの姿を綴っている。子供だけで品川まで行けるはずもないから、誰かがそこまで連れていったのだろう。それは誰か。夫の瀬沼ではないかと、りんは思った。理由はない。ただ、月光の下、停車場に佇む一家の影が見えるような気がした。郁子は数ヵ月後、赤子を連れて日本に帰ってきた。恋は破れたのだ。だが「留学」譚《たん》をこうして書いてのけた。

下駄履きであのペテルブルクの町を走って走って、恋人の胸を求めて駈けた女の姿がありありと目に泛《うか》ぶ。

凄まじいまでの情念だと、りんは思った。圧倒され、けれど嫌悪はない。不思議だと、己を訝《いぶか》しむ。絵の道に入ると決めた時から人並みの幸福を望まず、恋などとは無縁に生きてきたこのわたしが、郁子のしざまをいっそ天晴れだと感じ入っているではないか。可笑《おか》しくなった。ハハと、仰向いて笑った。

郁子はまもなく、瀬沼の許に戻ったらしい。理解不能であるのは、やはり瀬沼の方だ。夫として虚仮《こけ》にされ続けたというのに妻を洋装で着飾らせ、「ロシヤ帰りの新しい女、瀬沼夏葉」と吹聴《ふいちょう》しているらしい。今もまだ、正教会神学校の校長ではある。だが今年の公会で神学校について議論され、「瀬沼校長は神学校から出てもらいたい」との要求が正式に検討された。瀬沼は校長の座には踏み止まったが、長年住み慣れた駿河台を出て、教会の外へと住居《すまい》をひき移さざるを得なかった。

二

明治四十五年が明け、正教会は降誕祭を迎えた。

前晩禱《ばんとう》はセルギイ主教が受け持った。主日《しゅじつ》や祭日の奉神礼もセルギイ主教が執行することが増えている。ニコライ大主教はこの数年というもの、心臓病による喘息《ぜんそく》に悩まされていること、その病が頑健な大主教の体力を奪っているらしいことが皆にも知らされた。信徒らの間にも不安が広がっていたからで、けれど降誕祭の祈禱はニコライ大主教が行なった。立っているのもやっとであろうに、声は朗々としている。信徒らは安堵してか、そこかしこで洟《はな》を啜《すす》る音が聞こえる。

りんは奥歯を嚙みしめて様子を見守った。大主教に仕えている日本人従僕から、少し聞いていたのだ。

「喘息は夜にひどく出ますでねえ。少しもお眠りになれないようで、ですが日中は横になって静養することを望まれません。教会の事務と翻訳をなさり、身の回りのことも手前にお任せくだせえとお願いしますのに、大丈夫だ、わたしは元気だと仰せになりますだよ」

従僕は一日一度の食事の用意と朝の掃除、そして午後三時のお茶の用意を受け持っている。

それ以外の用はさせない主義であることは昔から知っていたが、まさか躰がこうも弱っている時までと、信じられぬ思いがした。

「少し体調がよいと、奉神礼にお立ちになろうとする。その方が心と躰に慰めを得られるとおっしゃってねえ。だどもお医師からは、寒い聖堂に入ることも冷たい外気にあたることも止められていなさるのでごぜえますよ。自室に戻ってこられた時は大変にお疲れになっていて、手前は気が気じゃありません」

五十年以上も異国で無理を重ね、しかも七十七という齢だ。

降誕祭の翌日、雪がちらついている。工房のストオブにたくさん薪をくべ、鉄瓶は湯気が蓋を持ち上げてチンチンと鳴っている。こういう静かな雪の日は気持ちが落ち着いて澄むものだ。冷たい指先に息を吹きかけて鉛筆を握り直し、下絵の続きにとりかかる。

画題は、磔刑《たつけい》のイイスス・ハリストスだ。掌《てのひら》に打ち込まれた釘を描く時、肉に喰い込む痛みが己《おの》が掌にも響いてくる。絶望の血が流れて滴《したた》り落ちる。暗闇は全地を蔽《おお》い、三時頃に至った。イイススは大声で呼んで言った。

「エリ、エリ、ラマ、サバクタニ」

我が神、我が神、何ぞ我を遺《す》てたまう。

この時のイイススは敗者だ。そして日本人は敗者に対して深い同情と哀感を寄せる。胸がひき絞られるほどに。けれどりんは淡々と描く。必要な線だけで、余計な湿りけを帯びぬように。

扉を叩く音に気づいた。扉を引くと、「おでったか」と身を屈めるようにして中を覗き込んでいる。飛び上がるほどに驚いた。

「雪の中をどうして。大主教様、いけません」

伝道館まで送ろうと、黒い毛織物の背中に手を回した。白い点々がたちまち雫《しずく》になる。

「散歩にござる」

おどけた口調だが、声に力はなく掠《かす》れている。だがりんの制止をものともせずに中に入ってきて、窓際の椅子に坐り込んでしまった。仕方なく、後ろから肩掛けをはおらせた。

「忝《かたじけな》い」

「無茶をなさらないでくださいまし」

それには返答もせず、描きかけの下絵に目を落としている。「イリナ」と、ぽつりと言った。

「四、五世紀前の聖像画、素晴らしいものだったよ」

やにわに絵画の話を始めた。大主教は博覧強識で、日本語、漢語から希臘《ギリシャ》語、羅《ラテン》語、さらに英、仏、独語までできる。美術にも造詣の深いことは知っていたが、りんに対して芸術のことはほとんど口にしたことがない。静かに椅子を寄せ、かたわらに腰かけた。

「それが中途半端に欧羅巴《ヨーロッパ》に入った。信仰から離れ、美麗、求めるようになった。だが聖像画、鑑賞のための芸術ではないのす。正教徒にとって、聖書や十字架ほどに大切」

りんはうなずき、少し迷いながら大主教を見上げた。

「一つ、お伺いしたいことがあります」

「なんなりと」

「これまでわたくしの描くものを黙って見守ってきてくださったのは、なにゆえですか」

「お前《め》さん、探求心、強い。初めて会った日本人、そうだった。好奇心と探求心強くて、わたし、感激した」

やはり、すべて承知のうえであったのだ。左の手首に巻いたチョトキが微かに鳴った。

「わたくしの手が真実に触れるまで、待っていてくださったのですね」

「新しい車輪、キイキイいう。でも、なんとかやれるものだ。そのうち、なめらかに回るようになる」

白眉の下の目が悪戯《いたずら》っぽく笑っている。

「今では、聖像画を窓だと思うて描いております」

「ん。そうかもしれねえな。聖像画は観るものであり、観られるものだ」

窓外は晴れてきて、けれど雪はまだ降っている。風に流れて白い筋が光る。

「イリナ。この磔刑のハリストス、簡潔だね」

そして大主教は深くうなずいた。

「純なる簡潔さ。これこそがまさに聖なるものだ」


一月二十四日、大主教が築地《つきじ》の聖路加《せいるか》病院に入院した。

大主教の入院はたちまち新聞が報じ、病状は連日報じられる。聖路加病院での病室が二階十番室であることまで記事に出たので全国から見舞客が訪れ、教会は隣室を借りて応対に追われることになった。

病状が危険であることを、りんは児玉校長から聞いた。その後、やや小康を保ち、けれど微熱がある。食事は半流動食だが、食欲を示さないらしい。

一月二十八日、主日聖体礼儀の後、セルギイ主教は他の聖職者らと共にニコライ大主教の病気平癒の祈禱を行なった。日曜日のことで聖堂内は信者で一杯だ。終わりに、「ムノーガヤ・レータ」が歌われた。本来は慶事、吉事《きちじ》を寿《ことほ》ぐ歌だ。明治二十二年、大日本帝国憲法が発布された日にも歌われた。「信仰の自由」が憲法で認められた日である。ゆえにあえて、この歌が選ばれたのだろう。りんの背後に並んだ女子神学校の生徒たちは歌いながら泣き、しゃくり上げた。

その後、大主教はセルギイ主教を病院に呼んだのだという。

「わたし、あと三週間ほどしか生きられんだろう。だども、まだやらねばならんこと、たくさんあります。明日、駿河台に帰ります」

退院はまだ無理だと皆で説得し、すると今度はパウェル中井木菟麿《なかいつくまろ》を呼び寄せ、翻訳していた『五旬経《ごじゅんけい》』の校正にいそしんだようだ。

念願の退院が二月五日と決まると、教会では電気工事が行なわれた。大主教は伝道館一階にある自身の居室には電気を引いておらず、今も洋燈を使っていたのだ。電灯と電鈴が取り付けられた。付き添いの看護婦も決まった。

五日の午後、大主教を乗せた馬車が到着した。聖堂の前で司祭や伝教者、教師らが並んで出迎える。りんも最後列で、固唾《かたず》を呑んで馬車から降りる姿を見守った。

大主教は何人かに躰を支えられながらも、一同の前に立った。

「あなた方の愛、見ます。ありがとう」

感極まったかのように、大きな声だった。

二月十六日の午後七時過ぎ、りんはまだ工房にいた。二日前から、大主教の容態の悪化を聞いている。

気配がして顔を上げると、鐘が鳴り始めた。

一つ、二つ、三つ、五つ、七つ。

扉の外に出た。十二の打鐘《だしよう》は、主教職にある者の永眠を知らせるものだ。二月の寒空に響いては消えてゆく。外に出て、土の上に跪《ひざまず》いた。

とうとう逝《い》ってしまわれた。

十字を切って手を組み合わせ、瞑目《めいもく》する。

「山下先生」と呼ばれて、見れば教役者の一人だ。

「信徒らで聖柩《せいきゆう》をお作り申します。ご一緒にお願いできませんか」

頰を手の甲で拭い、「承知しました」と立ち上がった。息を吸って吐き、背筋を立てた。

聖堂に入ると、すでに教役者や信徒が集まっていた。男ばかりで、重ねた板と道具箱をとり囲むように立っている。

「柩《ひつぎ》の長さは七尺五寸、幅は二尺七寸。形は細長い舟形が正式です。皆さん、よろしいかな」

白髪の老爺が低い声で皆を見回した。この顔は知っている。熱心な信者で、深川の材木商の隠居だ。何日か前に教会から依頼があり、檜《ひのき》の良材を板に挽《ひ》いて店から運ばせてきたという。

「舟形ってぇと、あれかい、笹形に近いのかい」

中年の男が誰にともなく訊いた。りんは進み出て、「どなたか、紙と鉛筆をお持ちですか」

と見回した。「ここに」と若者が懐からさし出した。それを借りて形を描いてみせる。「そういえば、葬儀で見たことがあるなあ」と言う者もあれば、「初めてだ」と首を捻る者もある。信徒といえども柩は日本式の棺桶であることも多い。その方が手配がつきやすいからだ。

「不等辺の六角形で、上方の角は四ヵ所、下方で二ヵ所。この形に意味があるのです。神の国へと旅をする人を乗せる舟です」

説明すると、「なるほど」と口々に得心した。

「申し遅れました。聖像画師のイリナ山下にございます」

「存じ上げておりますよ」

「先生、よろしくお願い申します。聖柩を手前らで作るのは初めてなものでね」と、老爺が返した。

わたしも初めてだと言いさして、皆の気をなごませるためにわざと言ったらしいことに気がついた。紙をもう一度広げ、長さと幅の寸法を書き込む。

「傾斜はこのくらいの角度が美しいでしょう。これを図面として、必要な部材の寸法を割り出してください」

「算術は大工に任せなせえ」と、さっきの中年の男が紙を受け取る。皆は黙々と板を切り、釘を打ち、徐々に形を成してゆく。その間に、りんは柩の内外に張る布の裁断にかかった。純白の繻子《しゅす》と金糸の紐が用意されているが、こちらは予備を見込んでいないそうだ。断ち損ないをすれば大変なことになる。柩は朝までに用意して、大主教を安置してさしあげねばならない。部材の各寸法を頭に叩き込み、息を整えてから鋏《はさみ》を入れた。裁断を終えると工房へ走った。

いつもは夜闇に沈んでいるはずの伝道館は、一階も二階も煌々《こうこう》と灯りがともっている。葬儀の準備で、皆も徹夜になるのだろう。大主教の葬儀となれば、決めねばならぬことが山とあるはずだ。

糊《のり》の壺と刷毛《はけ》を何本かひっ摑《つか》んで、聖堂にとって返した。堂々たる素木《しらき》の柩が完成していた。檜の香りも芳しい内側にりんはまず糊を引き、純白の繻子を貼ってゆく。丁寧に、一寸の皺《しわ》もできぬよう掌で撫でさする。皆が息を詰めて手許を見守っているのがわかる。金糸の紐で縁を飾り終えた時、朝鳥の声が聞こえた。

二月二十二日、葬儀が執り行なわれた。

朝五時から大聖堂内の側堂で聖体礼儀が行なわれ、十一時に鐘楼《しょうろう》の鐘が鳴った。すでに駿河台の周辺は人々が溢れ、その中から馬車が次々と現れる。各国の大使や政府、軍の高官たちだ。祈禱はセルギイ主教を司禱者《しとうしゃ》として、朝鮮の掌院《アルヒマンドル》パウェル師、長司祭ブルガコフ師、そして三十二名の日本人司祭と五名の輔祭《ほさい》が加わった。祈禱は日本語で、ただし正教で用いるスラブ語でも連禱と呪文が唱えられた。

祈禱が始まって三十分ほど経った頃だろうか、「御賜《おんし》」と大書された花輪を捧持して堂内に入ってきた紳士がいる。御賜ということは、天皇からの花輪だ。思わず息を詰め、礼をなした。びっしりと隙間なく立ち並んだ会葬者も居ずまいを改め、堂内が静まり返った。そっと顔を上げると、セルギイ主教が恭《うやうや》しく花輪を頂戴し、柩に供えている。

祈禱が再開された。案内されて、順に柩へと向かう。鐘は鳴り続けている。りんも長い一列の一人となって、少しずつ近づいてゆく。いざ柩の前に立てば、またこみ上げた。聖油で拭き浄《きよ》められた大主教は厳かな祭冠祭服を纏《まと》い、顔は太気《たいき》と呼ばれる純白の布で覆われている。

大主教様、舟の心地はいかがですか。

訊ねてみても、己の瞼《まぶた》が熱くなるばかりだ。かつて威風堂々と祈禱を行ない、信徒らに親しく語り、時に憤慨したり笑ったりした人はもう動かない。作法に従い、十字を切ってお別れの礼を行なった。

いったん鐘が止み、再び打ち出されたのを合図に聖柩が捧持されて外に出た。聖堂の周りを巡り、馬車に載せられる。外は風が吹き荒れて、掲げられた聖旗が音を立てて激しく揺れる。聖職者たちの衣も袖が膨らんで流れるほどだ。

騎馬巡査の先導で、葬列は谷中《やなか》墓地へと向かった。詠隊が聖歌を歌いながら進む。大主教は聖歌を聴くのが愉しみで、退院後、安静を考慮して別の場所で練習していたのを淋《さび》しがった。結局は元の場所に戻り、大主教は目を細めて聴き入っていたらしい。

会葬者は三千余名に及び、長い葬列となった。沿道にも人々が溢れ、聖橋《ひじりばし》から湯島聖堂の前を行くと、東京じゅうの人々が見送っているかのような群衆だ。その中に、柩に向かって深々と辞儀をしている一群があった。りんの周囲を歩いている女教師らが囁いた。

「お茶の水の高等女学校の生徒さんたちですわ」

万世橋《まんせいばし》通りに出て上野広小路《ひろこうじ》を通り、谷中への道中でまた最敬礼をしている。今度は男子学生たちのようだ。本郷の京華《けいか》中学校の生徒らしかった。りんは辞儀を返した。また胸が一杯になって目尻から溢れる。流れるままに一歩、また一歩と進む。かつての、まだ若かった頃の姿が甦った。

ふだんは質素な黒、夏は黄色の僧服で通していた。小さな机の前に大きな躰を窮屈そうに収め、一語一語を大切に日本語に翻訳し、紅茶を飲む時間も木々の間を散歩するにも時を決めてある。そして大きな躰を折るようにして、信徒の額に顔を近づける。

大変だったべなあ。

訥々《とつとつ》とした一言のねぎらいが総身に沁みわたる。我々も復活できると、信じられる。

ロシヤから訪れた青い瞳の青年は、生き生きと日本を歩いたのだ。栗色の髪を風に靡《なび》かせて。時に怒り、時に絶望し、けれど己の宝は決してうち捨てなかった。

宣教師、持っている宝、他を憐れむ心だけなのす。

歩きながら、その言葉を胸に抱きしめた。日本人の古き佳《よ》き魂を愛し、その信仰心を信じてやまなかった人を、日本人は永遠に記憶するだろう。

遠い空で、まだ鐘が鳴り響いている。

三

ニコライ大主教が永眠した明治四十五年、七月の暑い盛りに天皇が崩御した。

大主教は享年七十七、天皇は六十一である。旧幕時代と地続きであった明治もついに終焉《しゅうえん》したのだと、厳粛な思いにとらわれた。二度と帰ることのかなわぬ地への、望郷の念に似ている。

日本中が大帝を喪《うしな》った悲嘆に暮れる秋、東京復活大聖堂には六十枚以上の聖像画が掲げられた。

大聖堂の正面の聖障《イコノスタス》は創建時から充実していたものの、他の聖像画といえば明治三十五年と三十七年にりんが描いたものが四枚、四隅に掲げられているのみであった。それを見たロシヤの信徒が「いかにも寂しい」と心を痛め、数千円を献金してくれたそうだ。それを基に本国に聖像画が注文され、六十枚余が日本に到着した秋は改元されて大正元年になっていた。

至聖所上部や天井の下部など、六十ヵ所もの凹所に壁画式の大聖像画が嵌入《かんにゅう》された。圧巻であるのは至聖所の真向かいの天井の壁で、最も大きな『機密の晩餐』が張られた。そして天蓋《てんがい》の下、四方の壁の凹所だ。東方に『復活』、南方に『昇天』、西方に『公審判譬喩《ひゆ》』、そして北方には『聖神降臨』が嵌入された。いずれも四方十数尺の大聖像画だ。大聖堂の天井に、まさに神の国が象《かたど》られた。

聖堂に入った者は高く天井を仰ぎ、堂内の荘厳《そうごん》に声もなく立ちすくむ。諸聖人の聖像を拝する信徒はいよいよ深く頭を垂れ、敬虔な、かつ満ち足りた面持ちで祈りを捧げる。

この光景を大主教がご覧になればいかほどお歓びになったであろうと皆が声を湿らせるけれども、今、まさに彼《か》の天上におられるのだと、りんは思う。嘆くまい。

聖像画師としては、範《はん》とすべき画の増えたことも有難い。ロシヤの画師たちの仕事が、りんには「師」となる。こうして本国の聖像画をつぶさに目にし、さらに調べ、あるいはニコライ大主教の言葉を思い返すうち朧《おぼろ》げながらようやくわかったこともある。

あのギリシャ画のことだ。

フェオファニヤ姉とアポローニヤ副院長は、なぜあれほどギリシャ画を強《し》いたのか。

ピョートル大帝があの町、ペテルブルクを築いて遷都したのは一七一二年だったという。二百年ほど昔だ。りんは今もあの帝都の美しさを忘れていない。今はペトログラートと改称されたらしいが、森と河、そして宮城《きゅうじょう》や館は金色と薄紅色と水色で光り輝いていた。

だが当時のロマノフ王朝はスウェーデン王国やポーランド王国に圧迫された、東欧羅巴の弱小国に過ぎなかったらしい。大帝は夢を見た。強大な欧羅巴諸国を見習い、ロシヤの西欧化を図らん、と。正教会の制度においても宗務院《シノド》を創設し、西欧化が進められた。ゆえに聖像画も昔ながらのギリシャ画が排除され、ルネサンスの写実的で生き生きとした西欧宗教画を基にした描き方が主流となったのだ。ロシヤの人々もあの伊太利画に憧れ、親しんだ。だが、「西欧化された聖像画は世俗的芸術ではないか」という懐疑が知識層の間で広がり、伝統的なギリシャ画の復興が図られるようになる。

ちょうど明治の日本でも同じようなことが起きた。お雇い外国人に盛んに洋画を学び、しかし反動のように日本美術の再評価が行なわれ、今度は洋画が排斥された。どこの国でも他文化の移入と受容には、よく似た沸騰と冷却が起きるらしい。

今思えば、りんはまさに、そのギリシャ画の復興が図られた時代に留学したのである。そんな事情は知る由もなかった。まして聖像画師になるために海を渡ったのではなく、西欧美術を学びたかったのだから。

もしかしたら、姉らは世俗化された聖像画からわたしを守ろうとした。

あなたは日本人で最初の聖像画師になるのだから、まだまっさらなのだから、まずは本物を学ばねばなりません。このギリシャ画こそが正教の源流です。

けれど修道院に入った当初、りんはロシヤ語をほとんど解せなかったのだ。

そう、わたしは何もわからなかった。聖像画が聖俗の間で揺れ、揉まれ続けたことすら知らなかった。

りんは目をしばたたいた。筆を擱《お》き、指で瞼をこする。この頃、目が霞《かす》んで仕方がない。手許もやけに薄暗く感じ、電灯の故障をしじゅう疑っている。

今は函館ハリストス正教会のため、『十二大祭図《じゅうにたいさいず》』を描いている。函館は日本の正教会の始まりの地だ。万延元年にロシヤ領事館と共に聖堂が建立され、文久元年にまだ青年であったニコライ神父が領事館付き司祭として来日、日本正教会が創立された。だが函館ハリストス正教会の聖堂は明治四十年の函館大火で焼失してしまい、来年、大正五年を目指して再建が進められている。

十二大祭は復活大祭《パスハ》に次ぐ十二の大きな祝祭で、主《おも》にハリストス、生神女マリヤの生涯の重要な出来事を起源とする。『十二大祭図』はこれらの出来事を描いたもので、十二枚が一組だ。それぞれの祝祭の日に対応する画を聖堂の中央に移動させるため小型で、壁面に固定されるものではない。祭日には壁から下ろされて経台《アナロイ》の上にのせられ、信者たちの接吻を受ける。

十二の図柄はロシヤ公使館の附属礼拝堂で模写させてもらったものがあり、すでに他の教会のために何度も描いてきている。自分なりに技法を究《きわ》め、溶き油を多く用いて薄塗りを幾度も重ね、筆捌《ふでさば》きの跡をとどめない、なめらかな仕上げを心がけてきた。混色を抑え、衣の青や紅の透明な美しさを引き出す。色の数も多用せず、物の輪郭を明瞭に描写してきた。

だが今は、筆がもたつく。目が霞むために薄塗りを重ねることができない。全体も把握しづらい。これじゃあ駄目だと、いったん手に取りかけた筆をまた擱《お》いた。

一束に髪を引き締めた頭に手をやり、ぶるると唇を震わせた。

何十年も描いてこの体《てい》たらく。己に呆《あき》れる。日のあるうちに買いに行くとするかと立ち上がり、机の端に置いた徳利《とっくり》の縄紐を指に引っかけた。

パーちゃんことパウェル牧島省三は昨年、ロシヤ本国の宗務院より聖像画師《イコノピーセッ》の称号を受けた。実によくできた作を本国に送り、正式に認められたのである。二十三歳にしての快挙だ。りんが祝うと顔を赫《あか》くしたものの、嬉しさを師と分かち合うつもりはないようだった。そして神学校修了後、長野の教会に教役者として赴任してしまった。手紙は一度きたきりだ。りんの指導に不納得のままであることは察しがついているが、仕方のないことだ。去る者は追わない。

女子神学校の女教師らの面々も入れ替わりがあり、この工房を訪れる者は刺繡の教師であるマリヤ伊東祐子《いとうゆうこ》くらいだ。大正になってから聖堂裏の工房があまりに傷んで雨漏りするようになったので、教会が建て替えてくれた。簡素だが二階建てで四間あり、一階が工房と厨《くりや》、二階は寝間にしている。朝から暮れるまで描いて描いて、疲れれば窓外の月光を浴びながら猪口《ちょこ》を傾ける。

ある時、東京に用があったのか、峯次郎《みねじろう》の息子の妻女、良《よし》が幼い男の子を抱いて訪ねてきたことがある。工房は画架と机に囲まれて椅子が足りないので二階に上げたが、寝間にも石版画《せきばんが》や書籍、画材を積んであり物置のごとくだ。足の踏み場もないので寝台の上に坐らせたが、良は目を丸くしていた。男の子は秀夫《ひでお》といい、幼い頃の峯次郎に生写《しょううつし》に思えた。「おいで」と手を出すと素直に抱っこされた。子供の躰はあたたかい。

外へ出ると、神学校の女生徒がりんの姿を見るなり後じさりをして、慌てて辞儀をする。りんはじろりと横目で一瞥し、徳利をぶらぶら提げながら裏門に向かう。この頃は自炊しているので女子神学校の敷地に赴くのは湯殿を使う時くらい、しかしそれにしてもだ。どうしてわたしと会うなり、驚いた兎のような顔をするのか。

フン、お前さん方みたいな不味《まず》そうなのを取って喰ったりしやしないよ。

坂道を下ってしばらくてくてくと小川町まで歩き、馬車に轢《ひ》かれぬように左右を見て、しゃっと通りを斜めに渡る。店の前には大八車が横付けで、大きな薦樽《こもだる》がでんと飾ってある。暖簾《のれん》をかき分けて中に入れば、また暗くて仕方がない。

「鬱陶《うっとう》しいねえ。電灯をもっと灯したらどうなの」

手代に文句を言うと、「店ン中は暗かありませんけどねえ。うちの若旦那は盆暗《ぼんくら》だけど」と笑った。

「若旦那、あんたの後ろにいなさるけど」

へっと首をすくめて背後をふり返り、「なあんだ」とりんを睨んだ。

「やですよ、おからかいになっちゃ」

りんはとり合わず、黙って徳利を突き出す。

「今日も三合でおよろしいんですか。そのくらいなら瓶詰も出てますがね。簡便だっつって、巷《ちまた》で人気ですよ」

「瓶詰は瓶臭い」

「はいはい」と手代は奥の樽の前に動いて、きゅっと栓を捻《ひね》る。

「一樽買ってくださるならお届けに上がりますがねえ」

この手代はりんの素性を怪しんでいる節がある。この婆さん、しじゅう酒を買いにくるが何者なんだろう、一家の主婦にはとても見えねえしと、内心で首を傾げているのが露わだ。「届ける」なんぞと言うのも、好奇心に駆られてのことに違いない。

払いを済ませ、また通りを渡って道を引き返す。

隠れ酒をしているつもりはないが、さすがに樽酒を届けさせるのはまずい。女生徒たちの教育上、よろしくないと叱られるのは目に見えている。もっとも、正教の聖体礼儀と酒は深い縁がある。麵麭《パン》はイイスス・ハリストスの聖体であり、葡萄酒は聖血だ。信徒はこの神の恵みを分かち合って味わう。その伝で言えば、米の酒は日本の八百万《やおよろず》の神々の恵みではないか。正月、ロシヤの日本公使館でよばれた日本酒の旨かったことといったら。酒はやはり米に限ると思ったものだった。

帰り道に少し逸《そ》れて卵と梨を購った。麵麭と紅茶はまだ残っているので、これでしばらくは安心だと、晩夏の夕焼け道を歩く。齢《よわい》六十前であるので、以前ほど溜食《ためじき》をしなくても腹が保《も》つようになっている。

それに、後先を考えずに金子を費消できる身分でもない。兄の生前は月々、幾ばくかの援助があったが、他家から入った養子が跡を継いだ山下家にそういつまでも頼るわけにはいかない。肖像画の仕事や信徒から頼まれて描く小さな聖像画の謝礼はほまち、すなわち臨時収入のへそくりにしていたが、今はこれを遣ってしまわずに送金している。弟の峯次郎が勤めている銀行で預金してもらっているのだ。

いずれ絵筆で役に立てぬ日がくる。

この頃は時々、そのことを考える。昔は女教師の最期は輪番で看取《みと》ったものだけれど、今の時代、病を得れば病院にかかった方がよいのかもしれない。それもあって預金を始めたのだが、わずかずつでもそれなりに貯まるので驚く。いつだったか、教師の中に結婚を望む二人がいて、けれど資金がまったくないと躊躇《ちゅうちょ》しているので「なら、わたしが出そうか」と申し出たことがある。結局は他で段取りをつけたようだが、金子は蠟燭《ろうそく》の芯のようなものだ。芯がなければ灯《ひ》もともせまい。

工房に戻り、机の上に徳利と買物を置いた。そうだ、呑む前に風呂だと二階に手拭いと着替えを取りに上がった。市中を歩くと土埃《つちぼこり》で顔もざらざらになる。

湯殿に下りれば、脱衣場はもう女生徒たちで一杯だ。

「山下先生、こんばんは」

上級生らしい背格好の何人かが頭を下げたので、「はい、こんばんは」と挨拶を返してやる。着物を脱いで戸を引き、洗い場へと足を踏み入れる。また、「こんばんは」と声が響く。今度は黙って会釈《えしやく》を返し、桶で掛け湯をして「冷えものでござい、ごめんなさいよ」と江戸弁で断りを入れて、大きな長方形の湯船に身を沈めた。湯屋での常套句《じょうとうく》を知らないのか、洗い場でくすくすと忍び笑いが聞こえる。

「ぬるいねえ。もっと薪《まき》をくべておくれな」

窓の硝子戸を叩いて、風呂番の爺さんに頼んだ。長年のつき合いであるので声の主がわかっている。がんがらと焚き始めた。まもなく「熱い」と一人上がり二人上がり、洗い場の生徒は足を入れただけで慌てて引っ込める。その様子を、りんは笑った。

「お前さん方は田舎者だから熱い熱いと言うのだよ。江戸前の風呂はこのくらい熱いと、昔から決まってる」

肌が切れそうなほど熱い湯でないと入った気がしないのだ。ようやく湯から上がって洗い場に坐り、石鹼《せっけん》を手に持つと、「お背中、お流しします」と十二、三の女の子が二人、背後から声をかけてきた。胸の膨らみもほとんどなく、桜色の肌は湯を弾かんばかりだ。こなたの肌はといえば元々色白ではないにしろ、長年使い込んで腕も脚も薄黒い。肥ってはいないのに腹はたるみ、腕は背中に届きにくくなっている。

「じゃ、頼みましょうか」

石鹼と手拭いを渡せば、珍獣でも触るように二人ははしゃぎ、りんの背中を洗い始めた。


数日後の朝、明るいうちに描いたものを検分《けんぶん》した。

この時間帯だと、まだ眼が利く。あんのじょうと言うべきか、方々に筆の跡が残り、図によっては筆触《ひっしょく》の荒さが目立つ。落胆している暇はない。描き直そうと、鉛筆の下絵からやり直した。描きながら色のことを考えた。薄く塗り重ねる技法はもう無理かもしれない。自身ではできているつもりでも、仕上がりがそうなっていない可能性の方が高い。政子に見てもらおうか。彼女ならはっきりと告げてくれるだろう。

筆が重いわね。細部にも気が届いていない。

いや、政子はそれ以上のことを見抜いてしまう。

あなた、眼を悪くしているんじゃなくって？

そしてどう抗おうと病院に連れていかれる。それは想像するだに恐ろしい。深刻な病だと告げられたら、どうすればいいのだ。

もし、もう描けないと宣告されたら。

それだけは御免だと、拳を握りしめた。幼い頃から、絵筆以外、この手に持ちたいものなんぞなかった。

工房を出て、前のめりに聖堂に向かった。敷地内を足早に横切ると司祭の誰かが声をかけてくれたが黙って辞儀だけを返し、またずんずんと歩く。聖堂の扉は開け放たれている。足を踏み入れる前に胸に手をあてて息を整え、一礼をしてから中に入った。乳香《にゅうこう》と蜜蠟《みつろう》の匂いに心が静まってゆく。りんも蠟燭に灯をともして供える。壁に懸架された聖像画に十字を切って祈りを捧げ、そして聖障の前に進んで膝を畳んだ。また十字を切る。額《ぬか》ずいた。

描く力をお与えください。他に何も望みはしないのです。どうか、描かせてください。聖像画師としての己を全うさせてください。

主、憐れめよ。アミン。

躰を起こして天井を仰げど、『機密の晩餐』も東西南北の画も薄暗く、ぼんやりと遠い。

工房で試行錯誤し、聖堂で祈り、また工房で絵筆を執《と》る。何日もそれを繰り返している。こんな眼であっても、どうかして『十二大祭図』の出来を高めたい。函館の信徒らがこの聖像画の前に佇み、祈るのだから。今のわたしのように、苦しさに身悶《みもだ》えしている信徒もいるのだから。

油絵具のパレットに目を凝らすうち、白だけがはっきりと感じ取れる。油で溶き、天使の翼を描いてみた。今、取り組んでいるのは十二枚のうちの『至聖生神女之福音《しせいしょうしんじょのふくいん》』で、生神女マリヤが天使から「あなたは神の子を宿すであろう」との福音をもたらされる瞬間の図だ。

そうか、白だと、身揺るぎした。白によって明暗の強弱を高めれば、薄塗りの重ねとは異なる光を表せるかもしれない。突き動かされるようにして、手を動かした。白を用い、その上に緑や褐色を薄くかけてゆく。自ずと絵具が盛り上がってしまう。この方法でうまくゆくのか、見当がつかぬまま筆を運び続ける。この眼には「良し」であっても常人の眼にどう映るのか、想像の及ばぬことがもどかしい。霞む一方のこの眼が口惜しい。

己の描く画が、己には朧にしか見えないとは。この世の色と形が、こうも曖昧《あいまい》になってしまうとは。

画の上におおいかぶさるように背を丸めて顔を近づけ、筆先を動かす。

画面の右上に、一輪の花を手にした天使が訪れている。上方から差す光の中で天使は浮き立ち、背の羽を大きく広げている。りんはこの天使を白一色で描いた。模写してきた多くの聖像画の天使は人間と同じ肌を持ち、衣は朱、翼は濃色で描かれるのが尋常だが、もはや己の創意を抑えることもしない。清く澄明《ちょうめい》な福音、ただそのことを迷いなく描く。相対する生神女マリヤは胸の前で手を交差させ、天使を見上げている。これからの苦難をすべて悟ってしまったような、けれど凛と覚悟を決めたようなまなざしで。

いつしか一心に祈りながら描いていた。この画を通して悪や迷いを払い、心が神に向かうように。そして神の御照《おんて》らしが人々に与えられるように。人々がほんの一匙《ひとさじ》でも幸福を分かち合い、悲しみや苦しみが癒《い》えるように。

ああ、と胸が轟《とどろ》いた。

聖像画を描くことそのものが、祈りだ。


『十二大祭図』を完成させてのち、一人で病院に足を運んだ。

「白内障《そこひ》だね。あなたの年齢だと珍しくない病だ。どうするね。手術もできるが、術後は眼鏡になるよ。ご家族とよく相談してみたまえ」

医者はそこまでを言い、問診書を持ち上げて「独《ひと》り身か」と呟いた。職業については看護婦に何も訊かれなかったので、空欄のままだ。

「今のままでも、日常の暮らしにはさほど苦労はないだろうがね」

そう、さほど苦労はないだろう。わたしが画師でなければ。

四

大正六年三月の半ば過ぎ、伝道館の二階に教役者と教師が集められた。教師のマリヤ伊東祐子が呼びにきたので、りんも同道した。

「神学校の教師らがただならぬ面持ちでしたわ。何事が出来《しゅったい》したのでしょう」

黙って受け流し、階段を上る。夕暮れであるがまだ電灯はついておらず、そっと手摺《てすり》をまさぐって足を運んだ。皆が揃ったところで、セルギイ主教が現れた。

「今日は重大なことをご報告せねばなりません。本国の暦で三月二日、日本の三月十五日、皇帝《ツァーリ》が退位されました」

すでに流暢《りゅうちょう》な日本語を話す主教だが言葉が途切れがちで、重苦しい。

「では、ニコライ二世の跡を皇太子がお継ぎになったのですね」

教役者の誰かが訊ねた。主教は静かに頭を振る。

「皇太子はまだ幼くていらっしゃる。皇位は弟御《おとうとご》のミハイル公に譲られたが、公はこれを拒否された。三百年続いたロマノフ王朝は滅亡しました」

「滅亡?」

騒然となった。「やはり政変ですか」と、前の教役者が隣の者と話している。

りんがこれまで聞きかじってきたことと総じて解するに、ロシヤでは長らく政情不安が続き、農村は疲弊、労働者も飢えてストライキが頻発していたようだ。そのうえ、三年前の大正三年から、欧羅巴における大戦に参戦している。独逸《ドイツ》がロシヤに宣戦布告したらしい。そしてなぜか日本までが参戦した。同盟国である英吉利からの要請で独逸に宣戦布告、新聞は「日独戦争」と呼んでいる。日露戦争時とは異なって、此度はロシヤが戦の相手ではないのが有難い。だがロシヤは大戦での負けが続いている。もはや皇帝に国の舵取りを任せておけぬと、新しい国のありようを叫ぶ主義者らが跋扈《ばっこ》しているらしい。

日露戦争が終結した年だったか、ペテルブルクの工場労働者も皇帝への請願運動を起こしたことがある。日曜日、市民は皇帝一家が暮らす冬宮《とうきゅう》へと雪崩《なだれ》を打って押し寄せ、慈悲を請うたのだ。そう、あのエルミタージョのあった美しい宮城《きゅうじょう》だ。その時点で、国父たる皇帝を人々はまだ信じていた。しかし皇帝は暴動と見做《みな》し、軍隊を出動させた。兵らは丸腰の市民十四万に向け、一斉に砲弾を浴びせたという。死者は二千人とも三千人とも言われ、女も子供も容赦なく殺された。

りんは新聞でその記事を読んだのだが、信じられなかった。正教はロシヤの国教だ。その頂《いただき》にいるのが皇帝である。にもかかわらず、民衆になにゆえ銃口を向けたのか。しかも暴動平定に名を借りた殺戮《さつりく》の最中も、政府の外交官や貴族らは観劇や夜会にうち興じていたという。その日はのちに、「血の日曜日」と呼ばれるようになった。

「皆さん、落ち着いてください。正教会は滅びません。本国でもこれを機に、教会の制度改革を進めようという気運が高まっています。信徒や学生たちにも安んじて信仰を保つようにと、指導してください」

波音を聞きながら、砂浜を四人でそぞろ歩く。

りんはマリヤ伊東祐子に誘われ、横浜から船に乗って敦賀を訪れた。避暑には早い六月の下旬だが、何年かぶりの旅だ。京都の正教女学校で校長を務めるナデジダ高橋五子に手紙を出し、そして神中糸子も神戸から会いに来てくれた。糸子は美術教師を勤めながら作品を発表し続けていたが、学校から退いたのを機に神戸に移ったのだ。兄だか弟だかが病院を開いており、そこに身を寄せて画業に専念しているらしい。パウェル牧島省三が卒業した大正三年と同じ年だったから、三年前になる。

昨夜は宿で夜遅くまで話をし、床《とこ》に入っても女学生のように話が尽きなかった。翌日は寝坊してしまい、朝膳を運んできた女中は遠慮のない口をきいた。

「年配のお客さんは朝風呂の後に松原の散歩もしはって、朝ごはんはまだかと急《せ》かされるもんやけどねえ」

梅雨の明けた敦賀湾は晴れ渡り、どこまでも続く白砂が清々《すがすが》しい。広重も描いた気比《けひ》の松原は明治以降に一部が町になって広さが削られたようだが、それでも海に沿って深い緑が広がっている。なにもかもが薄暗く見えるこの眼でも、こうして明るい空の下を歩く分には不自由を感じなくなっている。たぶん慣れたのだ。

「この辺りにします」

糸子は写生場所を見つけたようで、折り畳み式の小さな床几《しょうぎ》を開いて砂地に据えた。松原の向こうに海が広がり、漁師の舟や荷舟が盛んに行き交っている。沖には軍艦や商船らしき大きな船影だ。日露戦争に日本が勝利して後、ヴラヂヴォストークと敦賀の定期便が増えたと宿の女中が自慢していた。

松林の中にもロシヤの商人やその家族らしい姿が見え、町にはロシヤ語の看板を掲げた店もある。東京に限らずこの福井でも大戦の軍需景気に沸いているようだ。

「山下先生はどこでお描きになるのです」

五子が日傘をくるくると回す。

「わたしは、今日はよしておきますよ」「おや、お珍しい」と不審がるが、「なら、こちらで坐りませんか」と背丈のある松の根方《ねがた》に大きな風呂敷を広げた。糸子の邪魔にならぬように少し離れ、けれど写生する姿は眺められる位置だ。しかも海に腕を突き出すような力強い枝がある。

勧められるままに腰を下ろした。

潮の匂いを含んだ風が渡り、時々、海鳥が鳴く。雲が白く流れてゆく。描きたいなあと思うけれど、ここで筆を持てば素描《そびょう》の狂いを糸子はたちまち見て取ってしまうだろう。余計な心配をかけるだけだ。五子と祐子が籠から果物や洋菓子、徳利を出し並べた。

「おや、酒もある」

「これは紅茶ですよ。宿でお借りして、煮出した紅茶を入れてきたんです」

祐子は困った人だとばかりに口を尖らせ、「徳利の先生だなんて、生徒たちが陰で綽名《あだな》しているんですよ」と五子に注進する。五子は面白がっているような目をして、りんに「はい」と掌を差し出した。摘《つま》んで目を近づければ深紅の実だ。濃緑の細長い葉もついている。

「山桃の実。もうそんな季節なんだね」

口に入れれば、爽やかな甘さが広がる。

「ロシヤで山桃を見かけたことはないけれど、野山の実はよく摘《つ》んだものですよ。赤や青や緑、黒い実もそれは鮮やかで、大切にヴァリェーニエにして」

「ヴァリェーニエ。甘煮のことでしたね」と、五子は宿の屋号が入った茶碗で紅茶を飲む。

「そう。この山桃みたいに粒々の美しいのが木苺で、向こうではマリーナと呼ぶ。砂糖とクリイムをかけて食べるとそれは美味《おい》しくて。そういえばマリーナという名の女の人も多かったね」

「木苺ちゃんですか」と、二人はくすりと笑う。

「こっちじゃ、おきんちゃんくらいのもんだよ」

今度は噴き出している。しばらく五子が京都正教会や女学校の話を披露するうち、なんとはなしにエレナ瀬沼郁子の話になった。赤子を背負ったねんねこ姿でヴラヂヴォストーク行きの船に乗ったのは、この敦賀の港のはずだ。

「あの子が亡くなるなんて」

五子が呟き、祐子も目を伏せる。彼女は東京中野の自宅で七人目の子を出産し、産後の肥立ちが悪かったのか、その二週間後に亡くなった。一昨年の二月のことで、数え四十一歳だった。風に洗われてか、まだ若く美しかった頃の面影《おもかげ》が甦る。

「瀬沼さんもとうとう神学校から出ましたよ」と、祐子が五子に顔を向けた。

ニコライ大主教の永眠後、瀬沼恪三郎《かくさぶろう》は後継のセルギイ主教にうまく取り入ったが、去年、二十年間務めた神学校からついに退いた。

「よくぞあそこまで粘ったことです。あれほどまでに鉄面皮《てつめんぴ》を通されるといっそ感心します」

祐子は言うが、五子は「いいえ」ときっぱりと否定した。

「あの方は教育者に向いておられなかった。生徒に申し訳が立ちません」

今も一本気だ。

「むしろ語学力にあれほど秀でておられたのだからエレナにやらせないで、ご自身がお書きになればよろしかったものを」と、五子は口調をやわらげた。たしかにと、りんも肯《うなず》く。瀬沼は心の建てつけが常人とは異なって、妻の不貞騒ぎにも自らが加担しているような節があった。そして観客席から観察する。あれは教育者ではなく文学者だ。

「エレナは、瀬沼さんの作品だったのかもしれない」

「何のお話？」と、糸子がいつのまにかそばに立っていた。

「悪口ですよ」と言ってやると、糸子は本気にしていないのか、「お手柔らかに願います」と頬笑《ほほえ》みながら風呂敷の上に腰を下ろした。美術教師としては随分と厳しく、生徒に煙たがられているのだなどと話していたことがあったが、今も少女のような可憐さを残しているとりんは思う。

さし出された帳面を曖昧に拝見するうち、糸子が「りんさん」と顔を近づけてきた。ドキリとして膝が動いたが、「あなた、老眼？」と言う。

「そうだよ。老眼ですよ」

「偉そうにおっしゃること」

皆で笑った。

秋、モスコーで全ロシヤ地方公会が開かれることになった。セルギイ主教は日本正教会の代表として長司祭のシメオン三井《みい》道郎《みちろう》を派遣した。

ロシヤのキエフ神学大学に留学していた三井はかつて京都での布教に尽力し、京都帝国大学でロシヤ語を教え、明治の末年、駿河台の正教会に転任してきた。主教の側近として信頼を得、神学校の校長も務めている。安政五年生まれと聞いたので、りんより一歳若い。生家は南部藩の家中《かちゅう》であったらしい。

モスコーから三井がよこした電信や手紙によって教会は逐一、状況を把握した。日を経てからであるけれど、それをりんは祐子から聞く。

此度《こたび》の公会での眼目は、十八世紀の初頭から途絶えていた総主教制度の改革であるらしい。

総主教は正教会聖職者の最高位だが、ピョートル大帝の治世時に廃止された。信仰をも支配下に置こうと考えたロマノフ王朝に教会は屈服させられたのだ。そして教会の意思決定最高機関として宗務院《シノド》が開かれた。宗務院の存在はむろん知っていたが、いわば国家機関なのだという。

だが二月の政変で王朝は崩壊した。これを機に総主教制を復活させんという強い意志が、石枢の蓋を外したかのように噴き上がったのだ。今こそ、教会の自主独立を取り戻そう、と。しかし国家からの独立は、これまで国から受けていた財政上の恩恵を放棄するということだ。荘厳なる大聖堂、絢爛《けんらん》たる聖障、夥《おびただ》しい聖像画の数々、そして各地の教会や修道院、女子修道院、神学大学に神学校。それらは皇帝や貴族、富裕者の献金によって維持されてきた。国教であったからだ。向後は国からの財源に頼らぬと言える覚悟はあるのか。果たしてそれは可能なのか。しかも帝政に取って代わった臨時政府、この政府に参画する政党は複数あって混迷を極めているようだが、こと宗教については一致しているらしい。

すなわち彼らは国教からの解放、「信教の自由」を唱えている。知識層には無神論者も多いようで、その擡頭《たいとう》についてはセルギイ主教も口にしていた。ニコライ大主教の生前の懸念でもあったらしい。無神論者にとっては、ロマノフ王朝の否定は正教の否定、すなわち神の否定である。神なんぞ、どこにいる。

ロシヤはいったい、どうなってしまうのだろう。

暮れも近づいた日の夜、神学校の講堂に教師らが集まり、りんも呼ばれた。昔のように意見を求めてではなく、いちおう画師の婆さんも呼んでおこうかという態度であったけれども、ともかく刻限には赴いて末席に坐した。

一人の教師が前に出て、口許に拳をあてて咳払いをした。

「三井校長からの報告が主教様の命《めい》によってとりまとめられましたので、我々教師の間でも共有するべくご参集いただきました。お伝え申しますので、新聞報道には惑わされぬよう、十分な配慮をもって生徒への指導をお願いします」

教師は何枚かの紙を手にしており、顎を引いた。

「露暦の十月、日本の十一月に入ってまもなくのことでありますが、ロシヤは内戦状態に入りました。革命を成し遂げた各派が権力掌握のために乱立、各々の軍事部隊が動いて人民は敵と味方に分かれて相戦ったようです。市中は昼となく夜となく大砲の音が響き、豆を炒《い》るがごとき小銃の音がこれに和して天地も崩れるかと思われたと、校長は報告しておられます。市民は危険を恐れて外出をやめ、麺麭《パン》を得られずに飢えに苦しむ者も少なくないとのこと。しかし十月二十五日、ソヴェート政権の樹立が宣言されました」

周囲の何人かがウウンと唸《うな》り声を洩《も》らし、腕組みをする。

「ですが皆さん、朗報です。公会議で議論が交わされた結果、総主教制が復活いたしました。モスコーの府主教が総主教に選ばれ、即位されたとの由」

固唾《かたず》を呑んで張りつめていた講堂で歓声が上がった。その中で、女教師の一人がすっくと立ちあがった。りんは名前も知らない新任だ。

「その、新しい政権は、宗教に対していかなる考えを持っているのでしょうか」

「正教会にどうかかわるのか、今のところ不明です」と前に立つ教師は答え、「しかし」と継いだ。

「これまでの経緯からして、ソヴェート政権がまた新たな勢力によって倒される可能性は充分にあります。無神の徒はいわば、地底から湧いた悪魔です。過激な活動家や煽動家《せんどうか》は独逸と墺太利《オーストリー》の手先に過ぎず、ロシヤの政情を掻き回して領土を掠めとらんとする覇権主義に踊らされているだけだと聞き及びました。ロシヤ国民は信仰心の深い民です。国力は衰えたりといえども強大であります。悪魔どもはいずれ必ずや、駆逐されるでありましょう」

互いに握手し、拍手をする者もいる。

りんは席を立ち、講堂を出た。工房へ引き返す夜道、黒々とした木立の彼方で冬の月が冴えている。今頃、ロシヤの大地は雪におおわれている。どこの家でも修道院でも、魚や茸《きのこ》、キャベイジを干すか塩漬けにし、ベリイの甘煮や蜂蜜酒もたっぷりと作って冬に備える季節だ。なのに、市民は飢えているとは。

大正七年が明けてもロシヤの政情は定まらぬどころか、過激な派の勢力が増大する一方だという。そして、凶報が次々と届いた。聖地モスコーが過激派に占領された。キエフの大聖堂が砲弾で破壊された。各地の大修道院も所有の土地や建物を奪われ財宝を略奪され、火を放たれている。そして府主教をはじめ高位の聖職者たち、司祭や修道士たちが何百人となく惨殺された。

――宗教は「民衆の阿片《アヘン》」だ。王朝に丸抱えされてきた正教会は、民衆を搾取してきた金満家《ブルジョワ》の権化《ごんげ》だ。断固として殲滅《せんめつ》せねばならない！

ノヴォデーヴィチ女子修道院も閉鎖されるらしい。

修道女たちはどうなるのだろう。無事なのだろうか。

胸が錐《きり》で揉まれるようで、しかし手紙を出せども音信が途絶えたままだ。本国に問い合わせてもらうべく事務方にかけ合ったが、正教会は今や衰退を極めており、昨年来、送金も途絶しているようだ。

夏になったある日の午下《ひる》がり、ニコライ二世が虐殺されたと聞いた。妃《きさき》と幼い皇太子、皇女らも皆々、殺されたのだという。

茫然《ぼうぜん》とした。政治手腕にいかほどの落度があったかは知らぬが、りんにとっては皇太子時代、日本正教会が献呈したあの『ハリストス復活』を歓んでくれた貴人であった。大津で斬りつけられても悪感情を示さず寛恕《かんじょ》してくれた。なにゆえ、そこまで国民に憎悪されねばならなかったのだろう。いかほどの悪政であったのか。

知るすべもなく、工房の屋根から沁みるように降ってくる蟬《せみ》の声を聞いていた。

八月、日本政府はシベリヤへの出兵を宣言した。独逸を相手にしての戦であったはずが、いつのまにか英吉利や亜米利加と肩を並べて欧羅巴大戦に参加していた。参戦するからには、政府なりの大義があるのだろう。けれど何をどう弁じられても、よその喧嘩にしゃしゃり出た出兵に見える。海洋国家たる日本は、どうしても大陸に進出したいのだ。大地が欲しくてたまらない。日本人はいつから、ほどを忘れるようになったのか。

りんは毎日、姉らの写真を見ては祈り、祈りながら描き、また祈る。

描くのは生神女が多い。幼いハリストスを抱いた『至聖生神女』は微かに小首を傾げ、まっすぐこなたを見ている。顔立ちがだんだんフェオファニヤ姉に似てくる。『スモレンスクの聖母』はアポローニヤ副院長だ。

　わたしの光である姉たちよ。どうか無事で。

　夕方には工房を出て、聖堂に向かう。石の床に身を伏せて祈る。そんな日々をただただ続けている。靴の音がして、ふり向くと黒衣のセルギイ主教だ。今も豊かな髭をたくわえ、顎の下の髯も箒草《ほうきぐさ》と見紛うばかりだが頬は削《そ》げてしまった。目の下にも深い翳が淀んでいる。

　立ち上がって辞儀をすれば、こなたも足許がふらついた。わたしも老いた。

「マーチ・イリナ」

　主教は名を呼んだだけでためらうかのように目を逸らし、口を噤《つぐ》んでしまった。その様子で、察しをつけた。

　いよいよだ。

「すまないが、工房の半分を明け渡してもらえないか」

　想像と違う申し出だ。少し戸惑い、「半分ですか」と訊き返した。

「今、教会は貧窮しています」

　その率直さに、頭の下がる思いがした。老いた女画師に自ら告げずとも、他の誰かに言わせれば済むことであるのに。一歩近づき、「半分と言わず、すべてをお返し申します」と答えた。

「何を言う。上下階のいずれかを明け渡してくれれば、そこに教役者の一家を住まわせてやれる」

「違うのです。わたくしは白内障《そこひ》を病んでおります」

　打ち明けた声が堂内に響いた。

「聖像画師としてお仕えすることは難しゅうなっておる身なのです。もっと早く、わたくしから お暇を願い出るべきでした」

「そうか」と、主教は顔を少し傾けて「信仰を得て何年になる」と訊いた。

わたしの信仰は果たして、信仰と呼べるものであるのだろうか。もしそう呼べるのであれば、それはいつからだろう。

「ロシヤから帰国したのが明治十六年でしたから、三十五年ほどになりましょうか。ニコライ師と出会って聖名《せいな》イリナを授けていただいたのが明治十一年ですから、あの頃から指折り数えれば四十年お世話になりました」

ニコライ師を喪い、やっと聖像画師として生きている実感を持てるようになれば眼が駄目だ。なんと儚《はかな》い、頼りない我が身であることよ。

「本来であれば、生涯、教会にいていただかねばならないひとだ」

「いいえ、充分にございます」

互いに言葉少なに、決めるべきことを決めた。聖堂の中でのこの決断が間違っているはずはない。けれど工房に帰って窓辺に坐ると、背中から力が抜けて丸くなる。

去りがたいのに、わたしは去ろうとしている。

いったい、どこへ。

終章　復活祭

一

梅に桃、木蓮《もくれん》が春を告げ、土の匂いと花の香気が家の中にも漂ってくる。桜は見上げるほど大きいのが何本もあって、まもなく盛りだ。

小田《おだ》家の敷地は広く、庭の背後は鬱蒼《うっそう》とした竹藪だ。ゆえに雀《すずめ》が多い。竹藪との間には玉垣が巡らせてあり、もう少し季節が開けば玉垣沿いの山躑躅《やまつつじ》が咲き匂うだろう。りんの朧《おぼろ》な眼にも鮮やかな、燃えるような赤だ。池沿いには五葉の松、赤松は十本ほど、そして赤くなる楓《かえで》や黄色くなる楓、高野槙《こうやまき》に糸檜葉《いとひば》も植わっている。

大正七年、りんは六十二歳で生まれ故郷の笠間《かさま》に帰った。今は七十四であるので、郷里での暮らしも十数年になる。

しばらくは駅前の家で間借りをしたり、田町の長屋などに住んだ。やがて弟の峯次郎《みねじろう》が五騎町《ごきまち》の家の敷地内、南手に隠居家を建ててくれたので移り住んだ。五騎町は生まれ育った武家町で、今もその風情《ふぜい》がそこかしこに残る。

りんの隠居家は通りから入った枝道に丸木の門柱を立ててあり、その門を入っての平屋だ。

周囲には柿の木や八手《やつで》が植わり、小さな畑もある。季節ごとに耕しては蔬菜《そさい》や草花を作る日々だ。やがて家と花木と畑は一体となり、開けっ広げな草庵のごとくになってきた。

日々の暮らしは平穏で、戸を敲《たた》く来客も滅多とない。峯次郎の孫の秀夫《ひでお》がよく懐いてくれ、りんも「ひいちゃん」と呼んでいる。駿河台《するがだい》の工房にも母親に抱かれて何度か訪れたことがあったが、本人はまだ幼かったのでほとんど憶えていないらしい。帰郷した頃は小学生になっており、面長の白い顔が亡くなった母、多免《ため》を思い出させた。田町の長屋にもしばしば遊びにきたので小遣いを与えると、頰を赤らめて礼を言った。気立てのよい子だ。そう思うだけで満たされて、笑みを誘われた。だがあの子ももう二十歳、東京の親戚に下宿して國學院《こくがくいん》の高等師範部で学んでいる。休みに帰郷する際にしか会えないけれど退屈はしない。峯次郎は趣味人で、華道を嗜《たしな》んで池坊《いけのぼう》の看板を持ち、俳句もやる。弟が芸術の気配をまとっていることは、なんとはなしに慕わしいものだった。

「日本画に雲のたなびく形があってね。あれはお決まりの絵空事だと思っていたけれど、本当にあるんだね。笠間に帰ってみて、それがようくわかったよ」

ふとそんなことを口にすると黙って笑っている。庭に面した縁に年寄り同士、ちょこなんと並んで茶を啜《すす》るひとときも隣り合う腕はあたたかい。

生計は、長年、峯次郎が勤めていた銀行でお金を積んでくれていたのでその貯蓄と、今も正教会から幾ばくかの恩給が下されるので、それで立てている。

正教会を出た大正七年三月、ナデジダ高橋五子《たかはしいね》が十七年も心血を注いだ京都正教女学校が最後の卒業式を行なった。日本正教会は本国からの資金途絶によって窮し、莫大な借金を負うことになった。それで京都はやむなく廃校となったのだ。だが五子は挫けなかった。ロシヤ国営の義勇艦隊、敦賀《つるが》支店長フョードロフの寄付を仰ぎ、同年の秋、兵庫県武庫《むこ》郡に関西正教女学校を創立した。

大正十一年には、神中糸子《じんなかいとこ》が神戸神中病院で個展を開催した。だが思うところあってか、昭和元年に福岡に転居したとの葉書が届いた。画壇からは引退し、今は短歌を詠んで日を暮らしているようだ。

りんも教会を出てのちというもの、一度たりとも筆を手にしていない。白内障《そこひ》は笠間に帰ってから峯次郎に強く勧められ、東京の病院で手術を受けた。手術は成功し、りんは驚いた。世界はかほどに明るく鮮やかだったのか。

これまで見ていた世界は薄茶の硝子《ガラス》越しに見ていたようなものだったのだ。とくに色がいけない。茶色だと思っていた紙が紫だったりした。空恐ろしくなった。色の見えようが違うなど画師としては致命的だ。度の強い眼鏡を使えば新聞くらいは読めるが長時間はつらい。眼の中が重く、また霞《かす》んでくる。

ただ、使い古しの絵筆は数十も筆筒に入れ、文机の端に置いて立ててある。その他は古い洋鞄と行李《こうり》の中だ。エルミタージョで模写した『使徒ノ画』、帰国後に描いた『機密の晩餐』、そして明治三十四年に描いた『ウラディミルの生神女』の三枚は長押《なげし》の上に掛けている。これは自身のために描いた母子像だった。

アリルイヤ。

近所はりんが画師であったとは、まして正教の聖像画師だとはまったく知らぬようだ。それでいい。ロシヤといえば共産主義、「アカ」だと眉を顰《ひそ》められるご時世だ。こんな小さな町で、峯次郎はよくぞ姉を受け容れてくれたものだと思う。

七年前、大正十二年の九月一日、大地震によって駿河台《するがだい》の大聖堂は瓦礫《がれき》の山と化した。鐘楼《しようろう》が倒壊して天蓋《てんがい》も破壊されたという。ニコライ大主教が「二百年経っても堅牢なものを」と願って建てた大聖堂は、わずか三十二年で無に帰した。

火災によって聖堂内の聖障《イコノスタス》のみならず聖像画群もすべて焼けた。りんの描いた『至聖ナル昇天』と『光明ナル復活』は、聖障の左右両隣に懸架されていた。東京のロシヤ公使館の礼拝堂に掲げられていたものを数ヵ月かけて模写し、明治三十五年に掲げられたものだ。明治三十七年にはこの二点と相対する壁面に『至聖ナル降誕』と『顕栄《けんえい》』の二点が掲げられた。このうち『至聖ナル降誕』は、フェオファニヤ姉が描いたものの模写だ。明治四十年には、かつての東京十字架聖堂のために姉が描いた聖像画『ミハイル』と『ガウリイル』を模写した。皆々、焼失した。

東京の空に響いた鐘も落ちて割れたと聞いたが、今も所在がわからないらしい。残ったのは聖堂の土台と煉瓦《れんが》壁だけであった。

去年、昭和四年にはナデジダ高橋五子が心臓麻痺のため永眠した。数え六十三歳だ。梅花《ばいか》高等女学校の習字教師や寮監を経て、神戸の保育所の所長を務めていたようだ。女子教育において、女任侠《にんきよう》の一本気を貫いた人生であった。

去年は世界恐慌に端を発した大不況に見舞われたが、十二月、大聖堂がようやく復興され、成聖《せいせい》式が執《と》り行なわれた。

世は昭和十一年となり、りんは数え八十である。

歳と共にいっそう口数が減り、秀夫の母親、良《よし》などは手を焼いているようだ。

「おばあさま、お風呂をああも熱くなさっては家族の誰も入れません」

「なら、水で埋めるがよろしい」

たまに口を開けば切り口上になってしまうので、時々、袂《たもと》に顔を埋めて泣いていることがある。

頑固で不愛想で、風采《ふうさい》の上がらぬお婆さん。良さんがご苦労ですよ。

耳も遠くなってきたが、なぜか近所の立ち話は聞こえる。りんも内心では気の毒だと思っている。独身を通して家庭を持ったことのない義伯母《おば》など、手こずるに決まっている。だが、いつ天に召されてもいいと思っているのに死なないのだ。他人とはほとんど交わらず、相手にするのは畑の土ばかり、夕方になれば縁に坐って酒を呑む。これが実に旨い。

秀夫は今年、郷里に戻ってきて、茨城県立中学校の教諭職に就いた。受け持ちは古文と漢文、歴史も教えているようだ。

今日はまたよく晴れた秋だ。眼鏡をかけて縁に坐り、新聞を手にする。

「ごめんください」

男の声がする。空耳かと思ってうっちゃっておくと、また聞こえる。本物の声だと、りんは腰を上げた。門前に三十前後の二人が立っている。

「こちら、山下《やました》先生のお宅でしょうか」

二人の姿を見れば、四号のカンバスに絵具箱を提《さ》げているではないか。

「先生じゃありませんよ」

「油絵を描かれる先生ではありませんか」と訊くので、「今は描いておりません」とつい答えたのがしくじりだ。「ああ、やっぱり先生だ」と二人はうなずき合う。画学生にしては歳を喰っている。庭に面した縁にひとまず坐らせた。一人は徳蔵荘太郎と名乗り、旅館の子息であるらしい。もう一人は海老沢謙吉《えびさわけんきち》と名乗って辞儀をした。あいにく紅茶を切らしているので、少し黴臭《かびくさ》いが宇治を淹《い》れて出した。

二人は洋画家を志すも近辺には師がなく、どこで聞いたものやら女画家がここに隠棲《いんせい》していると知って捜し訪ねてきたという。

「先生、ご指導を願えませんか」

「今の絵はわからないよ」

にべもなく断った。二人は落胆も露わに肩を落とした。

だが海老沢という青年はよほど諦めがつかぬのか、それから一人でも顔を出す。門前払いもできなくなって相手にするともなく相手にしていると、手が尋常でないことに気がついた。眼鏡をかけて顔を近づければ、やはり右手の指一本と左手の指四本がない。

「子供の頃、花火で遊んでいて、それが爆発したのです」

「そう。それでも絵を？」

はいと、首肯《しゅこう》する。懐かしい気持ちがした。絵が好きで好きで、どうしようもなく好きな人間の匂いだ。

「先生、ご指導を願います」

「今の絵はもうわからないと言っただろう。目もいけない」と撥《は》ねつけながら、四方山《よもやま》話の合間にホンタネジー先生の教えをぽつぽつと語る。

「洋画の要法は一に臨画《りんが》を正しく。二に色のつり合い。三は描く時の思想、心がまえ」

青年はりんの言葉を刻み込むように、顎を前に突き出している。

「窓から、天然の佳趣を望むがごとく」

先生はかほどに大切なことを教えてくれていたのだと、りんは見えぬ秋風に目を澄ませた。

「あの頃、明治の初めは文人画の流れを多分に汲んでいたから、下手な学生でも観念的な描写、奔放な描写をやりたがったものでね。先生はこれを厳に戒《いまし》められましたよ。八十歳に至れば己に許してもよろしい、とね。わたくしは八十だから、やっとお許しが出たということです」

けれどもう描けない。

「あなたはいつから絵を」

訊ねれば、手が不自由な身ではあったが、救いは地元の印刷工場で奉公できたことだと言った。そこで版下作業を会得《えとく》したという。

「工場に出入りする絵描きさんに油絵同好会を紹介され、それで油彩画を手がけるようになりました」

「わたしも石版画《せきばんが》を学びましたよ。銅版画《どうばん》も。あなたは絵画に縁があったんだ」

「でも」と、青年は俯《うつむ》く。一念発起して上京し、太平洋美術学校に入学して学んだらしい。だが昼間は働かねばならぬので夜間部だ。遮二無二《しゃにむに》頑張って躰《からだ》を壊し、失意のうちに笠間へ帰ることになった。

「四年以上も病に臥《ふ》し、気がつけば三十を過ぎていました。今年こそは立ち上がらねばならないと思い、そしたら徳蔵君が笠間に女画家がおいでらしい、ひとつ指導を願いに行ってみようじゃないかと誘ってくれたのです」

「生計《たつき》は？」

「この数年は印刷工場の仕事を回してもらいながら、上棟式の鏑矢《かぶらや》を描いたり、神社の依頼で杓子の絵を描かせてもらって糊口《ここう》をしのいでおります」

「それじゃあ生活もやっとで、画材にかける費用がままならないだろう」

「貧乏には耐えられますが、パンガを描くのに追われて創作に打ち込めぬのが苦しいです」

「パンガ？」

「生活のための注文画です」

「ああ、麵麭《パン》を食べるための画ね。今はそう言うのか」

「絵描きの仲間が公募展に入選したなどと耳にすれば、羨《うらや》ましくて妬《ねた》ましくて焦ります。夜、眠れぬほどに」

指の数の足りぬ手を小刻みに動かして、正坐の膝を摑《つか》んだ。りんはその手を見つめながら、

「わたしも」と呟いた。

「初めは本意ではない画業でしたよ。それで随分と苦しんだ」

けれど今まで描いた聖像画は、おそらく三百点を超える。

思いついて腰を上げ、押入れの前にぺしゃりと坐った。中の行李を引っ張り出し、目当ての

木箱を手にしてまた縁に戻った。掌にずっしりと懐かしい重みだ。蓋に息をフッと吹きかけ、袂《たもと》で埃を払ってから青年の膝脇に置いた。

「お持ちなさい」

青年は「こんな高価な物を」とたじろぎ、膝で後退《あとじさ》る。

「古い物でご無礼だけど、油絵具は何十年経っても使えるから」

しばし迷うふうだったが、膝を揃え直して頭を下げた。りんはよく見えぬ眼で、青年の肩先を見つめる。

「麺麭画にも堂々と励めばいいんだよ。そうやって重き荷を背負うて、それでも歩きさえすれば道づれができ、いつか良き師にも出逢う」

ホンタネジー先生、中丸《なかまる》先生、フェオファニヤ姉、アポローニヤ副院長、ヨルダン先生、そしてニコライ師の面影が過《よぎ》る。わたしはなんと師に恵まれてきたことだろう。

過酷な道を自ら歩まんとする青年に、りんは微笑《ほほえ》みかけた。

芸術を極めたい、その欲求をも澄ましたのちに見える景色がある。けれどこの青年には、まだまだ先のこと。

「あなたの道を行きなさい」

ハリストス教の最も古い呼び名の一つは、ただ一言、「道」だ。

二

冬の夜、寝床で横になっていると音がする。

また割れたと思う。雪が降り積むと、裏の藪の竹が割れるのだ。この音は嫌いではない。ロシヤの冬の夜は氷の割れる音がよく聞こえたものだ。

目を閉じた。

昨昭和十一年、暮れの晦日《みそか》にワルワラ岡村政子《おかむらまさこ》が永眠した。享年七十九だ。年が明けてからこの地の管轄である小寺神父が訪ねてきて教えてくれた。人を見送るのはもう慣れている。ただ、昭和の初め頃にカトリックに改宗していたらしい。いかなる心境によるものかわからぬが政子らしい、突発的だと、りんは肩を揺すって笑った。本人は充分に考えを尽くして事を運んでいるのだが、傍《はた》の者には常に突然のしわざに見える。だが政子は事業家として画家として耶蘇《やそ》として、見事に生きた。その事実は変わらないと思えば、また笑いがこみ上げてくる。この頃は滅多と可笑《おか》しいことが起きないので、笑えることは拾ってでも笑っておく。

「山下さんにはお話ししておきましょう」

いつもはさほど長居しない神父が居ずまいを改めた。政子のことかと思ったが、「あなたはノヴォデーヴィチ女子修道院にいらしたお人ですから」と言う。息を吸い、黙って先を促した。

「本国であの革命が起きた後のことが、近頃、ようやくわかったのです」

「はい」と、膝上の手を握りしめる。

「あなたが帰郷された大正七年、あるいはその翌年の末頃からでしょうか。ノヴォデーヴィチ女子修道院の修道女たちは教区信者の会を組織し、大聖堂を使用して奉神礼《ほうしんれい》を執《と》り行なってていたようです。宗教者の務めを果たそうとされたのでしょう。昭和二年、西暦の一九二七年から一九三二年まではノヴォデーヴィチ女子修道院にレニングラード教区会議が置かれ、府主教の御座所《ござしょ》もあったそうです。レニングラードとは、かつてのサンクトペテルブルクのことです」

また「はい」とだけ答えた。

「市中の大聖堂と修道院はことごとく破壊されていましたから、女子修道院が最後の砦《とりで》であったのかもしれません。ですが一九三二年二月、日本の昭和七年です。修道女は全員逮捕され、強制収容所《ラーゲリ》に送られました。病気の者はまとめられて一室に閉じ込められ、次々と天に召されていったそうです。五月、レニングラード州執行委員会幹部会は女子修道院の大聖堂を閉鎖、百貨店に改造することを決めました。深夜に大聖堂の破壊が始まったようです。丸屋根《クーポル》の金張りが剝がされ、鐘楼も爆破されました。聖像画、とくにルネサンスの伊太利《イタリー》画は金満家《ブルジョワ》の物として排斥され、相当数が焼き捨てられたようです」

「はい」

「革命前、一九一四年のロシヤ帝国には修道士、修道女、見習いも含めれば九万四千人ほどもいたと聞きますから、修道女らがどれほど逮捕され、強制収容所に送られたのかは不明です。が、おそらく途方もない人数に上るでしょう。とくに革命が起きてのち、修道女は常に抑圧の対象となりました。ただ、監獄と強制収容所での修道女らは非常に忍耐強く、かつ強靭《きょうじん》であったと聞きました。道徳的にも肉体的にも」

受難に耐える者をなんと言うのだったか。ああ、ストラストチェールペツだ。

「お教えくださり、有難うございました」とだけ言って、頭を下げた。

彼女たちの靭《つよ》さ、忍耐強さ、そして矜《ほこ》り高さはこのわたしがよく知っている。極寒の監獄、収容所でも、彼女たちは祈り続けたのだろう。聖書や聖像画、十字架、蠟燭《ろうそく》もない場所で祈り、歌い、そして高々と顔を上げて周囲を励ました。絶望の闇に落ちる者を支え続けた。

わたしの光なる姉たちよ。

夜、ひっそりと描いた。十字架とチョトキも行李に仕舞ったままだ。見えぬ眼で筆も絵具も使わず、宙に向かって指を動かし続ける。

描くことは祈りそのものだ。そして祈りは自らのためではなく、他者に捧げるものなのだろう。

無用の見習い修道女、愚かなるイリナ山下りんは描き続ける。

白光《びゃっこう》の彼方にいる姉たちに捧げる。

りんは川の斜面に蹲《うずくま》っている。芹《せり》を摘《つ》んでいるのだ。どこからか桜の花びらが舞い降り、菜の花の匂いがする。

「よっこいしょ」

片手に一杯の束になった。両手を使いながら蛙のように斜面を這い上がり、ぽんと置いた徳利を持ち上げる。ゆるりとふり向いて、斜面の浅緑に小さく辞儀をする。

「スパシーバ、ゴスポヂ。有難う」

土堤道から田んぼ沿いの道を歩き、やがて駅前に続く通りへと戻る。酒屋でいつものごとく二合だけ買い、とっとこと通りを引き返す。けれど陽気に引かれて、また野道に入ってしまった。こんなことなら帰りに芹を摘めばよかったなどと思うが、まあ、仕方あるめえ、しゃあんめえ。

よっこらしょと、野道に腰を下ろした。真正面に何やらいる。目を凝らせば、どうやら苔《こけ》むした石仏のようだ。そういえばここは旧い街道続きで、道沿いに道祖神《どうそしん》やらお地蔵やらが目を細めて佇《たたず》んでいる。たぶん微《かす》かに笑んでいるのだろう。地蔵に手を合わせ、土が放つ温い香りを胸に入れた。

今日も長閑《のどか》だ。天はどこまでも青く、雲雀《ひばり》が高く囀《さえず》っている。筑波山《つくばさん》と、それに連なる山々を想った。ここからは見えぬけれども、わたしはあの山々を見ながら江戸を目指したのだ。筑波山は昔から紫峰《しほう》と謳われてきた美しさでありながら、辺りを払うような峻厳《しゅんげん》さではない。かつての武士は城で、あるいは屋敷の庭で、百姓は田畑で土を耕しながら仰いできた。今も変わらず、人々の祈りの山である。

名も無き者は仏になる。

兄の言葉は今も胸にある。二月に峯次郎が逝った。肝臓癌《かんぞうがん》を患っていた。

「長い間、お世話になりました」

柩《ひつぎ》に手を合わせて礼を述べた。この弟の情《じょう》があったればこそ、わたしはかような隠棲生活に恵まれた。勝手気儘《きまま》を通した身としては上々だ。けれどしめやかな場で声はやけに、突拍子《とっぴょうし》もないほどに大きく、秀夫が背中をさすってくれた。

また野道を歩く。山桜が風に揺れ、辛夷《こぶし》の白が点々とともっている。そういえばそろそろ復活祭ではないかと、ふと足を止めた。菫《すみれ》や薺《なずな》、蒲公英《たんぽぽ》、菜の花も咲き揃い、田は薄緑、蓮花《れんげ》畑は薄紅だ。日本の神々ときたら、山河や木々、細い道の傍《はた》にも潜んでいるではないか。辺りを窺《うかが》い、なんぞ面白いことはないかときょろきょろして、時々、この袖を引っ張ったりする。生への素朴な親しみ、歓びだ。ニコライ師が愛し、慈しんでやまなかった日本人の魂がここにある。

りんは野に向かって足を揃え、十字を切った。小川のせせらぎの音が聞こえる。

「主、憐れめよ」

低声《こごえ》で唱える。

「主、憐れめよ。主よ、我を憐れめよ。父よ母よ、兄弟よ、師よ。わたしのこの手が描いた聖像の数々よ。署名のない画たちよ」

大聖堂に懸架された聖像画は焼失してしまったけれど、日本の各地の教会で、そして信徒の家の隅でまだ掲げられているはずだ。りんの描いたハリストスや生神女、使徒らは祈りを受けとめ、時に語り合い、蠟燭の灯でまた別の表情を見せるだろう。悲しみや迷いや嘆き、呻《うめ》き、そして歓び。数多《あまた》の祈りを受けとめ、聖なる仲立ちを果たしているのだとしたら、わたしは満たされる。

誰も画師のことなど気にしない。当たり前だ。聖像画師は描いた画に署名しないもの。自分のため、自分の栄光のために描かない。芸術性へのこだわりを透徹《とうてつ》した果てに、この無名性がある。

わたしは歓んで、無名性を尊ぶ。

解き放たれて、言葉がいつしか音律を伴い始めた。芹の束を握ったまま、りんは詠《えい》じる。

「たとえ蠟燭の灯の煤《すす》にまみれて黒ずもうとも、名も無き画師としてわたしは満たされる。アリルイヤ、アリルイヤ」

陽はあまねく降り注ぎ、この魂をも照らしてくれる。すべてを手放した時、内なる光に照らされた。無一物の軽さよ。清々しさよ。音律は高く低く、森を渡る風に乗り、水や緑や花の匂いがふるふると共鳴して空に響き、また降ってくる。この世とあの世が朗誦《ろうしょう》する。

アァリルイヤ、アァリルイヤァァ。

光と影が連禱のごとく響き合う。

胸の前でまた十字を描き、ゆるりと踵《きびす》を返した。

やれ、息が切れた。芹を湯がいて、一杯やるとしよう。

地上は春だ。

主要参考文献

『山下りん』小田秀夫　日動出版部
『山下りん　信仰と聖像画に捧げた生涯』小田秀夫　筑波書林
『YAMASHITA RIN 1857-1939』柳澤幸子編　白凜居
『山下りんとその時代展』鐸木道剛監修／北海道立函館美術館、豊橋市美術博物館、千葉市美術館、足利市立美術館編集　読売新聞社・美術館連絡協議会
『山下りん　黎明期の聖像画家』岡畏三郎監修／鹿島卯女編　鹿島出版会

『イコンのあゆみ』高橋保行　春秋社
『イコンのこころ』高橋保行　春秋社
『イコンの道　ビザンチンの残照を追って』南川三治郎　河出書房新社
『イコンの道　ビザンティンからロシアへ』川又一英　東京書籍
『エゲリア巡礼記』太田強正　サンパウロ
『印刷と美術のあいだ　キヨッソーネとフォンタネージと明治の日本』樺山紘一、植村峻、森登、本多真紀子／本多真紀子編　凸版印刷株式会社 印刷博物館
『ＮＨＫエルミタージュ美術館　第一巻 美の宮殿エルミタージュ』五木寛之、ＮＨＫ取材班編著　日本放送出版協会
『おとづれ　東京女子神学校 京都正教女学校 校友会報第三号』
『お雇い外国人　⑯美術』隈元謙次郎　鹿島出版会
『画執の人　山下りん・木村武山と海老沢東丘　託された絵に導かれて』海老沢小百合　六耀社
『カリストス・ウェア主教論集1　私たちはどのように救われるのか』カリストス・ウェア／司祭ダヴィド水口優明、司祭ゲオルギイ松島雄一訳　日本ハリストス正教会、西日本主教教区

『完訳　無名の順礼者　あるロシア人順礼者の手記』Ｐ・Ａ・ローテル、斎田靖子訳　エンデルレ書店
『基礎ロシヤ語』八杉貞利　大学書林
『旧水戸街道繁盛記』上・下巻　山本鉱太郎　崙書房出版
『中丸精十郎とその時代　日本洋画の源流』山梨県立美術館編　山梨県立美術館
『近代日本洋画の展開　近代日本洋画史序説』匠秀夫　昭森社
『孤高の祈り　ギリシャ正教の聖山アトス』中西裕人　新潮社
『最後のロシア皇帝　ニコライ二世の日記』保田孝一　講談社学術文庫
『市政三十周年記念　図説笠間市史』笠間市史編さん委員会編　笠間市
『実用日露会話』鈴木於菟平　金刺芳流堂
『神父になったサムライ　日本正教会の歴史　論考』及川信　日本ハリストス正教会教団、西日本主教教区　教務部
『新聞集成　大正編年史　大正６年度版上』平野清介　明治大正昭和新聞研究会
『正教会の手引』司祭ダヴィド水口優明編著　日本ハリストス正教会教団、全国宣教企画委員会
『正教会入門　東方キリスト教の歴史・信仰・礼拝』ティモシー・ウェア／松島雄一監訳　新教出版社
『正教会の祭と暦』クリメント北原史門　ユーラシア文庫
『正教会用語集』長司祭ロマン大川満、長司祭ダヴィド水口優明　日本ハリストス正教会教団、東日本主教々区宗務局
『正教信仰図解　主降生１９７９年改訂版』長司祭イオアン高橋保行　http://www.orthodox-jp.com/george/ed_illust/illustratedortho.htm より
『正教のイコン』Ｃ・カヴァルノス／高橋保行訳　教文館
『正教の道　キリスト教正統の信仰と生き方』主教カリストス・ウェア／松島雄一訳　新教出版社

『世界の宗教4　ギリシア正教』米田治泰、森安達也　淡交社
『宣教師ニコライと明治日本』中村健之介　岩波新書
『宣教師ニコライの日記抄』宣教師ニコライ著／中村健之介、中村喜和、安井亮平、長縄光男編訳　北海道大学図書刊行会
『大主教ニコライ師　説教演説集』鈴木透、加美長勘平編纂　教要社
『東京復活大聖堂と関東大震災』府主教セルギイ　正教時報社
『東京復活大聖堂が建てられた時』主教セラフィム　正教時報社
『ニコライの日記　ロシア人宣教師が生きた明治日本』上・中・下巻　中村健之介編訳　岩波文庫
『ニコライの塔　大主教ニコライと聖像画家山下りん』川又一英　中公文庫
『ニコライ堂の女性たち』中村健之介、中村悦子　教文館
『ニコライ堂の人びと　日本近代史のなかのロシア正教会』長縄光男　現代企画室
『ニコライの見た幕末日本』ニコライ／中村健之介訳　講談社学術文庫
『日本正教史』牛丸康夫　日本ハリストス正教会教団
『幕末明治耶蘇教史研究』小澤三郎　日本キリスト教団出版局
『美術史　145　Vol.XLVIII　No.1』美術史學會
『明治の日本ハリストス正教会　ニコライの報告書』ニコライ／中村健之介訳編　教文館
『メッセージ集　神の狂おしいほどの愛』松島雄一　ヨベル
『山下りん　明治を生きたイコン画家』大下智一　北海道新聞社
『ロシアの家庭訓（ドモストロイ）』佐藤靖彦訳　新読書社
『ロシアのこころ・イコン展』定村忠士、目黒区美術館（矢内みどり・家村珠代）編　毎日新聞社
『ロシアの歳時記』ロシア・フォークロアの会 なろうど編著　東洋書店新社
『ロシア文化と日本　明治・大正期の文化交流』中村喜和、トマス・ライマー編　彩流社
『ロシア文学の食卓』沼野恭子　日本放送出版協会

『われら生涯の決意　大主教ニコライと山下りん』川又一英　新潮社

主要参考論文

「〈家屋装飾術〉考　日伊英間の外交として見た工部美術学校」河上眞理（『京都造形芸術大学紀要GENESIS(14)』　京都造形芸術大学）
「夏葉・恪三郎覚書き」杉山秀子（『国文学年次別論文集 近代1』学術文献刊行会編　朋文出版）
「工部美術学校に学んだ人々　七人の女性と駒峰忠臣」青木茂（『日本古書通信』第849号　日本古書通信社）
「静岡ハリストス正教会寄贈山下りん作イコンの修復報告」小野さち子、野瀬彩加、青木享起、柿﨑博孝（『玉川大学教育博物館紀要（13）』　玉川大学教育博物館）
「一九世紀ロシア・イコンのふたつの様式　山下りん作イコンにおける「イタリヤ画」と「ギリシヤ画」」鐸木道剛（『美術史における軌跡と波紋』辻佐保子先生献呈論文集刊行会編　中央公論美術出版）
「大正昭和期初期の平版印刷技術革新　ポスター印刷の基礎」寺本美奈子（『大正レトロ昭和モダンポスター展　印刷と広告の文化史』田島奈都子編　姫路市立美術館）
「東京復活大聖堂（ニコライ堂）の旧イコノスタシス　イコン様式を中心に」宮崎衣澄（『ロシア語ロシア文学研究（48）』　日本ロシア文学会）
「日本美術教育史攷（1）　工部美術学校研究1　同校出身画家・神中糸子を中心に」太田將勝（『岡山大学教育学部研究集録（70）』　岡山大学教育学部）
「フォンタネージと工部美術学校」青木茂編（『近代の美術　第46号』文化庁、東京国立近代美術館、京都国立近代美術館、国立西洋美術館監修　至文堂）
「ペテルブルグの山下りん「ゲッセマネのキリスト」のイコンをおって」鐸木道剛（『岡山大学文学

部紀要（7）』　岡山大学文学部）
「明治十年代　反動の時代」（『日本の美術　30　明治の洋画』東京国立博物館、京都国立博物館、奈良国立博物館監修／原田実編　至文堂）
「山下りん研究（3）　ペテルブルグのノヴォジェーヴィチ復活女子修道院と東京十字架聖堂」鐸木道剛（『岡山大学文学部紀要（10）』　岡山大学文学部）
「山下りん研究の問題点　たとえば横山松三郎の存在」鐸木道剛（『岡山大学文学部紀要（8）』　岡山大学文学部）
「山下りんとルオー　近現代キリスト教美術研究序説」鐸木道剛（『東北学院大学キリスト教文化研究所紀要』　東北学院大学キリスト教文化研究所）

＊本文中のニコライの手紙については『山下りんとその時代展』に掲載された中村喜和氏による訳文を参照いたしました。

謝辞

本作を執筆するにあたり、取材・資料提供等にご協力くださった各所のお名を記し（敬称略）、ここに厚く御礼申し上げます。

白凜居　東京復活大聖堂教会　大阪ハリストス正教会　圷ハリストス正教会　白河ハリストス正教会

仙台ハリストス正教会（資料提供）　印刷博物館　ノヴォデーヴィチ復活女子修道院

とりわけ大阪ハリストス正教会の長司祭ゲオルギイ松島雄一氏、マリア松島純子氏には貴重なご示唆、ご助言を賜りました。また、久野勝弥氏、中川英治氏、鈴木文彦氏、大川朋彦氏にもご助力を賜りました。かくも多くの方々にお世話になり、感謝の念に堪えません。ただし本作における解釈の責は、すべて著者に存します。

初出「オール讀物」
二〇一八年七月号、九月号、十一月号
二〇一九年一月号、三月・四月合併号、五月号、七月号、九月・十月合併号、十一月号
二〇二〇年一月号、三月・四月合併号、五月号、七月号、九月・十月合併号、十一月号
単行本化にあたり大幅に加筆しました。
この物語は史実に基づくフィクションです。

朝井まかて（あさい・まかて）

一九五九年、大阪府生まれ。二〇〇八年に「実さえ花さえ、その葉さえ」で小説現代長編新人賞奨励賞を受賞してデビュー（『実さえ花さえ』に改題）。一三年『恋歌《れんか》』で本屋が選ぶ時代小説大賞、一四年に直木賞を受賞。同年『阿蘭陀《おらんだ》西鶴』で織田作之助賞、一五年『すかたん』で大阪ほんま本大賞、一六年『眩《くらら》』で中山義秀文学賞、一七年『福袋』で舟橋聖一文学賞、一八年『雲上雲下』で中央公論文芸賞、『悪玉伝』で司馬遼太郎賞、一九年に大阪文化賞、二〇年『グッドバイ』で親鸞賞、二一年『類』で芸術選奨文部科学大臣賞をそれぞれ受賞。他の著書に『銀の猫』『輪舞曲』など。

白光《びゃっこう》

二〇二一年七月三十日　第一刷発行

著　者　朝井《あさい》まかて
発行者　大川繁樹
発行所　株式会社　文藝春秋
〒一〇二-八〇〇八
東京都千代田区紀尾井町三番二十三号
電話　〇三-三二六五-一二一一

印刷所　凸版印刷
製本所　若林製本工場
組　版　言語社

ISBN978-4-16-391402-2